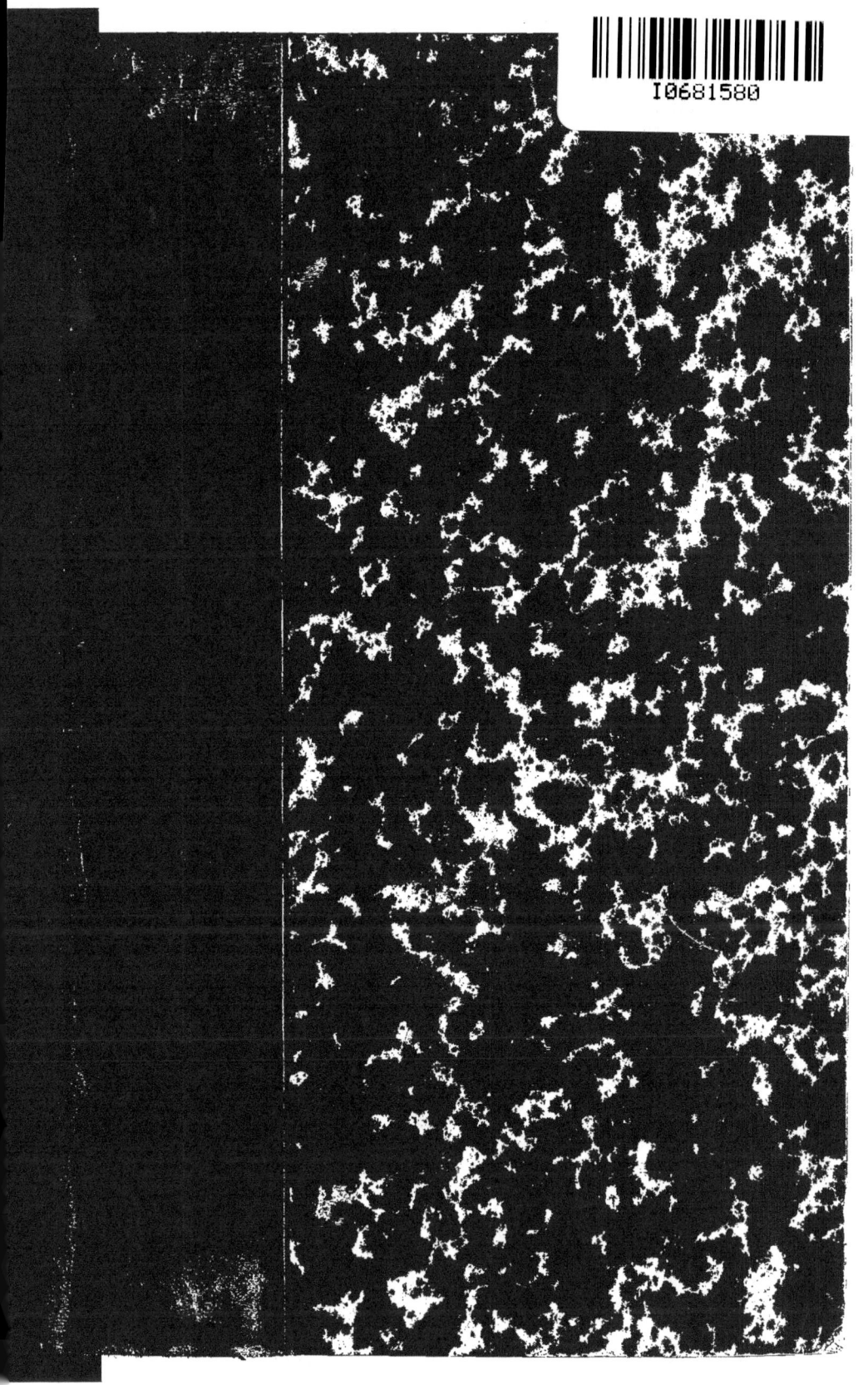

I0681580

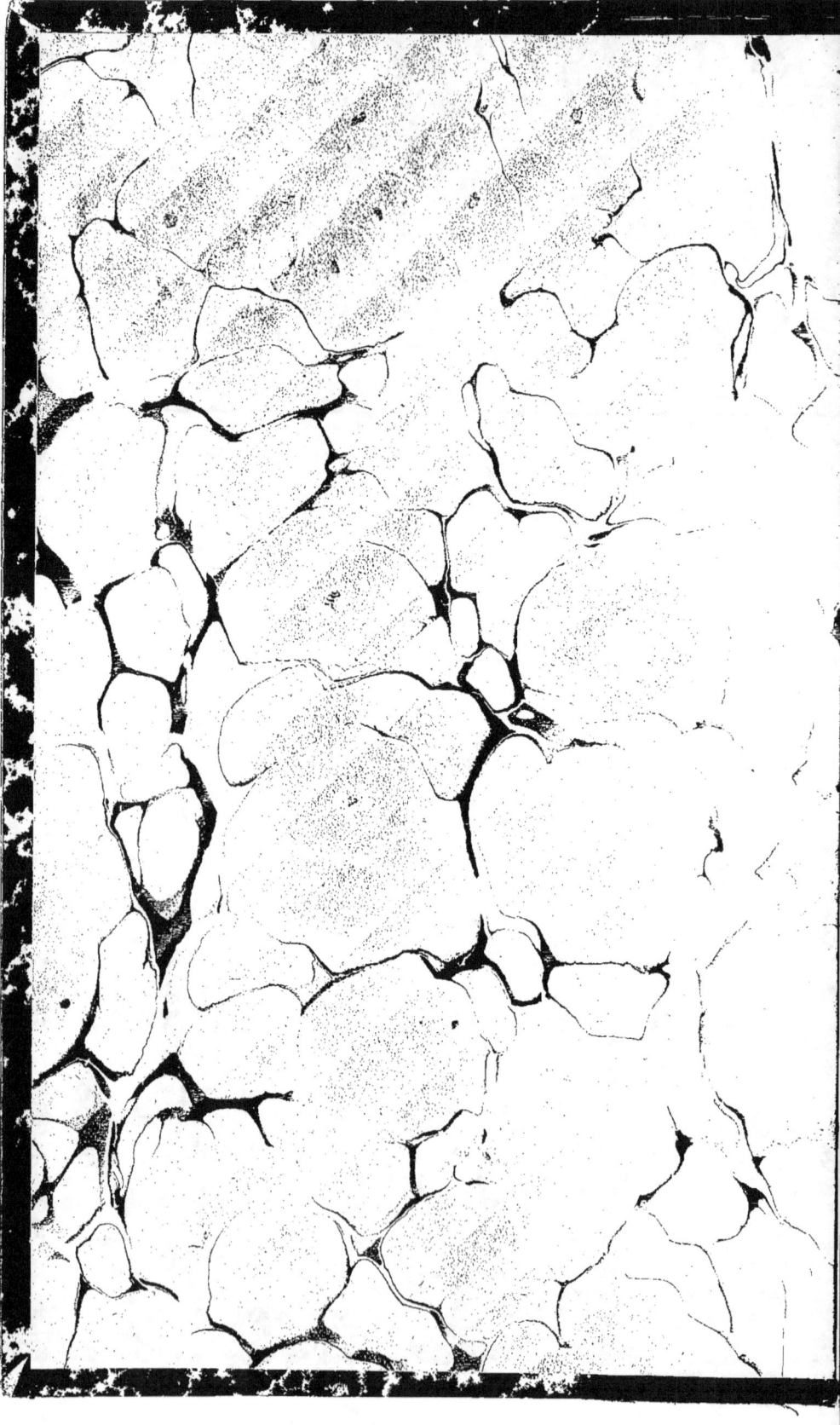

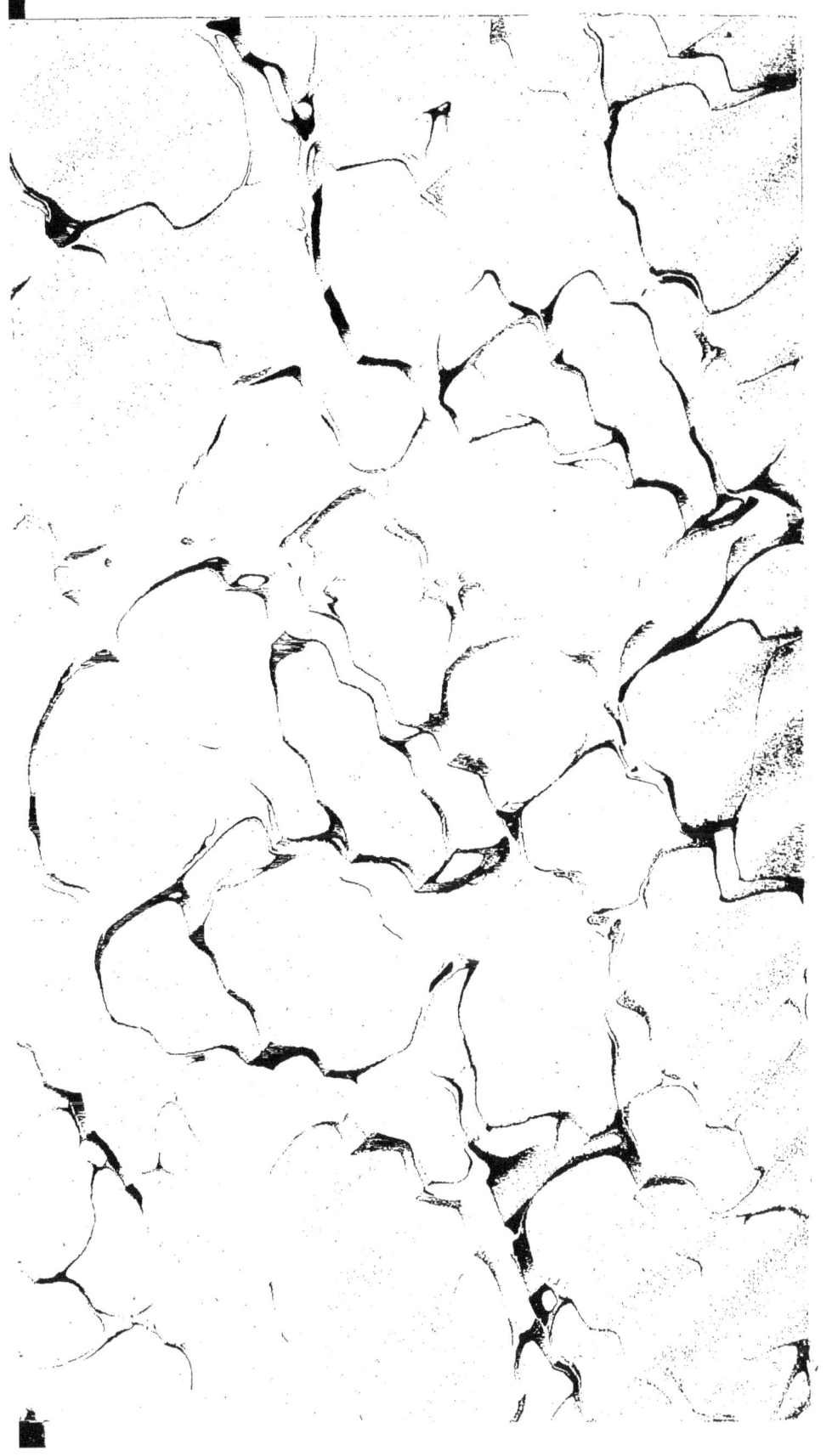

JOURNAL ET MÉMOIRES

DU MARQUIS

D'ARGENSON

IMPRIMERIE GÉNÉRALE DE CH. LAHURE
Rue de Fleurus, 9, à Paris

JOURNAL ET MÉMOIRES

DU MARQUIS

D'ARGENSON

PUBLIÉS POUR LA PREMIÈRE FOIS D'APRÈS LES MANUSCRITS AUTOGRAPHES

DE LA BIBLIOTHÈQUE DU LOUVRE

POUR LA SOCIÉTÉ DE L'HISTOIRE DE FRANCE

PAR E. J. B. RATHERY

TOME HUITIÈME

A PARIS

CHEZ MME V^E JULES RENOUARD

LIBRAIRE DE LA SOCIÉTÉ DE L'HISTOIRE DE FRANCE

RUE DE TOURNON, N° 6

M DCCC LXVI

EXTRAIT DU RÈGLEMENT.

ART. 14. Le Conseil désigne les ouvrages à publier, et choisit les personnes les plus capables d'en préparer et d'en suivre la publication.

Il nomme, pour chaque ouvrage à publier, un Commissaire responsable chargé d'en surveiller l'exécution.

Le nom de l'Éditeur sera placé à la tête de chaque volume.

Aucun ouvrage ne pourra paraître sous le nom de la Société sans l'autorisation du Conseil, et s'il n'est accompagné d'une déclaration du Commissaire responsable, portant que le travail lui a paru mériter d'être publié.

———

Le Commissaire responsable soussigné déclare que l'Édition du JOURNAL ET DES MÉMOIRES DU MARQUIS D'ARGENSON, *préparée par* M. E. J. B. RATHERY, *lui a paru digne d'être publiée par la* SOCIÉTÉ DE L'HISTOIRE DE FRANCE.

Fait à Paris, le 18 décembre 1865.

Signé : CHÉRUEL.

Certifié,

Le Secrétaire de la Société de l'Histoire de France,

J. DESNOYERS.

JOURNAL ET MÉMOIRES

DU MARQUIS

D'ARGENSON.

1753 (*Suite*).

1ᵉʳ *mai*. — Le Roi est allé à Bellevue pour rétablir
la réputation de faveur de la marquise, mais le voyage
de Marly devient fort incertain ; l'on donne pour prétexte qu'il y a de la petite vérole parmi les enfants de
ce village. Dans ces arrangements, il entre pour beaucoup de l'ardeur pour les nouvelles amours de la
petite Morfi. Comment peut-on s'occuper, dit-on, de
tant de bagatelles, de bâtiments, d'amours, de voyages,
quand l'on voit son état si dérangé et l'autorité
ébranlée chaque jour davantage ?

2 *mai*. — Changement à ce que je disais hier d'un
voyage à Bellevue : voici ce voyage encore manqué.
Le Roi n'y a pas été le dimanche de Quasimodo,
comme on me l'avait dit ; il se trouva une maladie de
la marquise ; elle a mal de gorge, reins et fièvre :

ainsi voilà deux voyages chez elle de manqués, ce qui avance son discrédit.

C'est le maréchal de Richelieu qui a obtenu, sans elle et malgré elle, l'agrément de la lieutenance générale de Bretagne pour le duc d'Aiguillon, son cousin. On en offrait 540 000 l. à M. de Chaulnes. M. de Richelieu alla lui demander s'il en avait donné sa parole; celui-ci dit que non; M. de Richelieu a couvert l'enchère de 60 000 l.; il lui a été répondu qu'il en fallait l'agrément de la marquise avant celui du Roi. Il a été à la marquise pour l'insulter plutôt que pour lui demander aveu, et il a obtenu sur-le-champ l'agrément du Roi.

Tout ne parle que des dégoûts de cette marquise, et l'on dit toujours que ce sera pour la semaine prochaine qu'elle se retirera.

La petite Morfi marque de l'esprit et dit au Roi des choses tournées et galantes. Elle a fait manquer un voyage de Choisy qui ne devait être que de trois jours : elle lui soutint qu'il serait de cinq pour elle, que, le jour du départ, elle ne ferait que pleurer, et que, le jour de son arrivée, elle mourrait de joie. L'on dit qu'elle a un appartement au château et qu'elle va être maîtresse déclarée.

Il est décidé que S. M. répondra aujourd'hui aux gens du Roi que voyant, par les 23 articles arrêtés, sur quoi le parlement veut lui faire des remontrances, il ne veut point les écouter. Ainsi l'on ne verra ces remontrances que par l'impression furtive qui s'en donnera peu après le refus. Alors le parlement traitera la question si le Roi n'est pas obligé de les écouter sur des matières aussi graves que celles-ci. L'on croit qu'il se réunira à quelques autres parlements du royaume sur la même question et sur le fond de ces affaires touchant la juridiction ecclésiastique. Cette union de plusieurs parlements commencera à faire trembler la cour.

L'on vient d'enfermer à la Bastille un bel esprit nommé la Beaumelle, qui avait écrit contre Voltaire [1]. Voici que Voltaire gagne ici du terrain, s'étant tourné vers les jésuites et les évêques. Il va revenir en France triomphant plus que jamais, et écrire sans doute pour la cause molinienne, en vue de fortune dont il est insatiable.

Les secrétaires d'État ont tenu une assemblée chez M. Chauvelin pour éclaircir ce point, s'il y a jamais eu des lettres de cachet données en blanc. Il a été prouvé qu'il n'y en eut jamais, et que M. de La Vrillière en refusa même au Régent. On allègue cette lettre de cachet signée Chauvelin, que l'évêque de Langres donna contre un janséniste huit ans après la disgrâce de M. Chauvelin; il a été répondu que le nom y était dans le temps qu'elle fut donnée, mais que l'évêque de Langres, ayant cru que ce janséniste viendrait à résipiscence, en suspendit l'effet jusqu'à ce qu'il crût devoir lui donner exécution, ce qu'il fit avec grande imbécillité, sans prendre garde de quelle signature était revêtue cette lettre.

Guéau de Réverseaux, avocat célèbre [2], l'un des plus

---

1. Voy. t. VIII, p. 86, 467.
2. Barbier dit de lui, à propos du fameux procès de La Bédoyère, où il portait la parole : « M. Guéau de Réverseaux, qui jouit de la première réputation dans Paris pour la plaidoirie, et qui a trente-huit ans (en 1745), et le premier cabinet formé pour

fameux jansénistes parlementaires et antiépiscopal, vient de mourir. Il paraît de lui un billet signé, contenant tout le contraire des sentiments qu'il avait professés de son vivant. Il est évident que quelque fripon qui l'entourait le lui a fait signer quand ses forces disparaissaient. Par cet écrit, il déclare qu'il veut que l'on porte un billet de sa confession à la sacristie de sa paroisse, qu'il reconnaît toute la force de la juridiction ecclésiastique, la nécessité de la bulle *Unigenitus*, etc. Les molinistes vont beaucoup faire valoir ce prétendu repentir à la mort[1].

On ne parle que des richesses immenses de la marquise de Pompadour : on assure qu'elle se retire avec plus de 1 800 000 l. de rentes. Il n'y a point de places de finance qu'elle n'ait vendues, et les profits ont passé par les mains de son chef du conseil, le sieur Collin, ci-devant procureur.

3 *mai*. — Les graines et surtout le froment sont enchéris dans les marchés des environs de Paris, malgré le plus beau temps et les apparences de la plus belle récolte. Cela fait toujours murmurer contre le gouvernement et surtout contre celui des finances. Si M. de Machault, étant bien riche, ne prend point pour lui, il laisse prendre et fait prendre à toutes ces p..... de la cour.

Un entrepreneur de la marine m'a dit ce matin que le travail du rétablissement de la marine était sus-

la consultation par la réunion de presque tous les conseils de M. Normant.... » T. IV, p. 60.

1. Les *Nouvelles ecclésiastiques*, année 1753, p. 115, démentent cette résipiscence *in extremis* de l'avocat janséniste.

pendu faute d'argent, et qu'étant dû beaucoup aux
fournisseurs, on leur accordait depuis quelque temps
des intérêts de leurs avances (ce qui est juste), et
qu'ainsi en accordait-on aux autres entrepreneurs
pour les bâtiments, guerre, etc. Mais ces intérêts font
de nouvelles charges sur les revenus du Roi, qui les
ébrèchent et qui les rendront bientôt insuffisants.

Je sais que M. de Boulogne, intendant des finances,
a son plan tout fait pour forcer le Roi dans quelques
mois à le nommer contrôleur général; il est de concert avec les Pâris pour cette vue. Ces gens-là se sont
rendus maîtres de ce qu'on appelle *la place* et par
leurs propres richesses et par celles de leur famille, de
leurs amis et des financiers qui dépendent d'eux; ainsi
ils retardent, ils resserrent, ou ils délient le crédit du
Roi à leur fantaisie pour faire manquer le trésor royal,
ou pour y donner des expédients selon leurs intérêts.
Voilà le cul-de-sac où l'on s'est jeté par une confiance
aveugle et stupide. L'on trouvera les solutions du
grand dans la comparaison avec le petit, proportions
gardées. Un particulier n'a besoin de crédit que pour
des occasions pressées et extraordinaires; il doit viser
toujours à s'en passer, et, quand il lui en faut, ne
doit-il en chercher que dans les fermiers et gens d'affaires? Il trouve à emprunter chez les notaires et les
banquiers; mais, de donner ses fermes à vil prix pour
avoir des ressources d'emprunt chez ces fermiers, ou
par leur cautionnement, c'est perdre doublement,
intérêts à ces prêteurs ou cautions, et la moins value
de ses fermages. Voilà précisément ce que font faire
au Roi les conseils maltôtiers qui régissent les finances,
et ce qui ruine l'État.

4 *mai*. — Hier les gens du Roi rendirent sa réponse à l'assemblée des chambres. Sa Majesté a prescrit que le premier président vînt à lui accompagné seulement de deux présidents, et leur a donné jour à aujourd'hui vendredi à deux heures pour recevoir ses ordres.

Le P. Pérusseau [1], confesseur du Roi, vient de mourir d'une dartre à l'œil. Il est remplacé par un autre jésuite nommé le P. Larivé, que l'on dit petit homme et grand bigot.

Il n'est plus question d'autre chose que de la future et prochaine disgrâce de la marquise de Pompadour. Voulant entrer dans un cabinet secret dont elle a la clef, elle a trouvé les gardes de la serrure changées; elle en a demandé raison à Lebel, valet de chambre, qui lui a répondu qu'étant son serviteur comme il est, il ne lui conseillait pas de prétendre éclaircir la chose davantage. De là, elle a voulu avoir un éclaircissement avec le Roi, qui s'est passé très-mal : le Roi lui a répondu avec dureté. Cependant il paraît certain que Sa Majesté ira demain samedi à Bellevue, mais ce sera pour moins de temps qu'on n'espère. La petite Morfi gagne du terrain et plaît beaucoup au Roi; elle est conseillée, elle est poussée pour donner des dégoûts à l'ancienne favorite; elle fait rompre tous les voyages, on a augmenté son train, elle a déjà un petit appartement au château. Le maréchal de Richelieu est dans sa confidence avec le duc

1. Sylvain Pérusseau, mort le 30 juin à la maison professe des jésuites, âgé de soixante-quinze ans, avait succédé en 1743 au P. Tachereau de Lignières dans la place de confesseur du Roi.

d'Ayen. Les autres courtisans n'en parlent plus qu'a-
vec respect, et recherchent ses entours.

Qu'arrive-t-il contre la marquise ? Tout le monde
va à révélation de son avarice insatiable ; même
M. de Machault, son meilleur ami, déclare au Roi que
c'était elle qui causait la dilapidation des finances,
qu'elle avait cent mille écus de pension fixe, et, outre
cela, permission de prendre sur les quittances tout
l'argent qu'elle voulait, qu'il n'y avait aucune grâce
dont elle ne tirât de l'argent par son intendant le sieur
Collin, qu'elle ne négligeait pas les plus petites sommes, et grossissait toutes celles qui en étaient susceptibles. Par là, M. de Machault se disculpe de sa triste
administration, et décèle tout ce qui lui a été confié ;
par là aussi mon frère cherche à se justifier. Peu
après, l'on verra une réconciliation affectée sur la
feinte brouillerie de ces deux ministres, puis une
intelligence commune pour perdre leurs ennemis.
Ceux qui se seront confessés audit Machault de leur
haine contre mon frère en seront les tristes victimes.
Certes voilà le coup d'intrigue le mieux joué qui ait
encore été en cour.

L'on projette de disgracier M. de Vandières et
de lui ôter la direction des bâtiments, lui donnant pour
successeur M. de Voyer, mon neveu, qui a montré
tant de goût pour ces sortes d'arts, et qui en donne
un grand échantillon à sa maison d'Asnières. Mais
que ces projets sont sujets à renversement! un malheureux coup de la providence les culbute quelquefois en peu de mois. Aimons le bien public, procurons
le bien à ceux que nous pouvons, fuyons le mal et
nous devons prospérer tôt ou tard.

5 *mai*. — Le P. Larivé, jésuite, est, dit-on, un des plus grands directeurs qu'il y ait eu depuis longtemps : c'est une espèce de saint François de Sales : ainsi attendons-nous avec ce nouveau confesseur du Roi de voir la cour bien bigote, bien cagote, et surtout nos dames de France et M. le Dauphin entourés de ces bigots, plutôt que d'honnêtes gens et de philosophes.

Le Roi va aujourd'hui à Bellevue, et l'on croit que Sa Majesté en reviendra dès demain dimanche à Versailles. Le grand objet qui les mène est de voir l'immersion de Mercure dans le soleil. Sa Majesté qui aurait à s'inquiéter de tant d'autres choses plus importantes, est fort curieuse de ces détails astronomiques. Par là, l'on connaîtra mieux qu'on n'a fait et la grandeur du disque du soleil par le temps où Mercure le parcourra, et la distance du soleil à la terre, ce qui n'était pas encore bien connu.

J'ai vu un état de recouvrement de tailles d'où il appert que cela est plus reculé cette année qu'il n'a encore été, malgré les belles apparences de la récolte et d'une année magnifique. Le pain enchérit dans les provinces, et l'on accuse le gouvernement de monopole plus que jamais.

6 *mai*. — Il est avéré que Mme de Pompadour a reçu cinq cent mille livres de présent pour le cordon rouge de M. Dupleix, gouverneur de Pondichéry.

Voici ce qui s'est passé au parlement le 4 et le 5 mai. Le Roi répondit qu'il ne voulait pas entendre les remontrances, en donnant pour motif que, par les articles arrêtés qu'il avait examinés en son conseil, il avait été reconnu que les uns lui avaient déjà été exposés, les autres avaient été rejetés par Sa Majesté pour qu'on ne lui en parlât plus, et que les autres n'allaient qu'au trouble, tandis qu'il voulait rétablir la paix. En déclarant ce refus, Sa Majesté a ordonné que l'on enregistrât sans différer les lettres patentes du 22 février.

Le lendemain, 5 mai, les chambres assemblées ont pris une résolution qui va embarrasser le gouvernement. Il n'a point été question de registrer les lettres patentes, et aucuns des enquêtes, même les plus attachés à la cour, n'y veulent consentir, puisqu'en effet ces lettres suspendent au parlement toute connaissance de la matière qu'on y regarde comme la plus essentielle au royaume, qui sont les refus de sacrements.

Il y a eu quelques avis pour insister de nouveau près du Roi afin d'être écoutés dans leurs remontrances, mais on a représenté que les instances ont été si réitérées et les refus si géminés, que c'est se moquer de la barbouillée [1] que de ne le pas tenir pour refusé définitivement.

Leur arrêté est « qu'ils voient l'impossibilité de faire parvenir la vérité jusqu'au trône par les obstacles qu'y apportent des gens mal intentionnés, qui continuent à surprendre la religion du Roi contre le bien de son service, le maintien de l'ordre et de la tranquillité pu-

---

1. Les dictionnaires expliquent bien le sens général de cette locution, sens que tout le monde comprend; mais ils n'en donnent pas l'origine. M. Quitard prétend que cela s'est dit d'abord des débiteurs qui se moquent *de la barbouillée*, c'est-à-dire du papier timbré.

blique, qu'ils ne voient plus de ressource que dans la
vigilance du parlement pour vaquer continuellement
à cette fonction importante, et que, pour cet effet,
les chambres resteront assemblées *tout autre service
cessant*, jusqu'à ce qu'il ait plu au Roi d'écouter favo-
rablement leurs remontrances, comme il lui avait plu
de le leur promettre par sa réponse du 17 avril 1752. »

Tout de suite on a dénoncé de nouveaux refus de
sacrements à la Sainte Table, fait à quatre personnes
à Loris, diocèse de Sens, le desservant de cette paroisse ayant déclaré hautement qu'il les leur refuserait
à la mort, tant que les raisons qu'il en avait subsiste-
raient. Les gens du Roi n'ont pu refuser d'en informer, quoique les lettres patentes le leur défendent.
On a remis aussi à l'assemblée de demain lundi à
travailler sur la procédure des curés de Tours et
d'Amboise rétablis dans leurs fonctions malgré les
décrets de prise de corps qu'ils avaient sur leur
compte.

En même temps précisément où les chambres ont
levé le siége, les avocats qui plaidaient en divers
tribunaux de Paris, comme au grand conseil, cour
des aides, et Châtelet se sont levés et ont disparu,
étant leur usage de fermer leurs cabinets quand le
parlement cesse ainsi ses fonctions, et cette promptitude marque que l'affaire était déjà projetée. Voilà
donc la justice abandonnée ; il n'y a de remède à
cela que des ordres du Roi de la rendre sous peine
de désobéissance, ou de supprimer le parlement en
donnant d'autres juges pour les affaires qui y sont
pendantes, ou reculer dans les rigueurs que la cour
vient d'avancer. Ces partis ont tous trois de grandes

difficultés, le Roi n'exécutera que difficilement de ces grands coups d'État qu'il faut soutenir avec haleine et fermeté.

Voici que l'on commence à s'en prendre aux ministres, comme en Angleterre, et comme on n'avait pas fait en France depuis le cardinal Mazarin, en disant que le trône est obsédé, qu'on abuse de la confiance, etc. Ceci pourrait avoir des suites, et prendre cette même tournure des troubles contre Mazarin.

Ce qui est le plus à craindre, c'est que les autres parlements du royaume ne prennent le parti du parlement de Paris. On attend la cour sur cela aux premières peines qu'elle infligera à ce parlement ; alors, les parlements provinciaux s'y trouveront impliqués, tant à cause de mépris des décrets que sur l'exercice extérieur des sacrements et les troubles qu'apporte la bulle *Unigenitus*. L'on sait qu'ils y sont tous disposés, et j'ai vu quelques membres du parlement de Paris qui m'ont paru compter sur ce concert. Alors la cour sera en grand effroi, et les ministres auteurs de ces troubles auront tout à craindre. Considérons que la plupart des seigneurs soutiendront le parlement auprès du Roi : cette compagnie a gagné le suffrage des pairs en les invitant à ses délibérations. Les Richelieu, les ducs d'Ayen, le maréchal de Noailles qui s'élève aujourd'hui hautement en faveur du parlement, et d'autres, sont plus que suffisants pour lutter contre les fauteurs de l'épiscopat qui ébranlent le trône, et alors il y aura révolution dans le ministère. Ces fauteurs de l'épiscopat ont pour eux notre bigote famille royale à qui l'on fait prendre la superstition pour la religion.

Je sais qu'à Saint-Eustache, ma paroisse, il y a
eu, à ces Pâques-ci, une moitié moins d'hosties con-
sommées que l'année dernière, quoique, depuis quelques années, cette consommation fût encore diminuée
de plus de moitié.

7 mai. — Les plaintes augmentent contre l'avidité
de Mme de Pompadour, et ses meilleurs amis se donnent carrière de les dénoncer. La comtesse d'Estrades,
sa cousine et comblée de ses bienfaits, laisse éclater sa
joie ingrate; mon frère a pris un air bien plus
radieux : les grandes joies de la cour sont le mal
d'autrui, les succès de la vengeance et de l'envie.

Au mariage du prince de Condé[1], jeudi dernier,
il régna un grand air d'indécence, la foule de
spectateurs inutiles y ayant poussé et accablé les
acteurs principaux. Il y a eu des protestations des
princes du sang contre les qualités que le prince de
Soubise a prises, dans le contrat de mariage, de
très-haut et très-puissant prince : M. le duc d'Orléans
n'y a signé que comme pair, M. le comte de Charolais
a parlé avec dureté au souper contre la lâcheté de
quelques autres princes. La *Gazette de France* dit
que Mlle de Charolais n'avait pu rester jusqu'à la
fin de la cérémonie, s'étant trouvée mal. Enfin,
voilà un mariage célébré sous des auspices de dis-
corde.

Je viens de lire l'écrit qui a causé l'emprisonnement
à la Bastille du sieur de la Beaumelle : c'est un portrait

1. Avec Mlle de Soubise (Charlotte-Godefride-Élisabeth de Rohan), née le 7 octobre 1737.

du Roi de Prusse tel qu'il est, et fort en mal.
C'est un tableau plutôt qu'une satire, ses meilleurs
amis en parlent ainsi, mais quelle tracasserie politique
si cet écrit paraissait imprimé en France! C'est pour
cela qu'on a emprisonné la Beaumelle, et non pas
pour les plaintes de Voltaire, ni de M. le duc d'Orléans, comme on avait dit.

Il y a eu bien des incertitudes depuis quelque
temps sur le parti que l'on prendrait pour les
remontrances. Le maréchal de Richelieu avait déterminé le Roi à les écouter, quatre jours avant
que le conseil le déterminât au contraire à les rejeter,
comme il a fait. Le maréchal de Noailles arbore
hautement le parti du parlement dans ce qu'il
conseille au Roi. Mon frère se met trop à découvert
contre le parlement en faveur des prêtres; cela lui
attire des ennemis dangereux. Le public est entièrement pour le parlement, et approuve sa dernière
démarche. Les seigneurs se piquent de penser comme
le public, d'autant plus qu'en cela ils contrarient
les ministres. Le Roi flotte entre ces deux sentiments
extrêmes, penchant au fond par quelques anciens
instincts pour la prêtraille qui l'a élevé comme on
élève M. le Dauphin.

La marquise de Pompadour espère que cette
nouvelle amourette pour la petite Morfi passera
comme les deux précédentes de cet hiver. Cependant son crédit diminue sensiblement, je sais une
survivance qui vient d'être donnée sans elle; ce qui
l'a surprise. Les ministres ne viennent plus si assi-
dûment chez elle.

L'on fait des recherches pour la généalogie de

cette petite Morfi : il est certain que son père est actuellement savetier ; il a été soldat dans un régiment irlandais et on lui a refusé les Invalides, d'autres prétendent qu'il avait été officier dans un autre régiment et qu'il en était sorti pour quelque affaire[1], et l'on sait que la plupart des soldats ont quelque métier pour gagner plus que leur solde.

8 *mai*. — Grande querelle entre le comte de Mailly, commandant en Roussillon, et M. Bertin[2], intendant de la même province : ils s'accusent réciproquement de nuire au service du Roi et de la province. M. de Mailly surtout est tombé dans le cas de cette accusation par ses hauteurs et son ambition déraisonnable. C'est un homme orgueilleux et ruiné, piqué contre l'intendant ; il a écrit à la noblesse des lettres capables de la soulever. Il faut que l'un de ces deux officiers soit révoqué incessamment. Comme M. de Mailly est beau-père de mon neveu M. de Voyer, mon frère y est fort embarrassé ; le maréchal de Noailles s'est déclaré pour l'intendant, il cultive soigneusement cette occasion de nuire à mon frère contre qui il s'est déclaré également.

Voilà le trouble et les embarras parvenus à leur excès sur les affaires avec le parlement. Hier le Roi y envoya des lettres patentes portant jussion d'en-

1. Voy. t. VII, p. 440. Aux sources que nous y avons indiquées, il faut ajouter les *Mémoires de Casanova*, édition de 1833, in-8, t. II, p. 279 et suivantes. L'auteur, qui appelle cette jeune fille O'Morphi, la dit née en Flandres et de race grecque.

2. Henri-Léon-Jean-Baptiste Bertin de Bellisle.

registrer celle du 22 février pour s'abstenir de toute
connaissance des matières de sacrements, et pour
reprendre les fonctions de justice ordinaire, pour
première et dernière jussion, *à peine de désobéissance
et d'encourir notre indignation.* Le procureur général
fut d'avis d'enregistrer ces lettres, ainsi que celles du
22 février, et d'y faire des remontrances.

Mais le parlement, tout d'une voix, hier 7 mai,
arrêta ainsi : « Qu'il persiste dans son arrêt du 5 mai,
ne pouvant sans manquer à son devoir et à son serment obtempérer[1] aux dites lettres patentes. »

Ensuite les gens du Roi furent mandés, touchant
les procédures contre les officiers de Tours ; ils ont
répondu que le Roi s'opposait à leur voyage à Paris,
et qu'il n'y avait que la voie de remontrances qui pût
remédier à cet obstacle. On les a mandés de nouveau
sur les procédures de Troyes, Chartres et Amboise,
touchant des reprises de fonctions malgré les décrets,
et on leur a ordonné de les tenir prêtes et leurs conclusions pour aujourd'hui, huit heures du matin, à
l'assemblée des chambres. Par là, l'on voit la désobéissance formelle en s'assemblant et en ne traitant
précisément que de ce que le Roi leur défend.

J'aurai ce matin les grandes remontrances imprimées ; elles le sont depuis deux jours[2], je sais que l'on

---

1. « Ce mot *obtempérer*, dit Voltaire, *Histoire du Parlement*,
fit un singulier effet à la cour. Toutes les femmes demandaient ce
que ce mot voulait dire, et, quand elles surent qu'il signifiait obéir,
elles firent plus de bruit que les ministres et que les commis des
ministres. »

2. *Remontrances du Parlement au Roi, du 9 avril* 1753, in-4 de
56 p., et in-12 de 164 p. « On les a débitées une matinée dans

fait actuellement les paquets pour en envoyer en
province; les officiers du parlement font le semblant
de les copier à la main tour à tour, pour qu'on ne s'en
prenne à personne en particulier de ce qu'elles auront été imprimées.

Je sais qu'aux deux dernières assemblées des chambres, il a été jeté de grands cris contre mon frère de
ce qu'il est tout sacerdotal et anti-parlementaire.
On a parlé de le citer au parlement, et quelques
phrases de l'arrêté et des remontrances le désignent
assez. L'on prétend aussi que M. de Machault par ses
créatures a beaucoup poussé le parlement à ce qu'il a
fait, car, autrement, il n'eût pas osé, dit-on. De là, il
arrive que mon frère, se voyant attaqué, va proposer
au Roi tout ce qu'il y a de plus sévère et de plus
hardi contre le parlement, aimant mieux perdre que
d'être perdu.

Hier, le Roi partit après midi pour aller tenir conseil à Versailles et revenir le soir souper audit Bellevue. Ce conseil aura été terrible, nous en attendons
les effets ce matin.

Certes, voilà la désobéissance la plus consommée
qu'on ait vu depuis longtemps de sujets à leur maître,
vu les termes des lettres patentes *sous peine de désobéissance et d'indignation de Sa Majesté*. Que reste-
t-il après cela, que de frapper du glaive? Ainsi le mécontentement est de toutes parts et l'obéissance en
aucune classe, ni sur aucun genre; les matières sont
combustibles, il ne s'agit que de la première étincelle

Paris, puis cela est devenu très-rare, étant fort défendu. » (*Remarques en lisant*, n° 2153.)

pour les allumer. Que sait-on? un conseiller qui irait
à son exil peut traverser le marché et être arrêté par
le peuple qui crierait qu'on punit l'un des pères de la
patrie. Les conseillers et présidents sont prêts à partir,
et ont chacun leurs rouleaux de louis et leurs chaises
graissées. '

9 *mai*. — Hier, le parlement continua ses assemblées de chambres et délibéra, comme il se l'était
promis, sur les procédures de Tours, Amboise, Troyes,
Chartres. Il se trouva que les délais n'étaient pas
expirés, que la cour empêchait de vive force qu'on
ne pût traduire à Paris les officiers que le parlement
y a mandés pour comparaître, sur quoi le procureur
général requit que l'on fît de nouvelles remontrances
au Roi. On a remis à aujourd'hui la suite de ces délibérations. Tous les greffes sont fermés depuis avant-
hier au soir.

Il y a eu beaucoup de conseils, et nulle décision sur
cette grande affaire. Voici ce qu'on en sait à Paris :
lundi au soir le Roi ne sortit pas de Bellevue, et ordonna que l'on tînt comité chez le chancelier, à Versailles, pour lui en rendre compte ensuite. L'on dit
que ce conseil fut fort tumultueux et que les avis
furent partagés; les membres ont dû se rassembler le
lendemain. L'on assure qu'il y aura un lit de justice
demain à Versailles, où l'on mandera le parlement
pour le réprimander.

Il parait un nouveau livre sur une nouvelle dispute
qui s'élève. Le bibliothécaire d'une grosse bibliothèque d'Anvers a découvert un manuscrit de la main
même du cardinal Bellarmin, qui dénie l'authenticité

de la Vulgate sur toute autre chose que sur la foi et les mœurs. Par là, il rejette tout l'historique et la physique de la Genèse. En effet, nous disons souvent que l'Église même n'est croyable que sur le droit et non sur le fait; on l'applique à l'Écriture sainte de l'Ancien Testament et l'on aura par là la conscience en repos sur bien des doutes où notre raison veut que nous ne croyions rien par nécessité de foi. On écrit donc pour et contre ce sentiment hardi de Bellarmin. Les jésuites, amis d'un auteur aussi ultramontain, l'ont défendu dans leur journal de Trévoux. Voici des écrivains qui attaquent le père Berthier, auteur de cet extrait dudit journal, et cela n'en restera pas là.

10 *mai*. — Hier, tout Paris fut en rumeur : dès 4 heures du matin, trois mousquetaires allèrent réveiller chaque membre du parlement, excepté la grand'chambre et le grand banc; ces mousquetaires leur signifièrent à chacun une lettre de cachet pour les exiler, trois à leurs terres à cause de leur parenté avec des ministres, les autres à Poitiers, Angoulême, Montbrison, Clermont-Ferrand, Vendôme, Châlons-sur-Marne, Orléans, Bourges et Troyes. Quatre ont été enlevés sur-le-champ, sans leur permettre de se servir de leurs chaises de poste, ni d'emporter avec eux aucune commodité, et on les a menés dans les plus laides prisons provinciales que le Roi ait à ses ordres (ce qui sent un peu la cruauté). Tels sont : l'abbé Chauvelin[1], conduit au mont Saint-Michel; le prési-

---

1. Henri-Philippe, de la branche des Chauvelin-Luzeret, conseiller clerc à la troisième des enquêtes, né le 18 avril 1714, mort le 14 janvier 1770.

dent de Mazy[1], aux îles Sainte-Marguerite; M. de Lys[2], à Pierre-Encise; et le président de Besigny[3], au château de Ham.

Ces exilés avaient les vingt-quatre heures pour partir, et, pendant ce temps-là, ordre de ne voir ni parler à personne.

Cependant la grand'chambre, qui n'est point exilée, non plus que le grand banc des présidents à mortier, s'assembla hier matin à l'heure qui avait été prescrite; M. le premier président rendit compte de la disgrâce de ses confrères[4], et tout de suite la grand'-chambre délibéra, comme avaient fait la veille les chambres assemblées, persistant dans la seule connaissance des procès encommencés contre les schismatiques et ne vaquant point à ceux des particuliers.

Il est à observer que la grand'chambre n'a point proposé de recourir au Roi pour demander la grâce des chambres exilées, ni aucune autre remontrance, « regardant toujours les accès du trône fermés à la vérité par ceux qui abusent de la confiance du Roi. » Tel est l'esprit du parlement aujourd'hui, esprit qu'il arbore et qu'il affecte, ce qui est beaucoup à craindre pour mon frère, car c'est à lui qu'on en veut personnellement. De dire que voilà le parlement pulvérisé

---

1. Frémont de Mazy, président de la deuxième des enquêtes.

2. De Bèze de Lys, conseiller de la même chambre.

3. Gautier de Besigny, président de la deuxième des enquêtes.

4. Ce discours du premier président, qui est rapporté, avec des différences, dans le *Journal de Barbier*, t. V, p. 385, et dans les *Nouvelles ecclésiastiques* du 19 juin 1753, p. 98, fut fort admiré dans le temps. Plusieurs journaux étrangers le reproduisirent, entre autres le *Gentleman's Magazine*, t. XXIII, p. 244.

et anéanti, c'est une erreur qu'il y a grand danger à croire, car c'est la nation entière qui parle par l'organe de ses magistrats; et ce n'est pas bagatelle de mécontenter à ce degré-là une nation entière telle que la nôtre, surtout quand tout le chagrin qu'elle a s'attribue à un homme seul qu'il est facile de sacrifier.

Hier matin, comme les grands chambriers sortaient de la grand'chambre, le palais se trouva rempli d'un nombre innombrable de populace, et, sachant ce qu'on avait arrêté, ils battirent des mains et crièrent tous : *Vive le parlement!*

L'on m'assure que le palais était gardé par des soldats déguisés. L'on dit aussi que notre nom fut nommé avec exécration, les d'Argenson étant regardés comme les auteurs de cette injustice publique et antinationale.

Dans les halles, on criait que la p.... du Roi était grosse, et son parlement emprisonné. Comme c'était hier jour de marché, l'on prit aussi des mesures secrètes contre le peuple; ainsi nous en voilà déjà aux précautions militaires, ce qui annonce des choses pires.

Ceux qui ont observé le Roi sur ceci ont trouvé que Sa Majesté était en grande inquiétude que la punition du parlement ne passât pas dans son conseil. Cette inquiétude durait au souper de Bellevue, après la première réunion; mais, après la seconde, mon frère l'ayant emporté pour punir par l'exil et par la prison, le Roi finit le conseil en disant : « Faites comme vous voudrez, mais je veux être obéi. » M. le Dauphin lui sauta au col et l'embrassa. Sa Majesté revint souper à Bellevue, il dit deux mots à l'oreille de la marquise qui lui applaudit, et jamais Sa Majesté n'a paru souper si gaiement; elle chanta et siffla. Ainsi l'on voit que cèla se mène par une passion enfantine du Roi, qui veut qu'on frappe des chiens désobéissants, sans considérer les conséquences.

Pour vider les procès d'ici aux vacances, on a tâté le grand conseil, et l'on en espère peu; l'arrangement fait il y a quinze ans d'y placer des maîtres des requêtes pour présidents ne réussit pas; la plupart des conseillers au grand conseil sont jansénistes comme au parlement; ils disent que c'est déshonorer leur tribunal que de les charger pour le moment des attributions du parlement. Ils ont bien voulu de celle de l'Hôpital, parce qu'on les a assurés qu'elle était pour toujours. Les autres compagnies disent la même chose; jamais la nation ne s'est piquée davantage de conserver l'honneur chez chaque particulier; il n'y a tout au plus que les gains à la cour qui séduisent, mais que l'on pallie et que l'on dissimule de son mieux.

Ainsi l'on va recourir à un petit parlement postiche composé de conseillers d'État et de maîtres des requêtes, tenu aux Augustins, comme l'on fit en 1720 pendant le temps de la Régence. C'était alors pour le système de Law, et les évêques jouaient aujourd'hui le rôle des agioteurs de ce temps-là. L'on n'imagine pas d'autres expédients; ceci va faire beaucoup d'embarras. Les avocats ni procureurs n'y voudront comparaître; ainsi l'on n'y expédiera aucune affaire, et il y aura cessation entière de justice dans plus des trois quarts du royaume. Les appels des sentences seront regardés pendant ce temps-là comme des appels au futur concile.

Tous les voyages du Roi qui étaient projetés sont

dit on, suspendus. Les grands seigneurs qui sont
écoutés du Roi lui font voir toutes les difficultés dont
nous venons de parler, et lui jettent de grandes défiances des evenements et de ceux en qui il place aujourd'hui sa confiance.

11 *mai.* — L'on observe partout ici les tristes ré-
sultats du mauvais gouvernement des ministres; il
n'est plus question du Roi, mais des ministres uniquement; il semble que ce soit le caractère principal de la
comédie du *Méchant*, par Gresset, qui gouverne en
chef le royaume, car il a placé des méchants comme
lui en second ordre. Soif de l'injustice, haine des
honnêtes gens, amour des fripons, voilà le cri, la de-
vise qu'on a inspirée au gouvernement des hommes.
Malheureusement mon nom, mon triste nom, se
nomme à la tête des disgrâces, et je crains qu'il ne
passe en mal, en très-mal, à la postérité. Chacun se
détache de l'ambition : vous ne voyez plus que des
résolutions à chacun de jouir de ce qu'il a, et de ne
se plus marier, ni prendre des charges dans l'État.
Chacun dit : Si je revivais, je resterais garçon et philosophe; chacun cherche à ménager son revenu, et
le Français devient économe malgré lui.

12 *mai.* — Avant-hier jeudi, la grand'chambre continua à s'assembler et à délibérer sur les matières ordinaires prohibées par la cour, et non sur celles ordonnées, comme procès des particuliers.

L'abbé Chauvelin étant arrêté le mercredi par des
mousquetaires, dit : « J'obéis au Roi, quelque ordre
qu'il donne : il a la force, il ne manque plus que des

muets et des cordons pour nous étrangler, on lui obéirait de même. » Cet abbé se meurt de la poitrine[1], il a écrit en route à son frère qu'il n'arriverait pas en vie au mont Saint-Michel. Ce sera cependant un grand scandale que sa mort ainsi causée, s'il arrive malheur[2]. Le président de Mazy, qui est enlevé pour les îles Sainte-Marguerite, est beau-frère de M. Saint-Contest, et n'est pas ménagé davantage. Mercredi, tout Paris fut en grand deuil de cette disgrâce générale; il alla une foule de visites chez chaque membre exilé; on ne voyait que doléances et encouragements, avec malédictions contre les auteurs de ce deuil.

Malheureusement pour moi mon nom figure trop dans cette vengeance; l'on dit que mon frère est l'auteur de tout, et qu'il a exercé la vengeance particulière.

On a observé que les quatre officiers du parlement resserrés dans les cachots sont justement les quatre qui ont prononcé son nom dans leurs avis, voulant qu'il fût cité au parlement sur cela. On parle dans le public de faire revenir M. de Maurepas dans sa place.

On attend chaque jour la disgrâce de la grand'-chambre et du grand banc, et véritablement il n'y a pas de raison pour ne pas les disgracier comme les enquêtes; cependant l'exil de ces vieillards touchera excessivement le public.

1. Le duc de Luynes parle aussi de la délicatesse de sa poitrine, « qu'on ne soupçonnait pas, dit-il, à tous les discours véhé-
« ments qu'il a tenus. »

2. Voy. ci-après, 13 mai.

Mercredi il n'y avait personne aux spectacles ni aux promenades publiques.

Depuis cette époque les effets royaux n'ont aucun prix, et l'on n'a pas vendu sur la place pour 10 000 livres.

Les autres tribunaux on cessé d'administrer la justice, même par le ministère des procureurs; tout est fermé.

La cour des aides s'est assemblée et va prendre parti pour le parlement. On ne parle que d'unions de tribunaux et de cours supérieures pour cet objet.

On attend nouvelles du parlement de Bretagne, de Toulouse et de Provence; ils ont à Paris des députés qui sont concertés depuis longtemps avec celui de Paris pour ce qu'ils font, et l'on saura bientôt que la justice n'est plus administrée dans le royaume.

Partout la haine contre l'épiscopat et contre tout le sacerdoce est portée au dernier excès.

Il arrive justement que le parlement de Rouen a cessé ses fonctions avant que celui de Paris eût cessé les siennes. Il détenait dans ses prisons deux femmes et un homme pour crime; mais ces gens-là, ayant crédit en cour, ont obtenu lettre de cachet pour les enlever, et on les a enlevés de ces prisons. Sur cela le parlement de Rouen a assemblé les chambres, il a résolu des remontrances contre les lettres de cachet, les chambres tenant assemblées, et sans administration de justice particulière. Apprenant la disgrâce du parlement de Paris, on ne saurait douter qu'il n'entre plus qu'aucune autre cour supérieure dans son parti.

Le parlement d'Aix a décrété de prise de corps un curé pour schisme et refus de sacrements.

Mon frère et mon fils étant regardés comme les
auteurs d'un si grand désordre, soit par la vengeance
de mon frère, soit par leur attachement fanatique au
sacerdoce, tout le public, et le plus bas peuple, s'é-
lève contre leur faveur et contre mon nom; je n'ose
plus paraître avec ma livrée, craignant d'y être confondu, sans que je mérite d'y participer.

Sur cela le ministère s'élève hautement contre mon
frère et déclare qu'il ne veut plus servir sous ses ordres. Les seigneurs, les favoris, le haut et bas officier
crient contre ces injustices et ne parlent de mon frère
que comme d'un tyran. Cela donne beau jeu aux
ennemis qu'il a à la cour, et particulièrement au
parti de la marquise de Pompadour.

Celle-ci maigrit et change sensiblement; elle est
plongée dans la tristesse de tout ce qui lui arrive et
au Roi son amant.

Le Roi a été saigné avant-hier par précaution. L'on
dit que tous les voyages sont retardés.

Un habile financier m'a dit hier et m'a prouvé que
les receveurs généraux signaient actuellement leurs
billets pour payer d'avance au Roi le mois de décembre 1754, et que M. Boulogne leur avait signifié que
dans quinze jours ils signeraient pour le mois de janvier 1755.

La banqueroute avance; il est certain qu'il s'en faut
par an de trente-deux millions que le Roi puisse éga-
ler sa recette et sa dépense.

La marine est plus délabrée que jamais; M. Rouillé
fait encore plus mal que M. de Maurepas; tous les
vaisseaux qu'il a fait construire, étant de bois de Lorraine, pourrissent dans le port; nous n'avons pas

vingt-six vaisseaux aujourd'hui en état de servir à la mer; cependant l'on a payé plus de quatre-vingt millions de la marine depuis 1748.

13 mai. — Sa Majesté dit que les affaires du parlement l'ennuient plus qu'elles ne le chagrinent.

Le garde des sceaux, en disant son avis, a répété plusieurs fois que, sans administration de justice, il n'y avait point de France; et en effet, l'argent se resserre plus que jamais, et tout crédit tombe.

Avant-hier, il y a eu un grand incendie à Paris, île Saint-Louis, où trois maisons ont été brûlées. M. le premier président y était, et, comme il rentrait chez lui, il a trouvé l'ordre du Roi signifié par les mousquetaires pour transférer le parlement à Pontoise.

Ç'a été avant-hier vendredi que cet ordre est venu pour transférer à Pontoise la grand'chambre, qui se donne pour représenter tout le corps du parlement, car, dans les deux délibérations de mercredi et de jeudi, les décrets émanés de la grand'chambre ont été intitulés « des chambres assemblées, » la tête représentant tout le corps. Le Roi les considère aussi sur le même pied. L'ordre est de se trouver prêt dimanche à dix heures pour recevoir les ordres du Roi. Ces ordres seront de reprendre les fonctions de la justice. Mais l'on ne doute pas qu'ils ne refusent, comme ils ont déjà fait, voulant soutenir leurs confrères et ne se démentir en rien.

La cour espère cependant de les désunir par là des enquêtes, ou de les exciter à demander quelque faveur, ce qui commencerait la désunion.

Mardi, à la grand'chambre, les gens du Roi les excitèrent à implorer la miséricorde du Roi pour les exilés; mais, après ces diverses semonces d'offices, le premier président leur ordonna de se retirer, disant qu'on les manderait quand on aurait besoin d'eux.

L'on commence à dire que le grand conseil acceptera la commission de remplir les fonctions du parlement, seulement pour les affaires criminelles.

Les avocats se sont assemblés de nouveau et ont résolu de nouveau de ne point fréquenter le barreau et de ne point travailler tant que durerait la même résolution du parlement, y ajoutant celle de n'aller ni aux spectacles, ni aux promenades publiques, tant que durerait la disgrâce du parlement.

Cependant l'on adoucit beaucoup le sort des présidents et conseillers qui ont été enlevés pour les mettre en prison. On a envoyé un courrier après la conduite de l'abbé Chauvelin, pour qu'il restât au château de de Caën, et qu'il n'allât plus au mont Saint-Michel; on a adouci aussi le traitement des autres prisonniers.

L'on prétend que, la nuit de jeudi à vendredi, on a enfermé quinze personnes à la Bastille, sur les mauvais discours qu'ils tenaient. Il y a des espions partout dans Paris qui écoutent tout ce que l'on dit et rapportent les choses comme ils veulent.

Le bruit qu'il y a au parlement de Rouen vient de ceci : un curé janséniste était en butte aux grands vicaires de Rouen; il leur échappait en homme adroit, lorsque ceux-ci se sont avisés de l'accuser sur les mœurs. On lui a apporté deux filles de joie qui l'ont accusé de péché de luxure avec elles. L'officialité a procédé contre ce curé; celui-ci a appelé comme d'abus au parlement de Rouen; là, il a poursuivi les deux créatures pour leur calomnie. Le parlement allait les convaincre et les punir, lorsqu'il est venu des ordres de la cour ; on a exilé le curé à cinquante lieues, et on a enlevé les deux filles et un troisième faux témoin par lettre de cachet. C'est le procureur général qui s'est chargé de l'exécution de cet ordre, et le parlement va l'en reprendre. Le parlement s'est assemblé et a fait des remontrances sur la violation de ses prisons ; la cour ne les a pas voulu écouter ; alors le parlement en a arrêté de nouvelles, les chambres restant assemblées et sans administration de justice, jusqu'à ce qu'il ait eu raison de ses remontrances. Dans ces circonstances, la nouvelle arrivant de la disgrâce du parlement de Paris, l'on ne doute pas que le parlement normand ne prenne parti pour lui.

14 mai. — J'ai été hier à Versailles et j'y ai trouvé un tableau bien différent de celui qu'on voit à Paris : sévérité, hauteur, prétention à haute sagesse, tandis que ceux qui voudraient défendre le parlement leur paraissent la canaille et agités de la folie des halles et d'une mutinerie punissable, chacun disant qu'il faut bien que le Roi soit obéi, qu'autrement il n'y a plus que confusion et anarchie, que tout mal vient de ce qu'on a laissé le parlement aller trop loin ; mon frère en haute considération pour avoir fait frapper ce coup de grande autorité, personne du conseil n'avouant d'avoir été d'avis contraire, mais seulement d'avoir représenté plus ou moins fortement les inconvénients qui suivent de la rupture du parlement. A propos de l'abbé Chauvelin, qu'on a autorisé à rester à Caën, l'on a dit « que le Roi ne voulait point qu'il

en résultât mort d'homme, quoique cet abbé méritât bien la mort pour avoir désobéi au Roi. »

Cependant le premier président est parti avant-hier, ainsi que le reste de la grand'chambre, pour être tous rassemblés à Pontoise, hier dimanche, et recommencer les séances aujourd'hui lundi. L'ordre porte de reprendre l'administration de la justice, à peine de désobéissance et de privation de leurs charges. Les apparences sont qu'il y aura désobéissance, ou au moins remontrances.

Le bruit est que, cela arrivant, l'on proposera à la cour des aides ou au grand conseil de remplacer le parlement, et, à leur défaut, une commission de maîtres des requêtes qui se tiendra aux Augustins.

Ainsi la cour tente de tous côtés la désunion des gens de robe ; mais il y faut plus de temps qu'on ne croit, et, durant ce temps-là, la nation s'unit en mécontentement si ce n'est encore en effets.

L'on a offert un argent considérable au premier président pour son voyage à Pontoise ; il a accepté quatre mille louis et en a donné un simple reçu au porteur.

La marquise de Pompadour est mieux que jamais avec le Roi. Sa Majesté lui a fait le sacrifice de la petite Morfi (qui prenait racine) ; on l'a mise dans un couvent pour dix-huit mois, sa mère et ses sœurs dans une campagne qu'on leur a louée à vingt lieues de Paris, et l'on vient de faire venir à sa place à Versailles, au Parc-aux-Cerfs, la nièce d'une coiffeuse, qui est très-jolie. Ainsi le Roi a besoin de ces nouveaux ragoûts pour soutenir encore quelque temps ses plaisirs virils.

15 *mai*. — Hier, on a dû lire au parlement séant à Pontoise une déclaration du Roi dont j'ignore encore la teneur; elle regarde, dit-on, la reprise des fonctions de justice et des menaces de la colère du Roi. Je sais que la cour est déterminée à pousser le parlement avec rigueur et vivacité pour le faire plier. D'un autre côté, le parlement et tous les magistrats sont résolus à la plus grande fermeté. Les conseillers d'honneur, même les quatre maîtres des requêtes, habitués à assister à la grand'chambre, ont été entraînés *par honneur* à se rendre à Pontoise pour y participer à cette fermeté et aux disgrâces que cela entraînera.

La cour des aides s'assembla hier pour députer à Pontoise et pour complimenter le parlement sur sa disgrâce. La résolution de cette Compagnie est, dit-on, de ne rien prendre de la dépouille du parlement. Le jour des lettres de cachet données au parlement, M. de Malesherbes, premier président de cette cour des aides, allant à son tribunal, fut hué du peuple comme fils du chancelier, qu'on appelait traître. Il en fut malade de chagrin; mais, le lendemain, pour réparer cette opinion publique, il harangua la compagnie et proposa de lui-même de ne se point désunir du parlement et d'arranger la députation que j'ai dite.

Le Châtelet a fait aussi une députation au parlement pour le même objet que je dis. Le premier président leur dit (assez imprudemment) : « Messieurs, vous êtes à présent le parlement de Paris. » Cette compagnie subalterne est résolue à agir aussi vertement que le parlement sur les refus de sacrements.

L'on dit que M. le Dauphin, en opinant au conseil,

a dit ces mots : « L'on peut bien se passer de parlement, mais l'on ne peut se passer d'évêques. » Plate
maxime et qui sent bien l'éducation donnée par des
cuistres et par des prêtres.

16 *mai.* — J'ai vu hier copie d'une des lettres de
cachet envoyées à chaque officier de la grand'chambre pour se rendre à Pontoise : on y remarque que la
clause pénale, « sous peine de perdre vos charges, »
ne tombe pas sur l'ordre de reprendre les fonctions
de justice, mais sur celui-là seulement de ne pas s'assembler ailleurs qu'à Pontoise. La raison de ceci et de
l'ordre qu'on leur donna en même temps, de ne voir
personne pendant les deux fois vingt-quatre heures
qu'ils se préparaient à ce voyage, venait de la crainte
de cabale avec certaines personnes de Paris.

J'apprends aussi que l'histoire du parlement de
Rouen, dont j'ai parlé, était comme on l'a dit, à cela
près qu'on n'y a pas cessé le jugement des procès particuliers.

J'ai vu un fameux avocat de Paris qui m'a dit travailler avec succès à accommoder le parlement de
Paris avec la cour, de façon qu'il espérait de le voir
rentrer en fonctions le lendemain de la Trinité. Il en
résultera, dit-il, une déclaration qui ne sera point doc-
trinale, mais seulement de discipline, empêchant
désormais l'exaction des billets de confession.

Mais la grande difficulté est que le Roi a l'entêtement superstitieux de ne vouloir rien conclure de ceci
sans les évêques, et les évêques brouilleront toujours
cette affaire. L'on vient de mander ici le cardinal de
la Rochefoucauld, archevêque de Bourges, pour cette

affaire, et l'on a empêché le cardinal de Soubise de partir pour Strasbourg. Je sais que le premier en est très-fâché. L'on se confesse au renard; le premier de ces cardinaux est fort zélé pour la bulle *Unigenitus*. Tant que je verrai s'y prendre ainsi, je dirai que la guerre est plus près de continuer et d'augmenter que de cesser.

La grand'chambre va se jeter dans une négociation captieuse et dangereuse pour son honneur; l'abbé de Salaberry, M. Bochard de Saron et d'autres grands chàmbriers ont grande envie de faire leur cour; difficilement éluderont-ils leur déshonneur. En pareil cas, la négociation va à flétrissure. Les enquêtes seront plus fermes.

Il paraît que Madame Infante de Parme restera encore ici. Elle vient d'obtenir du Roi de ne retourner chez elle que sous la conduite du comte de Noailles, dont le foie va très-mal. Il est allé aux eaux pour se guérir, et ce préalable sera long, dit-on. Ceci doit donner au mari de la princesse très-mauvaise idée de son attachement conjugal.

17 *mai*. — Les lettres de Pontoise[1] disent que le palais pour rendre la justice n'était pas encore prêt aux Cordeliers de Pontoise, et que ce serait le tout si cela l'était pour aujourd'hui ou demain; qu'alors on recevrait la déclaration du Roi, que cette déclaration n'était pas autre chose qu'une copie de celle de

---

1. On trouvera des *Nouvelles de Pontoise* dans le ms. de l'Arsenal déjà cité : J. F., nᵒˢ 87 et 89, *Refus de sacrements*, *Exil des parlements*, fᵒ 330 et suiv. Voy. aussi l'abbé Trou, *Recherches sur Pontoise*, p. 301 et suiv.

1720 en pareil cas. Au reste, on y fait bonne chère, et
il y a plus de tables que de dîneurs : telle est la première loi du Français, en tous les événements, d'abord
epulari splendide, non par gloutonnerie comme les
Allemands, mais par vanité, ou plutôt par émulation
et honneur placé dans les frivolités[1].

J'ai appris de gens qui ont été à mon service, et qui
sont aujourd'hui dans le guet de Paris, que, pendant huit jours, tout le guet à cheval a monté toutes les nuits sans se reposer, pour veiller aux révoltes
et aux mouvements que le peuple pouvait se donner
pour le parlement disgracié : voilà les précautions
militaires que l'on prend dans les tyrannies, plus que
dans les justes monarchies. L'on sait aussi qu'à l'archevêché il n'y a eu, depuis cette époque, que le guichet de
la grande porte d'ouvert, et des gardes cachés contre
la colère du peuple.

Il va être défendu, sous peine de la vie, de faire
paraître imprimées les remontrances du parlement.
La reine de Hongrie a promis une grosse somme d'argent pour les avoir.

18 *mai.* — Il y a eu des ordres à quelques maîtres
des requêtes (que je sais) de rester à Paris pour la
chambre criminelle que l'on médite de substituer au
Parlement. Ces exilés sont fort gais entre eux, et tout
se dispose à une grande et constante résistance. Les
médiateurs ne manquent pas pour aller de Paris à

1. « M. le premier président à qui, dit-on, on a offert beaucoup d'argent de toutes parts, est avec toute sa maison, et a une
table de vingt-cinq couverts. MM. les présidents Mercier et
d'Aligre y tiendront également table ouverte. » *Journal de Bar-*

Pontoise. L'on dit que la grand'chambre, qui est en cette dernière ville, va signifier qu'elle ne peut rien changer aux délibérations prises avec les enquêtes sans les enquêtes elles-mêmes, et que ce parti coupe court aux efforts de cabale, d'intrigue et de fourberie qui travaillent contre sa constance.

Mon fils fut d'avis de tenir un lit de justice au conseil, qui délibérât sur la punition à infliger au parlement. Mon frère craignait, dit-on, qu'à ce lit de justice il ne fût dit au Roi bien des choses extraordinaires, et qu'on ne le nommât lui-même pour le rendre responsable des rigueurs qu'éprouvent les magistrats.

Il n'est pas vrai, comme on l'avait dit, que le parlement ait fait coffrer un vicaire de l'Hôtel-Dieu; mais, au contraire, il est vrai que, le jour de l'exil des conseillers, M. l'archevêque de Paris ordonna à ce vicaire de refuser les sacrements à un malade de l'Hôtel Dieu soupçonné de jansénisme et de qui il n'y avait pas de billet de confession, ce qui a été exécuté et est une chose fort imprudente à cet archevêque.

A Tours, l'archevêque est absolument abandonné, et personne ne va dîner chez lui; le peuple le hue dans les rues. Tout ce qu'on a dit des prétendues grandes charités de cet archevêque n'est que forfanterie, et cela ne va pas, dit-on, à dix mille livres en tout.

bier, t. V, p. 390. Du reste, dans toutes les villes qui reçurent les magistrats exilés, Pontoise, Bourges, Troyes, etc., la tradition locale a conservé le souvenir de la grande chère qu'ils y faisaient.

19 *mai*. — Il vient d'y avoir une banqueroute d'un million sur la place de Paris et de Cadix, par un nommé Fabre, ce qui entraîne de grandes pertes dans notre commerce d'Espagne.

Le pain et les autres denrées continuent d'être très-chers à Paris et dans les campagnes. Les recouvrements ne vont plus dans les provinces, et l'on ruine les misérables par les frais de contraintes. L'on touche à l'épuisement, les bourses se resserrent. Un principal commis de la douane de Paris m'a dit hier que les droits de douane n'avaient pas été à cinquante écus chacun des derniers jours, et ceci dans un temps où ces droits rendent beaucoup. Chacun songe à fuir la capitale. L'on regarde la disgrâce du parlement comme le dernier coup de massue au peu de liberté nationale qui restait.

Un prêtre habitué de Saint-Côme m'a dit hier que, dans cette paroisse, il y avait trois mille communiants, et qu'il s'en fallait de douze cents qu'il n'y eût eu autant de communiants que l'année passée. La même chose à Saint-Sulpice. On ne saurait attribuer la perte de la religion en France à la philosophie anglaise, qui n'a gagné à Paris qu'une centaine de philosophes, mais à la haine conçue contre les prêtres qui va aujourd'hui à l'excès. A peine ces ministres de la religion osent-ils se montrer dans les rues sans être hués, et tout cela vient de la bulle *Unigenitus*, ainsi que de la disgrâce du parlement.

On a trouvé dans plusieurs lieux publics des billets séditieux portant : « *Vive le parlement! meurent le Roi et les évéques!* »

Les princes du sang commencent à s'en mêler par

leurs discours. M. le comte de Charolais dit partout qu'il n'y a pas besoin de chercher d'autre chef que lui, et qu'il est prêt à tout sacrifier pour ramener l'ordre et les principes. M. le prince de Conti a voulu négocier avec le parlement séant à Pontoise; il s'est trouvé sur le chemin du premier président de Maupeou et l'a fait monter dans son carrosse, conversant avec lui une partie du chemin[1]. Ce prince cherche à se donner matière à travail avec le Roi sur toutes les affaires de l'État, disant tant bien que mal, avec plus de diffusion que de système et de principes.

On a eu nouvelle hier que le parlement, composé seulement de la grand'chambre, s'était ouvert jeudi à dix heures aux Cordeliers, à Pontoise. La séance dura deux heures. L'arrêté fut que la déclaration (pour cette translation) serait « enregistrée pour être exécutée conformément aux arrêtés des 5, 7 et 9 de ce mois, » c'est-à-dire *d'obéir en désobéissant*, de ne décider que des affaires publiques, et non de la justice entre particuliers. Il y a eu quelques avis d'y ajouter que l'on supplierait le Roi « de ne voir dans la conduite du parlement qu'un zèle et un attachement inviolable aux maximes fondamentales du royaume, au bien et à la tranquillité publique. » Un autre avis, qui n'eut que trois voix, fut « d'envoyer les gens du Roi à Versailles pour lui porter cet arrêté. »

20 *mai*. — L'on dit que le cardinal de la Roche-

---

1. Le premier président habita, pendant son séjour à Pontoise, la maison de Saint-Martin, mise à sa disposition par le prince.

foucauld s'est excusé de venir, disant que son clergé avait besoin de lui, mais le fond de son excuse étant qu'il n'a rien de bon à proposer, car tout bon Français (comme il est) sent bien qu'il n'y a que le Roi et sa puissance politique qui puissent mettre ordre à ceci par leur seule force; la puissance ecclésiastique ayant rempli tout son rôle, l'exécution de la pacification ne peut venir que de la police séculière.

On loue le parlement de Pontoise comme se conduisant avec grande fermeté; d'autres frondeurs que je connais prétendent toujours que tout va mal, et ne jugent d'un présent triste que par un avenir sinistre : ils assurent, ce qu'ils prévoient, que la grand'chambre, assiégée par toutes les séductions de la cour, lâchera pied incessamment, ce que je ne crois pas.

24 mai. — J'ai eu nouvelle de Pontoise que, vendredi 18 de ce mois, le parlement avait prononcé deux décrets de prise de corps contre le sieur Simoneau, curé de Saint-Remy de Troyes, et l'autre le sieur Collet, son vicaire; et ce, nonobstant les décrets lancés contre eux par le bailliage de ladite ville, car ces décrets subalternes ont été mis hors d'exécution par des arrêts du conseil.

L'on parle de diminuer le ressort du parlement de Paris et d'augmenter celui des parlements provinciaux, ce qui deviendrait un monument de la sagesse du Roi autant que de vengeance. Au reste, il est temps de pourvoir à l'administration de la justice par des commissions au criminel et au civil, ainsi que par l'augmentation de la compétence des présidiaux.

Le livre de la *Tradition des faits*[1], qui prouve le système suivi de l'épiscopat pour assujettir le pouvoir politique, fait grand bruit et progrès dans le public ; l'on déteste les prêtres et les évêques dans le monde, comme gens méchants, fripons et hypocrites.

J'ai eu nouvelle que, le 19, le parlement séant à Pontoise n'avait fait autre chose que de recevoir les harangues et députations des autres cours supérieures de Paris, pour marquer leur regret de son éloignement : ce sont les greffiers qui ont harangué, de la part de la chambre des comptes, cour des aides, grand conseil, cour des monnaies, et le bureau des finances.

Le soir, les gens du Roi ont été à Marly pour y parler au Roi le dimanche : c'est pour rendre compte de l'état des choses qui est peu conforme aux volontés de Sa Majesté, et l'on croit déjà dans Paris qu'il faut se défier de la constance du parlement, tant l'imagination emporte toujours le jugement et corrompt la prévoyance.

On ne doute plus que les autres parlements du royaume ne prennent le même parti et n'imitent celui de Paris dans le soutien de nos maximes contre le sacerdoce.

On a nouvelle, du 17 de ce mois, que le parlement de Rouen, les chambres assemblées, avait décrété un curé sur un refus de sacrement dans le Perche, et que l'on avait lu les remontrances contre les lettres de ca-

---

1. *Tradition des faits qui manifestent le système d'indépendance que les évêques ont opposé, dans les différents siècles, aux principes invariables de la justice souveraine du Roi sur tous ses sujets*, 1753, in-4 et in-12, attribué à l'abbé Chauvelin.

chet à l'occasion de deux femmes criminelles qui avaient été tirées des prisons du parlement, comme nous avons dit.

Un courtisan m'assure que la nouvelle a été fausse que le Roi eût congédié la petite Morfi, et qu'au contraire il l'aimait mieux que jamais. Le jour de la disgrâce du Parlement, elle lui a dit : « Je ne crains que pour vous, je ne vous aime que pour vous ; arrivera ce qu'il voudra à votre royaume, mais renvoyez votre vieille marquise. » Le Roi lui donna une belle tabatière, et, sur cela, elle se mit à sauter et à danser sur les chaises. A Bellevue, le Roi n'a fait que des amitiés extérieures à la marquise ; en quittant ce séjour, il revint sur ses pas pour la remercier de sa bonne réception et il lui baisa la main. Il a vu Mlle Morfi chaque jour pendant ce séjour à Bellevue, et chaque jour il la voit depuis qu'il est à Marly.

22 mai. — M. de Malesherbes, fils du chancelier de Lamoignon, premier président de la cour des aides, est brouillé avec son père, au point que celui-ci lui refuse sa porte : leur brouillerie est venue de tout ce que le fils a dit au père sur la disgrâce du parlement ; par là, le fils a toute la confiance de la compagnie et l'estime du public.

L'on parle pour la semaine prochaine d'un grand conseil qui se tiendra à Versailles, où sont convoqués les princes du sang et les pairs du royaume ; l'on dit en même temps tous les premiers présidents des parlements du royaume mandés en cour. Tout ceci sent beaucoup la réalité de ce qu'on annonce d'un dessein qu'on a de décomposer le ressort du parlement de

Paris, et pour en augmenter les autres parlements
provinciaux, même de charger provisoirement ces
parlements voisins de l'administration de la justice,
en attendant que celui de Paris ait recommencé à
l'accepter.

Une cabale savante, mais pédantesque et de mauvais goût, force le public à ne plus entendre que de
la musique italienne ou de nouveaux opéras saupou-
drés d'italien. Le prévôt des marchands (Bernage) n'a
ni la force, ni l'industrie de surmonter ce méchant
goût; il passe pour un homme de peu d'esprit et devient la risée de ceux qui s'intéressent au spectacle de
l'Opéra. On avait parlé d'avoir ici un opéra italien;
pour moi je demanderais que l'on formât un opéra
français, et j'y souscrirais volontiers pour y avoir
place[1].

23 *mai*. — Les gens du Roi ont été mal reçus
à Marly; par deux fois, le Roi a refusé de les recevoir à son lever, disant qu'il ne voulait pas voir
des gens qui n'avaient que de mauvaises nouvelles à
lui dire. Le maréchal de Noailles s'est piqué de les bien
régaler à Saint-Germain, où ils ont couché deux nuits,
puis ils sont retournés à Pontoise faire ce triste récit.

Tout le monde blâme aujourd'hui le parlement
d'avoir abandonné l'administration de la justice pour
presser le trône de les écouter; c'est ce qui donne à
prendre sur les magistrats, car il faut les remplacer;

1, De tout temps d'Argenson avait pris parti pour la musique
française. Voy. ses *Remarques en lisant*, n⁰ˢ 1727, 2113, 2118,
2188.

autrement, l'on n'aurait su par où les prendre. Cet avis n'a pas passé tout d'une voix; le président de Mazy est enfermé aux îles Sainte-Marguerite pour avoir ouvert ce mauvais avis.

On parle beaucoup du retour de M. de Maurepas au conseil, et des regrets que l'on doit à sa disgrâce, comme si ce n'était pas un petit maître frivole et malin; mais c'est un personnage porté par la cour et digne d'en augmenter la frivolité et les désordres.

Au milieu de cette pénurie universelle, on ne s'aperçoit pas à Marly du moindre défaut du gouvernement; jamais la cour n'y a été si brillante, on y joue un jeu ruineux; le Roi y gagne beaucoup.

24 mai. — Le 24 mai, le parlement a reçu des députés de l'Université qui lui ont fait une très-belle harangue, disant qu'avec le parlement avait fui de la ville la justice et la sûreté publique[1] : je ne sais comment la cour prendra cette harangue.

L'on a travaillé à la procédure du curé de Looze[2], et l'on a pris des mesures comme si cela devait avoir des suites.

Le parlement de Pontoise vaquera le mercredi et le jeudi, il travaillera demain vendredi.

Les grandes remontrances du parlement paraissent d'hier imprimées, et cela va faire un grand chemin

1. « Illustrissime senatus princeps, præsides illustrissimi, senatores carissimi, luctum sane ingentem, magnumque vestri desiderium reliquistis universæ civitati, quæ, ubi vos conspexit abeuntes, videre sibi visa est justitiam, leges ipsas, securitatemque publicam vobiscum simul emigrantes. »

2. Yonne, arrondissement et canton de Joigny.

dans nos têtes françaises : c'est un ouvrage fait pour
fixer et reculer les bornes de l'autorité royale. Il est
étonnant qu'on y ait donné lieu, qu'on ait laissé y
travailler paisiblement, pour ensuite les prohiber si
inutilement.

Les remontrances commencent par dire que les
peuples obéissent aux Rois, et que les Rois doivent
obéir aux lois fondamentales dans une juste monarchie.
Restera à savoir précisément quelles sont ces lois fondamentales, et je ne doute pas qu'il ne s'élève quelque
jour quelque écrivain sage et savant qui les détermine
à l'exemple de MM. Pithou et du Puy qui ont fixé et
dénombré les libertés de notre église gallicane, lesquels sont devenus par là nos grands législateurs sur
cette matière : alors les parlements, chargés de ce
grand dépôt, contrecarreront et abaisseront les Rois
à toute occasion.

Cependant mon frère pousse le Roi à de nouvelles
sévérités contre le parlement. Je sais que c'est le Roi
qui s'est avisé le premier de démembrer le ressort du
parlement de Paris, je sais aussi qui a fait aviser
d'augmenter le pouvoir des présidiaux, j'en ai vu un
mémoire. On a tâté les cours supérieures qui sont
de Paris, pour prendre, par intérim, les fonctions du
parlement, et elles refusent toutes.

Le Roi a supprimé la grande place de père confesseur depuis la mort du jésuite Pérusseau, et, quand
Sa Majesté voudra se confesser, elle prendra le premier
prêtre de sa paroisse, ce qui est une très-bonne action
visant à détruire le pouvoir sacerdotal en France[1].

1. Voy. ci-après, 8 juin.

26 mai. — C'est un faux bruit que le Roi a fait courir exprès, que Mlle Morfi ait été mise au couvent; un homme de la cour m'a dit l'avoir vue mercredi à Marly. Elle a été à La Muette, et, pendant les deux voyages de Crécy déterminés pour le mois prochain; elle a un logement préparé à une lieue de cette maison pour y voir le Roi tous les soirs. Mais le monarque veut que son intrigue avec cette jeune fille soit extrêmement cachée.

Le comte de Maillebois s'est retrouvé subitement parfaitement bien avec le Roi, qui lui marque beaucoup de familiarité et de privauté.

Le maréchal de Richelieu s'est raccommodé avec mon frère, et n'y est ni bien ni mal; dès que cela va jusqu'à l'amitié, il lui demande les choses les plus difficiles, et même les plus impossibles suivant les règles.

27 mai. — Le Roi a ôté toute confiance dans le chancelier, et dans son fils le président de Malesherbes; en sorte que les permissions tacites pour imprimer secrètement des livres à qui l'on n'accorde pas de priviléges s'obtiennent aujourd'hui par M. Berryer, lieutenant de police, à qui mon frère se fie bien plus qu'à mondit sieur de Malesherbes, et l'on se fie de tout à mon frère pour ces choses-là. Quiconque a ce grand pouvoir pour gêner trop la liberté de la presse doit se dénommer le premier commis de la tyrannie.

Le sieur la Beaumelle, dont nous avons parlé[1], est toujours à la Bastille, et l'on dit que la tête lui tourne.

---

1. Voy. plus haut, p. 3 et 12, et Delort, *Histoire de la détention des philosophes*, t. II, p. 240 et suiv.

Un de ses amis a eu permission de le voir et lui a
trouvé déjà l'air égaré. C'est un homme de vingt-six
ans, d'un esprit fort vif, et à qui la prison doit faire
cet effet. M. le duc d'Orléans déclare qu'il n'a point
requis sa disgrâce, et qu'il ne s'oppose point à ce
qu'elle finisse ; le ministre répond que c'est pour autre
chose qu'il est détenu. Il y a apparence qu'il est détenu par les prêtres, par ces prêtres cruels, inquisi-
teurs et bourreaux, et haïs dans le monde aujour-
d'hui. La Beaumelle a écrit quelque chose contre la
superstition dans sa défense du président de Montesquieu.

28 *mai.* — Les nouvelles de Pontoise sont que, le 26
de ce mois, on y a travaillé à l'affaire du curé de Looze.
On a lu quelques informations, puis on a remis le reste
à aujourd'hui pour faire filer cette procédure et s'occuper de quelque chose.

Les maréchaussées ont ordre d'arrêter sur les che-
mins les troupes du parlement qui sont les huissiers,
au cas qu'on en rencontrât qui allassent pour exécuter
des décrets.

Il paraît présentement jusqu'à trois éditions des
grandes remontrances du parlement, et cela ne se
vend plus que 2 livres 10 sous. La porte une fois ouverte pour cette lecture, l'on fait bien de l'ouvrir à tout
le monde, cela empêche les étrangers de s'enrichir du
commerce de notre librairie, elles augmentent beaucoup l'opinion publique contre les prêtres, contre les
vexations de la cour, et contre cette maudite Constitution *Unigenitus*. On négocie beaucoup à Pontoise avec
la cour ; le premier président passe ses journées à

Vauréal[1] chez M. le prince de Conti. Ce prince se donne pour grand négociateur; c'est encore mon frère qui le recommande auprès du Roi, sans considérer le danger qu'il y a de confier ainsi à un prince des affaires des sujets à leur maître. Autre négociateur, le président Gilbert avec son père, conseiller d'État, magistrat bien en cour, et homme instruit, mais d'un fort petit esprit.

Il y a à Pontoise des tables bien servies et fort abondantes chez les présidents à mortier, c'est à qui s'enlèvera les convives.

Mauvaise ressource que la négociation dans une affaire dont les principes sont invariables; quand on en sera aux enquêtes, elles refuseront tout, et exigeront des choses impraticables, ce sera honte au Roi, honte au parlement, le clergé sera inflexible dans sa dureté. Mauvaise besogne que tout ceci.

Cependant le Roi ne perd pas une cadence de ses voyages de côté et d'autre; j'ai la liste de ses voyages pour jusqu'à Compiègne, ce qui coûte beaucoup d'argent et dérange continuellement l'expédition des affaires.

30 *mai*. — L'on me mande de Pontoise que M. le prince de Conti négocie toujours avec le premier président. Quelle négociation par un jeune prince du sang, et d'un esprit aussi confus et aussi peu sage que je connais le sien, et quel secours que la négociation, là où il faut des principes, prendre les bons, laisser les mauvais !

1. Sur la rive droite de l'Oise, au-dessous de Pontoise.

Cependant l'on ne voit à Paris que des gens ruinés par la cessation de justice, des retrayants qui ont leur argent consigné et qui en payent l'intérêt, des créanciers colloqués et qui ne tenaient plus qu'à quelques arrêts de forme quand la justice a cessé dans le ressort du parlement de Paris, et quantité d'autres. Les procureurs au parlement ne veulent pas travailler, à l'exemple des avocats; ceux du Châtelet se donnent les mêmes airs pour la moitié d'eux; on ne fait rien dans aucun des tribunaux de Paris; le lieutenant civil est obligé de donner des sentences de défense contre ses propres jugements: on n'a jamais rien vu de semblable à tout ceci.

Le 28, le parlement de Pontoise a supprimé ses propres remontrances, comme imprimées sans permission, sans nom d'imprimeur ni lieu d'impression, ainsi cela les authentique, en ne les blâmant pas autrement. L'on a condamné au feu, sur les conclusions des gens du Roi, deux estampes favorables et glorieuses au parlement, mais satiriques du gouvernement[1].

31 *mai*. — Mon frère a travaillé avant-hier quatre heures avec le Roi à Marly touchant les affaires du parlement; l'on juge que c'est pour le punir par quelque grand coup, comme suppression de chambres et d'officiers, morcellement de ressort, et supplément à l'administration de justice aujourd'hui si abandonnée.

1. Elles avaient pour légende . l'une, SENATUS OPTIMO PRINCIPI; l'autre, JUSTITIA RELEGATA FLECTI NESCIA.

Le 29 mai, on a jugé à Pontoise l'affaire du curé de Looze : il y a eu injonction et aumône de 30 livres.

L'imprimeur du parlement a imprimé la déclaration du Roi du 11 mai pour transférer le parlement à Pontoise, avec l'enregistrement qui n'en ordonne l'exécution qu'à la charge des arrêtés des 5, 7 et 9 mai, c'est-à-dire pour n'y point travailler aux procès, comme le Roi le leur ordonne, et pour ne travailler qu'aux affaires publiques et religieuses, comme le Roi le leur défend expressément.

Ceux qui arrivent de Marly disent que la marquise de Pompadour paraît extérieurement en haute faveur plus que jamais, d'autres que sa disgrâce approche et qu'elle est convenue avec le Roi de procédé convenable pour tourner ce commerce en bonne amitié, qu'elle ira à Crécy deux jours avant le voyage que le Roi y doit faire, puis que quelque prétexte viendra pour que le Roi contremande son voyage. Depuis huit jours, l'on a mis deux cents ouvriers à l'hôtel d'Évreux pour y apprêter son logement, et le peuple qui voit ces travaux des Champs-Élysées, dit : Voilà pour renfermer la belle !

1er *juin.* — Il y a une négociatrice pour le parlement, entre mon frère et cette compagnie. La dame Prévost, grande p.... ci-devant maîtresse de Le Normant l'avocat, et de plusieurs membres du parlement, comme du président de Nassigny[1], de l'abbé de Salaberry et de plusieurs autres, femme riche par son

1. Moreau de Nassigny, conseiller au parlement, 1711 ; — président à la 1re des requêtes, 1713 ; — conseiller d'honneur en 1750.

amour intéressé, ayant de la voix, du manége et peu
d'esprit, loue l'hôtel d'Effiat, où mon frère a sa bibliothèque et son appartement en bas pour coucher, cet
hôtel joignant le sien, rue des Bons-Enfants. Elle a
grand accès auprès de ce ministre, et le voit longuement quand il est à Paris. C'est donc là où quelques
parlementaires intrigants se sont adressés pour adoucir
le ressentiment de ce ministre contre la compagnie, et
pour l'assurer qu'on changerait les mauvais sentiments
en bons si l'on accommodait l'affaire près du Roi.

Le parlement de Rouen a reçu des lettres patentes
à l'effet de surseoir aux procédures qu'il faisait à son
procureur général pour avoir exécuté l'ordre du Roi
en faisant sortir deux prisonnières de la Conciergerie,
ces lettres patentes ordonnant au parlement de ne se
plus mêler de cette affaire. Ledit parlement a fait des
remontrances au Roi, et la cour, se corrigeant sur
l'exemple du parlement de Paris, a écouté favorable-
ment ces remontrances, et a dit dans sa réponse qu'il
y avait des circonstances et des vues supérieures qui
obligeaient à faire certaines choses, etc., de sorte que
le parlement de Rouen, adouci par cette réponse atten-
tive et miellée, et, d'autre part, effrayé par le traitement qu'essuie le parlement de Paris, a enregistré les
lettres patentes et a obéi.

L'on canonise à Rome le cardinal Bellarmin, jésuite. Nous ne reconnaîtrons pas ce saint en France,
vu tout ce qu'il a écrit contre l'indépendance de la
couronne et contre nos libertés.

2 *juin.* — Il est vrai que M. le prince de Conti négocie avec le parlement et fait entendre au Roi qu'il

va accommoder l'affaire. Il reste à Vauréal plus longtemps qu'il n'avait dit par-delà le voyage de Marly. Il
croit s'être gagné le premier président, et il y a à craindre pour celui-ci qu'il ne le perde avec sa compagnie.
Le prince de Conti est soufflé, partie par le jésuite La
Tour, partie par mon frère; il est brouillé avec la
marquise et avec M. de Machault; il est grand pédant,
plein d'idées, de digressions et de parenthèses, au
lieu de concision; c'est diffusion extrême que tous ses
discours; l'entassement de ses idées l'empêche de juger
et même de penser. Ennemi des plans, il présume
pour ses succès par l'opinion qu'il a de sa capacité; il
se croit un grand Condé à la guerre, un Richelieu
en politique, et au fond ce n'est qu'un plat brouillon.
C'est avec ces qualités qu'on le met en avant pour accommoder l'affaire du monde la plus difficile, où il
n'y a point à transiger, mais à décider des principes
dont les contraires sont affermis de chaque côté, du
côté du Roi par la séduction des prêtres et des courtisans, et du côté du parlement par l'honneur et la
conscience de magistrature et de citoyen. Par là, mon
frère, avec son habileté ordinaire, détourne les résolutions tranchantes de dessus son compte, il laisse au
prince la rupture qui suivra la négociation, et au
chancelier les expédients difficiles et insultants à la
nation. Il fait dire dans le monde qu'il respecte beaucoup le parlement, et que cela ne vient pas de lui.
Tous les jours, M. le prince de Conti a été à Marly,
ou y dépêche des courriers pour cette affaire. Le
Roi y a cru une fin prochaine, et, la semaine dernière, le chancelier commençant à parler au conseil
des moyens pour remplacer le parlement dans l'ad-

ministration de la justice, le Roi le fit taire, en disant
que cette affaire s'accommoderait bientôt; ce qui n'est
point arrivé. Cependant l'on blâme avec raison dans
le public de ce que Sa Majesté se sert d'un prince du
sang pour arranger une telle affaire, car c'est le
moyen de le faire figurer dans la nation, de le rendre
chef de parti.

Mon frère a fait si bien près du Dauphin et de la
Reine qu'il en a déplacé entièrement la bonne opinion
de M. de Maurepas, de sorte que celui-ci en est présentement méprisé et haï : tant les prêtres ont servi
le premier !

Par là, mon frère se trouve avoir l'un des plus forts
partis que ministre puisse avoir à la cour présente,
le sacerdoce et les jésuites, la Reine, le Dauphin, la
famille royale, et en particulier M. le prince de Conti,
le seul de nos princes du sang qui ait accès libre près
du Roi et qui commence à devenir un espèce de favori.

Je sais que la proposition du chancelier, qui a passé
depuis quelques jours à un comité, pour suppléer au
parlement tant que durera son exil, consiste en ceci :
donner ces fonctions à des corps, et non à une
commission composée d'officiers nommés et choisis.
Ce corps sera tout le conseil privé. Les conseillers
d'État en seront les présidents à mortier, et les maîtres
des requêtes des deux quartiers qui ne sont ni au conseil ni aux requêtes de l'hôtel en seront les conseillers.
On y joindra le semestre du grand conseil qui n'est
pas actuellement de service, avec quelques colonnes
du Châtelet et pour le criminel. On exemptera le
lundi pour vaquer au conseil des parties. L'on divisera
le tout en deux chambres seulement, l'une pour le ci-

vil, l'autre pour le criminel. Les procureurs au grand
conseil y occuperont, et cela se tiendra aux Augustins.
On n'a pas voulu que cela se tînt au Louvre à cause
des exécutions qu'il faut y faire ; le tout ira comme il
pourra.

6 *juin*. — Les gazettes étrangères assurent que le
cardinal de Tencin va être rappelé à notre ministère,
et qu'on y a grand besoin de sa prudhomie. Véritablement ces nouvelles annoncent souvent la vérité, car
elles se composent sur des lettres des étrangers rési-
dant en France qui furetent et qui savent ce que nous
autres citoyens ne savons pas.

Tout le monde dit que la marquise de Pompadour
est plus puissante que jamais ; voilà deux longs voyages de Crécy avant celui de Compiègne qui sera le
4 juillet. On l'accuse faussement d'avoir fait empoisonner Mme de Choiseul, la comparant à Mme de
Montespan, qui fit, dit-on, empoisonner Mme de Fon-
tanges. L'on prétend qu'après ses couches le Roi l'aurait déclarée sa maîtresse ; mais ce sont là de faux
bruits du courtisan malin.

7 *juin*. — J'ai appris d'un homme du conseil que
la négociation de M. le prince de Conti chemine toujours, mais avec le plus grand mystère. Le chancelier
n'en est point informé, ni autres du conseil, excepté
le garde des sceaux et mon frère. Le Roi y compte
beaucoup, et n'a pas encore voulu écouter au conseil
le projet arrêté aux comités pour les commissions de
supplément aux fonctions de la justice, ce qui continue
cette anarchie et le déni de justice aux particuliers.

M. le prince de Conti se flatte d'être nommé ministre du conseil d'État s'il parvient à accommoder les affaires du parlement; mais mon frère se gardera bien de le souffrir : cela serait d'une très-mauvaise politique pour le Roi, et M. le Dauphin s'en plaindrait fort, ne l'étant pas aussi. Mon frère est bien aise d'être confident et soutien de ce prince du sang, mais ne veut pas en faire son supérieur.

M. de Tilly ayant été présenté au Roi par M. de Saint-Contest, il en fut reçu l'autre jour avec beaucoup de bonté. Le maréchal de Noailles, entêté pour ses Chavigny et Vergennes, était là qui criait tout haut qu'il était honteux qu'on reçût un homme qui avait traversé les bonnes opérations que l'on voulait faire en Allemagne, et qu'il fallait en parler au conseil. Je ne sais ce qu'il y dit; cependant l'on trame auprès du Roi le renvoi dudit Tilly à Manheim, ce qui mortifiera beaucoup ce vieux fol de maréchal, ce maréchal autrichien.

8 *juin*. — L'extension du droit de contrôle des actes par de simples arrêts du conseil est au nombre des choses que la finance établit sans enregistrement au parlement. M. de Machault vient de l'étendre aux remises de productions de procureur à procureur, pour raison de quoi les commis au contrôle font payer de gros droits. Cela ruinera, dit-on, les plaideurs, à qui il en coûte déjà assez; cela cause aujourd'hui une révolte générale dans tous les parlements. Celui de Toulouse a commencé par décréter le principal commis au contrôle, et lui fait son procès comme concussionnaire. Autant en viennent de faire les par-

lements de Besançon et de Rennes; mais les arrêts du
conseil qui cassent et évoquent surviennent promptement.

Les finances se dérangent de plus en plus, à ce que
me dit un grand financier. La banqueroute de la maison de Girardon, à Cadix, va à près de huit millions;
quantité de nos financiers y perdent.

L'on m'apprend aussi que l'on travaille à augmenter la capitation de la ville de Paris. L'on prétend
qu'elle est trop ménagée par les radoucissements du
bureau de la ville, et l'on compte de l'augmenter pour
l'année prochaine de plus de deux millions, ce qui
fera beaucoup crier.

Le receveur des finances de Sedan m'a dit que le
commerce et les manufactures y étaient beaucoup
tombés, depuis deux ans, par les mauvais et gênants
réglements que l'on avait faits. Le recouvrement des
finances, tailles ou subsides ne peut plus s'y soutenir,
les receveurs généraux prennent pour eux toutes les
gratifications pour avances, et les receveurs des tailles
n'amendent pas le denier vingt de leurs avances; ils
offrent d'en compter de clerc à maître, mais on le
leur refuse; ils n'ont pour eux que les contraintes, qui
sont le sang du peuple, mais bientôt l'épuisement sera
total, et l'on y tombe.

L'on assure que la négociation de M. le prince de
Conti, pour rétablir le parlement de Paris à Paris dans
ses fonctions, est absolument manquée, et que le Roi
ne veut plus donner audience à ce prince sur ces affaires, et qu'il a seulement permission de travailler sur
cela avec les ministres.

Le Roi vient de se nommer un confesseur qui se

nomme le P. Desmarets, jésuite; il était recteur du
noviciat; c'est, dit-on, un grand directeur et homme
fort doux. Ainsi l'on change souvent de principes à la
cour. Les enfants de France avaient grande impatience
d'avoir cet outil pour leur salut, et les fêtes de la Pentecôte y invitaient; mais il eût été à souhaiter que
ce ne fût pas un jésuite[1]; le Roi a été emporté par sa
famille.

10 *juin*. — La *Gazette d'Utrecht* transcrit en entier
les grandes remontrances du parlement du 9 avril,
disant qu'elles sont les plus belles de ce qui a paru
depuis l'établissement du parlement, et qu'elles
méritent de passer à la postérité. C'est sans doute
ce qui faisait différer le passage de cette gazette en
France.

Les trente conseillers, ou environ, exilés à Bourges,
sont les plus fermes du parlement[2]; ils ont envoyé depuis peu un grand mémoire à la grand'chambre, séant
à Pontoise, pour protester contre tout ce que décide-
rait la grand'chambre pour le parlement, disant
qu'elle ne représente point le corps. Ce mémoire est,

1. L'usage de choisir un jésuite pour confesseur du Roi n'avait
été interrompu dans ces derniers temps qu'en faveur de l'abbé de
Fleury.

2. Ils s'appelaient eux-mêmes première et grande chambre des
enquêtes, s'attribuaient la mission de représenter quelque chose
du parlement d'une manière spéciale, et, dans cette circonstance,
se firent des registres à eux, distincts de ceux de la cour, non-
seulement pendant l'exil, mais même longtemps après la réinté-
gration. Ces registres sont au nombre de douze, de mai 1753 à
décembre 1767. Grün, *Notice sur les Archives du parlement*,
p. 186.

dit-on, un tocsin très-séditieux. On y dit entre autres
choses que, si le Roi a cent mille hommes pour soutenir ses ordres absolus, ils ont pour eux le cœur et la
volonté des peuples.

Il est vrai que ce petit parlement de Pontoise est
aujourd'hui fort divisé par l'adresse des ministres : le
premier président a envie de le raccommoder avec le
Roi. M. le prince de Conti a pris de lui les moyens
d'accommodement en proposant une déclaration du
Roi pour imposer et exécuter un silence absolu de la
bulle *Unigenitus*. Le président Chauvelin crie partout à
Pontoise qu'il faut reprendre les fonctions de justice ;
aussi est-il fort discrédité dans la compagnie. Le président de Maupeou, fils du premier président, travaille
aussi pour la cour ; le président Gilbert est estimé dans
la compagnie : les conseillers d'honneur et quelques
honoraires sont les plus fermes, car ils ne dépendent
pas du chef pour la distribution de procès ; tout est
cabale et intrigue. La grand'chambre a pris la salutaire
résolution de ne point entamer de nouvelles affaires
de refus de sacrements et de finir seulement celles qui
sont encommencées. M. le chancelier est fort méprisé
dans toute cette affaire, ne se conduisant que par le
seul conseil des jésuites. On sème la zizanie avec succès
parmi les grands chambriers.

L'on dit que cette conjoncture est heureuse pour
M. le prince de Conti. Cependant l'on m'a détaillé le
mauvais ménage de ce prince : il a arrangé ses affaires
de façon qu'avec disgrâces immenses qu'il a reçues du
Roi, il doit plus que jamais, et qu'il n'est pas en état
de marier son fils, n'ayant pas cinquante mille livres
de rentes à lui donner.

L'on parle aussi avec plus de douleur que jamais de l'épuisement de nos finances royales : le Roi a déjà donné plus de quatre-vingt-dix milles livres comptant à un moine bénédictin qui lui construit de grands télescopes, et ce moine s'en moque.

12 *juin.* — Le mémoire des trente exilés de Bourges dont j'ai parlé commence à faire grand bruit, et je crois que nous en aurons bientôt des copies, même imprimées[1]. L'on dit qu'il a redressé les sentiments de M. le premier président et ceux de M. le prince de Conti. L'on craint que ce prince ne devienne absolument du parti du parlement, et qu'on ne lui inspire ce sentiment dangereux de trouver le Roi mal conseillé, et lui, prince, joué et méprisé dans ceci, après s'y être donné tant de peine. Il n'est pas indifférent que les remontrances du parlement aient montré sa raison, sa bonne conduite et son martyre pour la bonne cause. Ceux qui conseillent mal le Roi courent plus de risque qu'on ne pense.

Il court une très-mauvaise réponse et méprisée de tout le monde : elle est du P. Patouillet, jésuite, et fortifie les remontrances du parlement, au lieu de les détruire en la moindre des choses[2].

Ce sont toujours de faux bruits que ceux qui courent du renvoi de la demoiselle Morfi ; le Roi l'aime

1. Lettre de MM. les exilés à Bourges, du 30 mai 1753, à MM. de la grand'chambre, à Pontoise. Juin 1753, 6 p. in-4, broch.

2. Il s'agit probablement de l'ouvrage publié sous le pseudonyme du frère de la Croix : *Le progrés du jansénisme découvert a Mgr le chancelier*, 1753, in-12.

plus que jamais ; je sais quelqu'un qui l'a vue dimanche à Versailles, et l'on dit même qu'elle se nomme
aujourd'hui Madame. Le bruit était grand avant-hier,
quand je suis parti de Paris, que la marquise de Pompadour devait rester à Crécy, par convention entre
elle et le Roi, et elle a dit à un de ses amis qui me
l'a répété, qu'elle n'irait pas à Compiègne, et qu'elle
resterait à Crécy pour prendre du lait pendant le
voyage.

13 *juin.* — On me mande de la cour que la marquise de Pompadour est, à la vérité, restée à Crécy,
mais que ce n'est que pour trois jours d'intervalle entre
le premier et le deuxième voyage du Roi audit Crécy,
comptant que Sa Majesté y reviendra aujourd'hui ;
ainsi, il n'y a encore rien d'avéré sur sa disgrâce.

La lettre et le mémoire des conseillers exilés à
Bourges, écrits à ceux de Pontoise, font grand bruit, et
l'on va en avoir incessamment des copies.

Le Roi a déclaré qu'il ne voulait, pour la place
de l'Académie française, où l'on va élire aujour-
d'hui, ni le sieur Piron, à cause de ses anciens
vers licencieux, ni d'avocats, entendant parler de
M. du Vaudier, fameux avocat du barreau, à cause
que ces messieurs-là ont abandonné leurs fonctions.
Ainsi l'on croit que M. de Buffon, de l'Académie des
sciences, va être élu, quoique la Sorbonne travaille
actuellement à censurer son dernier ouvrage[1].

14 *juin.* — Voici que cette maudite et stupide loi de

---

1. Voy. t. VI, p. 310. Cette censure n'aboutit pas.

géne, pour empêcher de planter les vignes et pour arracher toutes celles que peut le gouvernement, s'empare de nos intendants plus que jamais : c'est à qui se signalera davantage dans cette carrière. M. de Sauvigny, intendant de Paris, qui est de mes amis, s'y échauffe de bonne foi; il dit qu'il a bien étudié cette matière et qu'il est convaincu qu'il fallait détruire les vignes en France, parce que les vignerons étaient souvent misérables. Oh quelle stupide loi! J'ai fait un mémoire là-dessus.

15 *juin*. — J'apprends quelques détails de la rupture de toute négociation pour l'affaire du parlement. M. le prince de Conti proposait un accommodement impossible : l'on savait que ce plan de paix lui était tracé par le jésuite La Tour, et quelque désireux que fût celui-ci de la gloire de son ancien élève, il était cependant comptable envers la Société des jésuites de ne rien produire contre les principes jésuitiques et ultramontains; mais, les préliminaires de cette paix ayant fait quelque chemin, il s'est encore trouvé que les ministres ne voulaient pas qu'un prince du sang mît la faux dans leur moisson. Enfin est arrivée cette lettre dont j'ai parlé, écrite par les trente exilés de Bourges, puis une autre par les exilés de Poitiers; et enfin une troisième par les exilés d'Angoulême. Toutes ces lettres déclarent qu'elles désavouent la grand'chambre de tout accommodement qu'elle ferait sans y appeler les Enquêtes, demandant à être convoqués préalablement; sur quoi le premier président a déclaré qu'il ne voulait ni ne pouvait plus traiter.

L'on dit le Roi courroucé; l'on s'attend à tout mo-

ment à quelque coup violent, comme de morceler le
ressort du parlement de Paris, ou même de supprimer
le parlement en entier. Le Roi est bon, timide, mais
violent quand on le presse, n'aimant pas à reculer, et
malheureusement quantité de ministres et de favoris,
et surtout la prêtraille, le poussent à ces actions de
violence.

L'on va voir ces jours-ci la commission du conseil
pour servir de chambre des vacations.

Cet exil du parlement, allant jusqu'au voyage de
Compiègne, ira même plus loin, et au moins jusqu'à la
Saint-Martin prochaine.

L'on m'assure aussi que les autres parlements provinciaux sont très-chauds et prêts à prendre le même
parti que celui de Paris, pour peu qu'ils soient poussés par quelque occasion. Celui de Provence est actuellement dans les mêmes termes avec son archevêque que le parlement de Paris. Il a décrété des
curés pour refus de sacrements, et ne veut pas démor-
dre; à celui de Toulouse, il s'agit du contrôle des
actes, etc.

16 *juin.* — Le Roi a mandé le président de Montesquieu, directeur de l'Académie française, pour
donner positivement l'exclusion à l'élection de la
place de l'archevêque de Sens, à Piron et à du Vaudier l'avocat. Par là, l'élection a été remise à aujour-
d'hui. Ces élections sont sujettes à être tumultueuses.
On observera que la marquise de Pompadour avait
ci-devant donné parole à Piron pour la première place
à l'Académie française; ainsi voilà un commencement
de dérogeance marquée à son crédit.

J'apprends des circonstances de cette même affaire,
que le président de Montesquieu a été mandé par mon
frère pour lui donner les ordres du Roi, et que Sa
Majesté les a donnés lui-même à ce directeur de
l'Académie. L'ancien évêque de Mirepoix avait montré
au Roi l'*Ode à Priape*, ouvrage de la jeunesse de
Piron, ce qui lui a procuré cette note d'exclusion, et
ce même censeur ecclésiastique a crié pour qu'on
n'admît point d'avocats dans la circonstance présente.
L'Académie assemblée a été frappée de ce coup et ne
voit plus de liberté dans ces exclusions multipliées;
on a remis l'élection à samedi prochain, et l'on ne sait
qui on prendra chacun craint : une pareille note de la
part de son maître. Buffon, dont l'histoire naturelle
est actuellement examinée en Sorbonne, d'Alembert,
qui est de l'*Encyclopédie*, se retirent dans la crainte
de note subite et infamante; il ne restera que des
plats pieds à élire. Je sais encore Bougainville qui espérait, mais que l'on soupçonne de jansénisme; et
l'abbé de Condillac, métaphysicien, mais qui a trop
parlé de l'âme. Certes cette exclusion par le souverain, ainsi mise à tous les jours, est une indis-
crétion de souveraineté; le feu Roi ne l'a employée
qu'une seule fois en sa vie. Il paraît que l'on travaille
de tous côtés à établir l'inquisition en France, et plus
nos prêtres sont haïs, plus ils réussissent à se rendre
haïssables.

L'on me mande qu'il n'est à Paris non plus question
du parlement que s'il n'existait pas; l'on croit cependant que lundi, les vacances de la Pentecôte à la Trinité finissant, l'on verra les commissions nommées
pour suppléer au parlement.

Il n'est pas question non plus de la retraite de la marquise de Pompadour. L'on voit une liste imprimée des courtisans nommés du second voyage de Crécy, qui finit aujourd'hui.

Mme Adélaïde a des maux de cœur tous les matins ; la médisance publie qu'elle est grosse, et que c'est des œuvres du cardinal de Soubise ; d'autres en nomment un auteur encore moins à nommer.

19 *juin.* — Le parlement de Provence enchérit encore sur le parlement de Paris et paraît ne point craindre la cour sur le fait de la bulle *Unigenitus.* Par un arrêté du 16 mai, les chambres assemblées, il est ordonné au procureur général et aux tribunaux de veiller à la liberté des fidèles, d'empêcher les interrogatoires sur la bulle, et l'exaction des billets de confession. Le parlement a sévi contre l'évêque de Sisteron, qui avait fait schisme à la mort d'un chanoine nommé Eymar.

A Toulouse, même hauteur contre la persécution des unigénitaires, nommant cette poursuite étrange innovation, et pratique inhumaine, inconnue à toute l'antiquité ; condamnation au feu de deux livrets faits par les évêques molinistes.

Cependant bien des gens croient que le parlement de Paris va être supprimé par le Roi, et que le despotisme du ministère va se servir de cette occasion pour rompre tout frein et toute gêne. Jamais il n'y aura, dit-on, de si propice occasion pour ce coup d'état. Depuis six semaines on accoutume le public à s'en passer ; le parlement de Pontoise est plus désobéissant que celui de Paris.

20 *juin*. — L'on me mande que le comte de Maille-bois, mon gendre, vient d'avoir la survivance du gouvernement de Douai de son père.

L'abbé de Bernis a parole et expectative de la première place de conseiller d'État qui vaquera. A peine est-il arrivé de Venise, sa première ambassade, et où il n'a rien à faire, qu'il en reçoit déjà cette grosse récompense. Ce sont de ces gens aussi aimables dans la société que peu utiles à la république; toute leur récompense devrait être des invitations aux festins.

L'entrée du nonce Branciforte, qui apporte des langes bénis à M. le duc de Bourgogne, a été, dit-on, admirable par les plus beaux carrosses et les mieux peints aux Gobelins.

21 *juin*. — On m'assure que la fameuse place de l'Académie française, si disputée, est destinée à M. de Bougainville, secrétaire de celle des belles lettres. Son jansénisme d'éducation a été dissimulé d'une façon heureuse; depuis quelque temps, il fait le bon compagnon pour se sauver de la tache d'hypocrisie; il est asthmatique et ambitieux.

Mon frère est allé à Bizy, chez le maréchal Bellisle, pour le nouvel essai de mine.

Le chevalier de Montaigu, menin de M. le Dauphin, se meurt.

Le départ du Roi pour Compiègne est toujours fixé au 5 juillet.

22 *juin*. — Le Pape, apprenant l'exil du parlement de Paris, y a montré grande modération et a imposé

silence à un prélat qui en témoignait grande joie, disant que c'était un sujet de gémissement plutôt que de joie.

Le gouvernement britannique a surmonté les plus fortes oppositions qu'il y avait au bill pour la naturalisation des juifs.

Le docteur Cameron[1] a été exécuté; il a montré beaucoup d'héroïsme et de christianisme en mourant. Sa femme importunant beaucoup, on l'a elle-même enfermée dans la Tour. Le 6 juin, on a amené d'Écosse à Londres beaucoup de coupables qui n'ont pas profité de l'amnistie.

26 *juin*. — Il paraît en Angleterre libelles de tous côtés, satires et réponses contre le bill de naturalisation des juifs[2]. Un membre du parlement vient de se retirer dans ses terres avec ses domestiques ayant sur leurs chapeaux cette inscription : « Point de juifs, point de bill de naturalisation, vive à jamais les vieilles maximes d'Angleterre et le christianisme! »

27 *juin*. — Le 22 de ce mois le parlement de Toulouse a décrété le vicaire d'Allery[3], déjà arrêté, et l'a assigné à huitaine.

M. le prince de Conti continue ses conférences avec les présidents à mortier. L'on s'attendait toujours à

---

1. Voy. sur cette affaire lord Mahon, *History of England*, t. IV, p. 31.

2. Voyez Th. Wright, *England under the House of Hanover, illustrated from the caricatures and satires of the day*, t. I, p. 253.

3. Diocèse d'Amiens.

une déclaration du Roi pour lundi dernier. Cependant deux nouveaux mémoires, envoyés de Bourges,
ont bouleversé, dit-on, les esprits à Pontoise, de façon
qu'on y voit peu d'espérance que la grand'chambre
finisse quelque chose sans les enquêtes. Le déshonneur devant les yeux arrête les esprits.

Par une lettre de Rouen du 21 de ce mois, j'y vois
le même train qu'à Paris. A Verneuil, diocèse
d'Évreux, nouveaux refus de sacrements : le parlement de Normandie a décrété le curé, et a envoyé un
officier à l'évêque pour lui enjoindre de faire finir le
schisme et le scandale. En même temps, les chambres
assemblées ont fait un réglement semblable à celui
du 18 avril 1752 du parlement de Paris; il y est défendu aux ecclésiastiques de rien innover dans l'administration extérieure des sacrements, de faire aucun
acte tendant au schisme, et d'étendre les peines ecclésiastiques fixées par les lois de l'Église, établies dans
le royaume; leur enjoint, dans l'administration des
malades, de se conformer aux dispositions des canons
et des réglements autorisés, à peine contre les contre-
venants d'être punis comme perturbateurs du repos
public et punis suivant la rigueur des ordonnances;
ordonne l'impression et publication de ce nouveau
réglement, etc.

On a nouvelle que Voltaire a été arrêté à Francfort
et qu'il ne sortira pas de son arrêt qu'il n'ait restitué
au roi de Prusse son contrat d'engagement avec lui
et un gros volume de poésies qu'il emporte à ce monarque. Ce poëte est capable de porter ceci au conseil
aulique et pensant trouver un vengeur dans le chef
du corps germanique, et voulant que chaque gazette

fasse mention de lui. Oh vanité poétique! courage d'esprit et bassesse de cœur[1]!

28 *juin*. — Querelle considérable et qui augmente entre Pâris Duverney et Vandières, directeur général des bâtiments, au sujet de l'École militaire : le second reproche au premier des dissipations de fonds, et l'autre des traits de malhonnêteté, ce qui est croyable par les gens dont celui-ci se sert : il a pris pour administrer les fonds le sieur Valmy, ci-devant intendant du grand prieur d'Orléans, qui l'avait tant ruiné, puis le poëte Marmontel[2].

Ces querelles importunent beaucoup le Roi qui, d'ailleurs, commençant à se lasser de la marquise de Pompadour, pourrait bien congédier un de ces jours le sieur de Vandières.

J'ai reçu un arrêt du conseil imprimé; il est du 13 de ce mois; il casse celui du parlement de Rouen du 6 de ce mois, comme attentatoire à l'autorité du Roi. En effet ce parlement normand, ayant vu sa procédure contre un curé refuseur de sacrements à Verneuil au Perche cassée par un arrêt du conseil, n'en a tenu compte, et a suivi et aggravé la même procédure. Attendons-nous à voir également casser leur arrêt de règlement pour arrêter le schisme et réprimer les prêtres.

Il y a un nouveau refus de sacrements à Sens, à la Sainte Table, et contre un anti-constitutionnaire; cela va faire du bruit.

1. Voy. *Voltaire à Francfort*, par M. Saint-René Taillandier, dans la *Revue des Deux-Mondes*, 15 avril 1865.

2. Voy., sur les rapports de Marmontel avec M. de Vandières, ses *Mémoires*, liv. V.

M. de Machault a écrit au parlement de Toulouse qu'il voulait bien leur épargner de rendre compte au Roi de leur procédure contre le directeur du contrôle, et a donné de nouveaux ordres pour que l'on prît un gros droit sur les remises de sacs de procureur à procureur.

Après beaucoup de contestations, on a élu M. Buffon à l'Académie française, quoique la théologie le répute pour déiste et procède actuellement à l'examen de son dernier livre sur l'histoire naturelle. L'on va donner une pension au sieur Piron pour le consoler de l'exclusion royale qu'il a eue. On attribue à M. de Bougainville, qui y prétendait, les exclusions données, car il est dévot, et par conséquent, dit-on, envieux et méchant; on lui prépare des épigrammes.

1er *juillet*. — Les nouvelles de Pontoise sont bonnes et mauvaises : la négociation avançait beaucoup le 27 de ce mois; ce devait être hier samedi que l'on devait porter la déclaration pacifique à enregistrer. Après l'assemblée, M. le premier président courut à Vauréal pour rendre compte des dispositions à M. le prince de Conti. La plupart des esprits sont excités et craignent de se déshonorer en ne demandant pas préalablement le retour et la jonction des confrères exilés; le fond des questions paraît donc devoir être agréable à la nation; mais la forme était incompatible avec l'honneur du parlement. Les présidents à mortier et gens du Roi couraient les nuits dans les maisons de ces grand'chambriers échauffés; une partie consentait à reprendre les fonctions de justice. Honneur, tu n'es qu'une vertu d'apparat ! Quand on aura

séparé la grand'chambre des enquêtes, le parlement
de Paris ne sera plus qu'un vain simulacre de sénat
national, et qu'est-ce pour un Roi de négocier ainsi
avec ses sujets et de chercher à les séduire? est-ce là la
législation, est-ce là le commandement? Un prince du
sang est ici la sirène séductrice, voilà la petitesse et
l'horreur de notre ministère; Catherine de Médicis est
leur patronne.

Le parlement a publié à Pontoise un nouveau monitoire contre l'auteur anonyme de la brochure intitulée *Question curieuse* : l'on pelote ainsi en attendant partie.

Le parlement de Toulouse vient d'admonester un
jésuite prédicateur qui avait sermonné contre la liberté
de l'église gallicane, et surtout contre les appels comme
d'abus qui sont si chers aux parlements et à la nation.

Le poëte Voltaire est toujours aux arrêts dans sa
maison à Francfort. L'on publie le bruit de sa mort.
Le misérable la Beaumelle est toujours à la Bastille, où
il devient fou. Ses chaînes sont longues et injustes; il
a le cœur bon, et la plume un peu trop légère.

3 *juillet*. — Le cardinal de la Rochefoucauld vient
d'arriver à Paris; cela fait un événement; et pourquoi?

Un procureur du parlement de Paris vient d'aller
à Bourges sous un prétexte supposé, et y a prêché et
négocié le déshonneur; il a été hué et presque chassé.

Les exilés de Bourges, qui sont les plus fermes des
enquêtes, ont écrit de grands reproches à ceux de
Châlons sur ce que la plupart d'eux quittent leur exil
pour aller dans leurs terres, et cela a fait grand effet
parmi eux.

M. le chancelier a envoyé à Rouen un huissier à la chaîne pour lui apporter le registre où étaient les arrêts désobéissant à ceux du conseil, et surtout celui de règlement dont nous avons parlé. Il en est arrivé que, dans le même temps, ce parlement a ordonné des remontrances, et que les commissaires ont pris chez eux ces registres pour fixer les points sur lesquels elles devaient porter : ainsi voilà le Roi désobéi avec affectation, à Rouen encore plus qu'à Paris. Ces Normands sont têtus et violents; il sera difficile de les réduire.

Celui de Rennes vient de se signaler pour la finance. Le fameux arrêt d'extension de droits du contrôle, portant de gros droits pour les remises de procureur à procureur, avait été arrangé avec ces procureurs par le zèle du premier président d'Amilly pour plaire à la cour. Il en est arrivé que la compagnie a désavoué son chef, et a tenu des assemblées sans lui, pour défendre à aucun procureur de subir ce nouvel impôt.

Nous avons parlé de celui de Toulouse qui a admonesté un jésuite pour avoir prêché contre les appels comme d'abus; il faut y ajouter qu'il est défendu à ce jésuite de régenter ni d'enseigner la jeunesse d'ici à cinq ans.

Un conseiller au parlement de Rouen, nommé Saint-Ouen, ayant voulu, dans l'assemblée des chambres, faire l'éloge de la bulle *Unigenitus*, la compagnie l'a envoyé au greffe s'instruire de ces maximes sur la bulle et a ordonné qu'il ferait aveu de sa faute en pleine assemblée, ce qu'a exécuté docilement ce conseiller.

L'on croit que la déclaration projetée pour accom-

moder ces affaires sera publiée dans un lit de justice.
Cependant je sais combien le Roi répugne à cette cérémonie fâcheuse et scabreuse, et véritablement ceci
n'est pas le cas d'une nouvelle loi, mais de la manutention des anciennes lois et maximes du royaume.

On arme à Brest neuf vaisseaux ou frégates dont on
ignore la destination. L'on croit que ce n'est que pour
exercer notre marine sur les côtes de Francee. Les
Anglais vantent notre marine avec affectation, disant
que tout est prêt chez nous, et que nos arsenaux, vides
en 1747, sont aujourd'hui remplis, méprisant par là le
ministère de M. de Maurepas et vantant beaucoup
celui de M. Rouillé.

4 juillet. — Il s'est tenu à Londres un grand conseil touchant l'asile que nous donnons aux partisans
jacobites d'Écosse. Il en débarque continuellement
à la Rochelle : c'est sur ce conseil qu'on a dépêché un
courrier au comte d'Albemarle à Paris. J'ignore la réponse de M. de Saint-Contest, mais elle a dû être que
le droit d'asile est inviolable, et, de plus, qu'il est fort
usité ici pour ces affaires-là depuis 1688. Si nous
allions l'exclure, quelle bassesse, quand même on nous
donnerait quelque chose pour cela !

6 juillet. — Le Roi est parti pour Compiègne la nuit
du 4 au 5 de ce mois; il doit en revenir le 6 août.

S. M. a annulé la protestation des princes du sang
faite à l'occasion du mariage de M. le prince de Condé,
et a jugé que MM. de Rohan et de Bouillon pourraient
désormais prendre le titre de très-hauts, très-puissants

et très-excellents princes, ce qui va à leur donner désormais le cordon bleu au même rang qu'aux princes de la maison de Lorraine.

L'archevêque de Paris vient d'interdire le P. Renaud de l'Oratoire du pouvoir de prêcher, sans en alléguer aucune cause. C'était le plus fameux prédicateur de Paris, mais la cabale jésuitique demandait cette interdiction. Jamais il n'y a eu tant de célébrité qu'à son dernier carême à Notre- Dame.

Le 30 juin, le parlement de Pontoise a ordonné que Coustelier, libraire, subirait interrogatoire devant le lieutenant criminel du châtelet, étant accusé d'avoir publié un mémoire injurieux au parlement, dont le titre est : *Consultation de quarante docteurs*. Le 2 juillet, on a ordonné publication de monitoire sur la composition et distribution du même libelle.

Mais voici des choses bien plus considérables, du même jour 2 de ce mois. Tous les présidents à mortier ont été à Vauréal déclarer à M. le prince de Conti que le parlement le remerciait de tant de peines qu'il s'est données pour accommoder les affaires du parlement avec le Roi, déclarant que le parlement ne pouvait recevoir la déclaration du Roi comme elle avait été proposée. Le prince de Conti en a été rendre compte au Roi qui n'a rien répondu.

Par là, tout est rompu et le parlement s'attend aujourd'hui à des coups foudroyants. L'on parle de trois partis : de changer la résidence de Pontoise en exil au même lieu, lui défendant de s'assembler, de l'envoyer à Soissons ou à Blois, ou de le disperser et d'exiler les présidents à mortier dans leurs terres.

Je suis à la campagne, je sais les événements deux

jours plus tard qu'à Paris. Un ami m'écrit que la déclaration négociée par M. le prince de Conti ne pouvait passer par cette raison que, si par elle le Roi
avait apaisé les parlements, il se fût brouillé avec le
clergé. Je lui réponds que c'eût été une heureuse
brouillerie que ce second prétendu inconvénient,
heureuse faute que cet écueil, vrai salut de l'affaire !
On exagère au Roi cette crainte du clergé : élevés par
des clercs, lui et le Dauphin ont eu une éducation clé-
ricale où les confirment chaque jour nos courtisans
intrigants et hypocrites, nos ministres à la tête de la
cabale des dévots.

On me mande de Pontoise que l'on y attend chaque
jour le résultat d'un grand conseil de dépêches qui
s'est tenu à Versailles, le mercredi 4 juillet, à la veille
du départ pour Compiègne. Cependant on y a supprimé une estampe touchant les remontrances du parlement ; il y avait cette légende : *Schismaticos debella-
tura furores*, avec la date des principaux arrêts du
parlement contre les refus de sacrements.

8 *juillet*. — L'on voit des copies d'une lettre aussi
touchante que ridicule de la dame Denis[1] nièce du
poëte Voltaire, qui est arrêtée à Francfort avec son
oncle à la sollicitation du Roi de Prusse. Voltaire est
accusé de vouloir faire imprimer les poésies du Roi
de Prusse, on les garde toujours aux arrêts, et, qui pis

1. C'est probablement la lettre du 21 juin 1753, qui a été insérée dans la correspondance de Voltaire, édit. Beuchot, t. LVI,
p. 328. Il y a de plus, dans les *Mémoires du marquis d'Argenson*, édition Jannet, t. V, p. 50, deux autres lettres de Mme Denis
sur la même affaire, adressées au comte d'Argenson.

est, il leur en coûte 600 livres par jour pour ces frais de garnison.

J'apprends ces circonstances de la rupture de contre-négociation entre le parlement de Pontoise, et M. le prince de Conti : ces officiers ont déclaré qu'ils demeuraient *in deliberatis;* le prince a dit qu'il allait remettre sa commission au Roi ; le soir, il leur envoya M. de Polastron qui les tira tous en particulier pour les menacer de la colère du Roi contre plusieurs d'eux ; ils ont répondu par la dernière phrase de leurs remontrances, « qu'ils attendaient les coups avec tranquillité. » Ainsi voilà, dit-on, cette grande chambre tout aussi bien montée que le reste du parlement.

Voilà *l'honneur* qui s'en mêle chez les gens de robe comme chez les gens de guerre, et même davantage.

Ces têtes froides et calmes méprisent les peines et les privations, et les comptent pour rien dès qu'il s'agit du devoir ; avec cela, l'on mènera loin les ministres.

La marquise est allée à Compiègne plus resplendissante de faveur que jamais. M. de Machault est toujours l'homme de confiance et soutient les dépenses de cour en faisant prendre le présent sur l'avenir. L'on a mangé deux années d'avance sur les recettes générales.

10 *juillet.* — L'on cache les mauvaises nouvelles qu'ont apportées ici des officiers de la colonie de Pondichéry ; cependant il commence à transpirer plusieurs lettres particulières par où l'on apprend que tous nos forts sont pris par les Anglais, et que nous sommes réduits à la seule ville de Pondichéry. Cette nation a

reçu de gros renforts en troupes réglées, et les nôtres
fondent comme le beurre à la poêle. A un de ces forts,
nous avons perdu quatre cents hommes blancs : ainsi
le mal est grand, et notre compagnie des Indes court
risque de périr de cette affaire-ci.

L'on s'occupe de choses plus gaies à Paris ; le Roi,
parmi plusieurs dessins, a choisi celui du vieux Bof-
frand, architecte, pour la place du Pont-tournant où
sera sa statue.

A la cour de Rome, l'on canonise le cardinal jésuite
Bellarmin qui a soutenu hardiment les droits du Saint-
Siége contre les protestants, mais qui, s'étant emporté là-
dessus, a extrêmement contrarié nos dogmes gallicans,
de sorte que, s'il était question de pousser ici cette canonisation, cela trouverait de grandes difficultés de la
part de nos universités et de nos parlements.

11 juillet. — Le Roi a déclaré que, non-seulement
les ministres ne se mêleraient plus de l'affaire du parlement, mais que M. le prince de Conti ne s'en mêlerait
plus aussi ; et que S. M. la conduirait seule. Ainsi voilà le
Roi désabusé de son ministère dans cette partie, et voilà
une grande reculade que va faire l'autorité épiscopale
par la déclaration que l'on a projetée.

12 *juillet.* — Mes nouvelles de Pontoise sont que, le
8 de ce mois, il n'y avait encore rien de décidé contre
cette compagnie disgraciée, et qu'ainsi tout portait à
croire qu'elle faisait la loi au Roi, au lieu du contraire.
- On m'envoie quatre brochures sur ces affaires ; l'on
imprime et l'on publie hardiment tout ce qui regarde
ces intérêts. M. le prince de Conti est devenu son pro-

tecteur déclaré; l'on dit que c'est le jésuite La Tour qui,
mécontent de son ordre, pousse secrètement son prince
à faire du pire au parti moliniste par le conseil du
vieux procureur général Fleury.

Ces brochures sont : 1° une réponse à la consultation
des quarante docteurs pour établir que les jansénistes
ou quesnellistes déclarés ne sont pas dans le cas d'être
traités comme schismatiques, ni excommuniés; 2° les
remontrances du châtelet de Paris à M. le chancelier,
touchant le refus de sacrements à la femme d'un conseiller de ce tribunal, remontrances que le chancelier
ne voulut pas écouter; 3° un choix de certains capitulaires de Charlemagne, Louis le Débonnaire et
Charles le Chauve, pour montrer combien nos rois
ont prononcé des lois sur l'extérieur des sacrements,
et se sont comportés comme évêques extérieurs, suivant que se qualifiait l'empereur Constantin; 4° remontrances du parlement de Rouen avec pièces et
narré du fait dans l'affaire du curé de Saint-Godard[1].
Ce curé ayant été maltraité par imposture des grands
vicaires de Rouen, le Roi, par lettres de cachet, en a
supprimé les preuves; M. le chancelier a éteint cette
affaire par des lettres patentes et une lettre de lui où
il y a toutes sortes d'honnêtetés pour la compagnie,
disant d'ailleurs que cette injustice irrégulière et contre l'ordre s'est faite par des vues supérieures; qu'il
y a de certains cas, etc.

13 *juillet*. — On a dénoncé au parlement de Pontoise le sermon du curé de Saint-Hilaire de Saumur,

1. In-4 de 16 pages.

sermon fort séditieux, et l'on en a envoyé un procès-
verbal au parlement le 6 de ce mois. Le prédicateur a
parlé des appels au futur concile comme étant le propre des calvinistes, des luthériens et des jansénistes
(il n'a pas voulu remarquer que Louis XIV et le parlement de Paris, dans plusieurs occasions, ont aussi
appelé au futur concile); puis, s'adressant à son
clergé, il a dit : « Souffrirons-nous, messieurs, que
des petits maîtres décident ainsi de la religion? » Par
cette injure, il entendait parler du parlement.

14 *juillet.* — Mes nouvelles de Pontoise du 9 de ce
mois sont qu'on a ordonné monitoire ce jour-là pour
découvrir les auteurs de la consultation des quarante
docteurs. Quelques conseillers des plus échauffés ont
voulu mettre sur le tapis l'affaire du curé de Saint-
Hilaire de Sens, mais on les a fait taire, le parlement,
par sa grande sagesse, ne voulant pas entreprendre
d'affaire nouvelle, et qui offensât la cour.

L'on a recommencé plus que jamais les conférences
à l'Isle-Adam; le président Chauvelin[1] y agit à découvert, et s'attire par là, dit-on, le mépris de la compagnie. On m'assure que cela ne réussira pas davantage
cette fois-ci que les autres, et l'on voit par là, dit-on,
que les ministres sont au bout de leur rôle.

15 *juillet.* — Mme la duchesse d'Orléans est bien
malade à Villers-Cotterets.

On a augmenté le décret du libraire Coustelier pour

---

1. Louis Chauvelin, président à mortier, neveu de l'ex-garde
des sceaux.

être interrogé par le lieutenant général du bailliage du
palais, sur la publication du libelle intitulé : *Consultation des quarante docteurs*.

Vacance au parlement, on ne se rassemblera que
demain 16 juillet.

Continuation ou plutôt raccommodement des négociations à l'Isle-Adam. M. le prince de Conti y est de
retour de son voyage de Compiègne ; le seul président
Chauvelin y va fréquemment, et tous ses confrères l'en
méprisent. L'on publie qu'il est assuré de la place de
premier président, quand elle vaquera, au préjudice
de ses anciens. Cela augmente la constante résistance
de la grand'chambre, et on ne doute pas que cette
reprise de négociations ne manque comme la première.

Le parlement de Rouen continue à tenir ses assemblées et à marquer son mécontentement de la cour.
L'évêque d'Évreux a déclaré qu'il obéirait à la déclaration de la cour, mais non à celle du parlement,
puisque, parmi les règles ecclésiastiques ou canons, la
bulle *Unigenitus* y tenait un des premiers rangs.

18 *juillet*. — J'arrive à Paris et je trouve qu'on y
dit peu de choses de plus que celles que je savais du
parlement de Pontoise. Outre le président Chauvelin,
il y a un nouveau négociateur qui est le jeune président d'Aligre[1], neveu de l'ancien garde des sceaux
Chauvelin. Je sais qu'il a été depuis peu à l'Isle Adam
avec quantité de paperasses, et, à tout cela, l'on recule
plus qu'on n'avance. L'on dit encore que tout le par-

_____

1. Etienne-François, président à mortier depuis 1752.

lement va se rassembler à Soissons pour y proposer la
déclaration sur la bulle dont il a été tant parlé.

19 juillet. — L'évêque de Metz[1], vient, dit-on, de sur-
passer ses confrères par l'effronterie du schisme. Il a
refusé les sacrements à un prétendu janséniste ; il lui a
refusé ensuite la sépulture, et, ayant appris qu'on
avait mis son corps dans une bière, il a fait venir chez
lui cette bière et en a fait tirer le cadavre qu'il a fait
jeter dans la rue. Sur cela, le parlement a décrété de
prise de corps ce prélat.

On accuse toujours mon frère de traverser tout
accommodement favorable à la cause commune. Il fit
dernièrement un grand dîner à l'archevêché avec sept
jésuites. On inculpe dans ce système jésuitique toute la
famille royale. M. le Dauphin allant dernièrement poser
la première pierre au bâtiment de Panthemont, il n'y
a eu aucuns cris du peuple de *Vive le Dauphin;* à peine
nos badauds se sont-ils trouvés sur son passage.

La Reine voulait partir pour Compiègne le samedi
7 de ce mois, jour le plus chaud de cette année, à
l'heure de midi ; il en est arrivé des gardes du Roi
et plusieurs gens de l'écurie. Sa raison était qu'elle
voulait arriver à Compiègne à une certaine heure
accoutumée pour y dire son chapelet, bigoterie qui ne
convient guère à notre nation, et qui désigne où sont
les auteurs de ces troubles.

L'on compte treize banqueroutes à Paris depuis un
mois parmi nos marchands détaillistes des rues Saint-
Honoré, Saint-Denis et aux Charniers. Il y en a une

---

1. Claude de Rouvroy de Saint-Simon.

surtout qui va faire manquer presque tous nos marchands desdits Charniers.

La défiance augmente chaque jour depuis qu'il n'y a plus de parlements.

Les loyers de Paris commencent à diminuer. J'en sais plusieurs que l'on propose au rabais; c'est au Marais, et, du train dont les choses vont, ils ne tarderont pas à diminuer encore davantage.

Je viens de lire le mémoire[1] des conseillers exilés à Bourges et à Poitiers au parlement de Pontoise qui travaille à l'accommodement avec la cour. Rien n'est plus haut et, comme l'appellera la cour, plus séditieux. On y compare ceci avec la Ligue, et notre Roi avec Henri III. On cite souvent M. de Thou (de ce temps-là), on y montre la force de tout le parlement réuni : qu'il ne se désunisse pas, il sera plus fort que toute autre puissance en France. On y dépeint le ministère comme animé seulement d'intérêt personnel, le clergé injuste, sans uniformité de principes, hors celui de dominer. L'on y dit que, si le Roi a cent mille hommes, le parlement a tous les cœurs, l'estime et les volontés, etc. Ce mémoire et un second ont fait un grand effet, et, sur cela, la grand'chambre a rompu toute négociation avec M. le prince de Conti, à moins qu'on ne rétablisse tous les droits du parlement.

20 *juillet.* — L'on s'aperçoit en toutes choses que

1. On voit ci-après qu'il y eut trois mémoires de ce genre. Ce sont probablement les trois qui se trouvent dans le ms. de l'Arsenal, déjà cité, f° 428. Il parut aussi en Hollande : *Recueil de Mémoires (sept) intéressants que messieurs des enquêtes exilés ont envoyés à messieurs de grand'chambre à Pontoise.* In-4 de 33 p.

le respect pour le gouvernement diminue et se change en satire mêlée de joie maligne. A la Comédie française l'on relève des vers et des morceaux où l'on peut voir des allusions à la cour et à celui qui en est le chef, tels que certains vers de Cinna, ci-devant de *Don Sanche d'Aragon*[1]; pièce qu'il a fallu quitter pour cela; enfin une petite pièce qu'on joue aujourd'hui, et qui est nouvelle, intitulée *les Hommes*, par le sieur de Sainte-Foix; on y applique quantité de traits, sur la cour, le conseil et les galanteries des puissances.

Le procureur général du parlement de Rouen[2], bassement vendu à la cour, n'a envoyé ses ordres au village de Verneuil au Perche que cinq jours après l'arrêt rendu, pour laisser temps à la cour de faire garder le curé de ce lieu que le conseil avait rétabli dans ses fonctions, malgré les décrets de prise de corps lancés par ledit parlement. Ce curé disait la messe gardé par des archers, troupes qui paraissaient ainsi défensives contre les attentats du parlement; et, quand les chambres assemblées lui ont demandé raison de cette négligence affectée, il s'est excusé avec encore plus d'affectation. M. le chancelier a envoyé un huissier à la chaîne demander les registres pour en effacer une certaine délibération. Le procureur général a joué tous les ressorts pour les livrer au ministère; il a fallu que

---

1, Lorsque le déshonneur souille l'obéissance.
    Les rois peuvent douter de leur toute-puissance;
    Qui la hasarde trop n'en sait pas bien user,
    Et qui veut pouvoir tout ne doit pas tout oser.
                    Don Sanche d'Aragon, acte II, scène 1.

2. Le Sens de Folleville.

le parlement nommât quarante commissaires pour
les garder chez eux. Sur cela, le parlement a délibéré de ne plus voir ni fréquenter ledit procureur
général, sinon au palais et en affaires de justice, de
sorte qu'il est arrêté que l'on se retirera des maisons
où il se trouvera, qu'on se lèvera de table quand il
viendra etc., et même résolution est prise contre quiconque de la compagnie se montrera comme lui livré
à la cour.

Autant en pend au bout du nez du premier président Pontcarré. Il a traversé autant qu'il a pu les remontrances ordonnées par la compagnie, et l'on prend
le parti de les faire sans lui.

Le parlement de Rennes a défendu à tous les procureurs de payer le nouveau droit de contrôle, sous
peine de décréter d'abord les commis, et de leur faire
le procès comme à concussionnaires publics.

Enfin la révolte gagne et devient générale.

21 *juillet.* — Continuation de procédure à Pontoise
touchant un refus d'extrême onction à Abbeville ;
arrêt rendu conformément aux conclusions le 19 de
ce mois. On a remis l'assemblée au lundi 23. Ainsi
l'on économise autant qu'on peut ces matières à procédure touchant le schisme.

La seconde négociation par M. le prince de Conti
a été rompue comme la première, par oubli, on n'en
parle plus.

On en recommence une troisième qui échouera
comme les deux autres : elle est entre le même président Chauvelin, le garde des sceaux Machault, le maréchal de Noailles et le procureur général titulaire qui

est dans la même confidence de cette affaire; mais tous y échouent par l'honneur qui soutient la plus grande partie de la grand'chambre, et qui ne leur permet pas de négocier ce rapatriage sans leurs confrères exilés et emprisonnés, sans toutes les chambres assemblées.

Je viens de lire les trois mémoires envoyés à la grand'chambre par les enquêtes exilés; j'en avais déjà vu le premier. On y voit les sénateurs de France bien résolus à tenir bon, à rester d'accord et à ne se relâcher de rien. Ils disent que l'on sera bientôt obligé à revenir à eux dès qu'ils seront unis; ils dépeignent le ministère comme fin, fourbe et intrigant, ils comparent la délibération proposée avec celle de 1720: et les circonstances ainsi que l'objet étaient bien moins importants qu'en cette conjoncture-ci.

Or la grand'chambre a été extrêmement ébranlée de ces trois mémoires, et, par là, a rompu toute négociation. On en doit conclure que cet ajustement est impossible, à moins que la volonté royale (surprise) ne revienne absolument sur ses pas. Ils veulent que l'on commence par écouter leurs remontrances, disant qu'un parlement ne peut servir à rien quand il n'est pas écouté. Qu'arrivera-t-il de cette fermeté? les invitera-t-on à revenir? l'autorité royale pliera-t-elle à ce point-là? J'oubliais de dire qu'ils ne veulent demander aucune grâce pour la liberté des prisonniers et le retour des exilés. Nos ministres sont trop intéressés à la rigueur contre la compagnie, et malheureusement, le tempérament du Roi le porte à la colère dans des occasions comme celles-ci. Ainsi souffrit-il plusieurs semaines le prince Édouard le narguer dans Paris en

1749, puis tout à coup le fit garrotter : gare quelque
orage semblable contre le Parlement !

J'apprends que, de cette affaire-ci, le collége des jésuites devient fort désert. Depuis ces troubles et la
retraite du P. de la Tour, l'on compte plus de cent
vingt pensionnaires retirés. Les pères et mères ne veulent plus confier l'éducation de leurs enfants à des
moines si tarés.

22 juillet. — Les avocats et même les procureurs
ont résolu entre eux de donner 100 l. par mois aux
pauvres avocats et procureurs qui ne peuvent plus
subsister parmi eux du travail du palais.

Le Roi affecte de ne plus parler devant personne
des affaires du parlement, et ne souffre seulement
pas qu'on en prononce le nom devant lui. Au fond, il
est d'un embarras extrême ; il déteste les prêtres qu'il
voit les auteurs de cet embarras, il n'ose encore y
toucher et personne ne l'y enhardit. Cependant les
ministres excitent sa colère contre le parlement, et
l'on prétend qu'avant qu'il soit deux jours d'ici, l'on
verra frapper de grands coups contre ce sénat courageux. L'on dit qu'il s'agira de nouveaux emprisonnements contre quelques-uns des enquêtes que l'on sait
avoir le plus contribué aux trois mémoires dont nous
avons parlé hier, exil de toute la grand'chambre,
quelques-uns des plus fervents emprisonnés, les présidents exilés dans leurs terres.

La commission pour juger le criminel va paraître
lundi, ensuite viendra celle pour le civil tenant lieu
de chambre des vacations, puis, la Saint-Martin arrivant et les choses restant sur le même pied, on aura

accoutumé le public à cette cour postiche, et de là on supprimera le parlement disgracié pour en créer un nouveau moins nombreux, suffisant et par commission.

La sœur Moysan supérieure de l'hôpital et intruse par l'archevêque, malgré le grand bureau, vient de se retirer ou d'être chassée, je ne sais lequel. C'est elle qui a commencé tous ces troubles-ci.

L'on parle beaucoup d'un grand dîner que mon frère a fait allant à Compiègne, à Conflans, chez Mgr l'archevêque de Paris, où il y avait sept jésuites : cela affiche trop la tendresse de ses penchants de ce côté-là.

24 *juillet*. — M. le prince de Conti ayant montré à Sa Majesté un mémoire bien fait sur ces affaires, le Roi y trouva des termes et des notions qui ne pouvaient être venus de lui, et Sa Majesté voulut absolument que ce prince lui avouât de qui cela venait. A quoi ledit prince avoua que le mémoire était de M. Chauvelin, ancien garde des sceaux, sur quoi quelques personnes conjecturent que cet ancien ministre pourra bien venir à la tête des affaires incessamment et que lui seul rétablira la paix au dedans des affaires incessamment. Il a 69 ans et est d'une bonne santé, aussi propre aux affaires que jamais.

On a mandé à Compiègne le sieur de la Bourdonnais pour aviser aux moyens de réparer, s'il se peut, les sottises de M. Dupleix, pour révoquer et punir ledit Dupleix et pour obtenir la paix des Anglais. Ce dernier article est fort difficile dans la situation où sont aujourd'hui nos affaires de la côte de Coromandel.

Le Châtelet de Paris vient de condamner, le 22 de
ce mois, une brochure favorable aux molinistes,
ce qui s'est fait les colonnes assemblées et sans le
lieutenant criminel, malgré les arrêts précédents du
conseil.

Le parlement de Rouen suit entièrement les exemples
du parlement de Paris et vient d'intimer de nouveaux
ordres à l'évêque d'Évreux de faire cesser le schisme
sur de nouveaux refus de sacrements.

26 juillet. — Une personne admise à la fréquentation
de la famille royale m'en a dit ceci.

Madame Adélaïde gouverne tout, prononce absolument et décide de tout ce que doit faire M. le Dauphin
dans la journée. Elle affecte de contrarier le peu d'ordres qu'a donnés la Dauphine pour marquer son autorité. Celle-ci est assez malheureuse, elle n'a pas le
moindre crédit; la sœur détourne le mari de s'attacher
à elle. Il est vrai qu'elle n'a point de rivale de couche,
mais ce serait au crédit et surtout au cœur qu'en voudrait toute femme dans une maison, et à plus forte
raison dans une cour. Le Dauphin est, dit-on, un contraste sans exemple des qualités les plus contraires :
on lui voit de la bigoterie et non de la religion, des
mouvements de bon cœur jusqu'aux larmes et de l'in-
humanité, de la douceur et de la dureté, des traits
d'esprit et de la bêtise, de l'enfantillage et de la prudence, mais surtout du singulier, (ce qui n'annonce
rien qui vaille); il se promène à l'heure où les autres se
reposent.

Les dépenses pour Madame de Pompadour augmentent au lieu de diminuer : tous les revenus de deux

élections vont aux embellissements de la terre de
Crécy depuis qu'elle la possède. On y a construit une
machine à peu près semblable à celle de Marly pour
faire monter de l'eau sur une montagne.

L'on parle plus que jamais de l'ancien garde des
sceaux Chauvelin pour premier ministre. Un évêque a
dit hier : « Comment voulez-vous que l'église ait l'autorité qui lui convient? Trois princes du sang soutiennent l'ex-parlement, tous trois conseillés par ledit
sieur Chauvelin, ancien garde des sceaux. » Ces trois
princes sont MM. le prince de Conti, comtes de
Charolois et de Clermont. Effectivement ceci tend
à préparer des troubles et des guerres civiles.

Le Châtelet de Paris commence à prendre entièrement les procédés du parlement. Après avoir donné
ses ordres pour brûler un écrit de cinquante pages
dont nous avons parlé, on enjoint aux gens du Roi de
veiller aux prédicateurs de Paris qui prêchent, disent-
ils, sur les affaires du temps ; on en a donné avis à l'archevêque de Paris.

Toutes les caisses sont épuisées d'argent. J'ai un as-
signat pour ma pension qui commence à m'effrayer,
le trésorier ayant dit que je ne comptasse pas sur
l'avenir, qu'ils étaient en avance de 50 000 livres.

28 *juillet*. — J'entends des cris plus aigres que
jamais sur le délabrement de nos finances : on ne paye
rien de ce qui est le plus pressant, même dans la Maison du roi. J'en apprends des particularités incroya-
bles : il est dû deux millions aux pourvoyeurs qui vont
faire banqueroute, deux cent mille livres aux carrosses publics de Versailles pour des officiers, comé-

diens, etc., qui vont et viennent à la cour; cependant
les fourrages sont plus chers que jamais. Chacun tire
à soi l'argent, et il n'y en a pour personne. Les dépenses augmentent au lieu de diminuer. L'on vient de
donner une pension de 10 000 l. à la marquise de
Lède parce qu'elle a déplu à Madame Infante et pour
qu'elle se retire. On a promis le cordon bleu à son
chevalier d'honneur, Italien sans mérite. L'amitié du
Roi pour sa famille est un véritable fléau pour notre
état; l'on donne des pensions pour assurer des douaires
aux filles de commis à Versailles. L'on se propose de
donner beaucoup de nouveaux ballets à Fontainebleau,
ce qui réunira les trois spectacles de Paris, et ôtera
cette ressource à la capitale. Les voyages du Roi sont
plus fréquents, plus coupés, plus incertains et plus dispendieux que jamais. C'est la marquise de Pompadour
qui cause tout cela, elle pousse le Roi à ces dépenses,
elle prend beaucoup pour elle, elle engage Sa Majesté
à des bâtiments nouveaux; on culbute tout à Choisy
tout de nouveau, ainsi qu'à la Muette. Cette dame, sous
prétexte d'amuser le Roi à des choses qui l'amusent
peu, ruine l'État de plus en plus et est obstacle à toute
réformation.

L'on sait à présent que c'est D. la Taste, évêque de
Bethléem, qui a composé le mémoire brûlé par le Châtelet. C'est un janséniste transfuge et qui est devenu le
plus forcené des molinistes. Il dit des injures à tout le
monde dans ce terrible mémoire, il prétend que le
Roi est janséniste, et que personne ne fait son devoir
pour cette admirable bulle *Unigenitus*.

29 *juillet*. — Le jugement que le Roi a rendu der-

nièrement en faveur des Maisons de Rohan et de Soubise attire à Sa Majesté des affaires embarrassantes :
c'est un soulèvement de tous nos princes du sang,
excepté du prince de Condé et du comte de Charolais,
Madame de Modène à la tête. Elle est allée à Villers
Cotterets mettre le feu sous le ventre au duc et à la
duchesse d'Orléans ; les autres princes y sont adhérents. Aucuns ne fréquentent Compiègne aujourd'hui
que pour se plaindre de cette décision ; M. le prince
de Conti y paraît moins que les autres, depuis qu'il
ne se mêle plus des affaires du parlement. Ils se plaignent de ce que le Roi accorde à ces prétendus princes
étrangers presque les mêmes titres qu'aux princes du
sang. Madame de Modène est piquée d'avoir vu préférer Madame de Soubise à sa fille qu'elle voulait donner au prince de Condé, *inde iræ*. Depuis la mort de la
duchesse de Châteauroux dont elle était grande amie,
il m'a paru qu'elle déplaisait fort au Roi (je ne sais
pourquoi). Elle est femme active et qui va à ses fins
par des moyens assez forts ; à ce jeu-ci elle se fera
chasser de France, et renvoyer à son mari, ou peut-
être n'osera-t-on pas, car notre gouvernement va
devenir timide devant ce nouvel orage-ci. L'on met en
jeu le parlement de Paris, et c'est ce qu'il y a de pire.
Ces princes mécontents disent qu'il n'y a que le parlement, ou cour des pairs qui puisse juger cette question toute nationale ; qu'il s'agit des droits de la couronne, du rang des princes habiles à y succéder. Par
là ils déclinent le jugement du Roi (en personne seule
ou avec son conseil), quoiqu'ils l'aient demandé et
souffert ; par là ils joignent leur intérêt, celui de la
couronne et de la nation au rétablissement du parle-

ment, et c'est là sans doute une finesse des parlementaires pour obtenir leur rappel forcé.

30 *juillet.* — Le 27 de ce mois, le parlement de Pontoise a ordonné qu'on passerait outre pour l'affaire criminelle d'un curé de Langres où l'évêque [1] refuse de donner des lettres de vicariat à un conseiller clerc du parlement, comme il est de règle. Ce prélat est un de ceux qui se distinguent le plus dans le mépris odieux que l'épiscopat fait de la magistrature ; il est grand fanatique et fripon.

À Louviers, diocèse d'Évreux, du parlement de Rouen, un prédicateur a fait une peinture atroce des magistrats : il a été sur-le-champ décrété et emprisonné, et, dans le même moment, sont partis pour Compiègne l'évêque d'Évreux et le procureur général dudit parlement qui y vont recourir comme à un asile victorieux.

Ceux qui viennent de Compiègne disent que jamais on n'a vu la cour si farcie de petits collets, de prêtres et d'évêques, tandis qu'il en devrait être tout autrement, et qu'ils en devraient être tous chassés.

L'on n'y parle non plus du parlement que des États généraux. Le Roi écoute tout ce qu'on lui en dit, il donne quelques signes de tête, et voilà tout. Il est certain que les princes et les princesses du sang recommandent le parlement partout et le veulent pour juge de leur rang, terrible procès de cour contre les Maisons de Rohan et de Bouillon.

La princesse de Condé essuie des déboires de la

---

1. Gilbert de Montmorin de Saint-Hérem.

part de Mesdames de France; on en affecte plusieurs par malice; toute cette famille royale est mal élevée. On s'ennuie beaucoup à Compiègne.

Le Roi y paraît vieilli plus que son âge ne le comporte; il est rembruni; des chairs mollasses et le dos arrondi. La marquise de Pompadour y paraît plus brillante que jamais. Le Roi a soupé avec elle dans la maison du bois, et la petite Morfi qui y est logée a disparu ces jours-là.

1er *août*. — Je reçois des nouvelles du parlement de Rouen du 28 juillet. Faute par l'évêque d'Évreux d'avoir obéi aux arrêts de la compagnie et d'avoir fait cesser le schisme, il est condamné à 6000 l. payables sans délai, et ordonné sous plus grande peine de faire cesser le schisme qui subsiste à Verneuil en faisant administrer les sacrements à l'abbé de Launay, prêtre, dans les vingt-quatre heures. Ordonné au procureur général d'y tenir la main. Le parlement a mandé les présidents de Croville et de Bellegarde, on ne sait pourquoi[1].

Le procureur général de ce parlement est allé à Compiègne, il y a quatre jours, pour parer aux mesures qu'on a prises contre lui au parlement.

Le premier président Camus de Pontcarré a fait sortir de prison un prédicateur de Louviers qui avait prêché contre le parlement. Les chambres étaient assemblées, et l'on allait décréter le premier président

---

1. M. de Bellegarde n'était que conseiller. Sur les causes du *Veniat* qui les avait mandés à la cour, Voy. les *Mémoires de Luynes*, t. XIII, p. 55.

lui-même; quand il l'a su, il a envoyé reprendre ce
prédicateur qui était au cabaret avec son valet de
chambre; cela a fait cesser le dessein de le décréter.

Quant au parlement de Pontoise, j'apprends par
un officier qui en arrive que le premier président
est aujourd'hui à la tête des plus zélés et des plus vifs.
Le président de Novion s'y livre entièrement: ces gens
zélés s'assemblent chez lui; et même le premier président y va. La première présidente[1] ne se cache pas
de leur zèle, et l'on dit tout haut que plus ils seront
unis et fermes dans leur système, plus leur exil et leur
disgrâce seront de peu de durée. Ce système parlementaire est que l'autorité royale recule entièrement,
qu'on rassemble le parlement à Paris, qu'on chasse
les ministres qui ont été contre eux, qu'on commence
par leur permettre les remontrances que nous avons
imprimées et que le Roi a refusées si authentiquement,
qu'on déclare leur compétence sur le haut clergé.
Mais songent-ils que Sa Majesté n'est pas capable
d'une telle honte pour son autorité? et je suis sûr qu'il
ne chassera pas un commis pour ceci.

Il y a eu seize voix pour registrer la déclaration,
reprendre ses fonctions et demander le retour des
disgraciés, contre vingt-six qui l'ont refusé; l'arrêt
était tout prêt à rendre. De ces seize sont ceux qui
dépendent de ce qu'on appelle le sac, qui, ayant beaucoup d'affaires, tirent jusqu'à 20 000 l. de revenu de
leurs charges; les autres, en plus grand nombre,
préfèrent le repos au travail, se trouvant bien de la
vie qu'ils mènent à Pontoise, où ils ont de bonnes

1. Anne-Victoire de Lamoignon.

tables, beau jeu, promenades, et ils y dépensent moins qu'à Paris.

M. le prince de Conti ne se cache point du froid où il est, ainsi que les autres princes du sang, avec le Roi, à cause de la grande affaire du rang de la Maison de Rohan. Ainsi il ne peut plus, dit-il, faire de nouvelles instances à Sa Majesté pour le parlement : par là, cette compagnie est livrée à toute la colère du Roi entretenue et soufflée par quelques ministres, surtout par mon frère.

Cette affaire des princes du sang cause à la cour grande agitation ; cela devient sérieux ; ils disent qu'ils ne reconnaissent point les arrêts du conseil, que le Roi est bien le maître des honneurs de la cour en donnant ses rangs à chaque personne à sa naissance ou au milieu de sa vie, comme on fait aujourd'hui aux enfants du duc de Penthièvre, mais que, quant à l'état des personnes, ce n'est qu'au parlement à le donner. Ainsi voilà une nouvelle distinction qui borne l'autorité royale et qui la met au-dessous de celle des tribunaux, le parlement devenant par là véritable sénat national.

Madame la princesse de Soubise vient d'essuyer un dégoût à la chasse à Compiègne, où, n'ayant pas voulu monter dans un carrosse du Roi à cause du rang inférieur qu'on lui donnait dans cette voiture par la malice de Mesdames, elle a été à la chasse dans son équipage ; et, sur cela, le Roi lui a ordonné d'aller chez elle et de sortir de Compiègne.

Aux princes du sang se joignent plusieurs ducs et quelques-uns de la noblesse, tels que le prince de Tingry et le baron de Montmorency, comme l'un des principaux de la noblesse.

La déclaration qu'avait projetée M. le prince de Conti, et qui a failli à passer consistait à défendre toute nouvelle signature, mais sans nommer la Constitution, et à interdire les billets de confession. D'ailleurs le Roi reconnaissait la compétence du parlement sur l'extérieur des sacrements et sur la police du haut clergé. M. le prince de Conti a envoyé à Bourges un procureur pour la communiquer aux exilés.

Il y a eu depuis une nouvelle négociation conduite par le maréchal de Noailles, le président Chauvelin, l'ancien garde des sceaux Chauvelin, le garde des sceaux Machault, et l'ancien procureur général, mais elle n'a pas plus réussi que la précédente.

Le Roi, ayant vu un mémoire de la façon de l'ancien garde des sceaux Chauvelin, a dit que c'était ce qu'il avait vu de mieux sur cette matière.

2 août. — L'on suppute le tort que font à la ville de Paris l'exil du parlement et la retraite des plaideurs; l'on compte que cela va à plus de dix mille personnes qui consommaient beaucoup.

4 août. — On me mande de Pontoise du 31 juillet que, ce jour-là, on y avait récolé des témoins touchant l'affaire du curé d'Allery, qu'on y était fort réjoui des démarches et de la conduite du parlement de Rouen qui avait condamné l'évêque d'Évreux en 6000 livres d'aumônes, sauf plus grandes peines s'il ne faisait pas cesser le schisme. Mais une plus grande joie encore leur vient de l'affaire des princes du sang contre M. de Soubise où ces princes demandent le parlement pour juge. Il y a toujours assemblée continuelle des plus zélés parlementaires, ou *gens vifs*, comme on les appelle, chez le président de Novion. Le président Molé, après s'être absenté quelque temps, est revenu s'établir à Pontoise, et y tient un grand état.

On ne s'assemble plus au palais à Pontoise que les mardis et les jeudis.

5 août. — Le Roi a envoyé le 1ᵉʳ août à Rouen le sieur de Fougères[1], lieutenant des gardes du corps, avec force lettres de cachet pour mettre à la raison ce parlement normand qui s'est mis à entendre les maximes du royaume et les règles de la religion tout aussi bien que le parlement de Paris, et afin d'empêcher l'exécution de ces deux arrêts contre l'évêque d'Évreux ; et, suivant les succès bons ou mauvais de cet officier, l'on pourra bien envoyer le duc de Luxembourg, gouverneur de la province, pour y commander.

Avec tout cela, l'on m'écrit de Compiègne que la cour y jouit d'une tranquillité incroyable.

6 août. — Le Roi a donné une nouvelle décision sur l'affaire des princes du sang et de la Maison du Roi, elle est ainsi écrite de sa propre main au bas de la requête des princes du sang.

« Je ne veux ni juger ni faire juger si Messieurs de Rohan sont princes ou non, mais je veux que toutes choses soient remises dans l'état où elles étaient avant le mariage de M. le prince de Condé avec

---

1. Voy. sur cet envoi et sur les scènes qui suivirent, Floquet, *Histoire du parlement de Rouen*, t. VII, p. 281 et suiv., et le ms. de l'Arsenal, fᵒ 564 et suiv.

Mademoiselle de Soubise sans que les signatures de contrat puissent faire tort aux droits et aux préten- tions d'un chacun, ni les favoriser. »

Ces rétrogradations sont bien funestes à l'autorité royale. L'on dira aujourd'hui qu'il n'y a qu'à se mettre plusieurs ensemble et que l'on fera rétracter au Roi tout ce qu'il aura fait. Il est vrai que voilà un grand feu éteint par ceci, car les princes s'ameutaient avec les pairs et la haute noblesse et ne reconnaissaient que le parlement pour juge, ce qui allait produire de grands troubles.

7 *août*. — M. de Fougères est déjà de retour de son expédition de Rouen; il a fait biffer l'arrêt contre l'évêque d'Évreux, il a fait aussi enregistrer je ne sais quelle déclaration. Il n'a pas voulu permettre que le parlement délibérât; aussi presque tous les conseillers se sont-ils retirés, au lieu de comparaître à cette assem- blée. M. le duc de Luxembourg ne veut pas aller com- mander dans cette province, disant qu'il n'y a que du déshonneur à gagner en servant les prêtres contre les magistrats.

Je ne détaillerai point les procédures de Pontoise qui tombent dans la minutie, à les considérer pour l'ordre politique. Le 2 août, on a travaillé à une pro- cédure de Langres, et l'on a obligé le lieutenant cri- minel à la recommencer, ce qui a donné quelque rai- son à l'évêque de Langres.

Ne verrons-nous jamais que des actes déraison- nables de notre triste gouvernement? L'on me mande de Compiègne qu'il y a quatre nouveaux colonels pour la compagnie des grenadiers royaux, tous quatre de familles ducales ou de gens de cour. Voilà une pépinière innombrable de colonels qui ne serviront à rien qu'à nous produire bientôt de mauvais officiers généraux : c'est la marquise, dit-on, qui les nomme tous.

Autre nomination déraisonnable : l'abbé de Bernis, qui à peine a pris possession de son ambassade de Venise, vient d'avoir l'expectative de la première place de conseiller d'état d'église; il est le favori des dames de Pompadour et d'Estrades; ces expectatives ne se donnaient que durant les régences.

8 *août*. — L'on refuse au poëte Voltaire la permission de rentrer en France.

Le parlement de Rouen continue à imiter de si près celui de Paris qu'il doit incessamment avoir le même sort. Mais, dit-on, les Normands pourront-ils se passer de parlement aussi facilement que les Parisiens? L'on m'écrit ces circonstances de l'expédition de M. Fougères : il a demandé l'assemblée des Chambres, il a prétendu se placer à la même place où le Roi serait si Sa Majesté y venait, puisqu'il représentait sa personne; on le lui a refusé; il s'est contenté de se placer au bureau des rapporteurs. Il avait eu le soin de se faire accompagner de tous les officiers militaires qu'il avait trouvés à Rouen, afin que force demeurât à commandement. Il a fait lire les arrêts du conseil qui cassent et qui ordonnent de biffer les arrêts contre l'évêque d'Évreux. Après lecture, on a voulu délibérer; il l'a défendu, et, sur cela, tous les conseillers se sont retirés. Alors il a usé de force, et le premier président n'a pu désobéir; il a fait venir les registres du greffe, il a lui-même bâtonné l'arrêt, et, n'ayant point trouvé de greffier ni de commis du greffe qui voulût écrire suivant ses ordres, un méchant clerc de procureur a écrit sur ledit registre les arrêts du conseil, assisté à cela, comme j'ai dit, des officiers qui étaient à ses ordres comme officier général commandant pour le Roi.

Le lendemain, les magistrats se sont réunis ; ils ont ordonné des remontrances au Roi, les Chambres assemblées ; (je crois que cela veut dire cessation de justice civile pendant ce temps-là) ; de plus, la cour a continué sa procédure contre l'évêque d'Évreux, comme si la volonté du Roi ne lui avait pas été connue sur cela, et on a décrété d'ajournement personnel cet évêque. Pendant ce temps-là, on a vendu de ses meubles à Évreux pour cette somme de 6000 l. à laquelle il avait été condamné pour aumône, cette surprise ayant été faite à la vigilance du conseil. Ceci s'est passé le 2 août.

On a mandé à Compiègne MM. de Croville et de Lamoy [1], président et conseiller du même parlement, et on les a réprimandés sur ce qu'ils avaient ouvert l'avis de ne plus hanter ni fréquenter le procureur général du parlement de Rouen, et on les fatigue en les laissant à la suite de la cour.

Le lieutenant de police de Caen ayant laissé trop longtemps à sa porte un enfant qui y avait été exposé, M. de Fontette, intendant de Caen, l'a interdit de ses fonctions : le parlement de Rouen a cassé son ordonnance et lui a défendu de se mêler désormais de pareilles matières qui ne le regardaient pas.

---

1. Il n'y avait pas de magistrat de ce nom, ni rien d'approchant, au parlement de Normandie en 1753.

9 *août*. — J'apprends ces autres circonstances du même parlement de Rouen.

M. de Fougères a ordonné deux fois de la part du Roi à cette compagnie de ne pas désemparer et d'assister à la radiation de leur arrêté; ils ont désobéi et se sont retirés. Le greffier en chef est resté et a livré les registres comme forcé et contraint; M. de Fougères lui a donné une reconnaissance, que ledit greffier livrait ces registres comme contraint, ce qui est une grande sottise.

Le lendemain, la compagnie a dressé procès-verbal de cette violence, disant que M. de Fougères les a menacés et a violenté le greffier. Ils restent chaque jour assemblés pour dresser les remontrances, et ils resteront ainsi jusqu'à ce qu'ils aient réponse du Roi, et, pendant ce temps-là, point d'administration de justice.

L'huissier que le parlement a envoyé à Évreux pour exécuter ses ordres touchant l'évêque de cette ville a été arrêté et constitué prisonnier par ordre de la cour. L'on blâme cette sévérité et l'on n'y trouve pas d'équité, puisque ce bas officier ne faisait autre chose que d'exécuter les ordres de ses maîtres.

L'on se plaint aussi de ce que M. de Fougères s'était fait accompagner au palais par tous les officiers de dragons qui sont en garnison à Rouen, et qu'il a voulu faire entrer au palais dans la grand'chambre avec lui.

Il reste à Rouen comme commandant de la province, et les troupes qui s'y trouvent sont à ses ordres.

L'on n'a encore guère connu de pareilles violences contre les parlements : il y en a des exemples du

7

duc d'Épernon contre le parlement de Bordeaux, mais
non au nom du Roi : ces sénats ont toujours imprimé
respect par leur dignité.

10 août. — Le parlement de Rouen, ne reconnaissant point les ordres que le Roi lui a envoyés sans
lettres patentes, n'en tient compte, et a envoyé à
Évreux un huissier pour saisir le temporel de l'évêque.
Cependant M. de Fougères reste dans cette capitale
pour y donner ordre et secourir les évêques attaqués
par les magistrats.

L'on observe que ce parti militaire pris contre un
parlement commence à ressentir la colère royale dans
le civil, et est de mauvais augure pour la suite du
règne. L'on croit que nous avons quelque ministre
ambitieux qui laisse le Roi se précipiter dans de mauvais partis pour qu'on lui confie le premier ministère,
non en vue de mieux gouverner, mais pour mieux
servir les passions royales.

11 août. — Le Roi a fait une chute à la chasse le 7
de ce mois, mais sans danger et sans suite; il a
remonté à cheval sur-le-champ et a pris deux cerfs.

Le dernier conseil d'état à Compiègne a été
jeudi 9.

12 août. — L'on y a continué quelques procédures
comme celle faite au libraire Coustelier et celle de
Mussy l'Évêque, après quoi l'on n'aura plus rien à
faire au palais; l'on mitonne ces anciens procès de
schisme, mais les présidents n'en veulent plus entamer de nouveaux. Cependant, s'il se présentait quel-

ques nouveaux sujets de plainte pour refus de sacrements, que feraient-ils? il est vrai qu'ils pourraient
dire que l'on s'adressât au Châtelet.

On a eu à Pontoise une grande joie de la conduite
si ferme du parlement de Rouen, et l'on y prend beaucoup de part à son insulte, ainsi qu'aux violences com-
mises par M. de Fougères. L'on y dit publiquement une
chose remarquable, qui est que, quand même l'on
rappellerait les enquêtes, elles ne resteraient pas au
palais à Paris, à moins que préalablement l'on n'eût
accordé satisfaction au parlement de Rouen. Ainsi
voit-on ici les parlements commencer à faire cause
commune.

Il y a eu à Paris un commencement de révolte aux
prisons du petit Châtelet, mais elle a été promptement apaisée.

Les prisons de la conciergerie du palais à Paris
sont remplies et regorgent, quoique l'on ait averti les
lieutenants criminels de province de n'y plus envoyer
de prisonniers, et les prisons de province sont encore
plus dans le même cas.

15 *août.* — L'on parle de transférer à Caen ou à
Falaise le parlement de Rouen.

L'on mande ici qu'à Vire, un curé ayant refusé les
sacrements à un prétendu janséniste, le bailliage l'a
condamné aux galères et à la fleur-de-lys.

Les comédiens français, ayant perdu leur procès au
conseil contre l'Opéra [1], ont cessé leurs représentations. L'on dit même que la toile se levait, lorsqu'ils

---

1. Sur ce procès, voy. le *Journal de Barbier*, t. V, p. 408.

apprirent l'arrêt du conseil, et, sur-le-champ on la baissa, et ils ont ordonné des remontrances [1], pendant quoi plus de comédies. Ceci donne ridicule en même temps aux parlements et aux comédiens, ainsi qu'au gouvernement. L'on cite le vers de la comédie des *Plaideurs* :

> L'esprit de contumace est dans cette famille.

A Marseille, autre grave contestation sur la comédie. Le duc de Villars, gouverneur de Provence, y protége le théâtre ; on a voulu y établir le quart en sus pour les pauvres, comme à Paris ; cela a enchéri les places : là dessus, mutinerie et cabale pour ne plus aller à la comédie. Le directeur des spectacles s'est plaint à M. le comte de Saint-Florentin, secrétaire d'État de la province ; ce ministre a écrit une lettre de réprimande aux échevins. Il court des copies de cet original assez ridicule : il les exhorte à rendre la lettre publique, il les menace de retirer ses bontés à la ville de Marseille, et de proposer au Roi de lui retirer, au bout d'un certain délai, la permission d'avoir comédie. Les échevins lui répondent une lettre assez fière : il y est parlé du temps où Marseille était république, où elle donnait des lois au lieu d'en recevoir ; ils disent que l'évêque de Marseille et les curés les exhortent assez à ne plus avoir de comédie, et qu'ils prendront le parti de leurs illustres auteurs, d'avoir des troubadours, c'est-à-dire de former eux-

---

1. *Les Remontrances des comédiens français au Roi*, 1753, sont une facétie en vers de l'avocat Marchand. Elle a été réimprimée dans les *Poésies satiriques du dix-huitième siècle.*

mêmes leurs spectacles et leurs jeux d'esprit sans
recourir aux spectacles mercenaires et étrangers.

18 *août.* — Le parlement de Rouen est le seul à
événements, et, comme nous touchons aux vacances,
bientôt on en parlera plus. M. de Fougères a exécuté
de nouveaux ordres. Nouvel arrêt du conseil pour
biffer la dernière délibération, ordre de reprendre
les fonctions d'administration de justice. Cela s'est
passé comme les autres actes précédents : refus de
délibérer devant cet officier général, résolution de
finir les remontrances; le lundi 13, tout devait être
fini, et l'on devait reprendre les fonctions tout de
suite. Ces remontrances seront encore plus fortes
que celles de Paris : il y a la plainte de violence
par des gens de guerre; de plus on les verra bientôt
imprimées.

Les exilés de Châlons sont doux et mitigés; ils
regrettent l'occasion manquée d'accompagner les affaires par une déclaration, mais ceux de Bourges sont
les rigoristes du parlement qui écrivent sans cesse à
leurs confrères pour les redresser, et, comme l'on ne
craint rien tant que le déshonneur, surtout après en
avoir tant fait, on leur obéit avec résignation.

Le bruit est à Versailles que ces affaires vont bien et
que, pour le sûr, elles s'accommoderont pendant ces
vacances. Mais comment le croire, quand on voit ce
qui vient de se passer à Rouen et qui est plus violent
contre les magistrats et contre la compétence des parlements sur les affaires de l'église que tout ce qui
s'était encore fait? De plus, l'on vient de donner à l'é-
vêque d'Évreux l'évêché de Bayeux qui vaut 80 000 l.

de rentes, récompense marquée de ce qu'il a fait
récemment pour le schisme.

20 août. — Une circonstance de la séance de M. de
Fougères au parlement de Rouen est que le président voulut bien aller parler à cet officier en particulier au milieu de la séance, malgré les cris de son
parlement, et que, quand il demanda les registres,
l'assemblée les refusant, le premier président les fit
apporter : ainsi ce chef de compagnie sera désormais
très-méprisé de son corps.

Je sais qu'à Versailles, sept chefs de brigade des
gardes du corps ont refusé la commission dudit Fougères, et qu'enfin il l'a acceptée, n'étant pas homme
de condition, ce qui le déshonore dans la compagnie.

Notre ministère a fait publier dans les Gazettes de
Hollande qu'il y avait bien à répondre aux trois
mémoires des conseillers de Bourges, savoir : Que
l'autorité des parlements n'était que précaire, qu'ils
n'avaient que celle que leur Roi leur voulait bien laisser et que Sa Majesté pouvait toujours restreindre et
limiter.

22 août. — Il est certain que le Roi va emprunter
quarante millions, et l'on cherche pour cet effet à se
passer de l'enregistrement au parlement ; ce sera par
les apparences d'un remboursement ou amortissement
d'anciennes dettes, le tout à rentes viagères qu'aiment
tant aujourd'hui nos français célibataires.

Je sais que pour le dernier voyage de Compiègne le
Roi manquait absolument d'argent, et on a emprunté

pour cela deux millions à Montmartel, sans quoi l'on
ne savait comment partir.

Malgré cette détresse, le dessein est formé pour la
campagne prochaine de rebâtir entièrement le château
de Compiègne.

25 août. — Le Roi vient de donner une pension de
1000 l. au poëte Piron, parce que Sa Majesté n'a pas
voulu permettre son élection à l'Académie française[1] :
ainsi Sa Majesté est partout condamnée aux dépens,
soit qu'elle accorde ou qu'elle refuse.

L'on me mande de Pontoise que le parlement y a
terminé la procédure contre Coustelier libraire, pour
avoir fait débiter chez lui la prétendue consultation
de quarante docteurs ; la fille de boutique est condamnée en 3 livres d'aumône, et le libraire est admonesté, pour qu'il prenne garde davantage aux domestiques dont il se sert pour son commerce.

Du 21 de ce mois, on a ordonné l'instruction
comme de délit commun contre un prédicateur séditieux du diocèse d'Angers.

26 août. — Les négociations sont renouvelées, à
Pontoise, par M. le prince de Conti et le président
Turgot (qui n'est pas grand clerc), pour registrer la
déclaration, toutes les chambres réunies et assemblées
dans un même lieu ; mais les zélateurs du parlement,
ceux qui craignent le déshonneur (et qui peut-être

---

1. Sur cette candidature de Piron, voy. un article de M. Sainte-
Beuve, *Revue contemporaine* du 31 octobre 1864; un article de
M. Gallien : *Montesquieu à l'Académie française*, dans la *Critique
française*, t. III, p. 265, et les *Mémoires de Luynes*, t. XII, p. 477.

poussent trop loin cette crainte) veulent réparation et
que le Roi leur fasse grâce et les rappelle *cum elogio*
sans qu'ils la demandent par aucune voie; ils ne veulent pas même qu'elle soit demandée par les gens du
Roi, ce qui ne se pourrait faire qu'avec l'aveu de la
grand'chambre.

L'on croit qu'avant le 7 septembre il y aura enfin
un parti pris par la cour, qui ne pourra être qu'une
translation de tout le parlement dans une ville de province comme Blois, Soissons ou Moulins, et là, on
portera la déclaration.

L'on y parle du parlement de Rouen comme ayant
fini sa résistance d'une façon molle et obséquieuse, en
craignant trop la verge de l'autorité.

28 août. — Madame de Pompadour craint tout
pour la stabilité de son frère, M. de Vandières, dans la
place de directeur général des bâtiments qu'il occupe
aujourd'hui. Il né s'y fait que des ennemis, ne s'y
attire et n'y mérite aucune estime; très stupide, grand
libertin; avec cela il a pris pour secrétaire et pour son
premier conseil le sieur Valsiny[1] qui avait eu la première
confiance du feu grand prieur d'Orléans, qui le
chassa et qui lui fit son procès sans pouvoir le convaincre de ses vols. Feu M. de Tournehem, son oncle,
avait pour homme de confiance le sieur Desmollets,
autre grand fripon, et qui avait déplu à M. de Vandières, de sorte que, de fripons en fripons, les fonds
de cette place sont altérés et la stupidité des chefs,

1. C'est par erreur que plus haut, p. 68, ce nom a été écrit
Valmy.

toute innocente qu'elle puisse être, coûte très-cher
à l'État.

Mais comment le Roi entreprendra-t-il de destituer
le frère de cette ancienne favorite ? c'est ce qu'on ne
conçoit pas. Il a outragé le sieur Duverney à l'occasion
du bâtiment de l'École militaire et, depuis cela,
Duverney est brouillé avec la marquise. Cela multiplie
les ennemis dudit sieur de Vandières qui, faisant mal
sa charge, pourra bien sauter un de ces jours.

L'on prévoit, pour la Saint-Martin prochaine, une
révolution dans le ministère, à cause de l'affaire du
parlement qui est, dit-on, inaccommodable sans cela.
Le garde des sceaux déplait à son travail avec le Roi
parce qu'il n'a jamais autre chose à lui dire sinon
« qu'il n'y a plus d'argent au trésor royal. » Mon frère
l'amuse par son département de Paris dont il lui
conte des détails de police que l'on sait par espionnage, comme les intrigues libertines de nos dames de
Paris. M. Rouillé lui déplait souverainement par sa
pédanterie; M. de Saint-Contest ne sait que des anec-
dotes, et ne raisonne jamais; il n'a pu encore travailler
que deux fois avec le Roi depuis qu'il est en place.

29 août. — Mon frère est plus foncièrement
brouillé que jamais avec la marquise, et la comtesse
d'Estrades travaille par tous ses moyens, et par ceux
qu'on lui suggère, à avancer la disgrâce de cette favorite, ainsi que celle de Vandières. L'on voit d'étranges
choses à la cour; c'est une terrible école de crimes et
de noirceurs, même dans les familles.

30 août. — L'on prétend que l'accommodement du

parlement avec la cour et le clergé tient à la relaxa-
tion des quatre prisonniers du parlement, mais que,
de façon ou d'autre, le Roi va marquer ses volontés
sur cela avant les vacances du 8 septembre.

L'on voit les nouveaux tableaux de nos fameux
peintres exposés au salon du Louvre; il y a surtout des
portraits de nos meilleurs académiciens peints en
pastel par La Tour; ils sont parlants.

Il parait depuis peu à Paris un libelle contre le Roi
de Prusse qui a à peu près ce titre : *Vie privée du Roi*
de Prusse, on l'a imprimé sous le manteau. L'on soupçonne avec raison Voltaire, mécontent comme il est
de ce prince, d'avoir composé ce libelle[1] d'un style où
l'on ne peut pas le reconnaître. Ce grand poëte prend
tous les styles qu'il veut, et la passion pour la satire lui
fait prendre tous ceux qui peuvent mieux nuire à ceux
qu'il hait. Cette peinture du grand roi de Prusse est
la plus propre à le faire mépriser en France. On le
peint comme économe : le voilà perdu parmi nos
Français.

Il est à craindre que le roi de Prusse ne soit fâché
contre la France de l'impression de ce libelle : il se plain-
dra du manque d'attention à le prohiber, car il se vendait dernièrement très-bon marché à nos promenades.

Le roi va recevoir une députation de quinze officiers du parlement de Rouen, mais il leur est défendu
de passer par Paris; Sa Majesté recevra leurs remontrances, et leur donnera ses ordres sur la conduite à

1. Cet ouvrage ne figure, dans la Bibliographie de M. Quérard,
ni parmi les œuvres de Voltaire, ni parmi celles qui lui sont at-
tribuées.

tenir par rapport au schisme qui s'établit dans quelques diocèses.

A Pontoise, le 27 août, on a pourvu à la procédure d'Abbeville contre le curé d'Allery dont il a déjà été parlé.

Le premier président n'a pas vu M. le prince de Conti depuis huit jours. Les uns croient que le parlement va se rassembler à Paris la veille de Notre-Dame de septembre, d'autres craignent de passer leurs vacances à Pontoise. L'on dit que le président d'Auneuil [1] est devenu fou aux îles de Sainte-Marguerite.

3 septembre. — Avant-hier samedi, quinze députés du parlement de Rouen ont dû aller à Versailles, y étant mandés, et le Roi leur a fourni les voitures.

On a mis à la Bastille celui qui a fait imprimer le libelle contre le roi de Prusse dont je parlai hier, intitulé : *Mémoire concernant la personne du roi de Prusse*; c'est une légère satisfaction pour ce prince.

L'on vient d'envoyer et de faire marcher en Languedoc vers les Cévennes trente bataillons et trois régiments de dragons. M. de Saint-Priest, intendant de cette province, demandait ces forces depuis longtemps pour exterminer le reste pullulant des huguenots de cette province. Qu'il est triste de répandre le sang de ses sujets! Voilà les conseils des prêtres, et leur ambition violente. En Languedoc, l'on sait que l'épiscopat y est plus maître du temporel que partout ailleurs.

---

1. Nicolas de Frémont d'Auneuil, président de la première des enquêtes.

Le procureur général a demandé et obtenu permission d'anticiper contre l'évêque de Langres sur l'affaire du curé de Saint-Amatre [1].

La troisième négociation de M. le prince de Conti est rompue comme les deux précédentes. Les présidents à mortier ont grand'peur de rester à Pontoise tout cet automne et de ne point aller à leurs terres ; en attendant ils font bombance à Pontoise.

La société des Anti-gallicans [2] augmente l'émulation pour le goût de fabriquer en Angleterre les modes de France ; l'on vient d'y distribuer de nouveaux prix de broderie.

Je viens de recevoir de Paris la satire intitulée *Remontrances des comédiens français* [3], pièce très-mordante et malheureusement trop fondée dans les reproches qu'elle fait au ministère et à ses mauvais succès en toute chose.

4 septembre. — C'est la reine de Suède qui établit une académie des belles-lettres. Elle en est la protectrice, et l'a ouverte elle-même ; les dames de la cour y travaillent plus encore que les hommes.

A Rome, on oblige chacun à faire ses pâques, et, quand on en apporte pas un billet qui le prouve, on vous excommunie dans toutes les formes. L'Académie de France pour la peinture, établie à Rome, s'est crue exempte de cette règle ; on allait chasser nos Français de Rome ; ils se sont soumis à cette règle romaine pour ne faire que des communions indignes.

1. Pour sermon séditieux ; ce curé s'appelait Dubois.
2. Voy. t. VII, p. 37 et 397.
3. Voy. ci-dessus, p. 100.

Un homme, qui arrive de Versailles m'assure que les
choses pourront rester encore longtemps comme
elles sont par rapport au parlement de Paris. M. le
chancelier ne trouve plus de juges pour remplir la
commission qu'il voulait faire, même quant au criminel. Il y a deux mois que le châtelet a refusé cette
commission infamante, disent ces juges, et même les
maîtres des requêtes éludent autant qu'ils peuvent. Les
procédures sont aux greffes et dans les cabinets des
rapporteurs ; il faudrait des ordres du Roi avec exécution militaire, comme à M. de Fougères, pour avoir
ces papiers.

L'on prétend encore que le ministère des finances a
eu une attention merveilleuse pour empêcher les banqueroutes qui devaient s'ensuivre de ce défaut de parlement, car, n'y ayant plus de supérieurs aux juges
consuls ni de moyens d'avoir d'arrêts de défense, le
commerce devait tomber en grande confusion ; cependant on l'empêche depuis quatre mois. Enfin dit cet
homme, les choses peuvent durer encore un an sur ce
pied-là sans grands inconvénients ; discours de royalistes esclaves.

6 *septembre*. — Le 2 de ce mois, le Roi répondit aux
quinze députés du parlement de Rouen, par l'organe
de M. le chancelier, d'une façon qui fait désespérer
que l'on accommode jamais cette affaire entre le parlement et le clergé. Le Roi y donne toujours à la
bulle *Unigenitus* la qualification de jugement de
l'Église universelle en matière de doctrine, et veut
qu'elle soit observée et respectée comme sous le feu
Roi. On y rappelle les déclarations de 1720 et de

1730, on laisse toujours aux parlements le droit d'empêcher que l'Église n'abuse de sa juridiction, mais Sa
Majesté défend à ses juges de se mêler de matières de
sacrements. On y déclare (ceci est remarquable) que
dans la seule personne royale réside la plénitude de la
justice, que c'est d'elle que les juges tiennent leur état
et le pouvoir de rendre justice aux sujets, et que,
quand, par des considérations particulières, le Roi veut
se réserver connaissance de quelque cause que ce soit
pour la décider par lui-même, il le peut; que sa
forme de faire connaître ces volontés à son parlement
est comme il l'a fait, c'est-à-dire par arrêts du conseil
et lettres closes, qu'il n'y changera rien, que leur résistance a donné lieu à leur envoyer M. de Fougères, voie
extraordinaire, que cette même résistance donne encore
lieu à leur déclarer lui-même sa volonté, comme il
fait, sur l'évocation de l'affaire du curé de Verneuil.

Avec cette terrible préoccupation, le mécontentement et même le mépris augmente de toutes parts.
Pour gouverner avec la verge de fer, il faut que le fer
ne manque pas, et il va manquer : les forces de l'État,
la finance manquent de toutes parts et bientôt le militaire se démanchera.

8 *septembre*. — Il court un bruit sourd et général
que les Anglais nous ont pris Pondichéry[1]. Il paraît
qu'on cache une partie de ces succès en Angleterre,
où l'on en attend la confirmation. Le vaisseau *Vernon*

---

1. C'était une fausse nouvelle; mais ce qui n'était que trop vrai,
c'étaient les succès de Clive à Trichinopoly et à Seringham, par
lesquels il préludait à la fondation de l'empire des Anglais dans
l'Inde, si brillamment racontée par Macaulay.

y a déjà apporté nouvelle de quatre victoires rempor-
tées par les Anglais; on attend à Londres le capitaine
Clive qui y commandait, mais une grande affaire le
retient, dit-on, et cette grande affaire paraît être le
siége de Pondichéry.

9 *septembre*. — L'on attend les couches de Madame la
Dauphine pour le 12 à 14 de ce mois. Si c'est un prince
qui en provient, il se nommera le duc d'Aquitaine, le
voyage de Fontainebleau doit être pour le 12 octobre.

M. de Saint-Séverin hérite des profits de la place
de fermier général par la mort de Villemur, son beau-
frère. L'on ne peut trop récompenser les mauvais
ministres aujourd'hui, et ces places de fermiers généraux se donnent comme des bénéfices simples.

Le départ de Madame infante est pour le 26 de ce
mois.

Hier samedi 8, sur le midi, naquit un second fils à
M. le Dauphin, qu'on a nommé d'avance duc d'Aqui-
taine.[1] Je souhaite que les peuples et surtout celui de
Paris en aient marqué de la joie.

11 *septembre*. — J'ai des nouvelles de la clôture
du parlement à Pontoise; on y a continué des procédures sur plusieurs affaires de schisme, entr'autres sur
un curé de Poitiers qui contraignait ses paroissiens à
signer un formulaire pour la Constitution, sans quoi
point de sacrement.

On s'est levé, la veille de la Nativité de la Vierge,
et l'on est seulement convenu de se retrouver à Pon-

---

1. Ce jeune prince mourut le 22 février suivant.

toise le 10 novembre, veille de Saint-Martin. Ainsi, point de chambres des vacations, point de commissions du conseil, chacun va tranquillement à la campagne. Cette nuit-là, on croyait entendre à tout moment quelque courrier de la cour apportant des ordres. Un cheval qui s'échappa la nuit dans les rues de Pontoise réveilla tout le monde et fut pris pour un courrier. Il paraît que le Roi gouverne ceci comme la demande de tributs au clergé, où, la résistance devenant invincible, Sa Majesté a dit seulement à ses ministres : « Qu'on ne m'en parle plus ; » mais, quand le feu est à la maison, il faut bien qu'on en parle.

Le bruit est grand que l'abbé Chauvelin, s'est sauvé de Caen et a passé en pays étranger.

Les députés du parlement de Rouen ayant rendu compte à leur compagnie de la réponse du Roi portée au discours de M. le chancelier (dont nous avons parlé) ils ont remis à la Saint-Martin à en délibérer, c'est-à-dire à obéir. Sur cela, courrier de M. de Fougères et réponse de la cour, aussi par un courrier, et l'ordre du Roi qu'ils resteront assemblés. Ainsi l'on voit que la cour veut savoir à quoi s'en tenir sur leurs principes, et les pousser à bout. Mais on ne pense pas ce que c'est que les têtes normandes, combien ces habitants sont courageux, fiers et sensibles à l'intérêt; d'ailleurs, le voisinage d'Angleterre n'est-il pas d'un grand danger?

L'on voit des preuves de leur emportement dans le papier dont on vient de m'envoyer copie, C'est un canevas ou articles pour leurs remontrances[1] à l'imi-

---

1. Voy. ci-après, p. 116 et 117, et *Journal de Barbier*, t. V, p. 414. Ces remontrances supposées étaient alors très-fréquentes, et il est souvent difficile de distinguer le vrai du faux.

tation de ceux que l'on a vus du parlement de Paris. Rien n'est plus fort et tout y sent l'anglicisme. On y propose une assemblée nationale pour juger le Roi et sa conduite, on y veut dénoncer les ministres suspects à l'État; on n'y parle que d'*État*, et peu de *royaume;* cela paraît rédigé par des Brutus plutôt que par des sujets. J'avais pensé d'abord que cette pièce était apocryphe, et qu'elle était composée par les jésuites pour inspirer au Roi les défiances que nos ministres et les prêtres lui persuadent des desseins secrets des parlements; mais j'apprends que cette pièce est vieille, quoique dans les remontrances on ait bien adouci les choses.

Cependant nous voyons ici que les parlements provinciaux se lient ensemble, et que bientôt ils se diront: « Prenons des mesures pour le dépôt des maximes et pour nous-mêmes : *jam proximus ardet Ucalegon.* » Je sais que M. de la Marche, premier président de Bourgogne, ne veut pas s'écarter de sa résidence cet automne, craignant qu'il n'arrive chez lui quelque chose de semblable, et connaissant que la chaleur des esprits est répandue partout.

L'on a eu nouvelle que le parlement de Dauphiné venait d'innocenter la mémoire du feu préteur royal de Strasbourg, M. Klinglin, et la cause de son fils, et que l'on croyait que la préture de Strasbourg serait rendue à celui-ci. Cette nouvelle fait beaucoup crier à l'injustice, car le cri public était contre ces accusés.

Le Roi cherche à emprunter soixante millions par diverses inventions et tours de passe-passe. Ce qui marque de plus en plus le grand dérangement de nos finances; l'on fait de la terre le fossé, un abîme en attire un autre.

L'on vient de faire un fermier général de dix-sept ans, le neveu de M. de Villemur qui est mort de la petite vérole; ainsi l'on a banni tout ordre et toute raison de cette régie. M. de Saint-Séverin, beau-frère du défunt, a la plus grande part aux profits de cette place.

Un homme qui arrive de Versailles me dit que la naissance du duc d'Aquitaine n'y a causé aucune joie dans le peuple de la cour et de Versailles, *a fortiori* à Paris[1], tant les esprits sont aujourd'hui mal prévenus pour le trône! L'on y tient des discours très-séditieux, même dans les appartements du Roi.

La marquise de Pompadour décline absolument vers son couchant. L'on meuble son hôtel d'Évreux à Paris, où l'on dit qu'elle va se retirer et rester amie du Roi qui la visitera quelquefois. La petite Morfi va devenir maîtresse déclarée et presse l'expulsion de celle qu'elle a remplacée déjà dans le cœur du Roi et dans la couche royale

12 *septembre*. — Le bruit était avant-hier à Paris que le duc d'Aquitaine se mourait, et l'on avait pour cet effet suspendu les réjouissances publiques. Il a été décidé qu'il se nommerait Louis-Xavier, devant être filleul du roi de Pologne, son aïeul maternel.

L'on mande de Paris que l'indifférence a paru grande sur cet événement, soit de sa naissance, soit du bruit de sa mort.

1. Barbier dit le contraire. *Journal*, t. V, p. 417.

Le sieur Poisson, père de la marquise de Pompadour, est très-mal.

Le châtelet, en se séparant pour prendre vacance, a arrêté, comme l'année passée, que l'on veillerait diligemment à ce qu'il ne s'introduisît dans Paris aucun nouvel acte de schisme, qu'en ce cas l'on avertirait le lieutenant civil.

L'on croit que le parlement de Rouen aura enregistré le discours de M. le chancelier, cette nation normande aimant mieux, dit-on, *se dédire que se détruire.*

L'on parle de quantité d'avocats de Paris fort nécessiteux, et qui, poussés à cela par leur famille, se résoudraient à rouvrir leur cabinet à la Saint-Martin, ce qui mettrait les affaires en activité.

14 septembre. — Les lettres patentes envoyées le 7 de ce mois au parlement de Rouen ne font aucune mention de l'ordre d'enregistrer la réponse de M. le chancelier, ni des autres commandements ordonnés ci-devant par des lettres closes, mais seulement prorogation, jusqu'à ce qu'ils aient obéi aux ordres prononcés par M. le chancelier.

Le camp qui se tient actuellement proche de Beaucaire, sous les ordres de Crémille[1], est tenu avec une grande régularité et discipline militaire.

Rien de si faux que le bruit qui avait couru de la mort du duc d'Aquitaine. C'est une malheureuse préoccupation qu'a aujourd'hui le peuple de Paris de faire courir des bruits funestes au gouvernement. On a mis

---

1. Major général.

quantité de monde en prison à Paris pour avoir fait
courir ce mauvais bruit.

15 *septembre*. — L'on parle beaucoup de ce canevas
de remontrances du parlement de Rouen dont il court
des copies et qui va être imprimé. L'on dit que les remontrances rédigées y sont un peu adoucies, mais tout
y est. J'ai dit ci-dessus tout ce qu'elles proposent de
très-hardi sur l'autorité royale, les maux de l'État, une
assemblée d'États généraux et le renvoi des troupes sur
la frontière, etc. L'on est scandalisé de ces propositions, mais il faudra bien s'y accoutumer; l'opinion
universelle va les enfanter chaque jour.

L'on a délibéré à Lausanne en Suisse avec des députés de nos huguenots français s'il était temps de demander la liberté de conscience, et l'on a conclu que
l'heure n'était pas encore tout à fait venue, et que
l'autorité royale serait plus affaiblie dans quelque
temps, comme l'hiver prochain. Cependant la marche
de trente bataillons aux Cévennes fait grand bruit, et
marque que l'on y craint beaucoup les huguenots.
L'autorité royale va donc s'affaiblissant : on l'attaque,
et il faut occuper les troupes en dedans du royaume
contre les sujets.

M. le Dauphin augmente de dégoût avec Madame la
Dauphine, quoiqu'elle lui donne des garçons tant qu'il
veut. L'on dit qu'il avait beaucoup d'humeur avec
elle, et qu'il cherche à prendre une maîtresse, malgré
sa bigoterie.

17 *septembre*. — J'ai fait un voyage à Versailles où
j'ai appris que le parlement de Rouen n'avait pas voulu

registrer le discours du premier président, mais l'avait
fort maltraité de paroles, et avait éludé les ordres du
Roi, ne faisant registre uniquement que de l'article
concernant sa prorogation pendant les vacations,
en sorte que les officiers de ce parlement n'iront point
à leur campagne et ont actuellement la ville pour
prison.

Il y eut conseil à Versailles vendredi dernier, 14 de
ce mois, touchant ces affaires de Rouen, et le Roi y
montra beaucoup de mauvaise humeur contre les
ministres, de toutes ces affaires qui aggravent d'impor-
tunité au lieu d'en diminuer.

Mon frère m'a paru rongé de soucis et déteste le
pays où il vit : l'on juge qu'il lui revient quelque mécontentement du Roi, de la détresse où il peut l'avoir
jeté. Il convient présentement avec moi que ceci est une
affaire de conduite et non de législation, et qu'il faudrait punir les évêques et prêtres qui attisent le feu, au
lieu de les récompenser comme l'on fait. Il blâme la
récompense d'un meilleur évêché donné à l'évêque
d'Évreux. Enfin il revient à tous mes sentiments et
conseils sur cela, que je ne lui ai pas épargnés depuis
deux ans.

L'on dit que le chancelier Lamoignon va être renvoyé à Malesherbes, et les fonctions de la chancellerie
données à quelque autre.

Il dit que le prétendu mémoire répandu dans le public en 29 articles, supposé être le canevas des remontrances du parlement de Rouen n'est qu'un libelle
fabriqué pour exciter la révolte contre l'autorité royale.
Pour moi, je crois que ce sont les molinistes qui l'ont
imaginé pour attirer de plus en plus l'animadversion

royale contre les parléments et leurs prétendus desseins malicieux.

L'on prétend que le Roi devient d'une dévotion superstitieuse, respectant les prêtres plutôt que les mœurs.

Je sais que le maréchal de Noailles se montre grand fripon et d'une corruption intolérable dans les conseils du Roi, portant à tous les partis les plus avantageux à la Maison d'Autriche. Il gouverne absolument les affaires étrangères, et M. de Saint-Contest va chez lui porter le portefeuille, d'où il arrive que tout va si mal au dehors.

J'ai eu une conversation avec le maréchal de Richelieu touchant les protestants des Cévennes, d'où j'ai conclu que l'on est dans la résolution de faire la guerre aux huguenots de son commandement; on y envoie beaucoup de troupes. Je lui ai parlé de moins communiquer de ses affaires avec les évêques du Languedoc; il dit en plaisantant que le Roi est d'une dévotion angélique, et qu'il ne veut rien faire sans l'épiscopat. Certes, ce maréchal se trouvant à la tête d'une espèce d'armée, en Languedoc, se plaira à se rendre ainsi nécessaire plutôt qu'à apaiser les troubles de la province et du royaume.

Il est défendu à Voltaire par le Roi lui-même de rentrer dans Paris. Il est resté malade à Strasbourg. L'on cherche par ce petit article à plaire au Roi de Prusse, en lui déplaisant, comme on fait, sur les affaires principales.

La Reine étant poursuivie par une vieille plaideuse qui lui demandait l'aumône, se prétendant ruinée par la cessation des fonctions du parlement, dit au ma-

réchal de la Mothe[1], son chevalier d'honneur : « Que
me veut donc cette vieille folle ? » le maréchal dit :
« Elle veut que Votre Majesté fasse rétablir le parlement. » La Reine a répondu, très-mal à propos :
« J'en serais bien fâchée. » Cela s'est su dans Paris,
et cela déplaît beaucoup au public.

M. le Dauphin avait des dettes, il était fort embarrassé, cela est revenu au Roi. Sa Majesté a demandé à
quoi se montaient donc ces grandes dettes ; le mémoire
a été présenté et s'est trouvé monter à peu près à
23 000 livres. Le Roi lui a envoyé 1 000 louis, de sorte
que dettes payées, le Dauphin s'est trouvé avoir environ 50 louis de bon : ce prince a été d'une joie
incomparable.

Plusieurs personnes bien instruites défendent le
Dauphin de toute la cagoterie qu'on lui reproche, l'on
dit même qu'il a une maîtresse qui est la jeune madame du Châtelet-Lomont. Son favori, M. de la Vau-
guyon, qui lui prêchait continuellement la bigoterie
jésuitique, est depuis six mois absent de la cour, et
l'on prétend que c'est par ordre très-secret qu'il est
ainsi éloigné.

L'on conte une autre aventure singulière arrivée il y
a quinze mois, et que l'on m'a donnée pour certaine. La
femme d'un commis des finances nommé Boudret est
une personne d'une rare beauté. Le Roi et le Dauphin
l'avaient convoitée en même temps. Le jour où elle avait
rendez-vous avec le Roi, elle reçut une lettre du Dauphin qui lui demandait aussi un rendez-vous. Elle se
trouva fort embarrassée : elle donna à son mari la lettre

---

1. Louis-Charles, marquis de La Mothe-Houdancourt.

du Dauphin, et le chargea d'y faire réponse. Le mari y
fit les excuses que l'on peut juger, et, depuis ce temps-là,
il a eu pour sa femme la vénération que l'on peut juger
aussi. Cependant elle alla au rendez-vous avec le Roi,
comme capable de la mieux payer; mais ce monarque
rata la dame. Depuis cela, il a demandé sa revanche
et a mieux réussi; mais, depuis cette consommation de
ses desseins, il ne l'a pas envoyée chercher, et cette
pauvre femme, se voyant ainsi méprisée, se meurt de
chagrin.

18 *septembre.* — Hier devait paraître la déclaration
du Roi pour former une chambre des vacations,
séante aux Augustins. L'on y avait préparé toutes
choses pour cette séance, mais l'on prétend qu'il en
arriva contre-ordre, ce que je ne sais pas encore.
Ce tribunal doit avoir M. de Brou pour premier président, avec sept autres conseillers d'État, dont est
M. de Fresnes, aussi grand brouillon que M. de Brou
est homme fort lourd, et vingt maîtres des requêtes.
Sur ceci l'on ne comprend pas plus l'ordre que le
contre-ordre, sinon beaucoup d'incertitude dans le
règne.

L'hôtel de ville de Paris et le secrétaire d'État qui
a ce département avaient préparé quantité de plans à
choisir pour la place du pont-tournant, lorsque M. de
Vandières, directeur général des bâtiments, a réclamé
le soin de cet édifice, et l'on n'a pas voulu seulement
que le Roi vît ces plans disposés et qui étaient très-
beaux.

L'on a mandé ici des députés du parlement de Provence, on ne sait pourquoi.

L'on fait marcher des troupes en Bretagne, où l'on prévoit que ce parlement va se réunir à celui de Paris, surtout depuis l'insulte faite au parlement de Rouen, à qui l'on a envoyé des gens de guerre jusqu'au milieu de la grand'chambre.

Tous les officiers de dragons qui suivaient M. de Fougères à Rouen l'ont abandonné et se sont retirés à la campagne, pour éviter de participer à un appui si odieux à la nation.

M. de Maupeou, premier président du parlement de Paris, reste à Pontoise, donnant bon exemple de constance pour attendre les ordres ou plutôt les foudres de la cour.

Les prisons de la conciergerie du palais sont infectées par la quantité de prisonniers qui y abondent. Le scorbut y est, et l'on craint que la peste vienne à Paris.

19 *septembre*. — Après que le chancelier eut fait aux députés de Rouen le discours que nous avons dit, le Roi leur dit lui-même : « Telle est ma volonté, je veux que cela soit exécuté et consigné sur vos registres. » Le premier président répondit par un discours d'une grande résignation, en demandant une déclaration nouvelle qui fixât leur conduite à venir. Mais, depuis le retour des députés, on a ordonné de nouvelles remontrances.

Au feu d'artifice de la Grève, dimanche dernier, le peuple, voyant dans la décoration beaucoup de nudités, disait : « La France montre le c.... de tous côtés. »

On arrête toujours beaucoup de monde pour avoir parlé des affaires présentes.

La commission du conseil pour juger les appels et pour tenir lieu de chambre des vacations, commence samedi prochain pour le sûr. C'est une contrainte que le chancelier fait à tous les juges du conseil qui la composent ; chacun s'excuse, mais l'on y force les plus jeunes. Il y a deux parties à cette autorité supérieure confiée à cette commission séante aux Augustins, 1° de juger des appels tout instruits : cette partie ira doucement, l'on innocentera et l'on condamnera quelques criminels ; 2° l'inspection sur les juges inférieurs : pour celle-là, elle n'ira point du tout, dit-on ; le châtelet surtout refuse d'obéir, ou menace de quitter ses fonctions.

20 septembre. — On a voulu casser l'arrêté du Châtelet d'il y a quinze jours quand il a pris vacance, cet arrêté portant qu'il veillerait au schisme plus que jamais (quoique le Roi interdise cette connaissance à tous les parlements dont les évêques se plaignent à Sa Majesté. Mais le Châtelet a fait menacer de cesser ses fonctions si l'on cassait ainsi son arrêté, et l'on craint que pareille cessation n'arrive encore quand on obligera le Châtelet à reconnaître la supériorité de cette nouvelle commission du conseil.

Or cette cassation de fonctions du Châtelet n'irait pas moins qu'à ôter de Paris toutes fonctions de justice et de police. Alors il n'y aurait plus de notaires pour passer des actes et pour recevoir des testaments, ni de commissaires au Châtelet pour recevoir des plaintes, de sorte que l'on s'égorgerait et l'on se battrait impunément à Paris.

C'était à qui refuserait d'être de la nouvelle chambre. M. Gilbert l'ayant refusé, ainsi que plusieurs autres conseillers d'État et maîtres des requêtes, cela a donné mauvaise réputation à ce tribunal. L'on a forcé la plupart des membres par menaces d'en être; on les a fait revenir de leurs terres; on doit les présenter demain à Sa Majesté à Versailles. L'on dit que le Roi les a tous choisis sur l'Almanach; ils doivent commencer samedi leurs séances aux Grands Augustins.

L'on a observé que, dimanche, le conseil des dépêches se tint sans chancelier ni garde des sceaux; il s'occupa des affaires du parlement de Rouen.

Il est public aujourd'hui que la prétendue brouillerie entre le garde des sceaux Machault et mon frère n'est qu'une brouillerie feinte et qu'ils ont toujours été bien ensemble, s'entendant à merveille pour leurs opérations de courtisans.

La ville de Strasbourg a présenté une requête tendante à n'avoir jamais le sieur Klinglin pour préteur royal et demandant à prendre à partie le sieur d'Enand[1], conseiller de Besançon, qui a instruit cette affaire comme il a voulu.

On a arrêté au sortir du parlement M. de Franqueville[2] le 3e conseiller du palais de Rouen, pour avoir parlé avec trop de hauteur dans les assemblées, principalement contre le premier président de Pontcarré. Cependant on le laissa tout le jour de son arrêt dans sa maison occupé à recevoir de toute la ville les

1. Probablement François-Élie, sieur de Courchetet, seigneur d'Esnans.

2. Bulteau de Franqueville, conseiller de grand'chambre. Voy, Floquet, *Histoire du parlement de Normandie*, t. VI, p. 304 et suiv.

compliments de condoléance ou plutôt de félicitation. On le mène au château de Doullens, qui est un endroit délabré, aquatique et très-malsain.

L'on prétend qu'il y a beaucoup à craindre d'un soulèvement dans la ville de Rouen et dans le reste de la province de Normandie. L'on dit que, dans la plupart des maisons de cette ville, il y a des centaines de coups de fusils à tirer, et que, chaque jour, il y a environ quatre mille paysans qui descendent de la montagne voisine pour offrir leurs services et concours aux habitants de la ville. L'on croit aussi qu'il y a des Anglais cachés dans la populace; les îles de Jersey et de Guernesey, proche Caën, sont aux Anglais; ils peuvent y cacher des troupes, et cela devient très-périlleux pour l'État.

22 *septembre*. — C'est aujourd'hui que le Roi reçoit à Versailles la nouvelle commission d'évocation[1] qui va se tenir aux Grands Augustins. Sa Majesté, dit-on, doit leur donner les instructions elle-même sur ce qu'elle doit faire et ne pas faire, peine inutile et de pure cérémonie que se donne le Roi, comme tout ce qu'on lui fait faire dans ce temps-ci, et qui ne va ni au fait, ni au but.

L'on prévoit beaucoup de difficultés à l'exécution de cette commission, et d'abord, privant le conseil privé du peu de travailleurs qu'on y ait, il ne s'expédiera d'affaires, dit-on, ni au conseil, ni à ce supplément du parlement.

1. Établie par lettres patentes du 18 septembre sous le nom de chambre des vacations. Voy. ci-après, p. 129.

Tous les procès qui sont aux greffes du parlement, soit au civil, soit au criminel, tout ce qui est chez les rapporteurs, tout ce qui est au greffe du Châtelet, rien de tout cela n'en voudra sortir. Le geôlier de la Conciergerie a ordre positif de ne point livrer les prisonniers : ainsi, à chaque pas, il faudra des lettres de cachet, des arrêts du conseil portant évocation, des huissiers de la chaîne, la force et la violence pour faire quelque chose; tout ira par abus de pouvoir, ce qui altère l'autorité légitime.

Il marche, comme j'ai dit, cinquante-cinq bataillons dans le bas Languedoc, ce que l'on n'avait jamais vu depuis la guerre des Cévennes, avec huit régiments de cavalerie ou de dragons. J'entends dire à des gens du pays qu'on ne sait pourquoi, et qu'il n'y a jamais eu moins de violence de la part des protestants, sinon qu'ils se marient au désert sans égard à nos cérémonies catholiques.

Le commerce de Paris est absolument perdu, et les bourses se resserrent au point qu'il ne se fait plus aucune affaire sur la place; la défiance augmente de toutes parts, il n'y a pas un sou dans les provinces, et les recouvrements deviennent impossibles. Ceci, dit-on, ne peut pas durer ainsi, et le mal s'aggrave à chaque pas d'une précipitation redoublée.

Le chancelier et le premier président de Rouen sont regardés aujourd'hui par le conseil comme des étourdis, s'étant vantés de l'enregistrement des ordres du Roi à ce parlement, tandis qu'il n'y avait eu d'enregistré que le récit de ce qui s'était passé à la cour à leur grande députation. Mais les chambres de ce parlement ayant su cette instance, et que le chancelier

en avait écrit une lettre de félicitation à mon dit sieur
de Pontcarré, ils en ont donné un démenti à leur
chef et ont biffé ce procès-verbal porté sur leurs registres. Ils travaillent actuellement à des remontrances
itératives qui seront encore plus fortes que les premières, et, pendant ce temps-là, ils cessent toutes les
fonctions de justice. L'on dit que le parlement de
Bretagne les écoute, et travaille à prendre parti pour
eux, ce qui sera suivi d'une association de tous les
parlements du royaume; et l'on prétend qu'adoptant
le mémoire que nous avons vu en 29 articles, ils demanderont tous l'assemblée des États généraux, ce qui
mène à une grande révolution contre l'autorité royale.

Mon frère a été déclaré brouillé avec la marquise
de Pompadour, et avait tout à fait rompu avec elle,
lorsqu'on a replâtré dernièrement entre eux quelque
légère réconciliation apparente; il lui a donné la main
pour voir les tableaux exposés au salon du Louvre.

Le duc de Nivernais vient de perdre son fils unique;
avec lui périt heureusement le triste nom de Mazarin
qui a fait tant d'horreur à la France. Ainsi périssent,
disent les Français, tous ces noms odieux de ministres
qui ont dépouillé et tyrannisé le royaume!

Mardi prochain finiront les opéras français, pour ne
plus jouer désormais que de la bouffonnerie italienne
jusqu'à la Saint-Martin, la cour attirant à Fontainebleau les trois spectacles dont on prive les Parisiens,
ce qui coûtera fort cher au Roi. Tout ceci ressemble
fort à la régence de Marie de Médicis, quand elle dis-
sipait les épargnes du bon Henri IV.

La défense faite par le Roi à Voltaire de rentrer à
Paris vient, dit-on, soit de ce qu'il a offensé le Roi

de Prusse, soit de ce qu'il a parlé avec trop de vérité
de Louis XIV, dans son livre intitulé *Le Siècle de
Louis XIV*.

Le maréchal de Richelieu va commander en Languedoc au 1er janvier prochain, où son année d'exercice de premier gentilhomme de la chambre finira.
L'on dit que les ministres ont dessein de l'y tenir
longtemps pour l'exclure de la cour et de ses mystères.

23 *septembre*. — L'on se plaint beaucoup, à vingt
lieues à la ronde de Paris, des vexations des capitai-
neries et des seigneurs écoutés à la cour qui conser-
vent le gibier, surtout les lapins et lièvres, pour dé-
vaster les biens de la terre et ruiner les pauvres
habitants. Depuis que M. le duc d'Orléans jouit de
Villers-Cotterets, il en a fait revivre la capitainerie, et
il y a plus de soixante terres à vendre à cause de ces
vexations de princes. C'est un fléau du ciel que ce
goût de chasse qu'ont nos princes et nos grands.

M. de Montmartel a déclaré tout haut, et a chargé
ses amis de déclarer dans le public, qu'il était faux que
le Roi cherchât à emprunter quarante millions, et que
le trésor royal, par la bonne administration des finances, avait de l'argent de reste (ce que croira qui
voudra).

Tout est brouillé plus que jamais à Rouen : le sieur
de Franqueville, conseiller de grand' chambre, est
tombé bien malade à Neufchâtel, allant à Doullens
pour y tenir prison. Les gardes qui le conduisaient
ont eu cependant l'humanité de le laisser dans cette
ville où le parlement lui a envoyé une députation.

L'état de ce parlement est qu'actuellement il y a une chambre des vacations, et, le reste du parlement restant assemblé à la ville pour prison, les chambres ne s'occupent que de nouvelles remontrances au Roi. Ils ont délibéré entre eux quel tort pouvait avoir M. de Franqueville, et ils ont conclu qu'il n'avait pas plus manqué au Roi qu'aucun d'eux; ils l'ont signé jusqu'au premier président, et en ont écrit à M. le chancelier. Ils demandent avec vivacité la révocation de cette punition.

Le peuple prend parti pour le parlement, et tout est en combustion dans la ville, ce qui fait croire que prudemment la cour pourra tempérer ses rigueurs.

La commission d'évocation a commencé hier sa séance aux Grands Augustins pour enregistrer ses pouvoirs, et commencera mardi sa séance pour juger ce qu'elle pourra.

Un procureur au Châtelet m'a dit que le Châtelet et les autres tribunaux du ressort obéiraient à cette commission, et d'autres n'en ont parlé autrement. Dès demain, M. de Boynes, procureur général, doit envoyer les lettres patentes qui établissent la commission et son autorité à tous les procureurs du Roi du ressort. Je sais de quelques conseillers au Châtelet que les autres bailliages et présidiaux sont résolus à prendre exemple du Châtelet, et que le Châtelet tiendra ferme pour ne point obéir à la commission. Ils croient que de leur conduite dépend le retour du parlement, ils remettront plutôt leurs charges et quitteront leurs fonctions; ils vont assembler les colonnes, et tous sont restés à Paris malgré les vacances. Il y a eu une séance où un conseiller a maltraité le lieutenant civil sur ce

qu'il a dit avoir écrit à la cour touchant la compagnie;
on lui a donné force démentis et désaveux.

L'on prépare quelques dénonciations d'actes de
schisme à la chambre d'évocation pour l'embarrasser.

25 *septembre.* — M. de Mailly d'Aucourt, commandant en Roussillon, vient d'être retiré de ce commandement. J'ai parlé plus haut de sa querelle avec
l'intendant de cette province[1].

L'on vient de révoquer la lettre de cachet qui ordonnait prison au sieur de Franqueville, conseiller en
la grand'chambre du parlement de Rouen; il était
tombé malade à Neufchâtel comme je l'ai dit, et toute
la ville était en combustion depuis cette proscription.
Cependant l'on y continue une grande sévérité et
inquisition des personnes; l'on fouille aux portes tous
ceux qui entrent dans cette ville; l'on craint les
Anglais et les armes que les habitants peuvent prendre.

27 *septembre.* — Le blé froment diminue de prix;
on en porte en abondance dans les marchés. Ce qui
se vendait 27 livres le setier l'an passé, en pareil
temps, ne s'est vendu que 18 l. au dernier marché de
Montlhéry.

Je viens de recevoir les lettres patentes du 18 septembre 1753, portant établissement d'une chambre
des vacations dans le couvent des Grands-Augustins
de Paris. Le motif en est que le Roi n'a pas jugé à

---

1. Voy. p. 14. Ajoutons ici que M. de Mailly est le même qui
devint maréchal de camp, et périt sur l'échafaud, après avoir
essayé de défendre la royauté au 10 août. L'intendant Bertin fut
plus tard lieutenant de police, puis contrôleur des finances.

propos, *par de grandes considérations*, d'établir une chambre des vacations à Pontoise où le parlement avait été transféré par déclaration du 11 mai dernier. Cette chambre est composée de conseillers d'État et de maîtres de requêtes ; M. de Boynes, maître des requêtes, en est le procureur général, et les avocats au conseil y occuperont pour les parties. Il est enjoint au greffier du parlement de remettre à cette chambre les productions et sacs, à peine de contrainte par corps, etc. J'ignore encore comment cette nouvelle chambre a débuté et a pris.

28 septembre. — M. de Machault, pour fournir au Roi de l'argent secrètement et indépendamment du trésor royal, fait la contrebande pour le compte de Sa Majesté, faisant venir, par la compagnie des Indes, des perses et autres marchandises prohibées.

M. du Châtelet-Lomont vient d'obtenir le régiment de Navarre, ce qui fait dire plus que jamais que sa femme est la maîtresse du Dauphin.

Il y a plus que jamais mécontentement de mon frère, surtout parmi le militaire : les plus anciens de chaque corps demandent à se retirer du service. Ils se plaignent du peu de justice et du manque de sincérité du ministre. J'entends dire en même temps que mon fils s'est fait bien venir par ses attentions et ses politesses durant sa dernière tournée, et qu'il a beaucoup de prôneurs apostés.

Madame Infante partit enfin hier pour les petits États de son mari. Il est à souhaiter qu'elle ne revienne jamais en France. Est-il juste que l'État souffre de ce qu'elle a été si mal mariée? Avec elle marche une grande quantité de chariots chargés de toutes sortes de nippes que le Roi lui donne.

29 *septembre*. — Nos principales manufactures tombent de tous côtés. Celle de Van Robais[1], qui était si riche et si fameuse, ne travaille presque plus ; nos gens riches, ou qui se piquent de l'être, ne voulant plus se vêtir que d'étoffes de soie en toutes saisons, ce qui accomplit la prédiction du duc de Sully que l'on quitterait les vers pour la soie. A Andelis, en Normandie, il y avait une manufacture de beaux draps, et de soixante-dix métiers battants qu'il y avait, il n'en reste plus que neuf.

1er *octobre*. — Je viens de lire les remontrances du parlement de Rouen qui sont fort belles et bien écrites, même avec plus d'ordre, de précision et d'élévation que celles du parlement de Paris. Par ces deux remontrances voilà la bulle Unigenitus bien honnie en France et regardée comme un chiffon dangereux.

Il paraît aussi imprimé des remontrances du présidial de Saint-Dizier du 4 septembre. Elles sont adressées à M. le chancelier et lui démontrent son ânerie.

Le parlement de Rouen tient ferme plus que jamais dans le parti qu'il a pris. M. et Mme de Pontcarré

---

1. Fabricant de draps que Colbert fit venir à Abbeville de Hollande, et qui fut anobli par Louis XIV. Dans ses *Remarques en lisant*, d'Argenson raconte qu'il dit un jour à Voltaire : « Mon cher, vous n'êtes qu'un enfant qui aimez les babioles et rejetez l'essentiel. Vous faites plus de cas des pompons qui se fabriquent chez Mlle du Chappe que des étoffes de Lyon et des draps des Van Robais. »

sont honnis de tout leur parlement. Mme de Pontcarré n'est plus reçue dans aucune compagnie de Rouen où elle veuille aller. Toutes les dames se lèvent, et ne la veulent plus fréquenter. L'on croit impossible à ce premier président de rester davantage dans sa place, et la cour la récompensera comme elle pourra.

La commission du conseil pour chambre des vacations n'a encore rien fait; elle tient ses séances entourée de gardes. On a été aux greffiers du parlement pour avoir les sacs, principalement du criminel; les lettres patentes ordonnent la contrainte par corps pour leur faire restituer les sacs, mais ils se sont enfuis à la campagne, et l'on ignore ce qu'ils sont devenus; ce qui reste de papier est si embrouillé qu'on ne sait comment en faire usage.

Le Châtelet, assemblé pour enregistrer les dites lettres patentes, a prétendu devoir se conformer à ce qui s'est passé sur cela en 1720. Mais on ne trouve point les registres de ce temps-là, ce qui ne se fait point ainsi sans grande affectation. En attendant, point d'enregistrement; or tous les présidiaux et bailliages du ressort attendent, disent-ils, après ce qu'aura fait le Châtelet pour enregistrer et reconnaître l'établissement de la chambre des vacations.

2 *octobre*. — Le maréchal de Noailles ayant réussi à faire révoquer M. de Mailly d'Aucourt de son commandement de Roussillon, mon frère a fait révoquer aussi l'intendant, M. Bertin de Saint-Gérant[1] que pro-

---

1. Erreur de d'Argenson : il a confondu Jean-Baptiste-Léonard Bertin de Bellisle, intendant de Roussillon, avec J. Bertin

tégeait ledit maréchal de Noailles, justice ou non,
service du Roi fait ou non. Il faut ces actes personnels
de vengeance à la cour pour le cours ordinaire des
choses.

Les lettres patentes pour la chambre des Augustins ont été portées au Châtelet. Assemblée des quatre
colonnes, longue délibération jusqu'au soir : refus absolu. Sur cela, que fera la cour? forcera-t-elle par
lettres de jussion, par contraintes et par peines?
Mais, dit-on, le Châtelet quittera alors ses fonctions
et, les autres bailliages du ressort copiant celui-ci, tous
quitteront leurs fonctions, et ce sera bien pire que
jamais. Il n'y aura plus aucune fonction de justice
dans le royaume, car c'est là, dit-on, le seul moyen
de faire revenir le parlement. Le trône s'enfourne
chaque jour dans des embarras plus grands encore.

A Rouen, le retour du conseiller Franqueville a été
un triomphe. Tout malade qu'il était, il est venu à
l'assemblée des chambres, il y a parlé avec éloquence,
on lui a lu le procès-verbal fait en son absence, pour
établir qu'il n'était pas plus coupable que les autres.
Le premier président n'a pas voulu le signer, ni assister à la délibération pour son enregistrement; il s'est
retiré avec les présidents à mortier, et l'on a délibéré
sans eux pour l'enregistrement. Nouvelle matière à la
cour et à M. de Fougères pour rayer et biffer, mais
quelle contradiction, quelle augmentation de chaleur
et de résistance n'y va-t-on pas trouver !

En Angleterre, l'animosité contre les Juifs augmente

de Saint-Gérant, maître des requêtes en 1724. Voy. p. 14
et 129.

de plus en plus : on leur refuse des aliments et la
réception dans les auberges. Ils vont être contraints
à demander la révocation de leur acte de naturalisation, et le ministère obligé de revenir sur ses pas et
de rendre l'argent de corruption donné pour cela.

4 octobre. — L'on me mande que l'arrêté du Châtelet devient une affaire fort sérieuse pour le gouvernement, que, le jour de cet arrêté (28 septembre), il
y avait un grand peuple dans toutes les salles de ce tribunal, et qu'il vient de se tenir à Versailles un grand
conseil sur cette affaire. Si l'autorité pousse le Châtelet et les autres justices inférieures, ainsi que le parlement de Rouen sur son procès-verbal registré touchant le sieur de Franqueville, gare la résistance qui
jetera le royaume dans une plus grande combustion !

5 octobre. — J'ai vu hier des paquets que MM. du
Châtelet adressent anonymement à tous les bailliages
du ressort du parlement de Paris pour leur donner
avis de leur arrêté du 28 septembre, portant refus
d'enregistrement des lettres patentes. Ils ont fait imprimer cet arrêté et l'envoient aux dits bailliages pour
les instruire sans doute de la façon dont ils doivent
se conduire ; c'est un tocsin qui chagrinera la cour.
J'ai vu de ces lieutenants généraux de province qui
m'ont paru fort embarrassés. J'ai vu aussi des courtisans qui disent que l'on convient au conseil que les
lettres patentes sont mal dressées. Si, au conseil du
1ᵉʳ octobre, l'on a travaillé à les dresser autrement,
ce sera toujours de nouvelles rétrogradations de l'autorité royale et de nouveaux blâmes au chancelier de

Lamoignon. L'on prétend que l'adresse en devrait être faite à ces bailliages et sénéchaussées, et encore les motifs de l'arrêté du Châtelet resteront-ils toujours. Voilà une grande question sur le tapis : Le Roi peut-il anéantir le parlement, en créer un nouveau et le donner pour supérieur direct des bailliages royaux ? Cette création d'une chambre aux Augustins anéantit absolument le parlement, le laisse sans fonctions, et, sans existence ; c'est un coup d'autorité plus grand qu'on ne l'a pensé, et pourquoi n'y a-t-on pas pensé depuis qu'on l'envisage ?

M. Boulogne a dit à quelques personnes de la cour qu'elles se dépêchassent de toucher leurs pensions et appointements ; qu'il prévoyait bien de l'embarras pour l'année prochaine et que l'on ne pouvait toujours faire avancer les receveurs et fermiers généraux, que le royaume s'épuisait, etc., ce qui cadre mal avec le discours que l'on m'a rapporté dernièrement à Paris, où M. de Montmartel avançait publiquement que le Roi n'avait pas besoin d'emprunter.

Il est visible, dit-on, que M. de Machault est du parti des opinions révoltées ; il prétend décréditer le chancelier et occuper sa place, puis laisser les finances à quelque autre, et faire chasser mon frère, son ennemi. Il pourrait bien être culbuté par les mêmes ressorts qu'il fait jouer, et le droit du jeu serait de faire maison neuve et de livrer le timon de l'État à de meilleurs citoyens.

7 *octobre*. — En révoquant le sieur Bertin, intendant de Roussillon, on a voulu, dit-on, le tirer de dessous la férule de mon frère, craignant qu'il ne le

maltraitât par vengeance, cette intendance étant de son département; mais M. de Machault lui promet pour incessamment une meilleure intendance du dedans du royaume [1].

Ces jours-ci, le conseil a cassé l'arrêt du Châtelet dont nous avons parlé, et, y joignant des lettres patentes, une députation de la chambre des vacations, séante aux Augustins, a été au Châtelet où elle a rayé et biffé cette sentence ou arrêté et fait registrer tout de suite l'établissement de ladite chambre des vacations.

L'on dit que le gouvernement a pris des mesures plus justes dans les provinces, que le Châtelet d'Orléans a déjà reconnu la dite chambre des vacations et qu'il y a d'elle un appel à *minima*. La chambre des vacations vient de condamner un libelle sur les affaires du temps intitulé *Mandement de l'évêque de Boulogne* [2].

Tout ceci alarme beaucoup Paris, me dit-on, et chacun craint pour ses biens ; les bourses se resserrent plus que jamais.

L'on dit que M. d'Argouges, lieutenant civil, vend sa charge où son fils avait déjà été reçu en survivance, disant qu'il ne saurait plus y rester avec honneur.

9 *octobre*. — Il y a quelques jours que, le Roi soupant à son grand couvert, un homme habillé de noir se glissa derrière le panier d'une dame, et se jeta à ses pieds, un papier à la main en criant : Grâce,

---

1. Il fut nommé à celle de Lyon au mois de mars suivant.
2. Fr. Jos. Gaston de Partz de Pressy.

grâce! Le Roi en pâlit et la Reine se trouva mal; le
Roi avait son couteau à la main gauche et le passa à
la droite. C'était un prévôt du Perche, maître en fait
d'armes, qui avait été dénoncé comme déserteur, et
qui s'était caché. Le Roi a commué la peine qu'il
méritait par les ordonnances en celle d'être renfermé
à Bicêtre pendant trois mois. Mais cela a fait grande
rumeur à la cour : l'on craint à tout moment quelque
fanatique.

On ne doute pas que le Châtelet et la plupart des
bailliages du ressort du parlement de Paris n'aban-
donnent leurs fonctions pour ne point être soumis à
la commission des Grands-Augustins. En ce cas, tous
actes que donnent les notaires et les commissaires
comme juges membres de ces bailliages seraient nuls
et ne pourraient plus être reçus et donnés. Ceci rend
l'argent très-rare.

J'apprends qu'on avait envoyé la nuit des lettres
de cachet à la chambre des vacations du Châtelet à
chaque conseiller en particulier, pour ne point
désemparer de leur séance et attendre l'arrivée et
l'exécution de la chambre du conseil, ce qui s'est
exécuté avec la force que l'on met partout.

On a décrété le geôlier qui ne voulait pas délivrer
les prisonniers aux ordres de ladite commission.
L'on a forcé les greffiers à leur rendre aussi les
procès.

Il est défendu aux colonnes du châtelet qui ne
sont pas de service ni de la chambre des vacations,
de s'assembler ni de se mêler d'aucune affaire. Ils
avaient déjà demandé à s'assembler; le lieutenant
civil leur montra les défenses positives du Roi.

Quelques gens viennent me dire qu'à Paris, et même à la cour, l'on dit du bien de moi, que l'on me regrette et que l'on désire mon ministère. J'objecte à ces rapports obligeants que ce souvenir de moi provient peut-être du mal que l'on veut aujourd'hui à mon frère; mais l'on m'assure qu'indépendamment de cette source (qui y est bien pour quelque chose), l'on me croit bon et zélé citoyen, et rempli de connaissances des affaires d'État, et que le public se met à faire des vœux pour que l'on me rappelle au ministère, même à la tête des affaires, et qu'on ne parle pas ainsi de M. de Maurepas qui n'est regretté que par les valets de cour, mais qui passe plus pour homme d'esprit que pour honnête homme.

10 *octobre*. — Le soir où les commissaires des Grands-Augustins vinrent s'installer au Châtelet malgré ce tribunal, il y eut assemblée dudit Châtelet jusqu'à dix heures du soir, et il y fut résolu de ne jamais reconnaître d'autres supérieurs que MM. du parlement.

Les dits commissaires du conseil sortirent de là pâles et défaits; ils avaient eu grand peur : un peuple nombreux se pressait dans les salles du Châtelet; ce peuple était consterné et disait que Paris ni la justice n'étaient plus en sûreté.

M. le lieutenant civil d'Argouges, n'étant plus respecté dans la compagnie, ni considéré à la cour, a effectivement résolu de vendre sa charge, et l'on croit que ce sera M. Savalette de Magnanville, intendant de Tours, qui l'aura. L'on m'assure que plusieurs bailliages, comme ceux de Blois, de Bourges et de Poi-

tiers, ont écrit qu'ils adhéraient au Châtelet sur toutes
choses, et que, tout peu qualifiés qu'ils étaient, ils se
démettraient de leur office et le remettraient au Roi
plutôt que trahir les maximes du Royaume.

Tout ceci jette une très-grande consternation dans
le royaume et dans les provinces, et rend l'argent
très-rare.

On a nouvelle que très-peu de bailliages ont registré les lettres patentes établissant la chambre des
vacations des Augustins (on ne nomme que le bailliage d'Étampes), et que plusieurs ont refusé, comme
Orléans, Chartres et Dourdan dans ce pays-ci. On
attend les nouvelles des autres.

12 *octobre*. — Nous insinuons à Gênes que cette
république doit se défier des entreprises d'Autriche
depuis son acquisition de Modène. Turin, Versailles
et Madrid paraissent les auteurs de cette insinuation;
il se tient sur cela de petits et fréquents conseils.

Se pourrait-il que notre conseil et celui de Madrid
deviendraient enfin capables de quelque haute entreprise, comme j'y ai tant poussé de mon temps, de
chasser les Allemands d'Italie, de donner toute leur
dépouille au Roi de Sardaigne? Certes il resterait assez
de quoi résister à cette grande puissance italique,
nous aurions encore contre lui Naples, Sicile, le
duc de Parme, Rome, Venise, Gênes, et ces puissances deviendraient par là plus fortes et plus belli-
queuses, et auraient près d'elles la France et l'Espagne
pour les soutenir. L'on pourrait, il est vrai, faire
une république de Florence : par là l'équilibre serait puissant, et, à quelque hauteur que soit élevé le

Piémontais, il est encore moins dangereux pour nous et pour l'Italie que l'ambitieuse Maison d'Autriche. L'on voit donc des bruits, des mouvements qui annoncent ceci ; l'on fait avancer les voyages de nos ministres, l'on tient de fréquents conseils, les courriers trottent, etc. : Il y a des affaires, tout le monde s'en aperçoit.

Le manifeste apologétique ne serait pas difficile à faire : on en prendrait l'occasion du dernier traité d'Autriche et de Modène, l'on dirait que toute l'Italie est menacée de chaînes par ces nouvelles acquisitions, qu'il est temps de la mettre en république fédérative. La France et l'Espagne n'y seraient que parties auxiliaires belligérantes, le Roi de Sardaigne et les autres puissances d'Italie parties principales belligérantes pour rompre les chaînes du Saint-Empire romain ; sur quoi il y aura bien des recherches historiques à faire.

Sur cette vue, nous apprenons qu'il marche cinquante-trois bataillons au bas Languedoc et qu'il file beaucoup de troupes en Dauphiné, qu'on y remonte les compagnies franches, etc.

Le chevalier Chauvelin est pressé d'aller à Turin, comme notre ambassadeur. M. de Sartisane ambassadeur pjémontais à Paris, a de fréquentes conférences à notre cour, etc.

14 *octobre*. — Il est vrai, m'a-t-on dit, qu'on a proposé l'entreprise sur l'Italie dont j'ai parlé ci-dessus. Le Roi de Sardaigne nous recherche ; on est effrayé de l'acquisition du Modénais par l'Autriche ; le duc de Modène nous en a avertis. Il demandait quelque ministre du Roi près de lui, ne fût-ce qu'un commis ;

on le lui a refusé, on l'a méprisé. Il a averti de son traité, et aujourd'hui l'on est fâché. Le Roi de Sardaigne nous appelle, mais a de la peine à se fier à nous, M. de Saint-Contest ne veut donner dans aucune entreprise, et le maréchal de Noailles est grand Autrichien. Il ne presse nullement M. de Neuilly de partir pour sa légation de Gênes ; au contraire, il l'envoie en Bourgogne, sa patrie, s'y reposer pour jusqu'à nouvel ordre.

La chambre des Grands-Augustins s'ennuie fort de ses fonctions ; tous ceux qui la composent en demandent, pour ainsi dire, pardon au public, et comptent les jours où elle doit finir.

A Aix en Provence, il a paru un arrêt du conseil qui donnait raison à l'évêque de Sisteron [1] dans une affaire de refus de sacrements fait au lieutenant général de Forcalquier. Cet arrêt du conseil ayant été imprimé, le parlement d'Aix a supprimé cet imprimé comme fait sans permission.

Voilà certes une grande hardiesse à un parlement de supprimer ainsi un arrêt du conseil, sous prétexte qu'il ne lui a pas été signifié.

15 octobre. — Il y a longtemps qu'on parle d'un *Nouveau Testament* du P. Berruyer, jésuite, dans le goût de son *Ancien Testament* qui n'a paru qu'un roman scandaleux, et ce doit être bien pire de voir la vie du Sauveur du monde en roman de vieille. Ce livre est composé il y a longtemps. Malgré toutes les défenses, on a trouvé moyen de l'imprimer, et je

1. Pierre-François Lafitau.

sais que, depuis peu, on en a saisi quatre mille exemplaires aux portes de Paris ; mais il en échappe plusieurs exemplaires, et l'on ne doute pas que cela ne paraisse incessamment.

16 *octobre.* — L'on commence le mois prochain à faire avancer et à manger le mois de janvier 1755 des recettes générales des finances.

L'on confirme qu'il n'est plus question de faire emprunter quarante millions par le Roi, comme l'on avait tant dit.

Depuis huit mois, l'on ne paye rien à la marine ni pour officier, soldat ou matelot.

On a mis à part deux millions pour donner des fêtes pendant le voyage de Fontainebleau, ce qui doit durer jusqu'au 20 novembre prochain : fusées, ballets, couverts, etc., le tout sous prétexte de rejoindre Madame la Dauphine. L'on en prend encore ce prétexte de montrer la cour magnifique, quand le gouvernement est affaibli et ruiné ; ainsi les courtisans avides raisonnent-ils pour avoir de quoi achever la ruine des finances et de la confiance.

17 *octobre.* — La marquise de Pompadour a été malade ; le Roi passa hier deux heures chez elle après la chasse.

Il n'y a pas grand monde à Fontainebleau.

On assure que M. de Saint-Contest s'acquitte si mal de sa charge qu'il est impossible qu'il reste longtemps dans cette place, les commis de ses bureaux s'en moquent, et l'on n'y travaille point. Les étrangers sont ravis de voir le ministère de France si mal monté.

18 *octobre*. — La commission des Augustins juge plusieurs procès criminels. Elle a donné un *veniat* au lieutenant général de Tours qui n'a pas voulu reconnaître sa juridiction; mais l'on doute qu'il comparaisse.

Ce qu'il y a de singulier c'est que le bailliage de Versailles en fait autant; l'on croit qu'il est soutenu et soufflé en cela par le maréchal de Noailles, gouverneur de Versailles. Ce vieux ministre voudrait par là réparer ce qu'il a fait de courtisan pour la Constitution *Unigenitus*.

Le Châtelet de Paris a joint à l'imprimé de son dernier arrêté un arrêt du parlement de Paris de 1626 qui défend à tout tribunal inférieur de reconnaître toute commission se disant souveraine, dont l'établissement n'aura pas été enregistré au parlement de Paris, et confirmé son dit arrêté. Et par là, chaque jour, on dispute davantage au Roi son autorité en fait de justice et de tribunaux.

L'affaire du parlement de Provence avec l'évêque de Sisteron, ou plutôt avec la cour, est, à ce qu'il paraît, le plus important aujourd'hui.

Le lieutenant général de Folcalquier, diocèse de Sisteron, passait pour opposé à la bulle *Unigenitus*, d'ailleurs grand homme de bien. Au lit de la mort, le curé a consulté l'évêque pour savoir s'il lui donnerait les derniers sacrements, à moins qu'il n'acceptât la bulle. L'évêque (qui a été jésuite) a voulu qu'on les lui refusât; ce magistrat est mort sans sacrements,

l'évêque a également refusé à la famille que le chapitre assistât à son enterrement, et a interdit les chanoines qui y ont assisté malgré ces ordres.

Le parlement a admonesté le curé et le doyen du
chapitre, et va procéder contre l'évêque, mais, avant
de procéder, (ce qui est remis après la Saint-Remy,
fin des vacances,) il en a écrit au Roi [1]. Je n'ai jamais
rien lu de si fin et de si beau sur cette matière ; l'acceptation de la bulle *Unigenitus* y est mise en poudre,
c'est un sarcasme perpétuel au Roi où on le prend
par ses paroles, et surtout par la déclaration de 1720
et de 1730. C'est une pièce à lire, et l'une des
meilleures qui se soit encore donnée sur cette matière.

Pendant qu'on écrivait cette lettre, le conseil a
cassé les arrêts dudit parlement, a évoqué, et a
défendu audit parlement d'Aix de connaître de cette
affaire ; mais, cet arrêt ayant été envoyé à Aix par
un huissier à la chaîne, le parlement a envoyé ses
huissiers au-devant de lui, et, si l'huissier du conseil
n'avait pas été averti à propos, le parlement était
dans le dessein de le pendre. Cependant, ledit arrêt
du conseil ayant été imprimé à Toulon, le parlement,
par un arrêt du 24 septembre dernier rendu en vaca-
tion, a ordonné la suppression de cet arrêt comme imprimé sans permission, et a ordonné qu'on en informât, etc., ce qui ne promet pas un procédé doux de
la part de ce parlement, si cela continue.

Pendant ce temps-là, la lettre du parlement au
Roi est arrivée en cour, et M. le chancelier y a

---

1. Cette lettre fut rédigée par le procureur général Ripert de
Monclar. Voy. les *Nouvelles ecclésiastiques*, 1753, p. 185.

répondu, sans que je sache encore quelle réponse il y
a faite.

19 *octobre*. — Le parlement d'Aix, à sa rentrée, a
reçu la signification de l'arrêt du conseil qui cassait
ses précédents arrêts touchant l'évêque de Sisteron
et le chapitre de Forcalquier ; il a ordonné de nouvelles remontrances dans lesquelles il doit être parlé
du parlement de Paris, et cependant, malgré les
défenses expresses, il a délibéré de continuer à procéder contre ledit évêque de Sisteron.

Il n'est pas douteux qu'actuellement ce prélat ne
soit décrété de prise de corps et son temporel saisi,
mais il est apparent que le commandant des armes
l'aura mis à couvert avec des troupes. Certes, voilà
une désobéissance bien marquée, et telle qu'il n'y
en a pas encore eu de si nettes depuis que ces affaires-ci sont commencées.

Mais ce qui est le plus à observer, c'est que voilà
un parlement qui commence à prendre fait et cause
pour celui de Paris, exemple qui sera sans doute fort
contagieux.

Mariage d'une fille de M. de Mailly, premier écuyer
de la reine, avec un jeune favori de M. de Soubise [1] ;
le Roi donne une pension pour douaire, ce qui
devient de droit commun pour toute la cour.

Le chancelier dit à qui veut l'entendre que tout ceci
ne roule point sur lui, et que rien n'en dépend, que

---

1. Alexandre-Marie-Léonor de Saint-Mauris, comte, puis prince
de Montbarey, dont on a des *Mémoires* qui ne parurent qu'en
1826-1827.

toute la famille royale mène l'affaire des parlements,
étant furieuse contre le parlement de Paris : la Reine,
M. le Dauphin, la Dauphine et Mesdames, soufflés
comme ils sont par les dévôts.

Le premier président Maupeou dit que depuis peu
il y a eu à Paris un nouveau refus de sacrements, et
qu'il en sera le dénonciateur si quelque conseiller ne
l'est pas.

A Châlons et à Bourges l'on est plus ferme que
jamais parmi les conseillers exilés.

Le bailliage de Poitiers a renvoyé les lettres patentes portant établissement de la commission des
Grands Augustins.

Le chancelier restera à sa terre de Malesherbes
pendant tout le séjour du Roi à Pontoise.

23 *octobre*. — L'on a défendu jusqu'aux petites
nouvelles à la main que l'on envoyait innocemment
dans quelques sociétés de Paris; je connaissais celles
dont il s'agit, elles étaient sans réflexions et d'une
sécheresse sage et impartiale. Ce sont là des précautions superflues au gouvernement, mais qui marquent
toute la délicatesse de l'absolu pouvoir. Les Gazettes
de France deviennent un vain répertoire de cérémo-
nial européen, et l'on travaille à rendre les gazettes
étrangères aussi inutiles à la politique par les soins et
les négociations que nous nous imposons sur cet article.

Le bailliage d'Orléans a enregistré par surprise la
commission des vacations. De tous côtés, l'on travaille
à pousser les parlements et les tribunaux contraires
au jésuitisme; on les attaquera bientôt en France, et
l'on ne souffrira qu'aucun subsiste, s'il ne se soumet

aux volontés despotiques du ministère en matière
profane, et de l'ultramontanisme en matière religieuse.

On ne parle que de maladies épidémiques à Paris,
petites véroles, fièvres malignes et dyssenteries.

25 *octobre.* — Le 22, le Châtelet s'assembla, étant
jour de rentrée publique. Le lieutenant civil leur fit
des excuses du mécontentement qu'il avait donné à la
compagnie, et tout de suite, bien civilement, leur présenta une lettre de cachet qui leur défend de délibérer
sur autre chose que sur les affaires des particuliers,
ou sur celles de la compagnie. Après la messe, ces
officiers crurent que la radiation de leur arrêté était
très-particulière à la compagnie. L'on registra un
procès-verbal de ce qui s'était passé de la part de la
commission des Grands Augustins et des lettres de
cachet qu'on venait de recevoir, et, par respect pour
le Roi, on a résolu d'obéir, ainsi qu'à deux renvois en
matière criminelle faits par la commission des Grands
Augustins.

27 *octobre.* — L'on me mande de Fontainebleau
que la cour devient resplendissante et belle, et que ce
qui y donne de la joie est le bruit qui se répand universellement que, pour le certain, tout se raccommode
avec le parlement, et que celui de Paris y sera réin-
stallé à la Saint-Martin par la grande obéissance du
clergé. Mon frère a travaillé longtemps avec le Roi
dimanche dernier, qui est le jour du travail du garde
des sceaux ; cela fait dire que le principal travail des
affaires du royaume est aujourd'hui confié à son
ministère, que peut-être allons-nous avoir la guerre

au dehors, et sûrement au dedans, par ses bénignes
intentions.

28 *octobre*. — Il paraît un mandement de l'évêque
de Montauban[1] qui est fol et fanatique. Cet évêque sait
lire à peine; un jésuite malin et d'une certaine éloquence lui a fait cette pièce dangereuse. On y parle
des Anglais de la façon du monde la plus injurieuse,
on y compare le parlement de Paris au parlement
d'Angleterre; chez ces voisins odieux, dit-il, règne la
tyrannie; on en a chassé la maison légitime pour y
faire régner des tyrans qui ne gouvernent qu'en ré-
pandant des flots de sang, et cela parce que ces peuples ont perdu la vraie foi et l'unité catholique, etc.
Ce mandement vient à propos de la naissance du duc
d'Aquitaine; on y attribue le grand bonheur dont la
France jouit, dit-il, au papisme, et les malheurs de
l'Angleterre à l'hérésie. L'on dit que le comte d'Albemarle, ambassadeur d'Angleterre à Paris, se plaint de
cette pièce, et en demande justice. D'autres disent
qu'il n'en sera rien du tout, et que cet évêque en sera
quitte pour une légère réprimande; mais c'est peut-
être le parti le plus dangereux, car, s'il arrivait qu'on
dénonçât cette pièce au parlement d'Angleterre quand
il sera assemblé, et avant que nous l'eussions prévenu,
ce pourrait être un sujet de guerre contre nous, et
cette guerre par mer aurait de grands dangers avant
que notre marine fût rétablie[2].

1. Verthamon de Chavagnac.

2. La chose fut prise moins au sérieux, si l'on en juge par cette
plaisanterie de Grimm : « On dit que le Roi d'Angleterre a demandé

L'archevêque de Paris a envoyé chercher quelques-
uns de ses curés et leur a dit : « Le Roi m'engage à
vous prier de ne plus interroger les pénitents sur la
constitution *Unigenitus*, surtout à la mort. »

Un petit bailliage de campagne, composé de deux
officiers, a refusé de reconnaître la commission souveraine, et a composé des remontrances avec grande
force.

L'on donne des *veniat* en cour à tous ces bailliages
qui refusent la même obéissance dans le ressort du
parlement de Paris.

Cette révolte de la plupart des bailliages ne laisse
pas que d'embarrasser beaucoup la cour. La résistance du Châtelet est aussi grande que le lui permet la
faiblesse de ses officiers.

Ils verbalisèrent sur l'intrusion de la commission des
Augustins, mais, le lendemain, ils eurent à lui obéir
ou à refuser sur deux renvois de cette commission
souveraine, l'un pour faire donner la question à un
accusé, le second pour faire donner la fleur de lys à un
autre. Le conseiller nommé pour la question s'absenta,
un autre fut pris et contraint par ordre du Roi à lui-
même. M. Lenoir, lieutenant particulier et faisant
aujourd'hui fonction de lieutenant criminel, fut traité
avec la même contrainte, enfin la commission des
Augustins allait décréter ces deux juges, quand ils ont
pris le parti d'obéir comme contraints. Ensuite ils ont
pris la fuite et se sont retirés dans une campagne sans
donner leur adresse. Ainsi en a usé le plus jeune

---

la tête de l'évêque de Montauban. On lui a répondu qu'il n'en avait
point, moyennant quoi le Roi ne demande plus rien. »

des greffiers du Châtelet à qui la commission des
Augustins a voulu donner les mêmes ordres. Il y a eu
assemblée de tout le Châtelet le mercredi 24 de ce
mois, et l'on a résolu plus de fidélité au parlement
que jamais. Le lieutenant civil a été mandé à Fontainebleau, le Roi ne lui en a rien dit, le chancelier lui a
intimé les ordres de Sa Majesté qui sont toujours les
mêmes, de reconnaître les membres de la commission
comme ses supérieurs. On a menacé d'interdire le
Châtelet, mais on a représenté à Sa Majesté que ces
officiers avaient peu à perdre en remettant et en perdant leurs charges, que cela formerait un grand trouble
dans Paris, qu'il n'y aurait plus ni ordre ni justice.

Hier samedi 27, il y avait assemblée des colonnes du
Châtelet, et l'on ne doutait pas que, poussés à bout,
ces officiers ne quittassent absolument leurs fonctions,
puisqu'on les déshonorait et qu'ils n'avaient plus de
salut que dans la fuite.

L'on vient de nommer à l'intendance de Roussillon
le sieur Bon, premier président de Montpellier[1], ce qui
fait crier tous les maîtres des requêtes, et avec raison,
puisqu'on dévie chaque jour de la méthode de gouverner du feu roi en leur ôtant les emplois qui font
acheter si cher leurs charges, le sieur le Bret, mauvais
avocat général du parlement de Paris, ayant été nommé
ainsi depuis peu intendant de Bretagne : cela a confirmé cette règle qu'on n'en voulait plus garder
aucune avec eux.

1. Louis-Guillaume Bon, chevalier, marquis de Saint-Hilaire,
baron de Fourques, premier président de la chambre des comptes
de Montpellier.

M. de Machault, grand ennemi de mon frère, a
profité d'une absence qu'il a faite à Paris pour obtenir
du Roi l'exil du comte de Mailly, beau-père de
M. de Voyer, mon neveu, et ci-devant commandant
en Roussillon où il avait eu des disputes fort injustes
avec l'intendant révoqué.

L'on a commencé à Fontainebleau des fêtes et des
ballets qui coûteront fort cher au Roi, et que l'on dit
n'être pas trop bons à l'exécution [1].

1er novembre. — Le Roi manda le lieutenant civil à
Fontainebleau, il y a aujourd'hui huit jours, et il lui
tint ce discours : « Si les officiers du Châtelet sont
obéissants à mes ordres, je serai leur protecteur et
leur bienfaiteur; s'ils sont désobéissants, ils auront
mon indignation. »

Sur cela, il y a eu deux jours de suite assemblée de
colonnes, et le résultat a été de protester contre les
opérations de la commission de l'Arsenal, de défendre
au greffier de plus transporter ces registres, et de déclarer qu'ils ne doivent ni ne peuvent reconnaître pour
leurs supérieurs les commissaires des Augustins.

3 novembre. — Arrêt du conseil qui supprime le
mandement de l'évêque de Montauban, dont nous
avons parlé, comme « ayant fait des réflexions indiscrètes et mal placées sur l'histoire, « le Roi, dit l'arrêt, ne souffrant jamais que l'on parle mal des puissances voisines dans les livres imprimés. »

---

1. On y joua, entr'autres, les *Fées* de Dancourt, et l'*Indiscret*,
où l'acteur Drouin se cassa la jambe.

Le Châtelet s'est encore assemblé; l'un des plus
jeunes conseillers a dit qu'il avait quatre chefs de
délibération importantes à proposer, mais les gens du
Roi n'ont pas voulu s'y prêter, et ont trouvé qu'il n'y
avait que deux des quatre qui intéressassent la discipline de la compagnie, et que les deux autres regardaient le public. M. le lieutenant civil et M. Lenoir,
lieutenant particulier, ont montré des ordres du Roi
portant défense de s'assembler là-dessus. Alors toute
la compagnie s'est retirée et n'a plus voulu travailler.
L'on me mande que voici·cinq jours de vacance où
l'on respirera, mais qu'après cela l'on craint les
suites.

Un conseiller au parlement des exilés de Châlons
m'est venu voir pour quelques jours, et me dit les dispositions du parlement exilé. On n'y a pas la moindre
impatience de retour à Paris, chacun croit avoir fait
son devoir avec honneur, et se confirme chaque jour
davantage dans la constance nécessaire; les femmes y
exhortent leurs maris les premières. Au reste peu d'entr'eux souffrent dans leurs affaires; ils dépensent peu
dans leur exil. Les riches tiennent table et nourrissent
les plus mal rentés. Ils vivent fort unis entre eux, et
font des espèces de communautés de savants. Tous se
sont mis à étudier le droit public dans ses sources, et
ils en confèrent entre eux comme dans les académies.
Ce danger est plus grand qu'on ne le croit contre les
ministres, non contre le Roi, car le seul intérêt de la
royauté est que le royaume soit bien gouverné, mais
les ministres veulent qu'il soit gouverné avec une
tyrannie profitable à leur grandeur personnelle et à la
satisfaction de leur vengeance.

Ces officiers de parlement si savants se trouveront
être des pères conscrits, et propres à remplacer des
États-généraux bien mieux que les trois ordres. Si
jamais la nation française trouve jour à leur marquer
sa confiance, voilà un sénat national tout prêt à bien
gouverner. Aujourd'hui leur grande force consiste
dans une union générale de tous les parlements de
France qui se prépare, de sorte que la cour n'oserait
supprimer le parlement de Paris, de peur d'un contre-
coup général où tous ces parlements et cours supérieures du royaume, tous les tribunaux de ces différents ressorts quitteraient leurs fonctions : ainsi la
France se trouverait sans aucune administration de
justice.

Dans l'opinion générale et par les études de ces
messieurs s'établit l'opinion *que la nation est au-dessus
des rois*, comme l'église universelle au-dessus du
Pape. Et de là prévoyez quels changements en peuvent arriver dans tous les gouvernements.

4 novembre. — Depuis les affaires du parlement de
Rouen avec la cour, il se faisait tous les soirs une pro-
cession de pénitents. Ils portaient un flambeau d'une
main et une épée de l'autre avec des pistolets de cein-
ture. Cela ressemblait tout à fait aux pénitents sous
Henri III, et dont il était lui-même. Le parlement a
arrêté ce fanatisme.

En tout, j'entends dire que le peuple de Rouen est
en grande turbulence depuis ces affaires-ci.

Les nouvelles remontrances de ce parlement sont
prêtes, et sont d'une grande force contre l'excès d'autorité et de la prérogative royale.

5 *novembre*. — Je sais que le chevalier Chauvelin, nommé à l'ambassade de France à Turin, a eu ordre de lire et d'extraire ma négociation de décembre 1745 pour les articles que je signai avec le roi de Sardaigne pour un partage de l'Italie et pour y former une association italique, et qu'à cette occasion il a été représenté au Roi combien j'avais autant avancé les affaires alors qu'on les avait reculées depuis.

J'apprends aussi ce que le maréchal de Noailles, et M. de Saint-Séverin ont de part à la conduite de nos affaires politiques, deux personnages grands favoris et fauteurs de la Maison d'Autriche. C'est Saint-Séverin qui a placé le sieur de Turmantzel à Manheim, à la place du sieur de Tilly ; ce nouvel envoyé est le plus grand Autrichien que nous ayons encore employé depuis longtemps dans nos affaires.

Ainsi pensé-je que le Roi est trahi dans ses affaires du dehors. M. de Montmartel a créé M. de Saint-Contest secrétaire d'État des affaires étrangères, et, le créant, il lui a donné deux instructions seulement : l'une de ne proposer aucun subside, et de retrancher tous ceux qu'il pourrait, l'autre d'obéir au maréchal de Noailles en tout ce qui serait proposé, et c'est à quoi M. de Saint-Contest obéit exactement.

La marquise de Pompadour vient d'envoyer un magnifique présent à Madame de Montmartel; c'est une tabatière garnie de deux portraits, et enrichie de diamants.

Il est certain que la grand'chambre va retourner à Pontoise; je sais deux présidents qui en ont déjà l'ordre pour la Saint-Martin, qui sera dimanche prochain.

6 *novembre*. — Pour satisfaire Madame la Dauphine, on a fait venir à Paris le sieur Caffarelli, grande voix italienne, et l'une des plus fameuses qui aient paru depuis longtemps. On a porté le Roi à le traiter avec magnificence, gros présents, grosses sommes d'argent, équipages du Roi partout où il a été. Le public blâme cela, non par où il faudrait le blâmer (qui est d'encourager cette vilaine musique italienne, où se plongent tous les Français), mais par les dépenses faites dans un temps où le peuple est si pauvre, et le Roi si endetté.

En toutes choses, le public est un enfant plus mécontent que gâté, qui reproche ainsi à son père tout ce qu'il dépense mal à propos, tristes préparatifs à une révolution dans le gouvernement.

9 *novembre*. — Le Châtelet devait s'assembler mardi dernier 6 de ce mois, et a remis l'assemblée à hier jeudi. On attend avec impatience ce qu'il délibérera sur la nouvelle entreprise de la commission des Augustins. Quelques jours auparavant, elle avait fait venir de force les registres du greffe du Châtelet et y avait biffé la précédente délibération pour refuser tout pouvoir à la commission; cependant l'acte de cette déclaration avait été gardé par les officiers du Châtelet, et serré précieusement chez eux.

18 *novembre*. — La grande nouvelle est que le parlement de Paris a ordre d'être le lundi 12 novembre à Soissons, où le premier président est déjà rendu; les autres chambres vont s'y rendre, et ils seront tous en état d'exil par lettres de cachet et d'interdiction de

fait, ces officiers se trouvant là sans exercice et sans fonctions. Ainsi ils ont beau dire dans leurs remontrances qu'on ne saurait arrêter l'administration de justice par lettres closes, les voilà dans cet état de fait. Mais je pense que cela augmente, au lieu de les diminuer, les chances pour le parlement d'être rétabli ; car, la cour voulant négocier pour le rappeler à Paris, il se trouvera tout assemblé et pourra s'accommoder des propositions légales qui seront faites et qui conserveraient le droit national ; cependant ce bien ne se prévoit qu'avec de grandes difficultés, car, pour cela, il faut que l'autorité royale recule beaucoup, et, les jésuites s'en mêlant, on craint les coups fourrés.

11 *novembre.* — On me donne avis que mon fils, se conduisant avec toute la sagesse qu'il peut dans ces malheureuses affaires-ci de la cour avec la nation, ne laisse pas de donner prise sur lui par trop d'attachement et d'amitié avec... [1].

12 *novembre.* — Le Châtelet s'assembla jeudi et continua son assemblée au jeudi 15. Il registra le récit du greffier sur la radiation qu'a faite la commission des Augustins de la dernière délibération, le tout sans se départir de ses précédents arrêtés où il persiste et sous les réserves telles que de droit. Ensuite ils supprimèrent trois imprimés sans permission.

13 *novembre.* Tout se modèle à la cour sur ce qui

---

1. Déchirure dans le manuscrit : il s'agissait de l'amitié du marquis de Paulmy pour son oncle, le comte d'Argenson.

a réussi, il y a une quinzaine d'années, pour déshonorer les avocats au conseil qui ne voulaient pas recevoir un mauvais règlement composé par M. de
Fresnes : ils commencèrent par la fermeté et finirent
par la mollesse ; dès qu'il en fut rentré quelques-uns,
la plupart y rentrèrent et se déshonorèrent. On a
vaincu ainsi la Sorbonne et l'Université, au moyen de
quoi les bons et les gens d'honneur sont éclipsés, et
les sots et les méchants sont mis aux premières places.
Certes voilà ce qu'on veut et ce qu'on croit faire au
parlement, et d'abord aux avocats. Le jésuitisme qui
nous gouverne y procède toujours le bâton d'une main
et un écu de l'autre. Ainsi pensent des Français ces
maudits Italiens qui les gouvernent : ils nous croient
susceptibles de cette bassesse, crainte de disgrâce et
espérance d'un médiocre salaire.

Malheureusement pour ce projet, voici que le gouvernement diminue beaucoup en richesse et en autorité ; la prodigalité d'un côté et le peu d'estime où il
tombe de l'autre rend ce bâton plus court et l'écu
plus petit.

Malheureusement aussi la nation a conçu que M. le
Dauphin était encore pire que le Roi pour le jésuitisme ; cette observation l'a réduite au désespoir, et
la suite d'un tel désespoir est un soulèvement total
contre la royauté. Voilà de funestes choses, mais elles
sont vraies. La cour et la nation sont trop loin de
compte pour qu'elles se raccommodent ; chaque jour,
chaque démarche augmente l'aliénation de ces deux
ennemis. Qu'en arrivera-t-il ?

14 *novembre*. — On a arrêté et mis à la Bastille le

sieur Roger de Monthuchet, conseiller au Châtelet, pour avoir présidé à une assemblée de conseillers, et condamné au feu des écrits dont un était favorable au clergé[1]. Le lieutenant civil[2] se retira, ainsi fit M. Lenoir, lieutenant particulier, et quelques autres de la tête; celui-ci étant resté président, on l'en a puni.

Ces ordres rigoureux révoltent tout Paris, et le mécontentement est prêt à paraître de tous côtés; l'on m'effraye de tout le mal que l'on dit de mon frère, et, sur cela, le bruit court qu'il va être déclaré premier ministre, et ce bruit alarme.

Cependant la grand'chambre est déjà assemblée à Soissons, et en état d'exil avec translation. On en a donné avis aux gens du Roi, non pour les exiler eux-mêmes, mais pour leur marquer qu'ils étaient aujourd'hui sans fonctions.

Le chancelier a mandé chez lui, dimanche et lundi, tous les conseillers d'État et maîtres des requêtes pour arranger avec eux la formation de deux chambres royales tenant lieu de parlement, et l'on parle d'y créer des avocats généraux. Ces deux chambres seront pour le civil et pour le criminel; on en a du voir les édits hier à Paris. Mais comment cela prendra-t-il dans leur fonctions avec les bailliages royaux qui s'y refusent et dont la résistance va devenir

1. Voy. Manuscrits de l'Arsenal, p. 998 : *Cinq lettres qui contiennent un récit exact de ce qui s'est passé au Châtelet, le 8 novembre 1753, et de ce qui a donné lieu à l'enlèvement de M. Roger de Monthuchet, conseiller au Châtelet, le 10 novembre, pour l'enfermer à la Bastille.*

2. D'Argouges de Fleury.

encore beaucoup plus grande pour la chambre royale que pour celle des vacations?

L'on m'écrit de province que le mécontentement des peuples est encore plus grand qu'à Paris, qu'il n'y a pas un sol et que la taille est augmentée sous le prétexte de quelque abondance, quoique cette abondance n'existe point du tout. On a tâté partout pour un emprunt royal, mais les notaires ont déclaré qu'ils ne trouveraient pas un sol à faire prêter au Roi, tant la défiance était grande dans le gouvernement.

On a envoyé des ordres à tous les commandements du guet et de robe courte, etc., d'obéir à M. le chanlier : ainsi l'on prévoit bien de la contrainte et des lettres closes.

Le parlement de Bretagne va reprendre l'affaire du contrôle des actes de procureur à procureur pour défendre absolument cette exaction.

Hier mardi, ont dû commencer les séances de la Chambre royale dont la déclaration a paru le même jour[1]. Elle est composée de tout le conseil du Roi, conseillers d'État et maîtres des requêtes ; elle siége au Vieux Louvre à l'appartement de la Reine mère, ce qui produira quelque embarras pour les prisonniers. Le premier projet de déclaration avait été que cette Chambre royale ne fût autre chose que le conseil même, *nominatim.* Mais on y a remarqué plusieurs inconvénients insurmontables, et cela a été changé en vingt-quatre heures. Le Roi y dit que le parlement

---

1. La déclaration portant établissement de la Chambre royale est du 11 novembre 1753. Voy., sur les opérations de cette chambre, sur la composition et le classement de ses minutes, M. Grün, *Notice sur les archives du parlement de Paris*, p. ccxviii.

de Paris refuse depuis six mois de rendre la justice à ses sujets du ressort, malgré les itératifs ordres et injonctions de S. M., et, l'administration de la justice étant un des principaux devoirs de la royauté, à ces causes, il crée cette Chambre royale tant pour le civil que pour le criminel, avec procureurs et avocats généraux pour tout le ressort du parlement de Paris, enjoignant à tous les présidiaux, bailliages et sénéchaussées du ressort de la reconnaître, d'y obéir, etc., nommément au Châtelet de Paris (qui avait pris pour cause de refus ce défaut de nomination de lui, Châtelet.)

15 *novembre*. — Un homme de la cour me rapporte que mon frère se met à découvert plus que jamais sur toutes ces affaires-ci, et qu'il paraît entièrement l'auteur de ce terrible coup d'État, qu'il ne montre plus d'abattement, mais un grand courage pour le conduire à ce que veut le Roi, dit-il. Les pièces, mémoires et lois sont sortis de sa boutique visiblement, et le chancelier n'en savait rien la veille de leur apparition. L'on dit que le président Hénault a été son ouvrier,, et que cela est bien écrit ; il répond donc du succès, et rien n'est plus hasardeux, car le Roi peut s'ennuyer de tout ceci quand le péril augmentera.

Mardi, jour de la première séance de la Chambre royale on avait mis des patrouilles dans les rues pour contenir le peuple, ce qui fut remarqué comme de mauvais augure, et on les leva ensuite.

La marquise de Pompadour a eu un déboire depuis peu. Le Roi montant à ses cabinets pour voir sa petite

maîtresse Morfi, la marquise voulut le suivre ; le Roi
le lui défendit par deux fois, ce qui l'a fait bouder
cinq jours.

Celui qui a le moins de crédit dans les affaires présentes du parlement et de la cour, c'est le chancelier
de Lamoignon. Au moyen des comités qui se tiennent
chez lui, chacun y apporte des projets tout prêts ; on
y crie, on y dispute, on s'emporte facilement sur ce
bonhomme de chancelier : ainsi tout cet ouvrage est
disparate, et ne peut faire que de mauvais effets pour
le royaume.

Une bagatelle si l'on veut, mais qui a cependant son
importance, c'est l'Opéra et son gouvernement. Un
homme fort au fait m'a dit que, depuis que l'Opéra
avait été donné à la ville, cela n'avait servi qu'à sa
ruine, ceux qui l'ont ruiné disant que l'Hôtel de ville
avait bon dos, au lieu que, sous des fermiers, ils se
défendaient par leur intérêt et la crainte d'une faillite.
Mais, sous le prévôt des marchands et le bureau de la
ville, le crédit de la cour a dérangé cette administration ; la marquise de Pompadour, les favoris, les
petits-maîtres, les entreteneurs de filles, tout a brigué
pour troubler et pour mal faire. Les deux inspecteurs,
Rebel et Francœur, y ont mis leur partialité, leur envie, et autres passions nuisibles. On n'a point voulu
de directeur, tant pour la finance de ce spectacle que
pour accorder acteurs et actrices : ainsi ces personnages, déraisonnables plus que d'autres par eux-
mêmes, se sont brouillés et jalousés plus que jamais ;
on a augmenté les gages par compère et commère. Le
secrétaire d'État de Paris a agréé ces désordres avec
plaisir, aimant à accorder aux courtisans ce qu'ils

demandent, pour l'emporter contre eux en choses plus considérables, surtout l'égard de la marquise qui n'est qu'une femmelette, qu'une caillette qui se mêle de tout sans rien savoir. De cette affaire-là, l'Opéra, qui devait ci-devant sept cent mille livres, en doit aujourd'hui un million deux cent mille, la ville de Paris ayant emprunté cinq cent mille l. pour l'Opéra dont elle répond. Les premiers gentilshommes de la chambre, et surtout le maréchal de Richelieu, ont voulu du mal à l'Opéra, et ont cherché à lui faire des tours cruels, comme de lui enlever ses acteurs et actrices, directeurs, et même les copistes, pendant les voyages de Fontainebleau. Voilà deux années que cela arrive, et, sans les bouffons italiens, l'Opéra eût fermé la porte ces deux derniers automnes-ci.

17 *novembre*. — Je n'ai pas encore nouvelles de jeudi, où devait être l'assemblée de toutes les colonnes du Châtelet touchant la délibération portant établissément de la Chambre royale.

A leur première assemblée, ils ont demandé de supplier le Roi pour la liberté du sieur Roger [1] qui est à la Bastille. S'ils résistent, l'on dit qu'ils iront tous en prison. Mais y aura-t-il assez de prisons pour enfermer tous les juges qui font leur devoir?

18 *novembre*. — Ce ne sera que pour mardi 20 que l'on enverra au Châtelet la déclaration du Roi pour l'établissement d'une Chambre royale. L'on mande de cette compagnie qu'elle n'y sera pas bien accueillie.

1. De Monthuchet.

L'assemblée de jeudi 15 n'a pas été longue. Le lieutenant civil a commencé par rendre compte de la réponse du chancelier à la députation de la veille; la réponse a été ainsi : « Je rendrai compte au Roi de votre députation: la liberté de M. Roger de Monthuchet dépend de la conduite que le Châtelet tiendra à l'avenir; le Roi est indigné contre quelques-uns des membres de la compagnie, il est las de pardonner, il veut enfin punir. »

Le chancelier s'est beaucoup plaint de ce qu'on ne jugeait pas les procès criminels; il a voulu savoir les noms de ceux qui composaient cette députation.

On a fait registre du récit du lieutenant civil; ensuite on a repris les derniers errements de l'assemblée du jeudi 8 novembre. La compagnie a également arrêté qu'on enregistrerait le récit fait par Durand, greffier, et a fait toutes protestations telles que de droit contre les actes des 30 et 31 octobre dernier, persistant au surplus dans tous les précédents arrêtés

20 *novembre.* — Le département des finances n'a trouvé rien de plus à propos pour gagner du temps que de retrancher les fonds de la marine. L'on donnait ci-devant dix-huit millions à la marine, et l'on ne lui en donne plus que huit aujourd'hui : ainsi tout dépérit dans ce département, et rien n'est plus payé. A peine avons-nous aujourd'hui quatre millions à pouvoir mettre en mer.

Madame Victoire est très-mal d'une fièvre causée par des indigestions multipliées. Les princesses soupent peu à leur couvert public, puis commandent de petits soupers dans leur cabinet, à l'imitation du Roi leur père; elles se mettent à table à minuit, et se crèvent de vin et de viande.

M. le chancelier présida à la première séance de la Chambre royale, qui, pendant ce temps, était entourée de trente archers, ce qui les faisait huer du peuple de Paris.

L'on vient de nommer notre ambassadeur à Rome M. de Stainville[1], fils du ministre de l'empereur[2], le plus grand Autrichien, et le plus grand ennemi de la France que nous ayons eu à Paris depuis longtemps.

21 *novembre*. — L'on prétend que l'érection de la Chambre royale n'est qu'une comédie pour sauver l'honneur de l'autorité, que tout le parlement va être rétabli, et qu'il y a pour cela une négociation souterraine.

La maladie de Madame Victoire s'est tournée en fièvre putride et est déjà sans danger. Le Roi doit partir samedi 24 de Fontainebleau; cette maladie n'a pas empêché de jouer *Atys* sur le théâtre de la cour.

22 *novembre*. — Il y a eu de nouveaux refus de sacrements à Paris; un des conseillers du Châtelet qui a été mis à la Bastille avait dénoncé trois de ces actes de schisme sur lesquels on n'a pas voulu faire droit.

L'on espère la réunion prochaine des exilés de Châlons, Bourges, etc., à l'exil de Soissons où est la grand'chambre, et je sais des femmes d'exilés des

1. Étienne-François, plus tard ministre sous le nom de duc de Choiseul.

2. Stainville le père, ministre du duc de Lorraine, depuis grand-duc, puis empereur.

enquêtes qui, s'en croyant bien instruites, s'approchent déjà de ce centre commun. Mais l'on doute que les ennemis secrets et publics du parlement, que ceux qui se croiraient perdus s'il revenait jamais souffrent cette réunion qui tendrait à un retour total au palais.

23 novembre. — Madame Victoire est hors d'affaire et part samedi pour Versailles, soupant à Monceaux chez la duchesse de Brissac.

Le-Roi doit être en voyages continuels tout le mois de décembre.

Les spectacles vont toujours à la cour jusques à la fin du voyage, n'importe ce qui arrive d'ailleurs.

24 novembre. — Les nouvelles du Châtelet de mardi dernier 20 novembre sont affligeantes pour la règle et pour la justice. La déclaration pour l'établissement d'une Chambre royale a été envoyée au Parc civil [1] avec lettre de cachet, avec ordre de l'enregistrer *sans aucune délibération.* En conséquence, le prononcé a été ainsi : « Nous, du très-exprès commandement du Roi, avons vérifié ces lettres et arrêts sans qu'il en ait été délibéré; conformément aux ordres, donnons lettres au procureur du Roi, ce réquérant, de la lecture et publication des lettres patentes pour être exécutées, etc. »

En sortant, les conseillers ayant demandé l'assemblée de la compagnie, le lieutenant civil leur montra une autre lettre de cachet qui leur défend

---

1. Le Parc civil était le second des quatre services que remplissaient, par roulement, les quatre colonnes du Châtelet.

aucune assemblée à ce sujet, et les lieutenants particuliers ont reçu pareils ordres du Roi.

Ainsi l'autorité royale chemine-t-elle fièrement,
abattant d'abord les plus grosses têtes qui résistent
davantage, puis les moindres qui tiennent peu comme
celle-ci. Espérons peu des parlements provinciaux;
quelques-uns pourront hausser la tête comme celui de
Provence, mais d'autres n'oseront s'élever, étant
garrottés par leurs chefs et par leur queue, les premiers présidents et les gens du Roi. Il faut bien une
autre force pour s'élever quand on n'est point inter-
pellé que pour résister quand on nous attaque.

Ainsi est gouvernée la Turquie, non qu'on y fasse
des actions plus cruelles qu'ici, mais on peut les y
faire : nulles formes, nulles règles fondamentales.
Voilà donc où nous arrivons, et l'on voit de toutes
parts l'irruption de l'avarice; la sûreté de l'honneur,
de la vie et des biens des particuliers dépend seulement de ce suffrage national qui résidait encore dans
les parlements. Toute corporation s'abolit en France;
il ne reste proprement que deux provinces gouvernées par des États, et encore ces États sont-ils écornés
par des intendants et par l'autorité de chaque directeur de nouvelles maltotes. Les gros hôtels de ville,
comme Lyon, Strasbourg, Paris, etc., sont également
réduits à l'obéissance prétorienne.

Il restait donc quelque liberté, quelque force d'administration de la justice; elle y avait attiré les lois principales à l'occasion du droit public, d'où dérive le
droit particulier; l'un a emporté l'autre, les tribunaux sont écrasés; le ministère (et non le Roi) étant
maître du principal tribunal, qui est la cour des

pairs, il est maître de tout le reste. Voilà le conseil, les maîtres des requêtes et tous ces robins de cour dominant sur la justice : de qui la vie, la liberté et les biens seront-ils en sûreté devant la faveur?

28 *novembre*. — On ne dit rien des exilés de Soissons, et l'on paraît fort éloigné d'y joindre les autres exilés.

La Chambre royale criminelle travaille beaucoup, dit-on, et celle du Louvre, pour le civil, travaille peu. Le Châtelet se tait, ou, s'il a fait quelques protestations, c'est en secret et sans ses présidents. L'un d'eux mis à la Bastille effraye les autres qui voudraient présider faute de chefs; ainsi tout va à la plénitude de la tyrannie. La cour jouit *Diis iratis aut gente irata*. Heureusement le pain n'est pas cher cet hiver, mais tout le reste rend l'habitation de la ville insupportable.

Le bruit est grand que les lettres de cachet sont signées, et ont dû partir le 25, adressées aux intendants, pour rassembler toutes les enquêtes à Montargis, y compris les quatre prisonniers d'État, et qu'ensuite on les enverra à Soissons, ou que la grand'chambre sera transportée elle-même à Montargis, le tout dans le même état d'exil, et conséquemment d'interdiction.

Le Châtelet demande à s'assembler par colonnes toutes ensemble, touchant l'établissement de la Chambre royale. Le lieutenant civil leur a promis d'en parler au chancelier; voilà où cela en est, on attend réponse.

Le livre du P. Berruyer, jésuite, continue à faire

grand bruit[1]. Dans la préface, il y a des choses hardies et dans le goût du P. Hardouin, principalement
sur saint Augustin. Plusieurs évêques ont demandé
permission au Roi de condamner ce livre. L'archevêque de Narbonne a fait à ce sujet auprès de S. M.
une démarche formelle. S. M. lui a demandé s'il l'a-
vait lu; il a répondu que non. Le Roi lui a dit :
« Comment pouvez-vous donc le condamner? »

29 novembre. — Si le mécontentement de notre
nation vient à se ralentir dans ses effets, si l'autorité
fait plier toute résistance même dans ses volontés, n'y
a-t-il pas à craindre (disent les politiques) que les
Anglais ne dépensent de l'argent à faire fermenter
ces mécontentements, eux qui en dépensent tant pour
nous nuire, eux qui ont tant d'exemples de nos dépenses pour les troubler? Quand en avons-nous laissé
échapper l'occasion? par exemple, en leur suscitant
le Prétendant. Ils ont l'exemple de Philippe II, Roi
d'Espagne, pendant les guerres de la Ligue.

N'oublions pas ce qui arriva l'année dernière, où,
ayant été agité dans le conseil d'Angleterre si l'on nous
ferait la guerre ou non, il fut répondu qu'il n'y avait
qu'à nous laisser, et que nous nous faisions plus de
mal pour nous affaiblir que n'en feraient jamais tous
nos ennemis par des victoires.

Les Anglais nous suscitent la Maison d'Autriche
pour tenir en échec nos forces de terre, et pour nous
empêcher de commercer et d'avoir une marine; ils
ont fomenté cette triple alliance de Russie, d'Autriche

1. Voy. ci-dessus, p.141.

et la leur. Certes le premier et le grand but de cette triple alliance est la rescousse de la Silésie : c'est le premier échelon à monter, après quoi l'on nous attaque avec des succès par des affronts auxquels l'honneur et l'humeur française ne pourraient pas résister ; alors ils nous prendraient nos colonies et réduiraient notre commerce à rien.

2 *décembre.* — Le 1ᵉʳ de ce mois, les bilans déposés au greffe des consuls étaient au nombre de plus de huit cents, pour les faillites des marchands. Les plus honnêtes d'entre ceux-ci, qui ont voulu soutenir leur crédit en conservant leur train ordinaire et le même nombre de garçons de boutique, ont donné du nez en terre. Ainsi va le commerce. Les loyers des maisons commencent à diminuer. Personne ne se fait faire d'habits neufs cet hiver, personne ne quitte la campagne pour venir à Paris ; l'Opéra est à bas, et il y aura peu d'étrangers ; le désastre des tribunaux influe sur tout. Avec cela, la misère est effroyable, on ne voit que mendiants. Les vivres ont doublé de prix, surtout les légumes.

3 *décembre.* — Le Châtelet, avec toute l'envie possible de s'assembler pour protester, n'a pu encore en trouver le moyen ; on le garde presque à vue. Aussi ne travaille-t-il presque à aucun procès et appointe tout, et au civil et au criminel.

La Chambre royale lui ayant renvoyé une affaire pour déférer au serment d'une des parties, le second lieutenant particulier, nommé Guérey de Voisins, n'a pas voulu reconnaître ce renvoi. La Chambre royale l'y contraindra par corps, dit-on. Ainsi tout ne marche qu'à coups de canon, ou plutôt ne marche pas.

5 *décembre*. — Le sieur de Bougainville était sûr de la pluralité des suffrages à l'Académie française, lorsqu'il a paru une brigue à laquelle on ne s'attendait pas. Mirabaud, secrétaire de l'Académie, Duclos et le comte de Bissy ont lu une lettre de S. A. S. M. le comte de Clermont, prince du sang, qui demande cette place. L'Académie a été pétrifiée, on a dit des injures à Mirabaud de ce qu'il n'avait pas prévenu la compagnie, mais enfin il a fallu délibérer et le nommer. On n'avait pas encore vu de princes du sang briguer de ces places. Le vrai est que ce sont les ennemis de Bougainville qui en sont cause et qui ont été détourner un personnage si respectable. Il a deux sortes d'ennemis fort intolérants et fort actifs, les jésuites parce qu'il est janséniste, et les athées parce qu'il est fort crédule à la révélation ; avec cela, il est valétudinaire, asthmatique et ambitieux, ce qui doit le conduire au tombeau.

7 *décembre*. — Le Roi a une fluxion sur les dents avec de la fièvre. Madame Victoire est retombée malade de la fièvre avec transport au cerveau.

J'arrive à Paris où j'apprends bien des choses importantes sur l'état des affaires. Le Roi est d'une extrême tristesse depuis son retour de Fontainebleau ; tout lui donne de l'humeur. Ses domestiques le détestent aujourd'hui ; ils disent que le mauvais état d'affaires où il s'est mis lui aigrit le sang, à quoi se joignent les

amusements de soupers et de ragoûts que lui donnent
la maîtresse et les favorites.

On avait cru que la marquise de Pompadour serait
renvoyée à la fin de Fontainebleau, mais il en est tout
au contraire, et elle se montre à Versailles plus favorite que jamais. Le maréchal de Richelieu vient de
partir avec ce sujet de chagrin, allant remplir son
commandement de Languedoc.

Le mécontentement est universel dans Paris, et le
Roi y est haï d'une façon qui fait tout craindre pour
l'autorité.

On ne paye personne en finance, les gages de la
Maison du Roi sont retardés de trois années, les receveurs généraux des finances payent à présent le premier quartier de 1755 et ne savent plus où ils en sont.

Le Châtelet, qu'on avait cru abaissé, se relève en se
montrant très-éloigné de l'enregistrement de la Chambre royale qu'on avait exigé d'eux sans délibération.
Ils prétendent deux choses : l'une qu'il faut délibération, l'autre qu'il y faut assemblée des colonnes. Le
parlement prétend de même que les lois registrées aux
lits de justice ne sont pas des lois légitimes, faute de
libre délibération ; mais ils se contentent de ne les
jamais citer, et ne vont pas jusqu'à y marquer une
opposition formelle. Quant à l'assemblée des colonnes,
la cour leur répond que tous les édits et déclarations
s'enregistrent au Parc civil seul, et que l'assemblée
n'est requise que pour les affaires de discipline, seulement pour la compagnie.

Il y a deux lieutenants particuliers. M. Guérey de
Voisins, l'un d'eux, est extrêmement porté pour l'honneur de la compagnie, tandis que le lieutenant crimi-

nel[1] est hors de combat par des attaques d'apoplexie, le lieutenant civil craignant la cour et la perte de sa faveur, l'autre lieutenant particulier, M. Lenoir, dans le même cas que celui-ci. On assure que ledit Guérey est l'âme de cette résistance du Châtelet.

Le Châtelet, procédant sur ce pied-là, a fait deux actes de désobéissance formelle à la Chambre royale : l'une à l'occasion d'une cause déférée à serment ; il n'a pas voulu recevoir à serment, disant qu'il ne reconnaissait pas les ordres ni la supériorité de cette Chambre royale ; l'autre pour un pendu dont la Chambre royale a confirmé la sentence, et l'arrêt imprimé à été crié par les rues. La Chambre royale avait renvoyé l'exécution et la question à donner au Châtelet ; alors celui-ci, sous la présidence de Guérey de Voisins, n'a voulu ni faire questionner ni faire pendre le criminel. Sur cela, ordres réitératifs et refus de même. La Chambre royale a ordonné à Guérey d'obéir, même par corps, et l'on m'assure que n'obéissant pas, le président du Châtelet a été enlevé et mis à la Bastille hier à midi.

Sur cela, voilà sans doute du trouble plus que jamais, et l'on craint des émeutes dans Paris, car le Châtelet assemblé a dû quitter ses fonctions et aban-donner un exercice où les consciences des juges sont si troublées et traitées avec tant de rigueur. Il est à craindre que la justice subalterne ne tombe dans le même abandon, comme commissaires, notaires, etc., et que Paris ne soit livré à la confusion et au désordre.

1. M. Nègre, dont il a été question t. VI, p. 372 et suiv.; VII, 74, et suiv.

Il y a quelques jours que mon frère reçut à son audience ledit Guérey de Voisins avec quelques conseillers ; ils venaient, selon la coutume, lui rendre compte des affaires criminelles passées dans le dernier trimestre. Mon frère le menaça de l'autorité royale s'il n'obéissait pas à la Chambre royale ; ce juge lui répondit avec beaucoup de fermeté.

L'on a crié hier à Paris une déclaration touchant les procureurs qui ne veulent pas occuper à la Chambre royale ; ils y sont contraints par cette loi sous peine de perdre leurs charges. Mais, comme ce sera aux parties à s'en plaindre, l'on doute qu'aucune d'elles les y traduise.

Un juif a porté des tabatières à Mme la princesse de Conti, et, ayant traité avec elle, en a laissé une qu'on n'avait pas remarquée, puis s'est enfui. Cette boîte avait une peinture très-bien exécutée et qui était ainsi : un carrosse à six chevaux dans lequel étaient quatre jésuites fort gras, rouges, gais et riants ; le chancelier en postillon tendant le c.. ; mon frère sur le siége du cocher fouettant le chancelier, et derrière le carrosse étaient en laquais le Roi et le Dauphin.

8 *décembre*. — Le Roi a déjà proposé deux fois à M. le comte de Charolais de rendre compte de la tutelle de M. le prince de Condé ; M. de Charolais lui a répondu qu'il manquait de juges, et qu'il s'assemblerait avec les princes. Ce mot d'assembler des princes dans ce temps-ci fait grand effroi.

Le Roi a fait construire un appartement pour la petite Morfi au-dessus de celui du premier valet de chambre.

L'on dit que S. M. ne se porte pas bien et change beaucoup : les affaires présentes y ont grande part.

Depuis hier, voilà les affaires des tribunaux dans la plus grande confusion.

Avant-hier 6 de ce mois, le prévôt de la maréchaussée se présenta chez le sieur Milon, conseiller au Châtelet, avec une lettre de cachet pour l'arrêter : son crime est d'avoir refusé d'assister à la question d'un criminel[1] par ordre de la Chambre royale.

La Chambre royale lui en avait fait injonction le même jour ; elle avait aussi contraint les greffiers du Châtelet de lui apporter les registres pour bâtonner son arrêté du mardi 4 décembre, et ces greffiers firent la plus forte résistance qu'ils purent.

La même chambre décréta d'ajournement personnel Guérey de Voisins, l'un des lieutenants particuliers et faisant fonction de lieutenant criminel, pour avoir refusé d'obéir à ladite chambre et à un *veniat* qu'elle lui avait donné. L'on dit que ce magistrat est en fuite comme le sieur Milon, et qu'on a voulu l'arrêter en vain. L'on prétend aussi que, dans la dernière conférence qu'il avait eue avec mon frère, il lui avait montré une lettre de conseiller exilé à Bourges, par laquelle on lui indiquait la conduite qu'il devait tenir.

L'on prétend que ce corps d'exilés à Bourges constitue aujourd'hui un parlement très-dangereux et très-ferme qui prescrit la conduite du reste du parlement et qui correspond continuellement avec les autres parlements du royaume et bailliages du ressort du parlement de Paris.

---

1. Le nommé Sandrin, dont il a été question plus haut.

Hier vendredi, 7 décembre, les quatre colonnes ou services se sont trouvés réunis à la chambre du conseil du Châtelet avant d'aller à l'audience, et, se disant instruits de ce qui se passait pour arrêter deux de leurs confrères, y compris un de leurs chefs, ils ont déclaré unanimement au lieutenant civil : « Que la compagnie se trouvait hors d'état de s'assembler et de délibérer par défaut de liberté dans les suffrages, les décrets et captivité contre leurs confrères, que ce chagrin leur ôtait la présence d'esprit nécessaire pour travailler aux affaires des particuliers où il s'agissait de l'honneur, des biens et de l'avis des citoyens. »

Ces motifs ont été remis par écrit au lieutenant civil qui a promis de n'en omettre aucun dans une lettre qu'il allait écrire au chancelier pour lui faire part de la résolution de la compagnie, et le supplier même de faire agréer au Roi qu'il se joignît à la compagnie.

Cela ne dit pas positivement que la compagnie abandonne ses fonctions, mais elle les a abandonnées de fait, ayant sur-le-champ quitté le Châtelet et laissé le lieutenant civil seul, et disant qu'ils n'y reviendraient plus.

9 *décembre*. — Il paraît cinq lettres pour la bulle, et contre les remontrances du parlement ; l'on prétend les dernières fortes et persuasives ; mais, quoi qu'on en dise, ce ne peut être qu'un mauvais ouvrage que ces sophismes contre la vérité ; j'aimerais autant voir des preuves contre les quatre propositions de 1682. Cependant l'on a imbu la famille royale de

ces sentiments furieux contre la nation intérieure; la
Reine et le Dauphin s'y précipitent et s'y animent de
plus en plus. Cette position effraye le Roi déjà crain-
tif et sans fermeté. Qu'est-ce que de voir ici la
famille royale et quelques courtisans hypocrites et
avides prendre parti et arborer hautement la contradiction aux sentiments constants de la nation entière
représentée par ses magistrats?

Cependant l'on parle d'une *main souterraine* qui
porte le Roi à résister aux conseils de nos ultramontains. Quelle peut être cette main? quelque chose
peut-être du parti de la marquise : ce parti a pour
lui le garde des sceaux Machault, et quelques favoris
ennemis de mon frère, qui le décrient tant qu'ils peuvent lui et ses avis, avis dont le mauvais succès fait
chaque jour la critique plus que les discours. Mais
je soupçonne un autre parti d'y influer. M. Chauvelin, ancien garde des sceaux, est toujours grand ami
de Mme la princesse de Conti, et celle-ci a grande
part au gouvernement de son fils; celui-ci travaille
avec le Roi et a son oreille. L'on voit donc le Roi
résister aux insinuations épiscopales, mais il n'est
capable par lui-même que de combats, et jamais de
décisions tranchantes et victorieuses.

Le parlement de Provence a accommodé l'affaire de
Forcalquier, par je ne sais quels moyens; le procureur général Monclar est un brigand qui s'est laissé
gagner par la cour, et il n'est plus question de ses
nouvelles remontrances où il devait parler du parlement de Paris.

Le parlement de Rouen travaille à continuer sa
résistance, et l'on travaille à le gagner.

Celui de Rennes est dans la même circonstance; l'on parle de quelques procureurs qui se sont noyés de désespoir et faute d'aliments à donner à leur famille, et de plaideurs qui demandent l'aumône.

Avec cela, tout a un air de tranquillité à la cour qui étonne les spectateurs. Jamais il n'y a eu plus de concours de monde que ces jours-ci, l'on voulait voir quel parti prendrait le gouvernement sur ces circonstances si extrêmes et si difficiles.

10 *décembre*. — L'on sait que, mon frère et mon fils étant venus à Paris pour exécuter des ordres sévères contre le Châtelet, il y a eu contre-ordre, et qu'ils ont reçu un courrier aujourd'hui à 3 heures pour revenir sur-le-champ à Versailles, ce qui marque que le Roi se serait radouci sur ce point.

L'on parle toujours d'un conseil secret qu'a le Roi sur ces affaires, de sorte que, le conseil d'Etat ayant délibéré, Sa Majesté dit : « Voilà mon plan et mon avis; » et l'on croit que c'est M. Chauvelin qui les lui fournit par le canal de M. le Prince de Conti.

M. Guérey de Voisins, lieutenant particulier, et M. Milon, conseiller au Châtelet, ont pris la fuite, et se sont retirés, à ce que l'on croit, en pays étranger.

13 *décembre*. — On a gagné les chefs et la queue du Châtelet avec une demi-douzaine de conseillers des plus coquins. Avec cela le Châtelet a commencé son obéissance. Lundi, il leur fut envoyé des lettres de cachet à chacun d'eux; par là, il leur est ordonné de reprendre leurs fonctions ordinaires sous peine de désobéissance.

Ils se sont assemblés le jour même chez M. le lieutenant civil, et ont demandé ces conditions : qu'il leur
fût permis de s'assembler au Parc civil pour l'affaire
si importante qui les divise, de pouvoir faire des
représentations, que leur confrère Monthuchet sortît
de prison, et que les deux autres ne fussent pas pour-
suivis. On leur a donné parole qu'on ne donnerait pas
suite au décret contre M. Guérey de Voisins, que le
sieur Milon pouvait reparaître, n'ayant rien à craindre,
et que la liberté de Monthuchet dépendrait de la conduite de la compagnie ; que l'on ferait enfin de nouvelles représentations au chancelier. Ils se sont donc
portés à leur chambre, mardi matin, pour y vaquer
aux procès. On avait vingt placets à appeler, mais il
ne s'y est pas trouvé d'avocats, ni de procureurs ;
ainsi l'on n'a rien fait du tout, et les apparences sont
qu'on n'aura pas fait davantage le lendemain. L'on
travaille aux remontrances dont nous avons parlé.

La grand'chambre du parlement tient ferme à Soissons, et les autres chambres dans leurs différents exils.
Les autres parlements et bailliages préparent des
obstacles à la suppression du parlement de Paris,
mais ces prêtres infâmes, l'épiscopat et les jésuites
poussent le gouvernement à la violence.

14 *décembre*. — J'ai eu la visite du sous-doyen du
Châtelet, qui m'a dit que l'on ne pouvait se conduire
avec moins de règle que faisait le ministère pour surmonter les obstacles à reconnaître la Chambre royale.
L'on a agi envers ce tribunal comme si ladite Chambre
royale y était reconnue, lorsque véritablement elle
ne l'est point. Car enregistrer sans délibérer, c'est

ne point enregistrer, tout enregistrement c'est *juge-ment;* il n'y a que des automates qui registrent ici. Le greffier a écrit, voilà tout.

Ce doyen m'a dit que M. le chancelier tenait dans ses audiences et écrivait aux bailliages de pauvres discours et des lettres pitoyables, tels que : « Il faut obéir, tous les ministres obéissent, vous le voyez bien, messieurs, j'obéis comme les autres, » et autres pauvretés.

Actuellement le Châtelet a permission de travailler à des remontrances, et il y a des commissaires nommés, mais l'on ne doute pas que, quand l'on saura où peuvent aller ces remontrances, on ne les empêche de paraître.

Le bailliage de Soissons a enregistré purement et simplement, et a reconnu ladite Chambre royale à la barbe de la grand'chambre qui y est exilée.

Personne ne va plus à Soissons voir ces exilés, comme l'on faisait cet été à Pontoise où il n'y avait que translation. Les officiers du parlement sont en épée à Soissons comme gentilshommes, et non plus comme magistrats.

Tout ceci fait tomber en quelque langueur les officiers opposants, tant du parlement que du Châtelet, mais cette langueur ne va pas à rien déranger de leur fermeté, ni à la crainte de perdre leurs charges.

15 *décembre.* — Il y a grand bruit contre Jean-Jacques Rousseau, prétendu philosophe genevois, pour une brochure qu'il a publiée contre la musique française [1], à souhaiter qu'il n'y en eût jamais. Ces

---

1. Rousseau, dans ses *Confessions*, parle ainsi de l'effet produit

preuves consistent dans un grand et pédantesque éta-
lage de science musicale pour établir que ce qui
charme est mauvais et ce qui écorche est bon. On
avait expédié une lettre de cachet pour le faire sortir du royaume, mais de tristes artistes en ont
détourné. On lui a toujours ôté ses entrées à l'Opéra ;
des gens qui ne le connaissent pas l'ayant rencontré
à ce théâtre l'ont maltraité de paroles et de coups de
pied dans le c... L'orchestre de l'Opéra l'a pendu en
effigie. Cela devient une querelle nationale ; on a
déjà répondu à sa brochure par une autre trop
courte ; l'on travaille à une réponse plus étendue[1].

16 *décembre*. — L'on s'étend dans le monde sur le
blâme du parlement de Paris, et ce blâme prospère
sur l'article d'avoir abandonné l'administration de la
justice ; le parlement de Rouen s'est corrigé sur cet
exemple, et le Châtelet se comporte bien en reprenant
les mêmes fonctions ; mais, dans les occasions où les

---

par sa *Lettre sur la musique française* : « C'était le temps de la
grande querelle du parlement et du clergé. Le parlement venait
d'être exilé, la fermentation était au comble, tout menaçait d'un
prochain soulèvement. Ma brochure parut : à l'instant toutes les
autres querelles furent oubliées ; on ne songea qu'au péril de la
musique française, et il n'y eut plus de soulèvement que contre
moi.... A la cour, on ne balançait qu'entre la Bastille et l'exil, et
la lettre de cachet allait être expédiée, si M. de Voyer n'en eût fait
sentir le ridicule. Quand on lira que cette brochure a peut-être
empêché une révolution dans l'État, on croira rêver. C'est pourtant
une vérité bien réelle. »

1. *Observations sur la lettre de J. J. Rousseau, touchant la musique française.* D'Argenson, mentionnant cette brochure dans ses
Remarques en lisant, n° 2192, ajoute : « Je fournirois bien des
raisonnements à quelqu'un que je saurois travailler sur cet objet. »

maximes sont forcées, il tient bon avec fermeté. C'est
d'être en règle qui donne la force, quand la force
extérieure est contre nous.

A Soissons, la grand'chambre se conduit avec une
nouvelle sorte de dignité dont ne s'étaient pas encore
avisés les autres exilés à Bourges, Chàlons, etc. Les
magistrats n'en portent plus l'habit, ils sont en habits
modestes avec une épée, ils ne portent point leurs
deuils de famille, ou n'ont que des vestes noires ; leurs
femmes y sont magnifiques en habits, les appartements
fort illuminés, de grands soupers et comme des fêtes
perpétuelles ; ils sont bien davantage avec eux-mêmes
qu'à Pontoise, personne ne les allant voir de Paris à
cause de leur disgrâce. Le premier président a été voir
tous ceux qui lui ont rendu visite, pour montrer qu'il
n'exerce plus sa dignité.

17 *décembre*. — Je sais ce que le maréchal de Richelieu ne sait pas lui-même de sa destination ac-
tuelle ; il va à son commandement de Languedoc pour
tenir les États le mois prochain. Les desseins de la cour
sont de l'y faire rester longtemps. Il a donné dans le
panneau des évêques, pour renouveler une grande
persécution contre les protestants des Cévennes. On a
envoyé cet automne trente-deux bataillons de plus
qu'à l'ordinaire dans nos provinces méridionales ; on
a cru que c'était pour faire rompre le traité de Modène, de concert avec le Roi de Sardaigne, par des
démonstrations militaires, mais l'on se trompe, et la
preuve en est que cette destination de troupes a été
antérieure à toute idée dudit traité de Modène. Il y a
cinq à six ministres prédicants à saisir, et l'on prétend

procurer ce gibier audit maréchal. J'ai eu une conversation avec lui sur cette matière ; j'ai conçu qu'il
se laisse gouverner, sans le savoir, par le sentiment des
évêques de Languedoc qui est de dragonner, de faire
des conversions à coups de fusil, et qu'il n'entend ou
ne veut entendre aucunement les sages principes de
cette tolérance qui mène à la conversion et à l'unifor-
misation des consciences par une politique humaine
et raisonnée. Je ne soupçonne que trop qu'il n'y a ici
que les ressorts d'une ambition personnelle qui va allumer le flambeau de la guerre dans nos provinces
méridionales, comme il arriva, il y a quarante-cinq
ans, sous le hautain magistrat Bâville, et sous le règne
du bigot Louis XIV. Oh malheureuse France !

M. le comte de Charolais étant dernièrement avec
le Roi, Sa Majesté lui a demandé quand il rendrait
les comptes de tutelle de M. le prince de Condé. Ce
prince lui a répondu qu'il ne pouvait les rendre
qu'en la grand'chambre du parlement, et, sur cela, le
Roi lui a tourné le dos.

Le Roi veut, dit-on, que le nouveau duc de Morte-
mart soit reçu duc et pair à la Chambre royale, son
père venant de lui céder le duché, ce qui souffrira
beaucoup de difficultés de la part des autres pairs.

Le parlement d'Aix prépare de nouvelles remontrances où il sera parlé du parlement de Paris, comme
on avait dit.

Dans toute la généralité de Touraine, il y a cessation de justice à cause du nouvel impôt du contrôle
pour les actes de procureur à procureur. L'arrêt du
conseil subsiste toujours, et, à cause du temps présent,
M. le garde des sceaux a écrit une lettre circulaire aux

intendants pour que cela se passât à l'ordinaire; mais les officiers de justice ne s'en contentent pas et veulent la révocation de l'arrêt. En attendant, aucune affaire ne se trouve en état. En Bretagne, l'on travaille vivement à arrêter le même abus.

18 *décembre.* — La demoiselle Morfi, maîtresse du Roi, est grosse de quatre mois.

Le maréchal de Richelieu en est réduit à prendre souvent de l'opium pour dormir, et des bains spiritueux pour se soutenir dans l'usage des bonnes fortunes.

L'on a fait grand bruit, dans quelques quartiers de Paris, de la bonne réception que le Roi m'a faite à mon dernier voyage de Versailles, et sur ce qu'il m'avait fait l'honneur de me parler plusieurs fois et de me marquer des bontés particulières; l'on a dit que S. M. me destinait à quelque ministère essentiel; mais, en même temps, l'on dit que mon frère va être déclaré premier ministre dès qu'il sera guéri de sa goutte, mais il en éprouve aujourd'hui une attaque longue et dangereuse.

Les lettres de cachet ont été envoyées ces jours-ci à chaque membre du Châtelet pour qu'ils aient à reconnaître la supériorité de la Chambre royale sur ce tribunal, à peine de désobéissance. Comme il n'y a point à tout cela de permission de délibérer, l'on croit qu'ils la demanderont pour préalable; ainsi la continuation de refus se prévoit : quand on n'ose refuser en face, on élude, et cette ressource est ici de droit et de raison.

19 *décembre.* — Hier a dû être un jour fatal pour

les affaires des tribunaux (je n'en sais pas encore de nouvelles); il devait y avoir assemblée au Châtelet tou-chant la reconnaissance de la Chambre royale, et l'on ne doutait pas qu'elle n'échouât encore.

Le Roi envoya, il y a trois jours, des lettres de ca-chet à tous et chacun des membres de cette compa-gnie pour qu'ils eussent à reconnaître cette supério-rité ; leur réponse a été que c'était matière à un nouvel article pour les remontrances qu'ils préparent (déso-béissance formelle), et s'assemblant hier, pressés par leur chef qui a les ordres du Roi, l'on ne doutait pas qu'ils n'abandonnassent leurs fonctions, leurs charges, et même leur liberté ; après cela la cour les emprison-nera ou les exilera.

Cependant l'on a à craindre, dit-on, un soulève-ment dans Paris.

Ces jours-ci, la Chambre royale devant aller au Châ-telet tenir la séance des prisonniers, l'on craint encore révolte à ce sujet.

Les juges consuls devant être renouvelés au 1er jan-vier, l'usage est qu'ils soient sermentés au parlement, et autrement les plaideurs refuseront d'y comparaître, et ces juges de marchands ne voudront pas prêter ce serment ni accepter ces offices.

Le prévôt des marchands m'a dit que sa juridiction du bureau de la ville lui parlait à tous moments et à chaque affaire de ne reconnaître que le parlement. L'on tourmente l'Hôtel de ville sur l'administration de l'Opéra ; chaque homme de crédit à la cour veut en exiger des complaisances, ce qui ruine absolument cet établissement et les finances de la ville. Mon frère se refuse à toute décision sur cette affaire : ainsi l'on pourra voir encore la juridiction de la ville de Paris abandonner ses fonctions comme les autres.

Les remontrances du parlement de Rouen ayant paru imprimées, comme je l'ai dit[1], la cour a subitement ordonné que la délibération et la minute desdites remontrances fussent biffées des registres, et l'on en a envoyé l'ordre à M. de Fougères, lieutenant général et commandant à Rouen contre le parlement, se faisant assister de grande guerre. Sur cela, le premier président de Rouen a fait surseoir à l'exécution de cet ordre, et a envoyé un courrier à Versailles pour raconter qu'il y avait beaucoup de mouvements dans la ville et qu'il y avait grand danger ; la cour a fait marcher des troupes à Rouen comme pour assiéger cette ville rebelle. Grand feu de tous côtés, il semble qu'on veuille commencer la guerre civile et mettre le Roi aux prises avec ses sujets sans nécessité.

Les protestants se remuent de tous côtés et s'assemblent en grand nombre. Je sais que ceux de Saintonge se remuent actuellement, ceux des Cévennes et du bas Languedoc sont tranquilles ; ils savent cependant qu'on leur prépare la guerre, et que voilà quarante bataillons de plus qu'à l'ordinaire pour les détruire quand ils ne disent mot. L'intendant de Languedoc, nommé Saint-Priest, est un fripon dévoué à la marquise et à M. de Machault, cependant assez mal avec le maréchal de Richelieu. Il fomente tout ce qui peut troubler le Languedoc et contribuer à sa fortune. Le maréchal de Richelieu, destiné à commander un an

---

1. *Remontrances du parlement de Rouen du 6 novembre* 1753, et *Itératives —*, La Haye, 53 et 65 p., in-12.

dans la même province, n'a que les mêmes vues pour son compte : voilà comme sont gouvernées nos meilleures provinces.

Il paraît vraisemblable que les Anglais fomentent ces troubles et répandent de l'argent pour troubler le royaume; nous en avons assez usé de même en Angleterre.

Cependant, un fameux commerçant de Lyon me disait hier que, les soies étant revenues à un bon prix, nos fabriques avaient recommencé à aller au mieux, qu'il y avait actuellement cinquante mille ouvriers qui travaillaient, et que, dans les temps les plus forts, ils n'allaient qu'à soixante mille hommes. Nos galons et autres modes vont aussi, malgré les défenses et les soins que s'y donnent les cours de l'Europe, parce que l'on veut toujours les choses de notre goût, comme étant les plus agréables, et jamais on n'a vu tant de commissions et de demandes. L'Espagne même en demande beaucoup, malgré des défenses sévères; mais, aux Indes occidentales, on en demande moins, parce que des gens avides y ont envoyé trop et ont gâté ce commerce. Cependant le Roi de Prusse et autres puissances sont alertes à nous enlever beaucoup de fabricants.

L'archevêque de Paris vient de donner son mandement pour défendre la lecture de la nouvelle histoire du P. Berruyer, jésuite, sur le Nouveau Testament, et d'autres évêques et archevêques s'assemblent pour le même objet. C'est une finesse des jésuites qui ont voulu que ce livre parût, n'importe à quel prix. La défense en augmentera le débit, et tout ce que veulent principalement les jésuites est de renouveler les livres

en tous genres, et de les accommoder à leur manière.
La préface est longue et contient le système du P. Hardouin, jésuite fameux par son scepticisme, et qui
tenait tous les livres pour apocryphes.

20 *décembre*. — Avant-hier mardi, le Châtelet jugea
les procès à l'ordinaire, puis les officiers dînèrent au
tribunal et se sont assemblés pour délibérer sur la
reconnaissance ou refus de reconnaître la Chambre
royale; j'ignore encore le résultat. Les apparences
étaient pour la négative absolue en faisant des représentations.

Dernièrement, un conseiller de la nouvelle chambre
passant chez un marchand à la halle, dit à son cocher
de le mener à la Chambre royale; à ce nom, des
femmes le maudirent et le peuple pensa l'accabler,
marque des méchantes et contraires dispositions du
peuple à Paris.

Mon nom est devenu odieux au peuple, et, comme
on parlait au marché de la goutte qu'a mon frère, la
populace cria qu'il n'y avait qu'à lui donner un mauvais bouillon.

24 *décembre*. — La réponse du Châtelet a été comme
on l'a prévue, ferme et d'une grande dignité. Mardi
les juges décidèrent les procès présentés, avec cette
attention de ne pas donner des sentences définitives
et susceptibles d'appel aux juges supérieurs. L'après-
midi et mercredi matin, ils ont terminé leur arrêté
pour faire des remontrances au chancelier. Cet arrêté
est à peu près ainsi :

« Que le Roi est le maître de leurs biens et de leurs

vies, mais non de leur honneur, qu'ainsi ils ne peuvent aller contre leur serment en reconnaissant d'autres supérieurs que le parlement, et qu'ils supplient Sa Majesté de le faire revenir. »

Il y a eu à Rouen une nouvelle affaire au sujet d'une thèse soutenue dans je ne sais quel couvent, où l'on avait fait valoir les sentiments ultramontains. Sur cela, le parlement a condamné la thèse et a ordonné de nouveau que l'on enseignât dans chaque thèse les propositions de 1682. Je ne sais pas les autres circonstances de l'arrêt, mais le conseil, à l'ordinaire, l'a cassé, et a ordonné la radiation des registres, et toujours par le sieur de Fougères, commandant et grand appariteur des arrêts du conseil.

La *Gazette de Cologne* transcrit notre réponse aux Anglais touchant l'état du port de Dunkerque : elle est assez basse, et marque nos craintes. Nous y assurons de n'avoir rien fait que pour le bien du pays et l'écoulement des eaux ; nous offrons de remettre aux Anglais un plan au juste de l'état dudit port pour le contrôler en tous temps. Ah ! que l'on parlait différemment en d'autres temps !

Pour enregistrer les lettres patentes de la Chambre royale, le bailliage de Soissons a marqué toute l'horreur possible de cette contrainte, et le réquisitoire du procureur du Roi en cette occasion sera à jamais mémorable ; il est ainsi :

« Le trouble où nous sommes ne peut se faire connaître que par le silence, caractère de la vraie douleur. Toutes nos réflexions sont absorbées, le seul sentiment qui nous reste est celui de la soumission, ressource aveugle, mais ordinaire aux faibles dans les questions difficiles. Cette obéissance est moins un acte de liberté que l'expression de la *contrainte* et un hommage rendu à l'autorité. »

Je dis que ce sera à jamais un monument de tyrannie, et je doute que le sénat romain parlât autrement sous certains empereurs qui l'assiégeaient avec des troupes[1]....

23 *décembre.* — J'entends encore dire bien du mal de M. de Voyer, mon neveu, quant à la direction des haras. Il en dépense les fonds en bâtiments à Asnières où il a fait construire des écuries et manéges couverts pour y dresser des barbes; il lui reste peu de fonds pour l'administration, et il n'achète rien; les gages sont mal payés, et augmentés indiscrètement, enfin il y a plainte universelle. Les envieux et ennemis de ma famille ne manquent pas de faire revenir tout cela aux oreilles du Roi, et je crains de plus en plus quelque orage flétrissant. Le tonnerre gronde, suivant le public; ce public est irrité; de là à l'Olympe il n'y a qu'un pas, mais la finesse et l'habileté courtisanne jouissent des dieux irrités et les bravent; elles se croient de grandes ressources dans l'intrigue. Que d'exemples cependant de naufrages affreux sur cette mer !

On a tenté de faire registrer à la cour des aides l'établissement de la Chambre royale, à cause des procureurs qui sont communs à cette cour et à celle du parlement, mais la cour des aides a refusé nettement.

Les gens du Roi du parlement de Paris sont à Versailles, et l'on espère quelque chose de leur présence.

---

1. Il y a ici deux feuillets déchirés.

L'on assure que les négociations se renouvellent, et
que M. le prince de Conti s'en mêle plus que jamais.
Il est certain qu'en gardant mon frère et M. de Machault dans le ministère, le parlement demandera (et
avec raison) plus de sûretés que jamais, mais qu'en
les renvoyant tous deux, il reviendrait à Paris sans
conditions.

24 *décembre.* — Avant-hier, samedi 22, se passa
ceci au Châtelet :

A cinq heures du matin, arriva au procureur du Roi
un courrier qui portait un arrêt du conseil avec cinq
lettres de cachet. L'arrêt destiné à être enregistré au
tribunal portait ordre de reconnaître en toute occasion la supériorité de la Chambre royale et cassait tout
ce qui s'était fait contre. Les cinq lettres de cachet
s'adressaient aux cinq commissaires chargés de travailler aux remontrances, et leur défendaient ultérieurement ce travail. On les porta au lieutenant civil, et
celui-ci fit avertir la compagnie par des billets. L'on
trouva deux de ces commissaires chez eux; les cinq
autres s'étaient absentés, craignant la Bastille. Ce
matin-là, à neuf heures, il y avait un enterrement de
conseiller; les uns préférèrent d'assister à ces obsè-
ques, et quelques autres se rendirent au tribunal. Ils
ne s'y trouvèrent qu'au nombre de douze. Là, les gens
du Roi furent d'avis d'enregistrer purement et simplement l'arrêt du conseil, mais les conseillers dirent
qu'ils étaient en trop petit nombre pour engager la
compagnie dans une si grande affaire, et conclurent
tous à remettre cette délibération à huitaine, ce qui
tombera au samedi 29 décembre.

25 *décembre*. — L'évêque de Sisteron vient d'être décrété par le parlement de Provence, et l'on va voir les remontrances du parlement où il sera parlé de celui de Paris, comme ils l'avaient annoncé.

27 *décembre*. — L'on est désespéré à la cour de la résistance du Châtelet, et, après avoir méprisé ce petit tribunal, on le considère jusqu'à ne plus parler que de cela. Il est évident qu'il ne reconnaîtra jamais la supériorité de la Chambre royale. L'on blâme fort M. le chancelier de cet interrogatoire qu'il a fait subir chez lui à chaque officier du Châtelet, vain détail de peines basses et au-dessous de sa dignité, ce qui n'a eu avec cela aucun succès. L'on assure que les plus grands coups vont être frappés contre ce tribunal, on le va supprimer, en préparant des gradués et des assesseurs pour y suppléer. La Chambre royale marque beaucoup d'aigreur à tout ce qui lui vient du Châtelet et pousse trop loin sa prévention.

L'on dit faussement, du côté de la cour, que tous les bailliages royaux du ressort ont reconnu ladite Chambre royale; au contraire, il y en a plus de la moitié, et surtout les grands bailliages, qui résistent encore, comme Bourges, Clermont, Lyon, Beauvais, etc. Il y en a même plusieurs où l'on n'a pas seulement encore osé présenter les lettres patentes.

L'on dit que le second voyage de Bellevue pour demain est rompu, et qu'il y a, au lieu de cela, un voyage de Choisy, ce qui marque défaveur à la marquise.

Le comte de Broglie revient de son ambassade de Dresde et de Pologne où il a très-mal réussi, tant du côté de Saxe que de Prusse. On lui donne pour successeur le chevalier de Maupeou, fils du premier président, ce qui étonne tout le monde, vu la disgrâce où est son père; mais l'on dit que cela se fait par amitié pour M. le prince de Conti qui est lié avec les Maupeou, et qui secondera comme il faut la vue qu'a M. le prince de Conti d'être élu roi de Pologne.

Avec cela l'on dit du mal de ce sujet : mauvaise réputation parmi les troupes, fort dérangé dans ses affaires, et plus bavard qu'homme de sens; notre département des négociations se décrie chaque jour par ces mauvais choix.

28 *décembre*. — M. de Machault est accusé de se conduire comme faisait M. Fouquet, en gratifiant plusieurs personnes de la cour pour gagner leur amitié et leur suffrage. Il leur envoie des sommes considérables, des intérêts dans les fermes et des rentes d'emplois; il exige des pots-de-vin des financiers qu'il favorise, non qu'il en prenne rien pour lui-même, mais cela n'en coûte que plus au Roi. C'est de là que vient le grand dérangement des finances. Tout cela est dit au Roi, qui sent le mal de tous côtés sans savoir y remédier.

Le sieur Gourdan étant mort, M. Rouillé a donné son emploi d'intendant général des armées navales à M. Pallu son beau frère, ci-devant intendant de Lyon et conseiller d'État. Il avait déjà celui de l'intendance des classes, emplois honteux et dégradants pour un conseiller d'État, mais le relâchement de ce temps-ci permet tout, chacun tire à soi, le Roi n'empêche rien, et l'état dépérit à vue d'œil.

Les princes du sang ont remontré à S. A. S. M. le comte de Clermont qu'il ne lui était pas permis de se faire recevoir à l'Académie française de façon à y perdre son rang de prince du sang et à passer à son rang de réception, ce qui est des règles essentielles de cette compagnie; d'un autre côté, on lui a prouvé la vérité, que son nom et sa personne n'avaient servi ici que de prétexte à une cabale d'académie, qui voulait exclure le dévot Bougainville; ainsi l'on assure qu'il remet sa place d'académicien.

Le duc de Villeroy vivait depuis nombre d'années avec la marquise de Courcillon. Il est devenu dévot, elle a paru suivre son exemple, et, depuis cinq ans, ils s'édifiaient par leurs pratiques régulières; ils passaient neuf mois de l'année au château de Villeroy. Le duc de Villeroy avait pour directeur un fameux P. de Ferrière, barnabite. A ces dernières fêtes de Noël, le directeur a écrit au duc de Villeroy qu'il n'y avait plus de salut pour lui s'il ne rompait avec son amie, et qu'après ce qui s'était passé entre eux, la continuation de leur habitation sous le même toit n'était qu'un scandale prolongé. Sur cela, le duc de Villeroy l'a renvoyée comme il aurait fait d'une fille de l'Opéra, ou comme le Roi renvoya la duchesse de Châteauroux à sa grande maladie de Metz. Elle est pauvre et extrêmement dérangée, elle a plus de dettes que de biens; elle s'est retirée dans un couvent, ce qui la déshonore. Mais il y a des causes souterraines à ceci. Le Roi avait parlé du P. de Ferrière comme d'un bon directeur, et, projetant de vivre longtemps avec la marquise de Pompadour comme le duc de Villeroy vivait avec madame de Courcillon,

les courtisans ont voulu ôter cet exemple, et les jésuites surtout ont conçu une grande jalousie de métier : Quoi ! ont-ils dit, d'autres confesseurs que les
nôtres toléreront l'amour et favoriseront le relâchement ! le Roi en parle et l'approuve ! nous allons
quitter ces confessionnaux royaux ! Sur cela, l'on a
pressé le P. Ferrière de faire son devoir, l'archevêque
de Paris l'a menacé de lui ôter ses pouvoirs. Mais ceci
fait grand tort à la religion ; l'on y voit l'Évangile devenu impossible. On abhorre ce qui trouble la société
et l'amitié et ce qui déshonore des femmes sans nécessité, surtout des femmes de qualité comme celle-ci.

Le chancelier, haranguant chez lui les députés du
Châtelet, leur a tenu ce discours historique : « Char-
les VII a chassé les Anglais, Louis XIII a abaissé la
Maison d'Autriche, Louis XIV a extirpé l'hérésie, et
Louis XV ne pourra pas faire obéir le Châtelet ? »

29 *décembre*. — Le bailliage de Lyon, ayant reçu
les lettres patentes de la Chambre royale pour les enregistrer, les a renvoyées avec les démissions de tout
le corps, sachant qu'on allait les tourmenter comme
le Châtelet : ainsi il n'y a aucune apparence que cet
établissement réussisse, mais il échouera partout.
Certes il est temps de faire revenir le parlement à
Paris.

30 *décembre*. — La duchesse de Tallard a reçu visite du Roi et lui a parlé de la duchesse de Montauban
pour lui succéder dans sa charge de gouvernante des
enfants de France, mais S. M., n'aimant pas cette
dame, a parlé d'autres choses. L'on croit que ce sera

la princesse de Marsan qui la remplacera. Le cardinal de Soubise le souhaite pour qu'elle réside à Versailles comme lui, le frère et la sœur s'aiment un peu plus qu'il ne faut suivant les règles étroites de la religion révélée, mais non suivant celles de la religion naturelle.

Un homme au fait du trésor royal m'assure que les dettes de l'État diminuent par divers remboursements des loteries, emprunts et fonds d'amortissement, mais que les dépenses de la Maison du Roi empêchent cet acquittement dans l'étendue dont il serait. Il était dû plus de quatre-vingt millions aux munitionnaires quand la paix s'est faite : ainsi M. de Machault attribue tout le mal à la mauvaise économie de la guerre et aux conseils de la marquise pour prodiguer. Ce M. de Machault est un esprit ferme et correct, de peu de détails, et d'un coup d'œil sec et bon ; ses opérations d'esprit sont assez droites, et il séduit par là ainsi que par l'éloquence du silence. L'on prend facilement ici l'importance pour le mérite et la modestie pour insuffisance. D'ailleurs il fait de grandes fautes par son ignorance et par le peu d'acquit qu'il a dans les affaires d'État, soit par défaut de lecture, soit pour n'avoir rien approfondi par réflexion. Il s'est prévenu pour les régies et contre toute corporation et toute commune : de là a-t-il détruit autant qu'il a pu tous priviléges des pays d'États, et il a mis en régie toutes les affaires qu'il a pu, y plaçant quantité de commis à gros gages, ce qui ruine les finances. Il ne vient plus rien de réel ni avec facilité de ces affaires régies ; il a perdu le revenu du clergé, il s'est blousé totalement dans cette affaire, ses vues ni ses moyens ne valaient rien, enfin il a des amis dangereux pour l'État.

Le Roi a gagné de la main le parlement de Rouen qui voulait condamner un professeur de théologie à Caen, nommé Caval, lequel, dans ses cahiers, donnait à la bulle *Unigenitus* des qualifications qu'elle ne mérite pas et que ne lui ont pas données nos lois françaises, troublant d'ailleurs le silence prescrit et tendant au schisme : à ces causes, le Roi a privé ce professeur de sa chaire.

Les Anglais s'indignent de notre résistance sur Dunkerque : nous y soutenons nos droits de pouvoir fortifier la place comme nous voulons et de nettoyer le port; les Anglais soutiennent le contraire et vont bientôt nous insulter.

31 *décembre.* — Avant-hier samedi devant être le jour d'une assemblée des colonnes du Châtelet, la marquise de Pompadour fit conseiller à quelques officiers de cette compagnie qui sont le plus de sa connaissance de ne décider qu'un interlocutoire, attendu que toute cette affaire allait finir avant le 15 janvier.

Ce qui s'est passé à Lyon est très-remarquable : les lettres patentes et arrêts du conseil avec lettres de cachet ayant été envoyées à M. Rossignol, intendant de Lyon, pour les faire registrer au bailliage de cette ville et lui faire reconnaître la Chambre royale, tous les tribunaux se sont assemblés, bailliage, prévôté et le fameux tribunal de la Conservation de Lyon qui est pour le commerce[1]. Leur commune délibération a

---

1. « La Conservation est une juridiction établie pour les affaires du commerce et pour la conservation des priviléges des foires de Lyon. » Brossette, *Éloge de la ville de Lyon*, p. 204.

été : « qu'ils ne pouvaient ni ne devaient reconnaître d'autres supérieurs que le parlement de Paris, qu'ils allaient envoyer à S. M. la démission de tous les offi- ciers, et qu'ils suppliaient le Roi de pourvoir à leur remboursement »

Donc, la délibération du Châtelet d'avant-hier samedi a été interlocutoire et très-entortillée : les ordres du Roi étaient d'enregistrer sans délibérer, avec défense aux commissaires de travailler aux remontrances qu'ils préparent pour le chancelier. Leur nouvel arrêté de samedi 29 décembre a été de remettre leur délibération au 15 janvier et de rédiger des remontrances pour établir qu'on ne pouvait défendre à un tribunal d'en faire.

Le parlement de Provence travaille actuellement à faire le procès de l'évêque de Sisteron, ci-devant jésuite, et nommé alors le P. Laffitau. On a accommodé l'affaire de Forcalquier dont il a été tant parlé cet automne. Il s'agit aujourd'hui de simonie, il y en a cinq chefs différents contre lui.

Le même parlement fait aussi le procès au lieutenant général de Marseille pour avoir favorisé le schisme ; toute la Provence est fort portée au jansénisme depuis la fameuse affaire de la demoiselle Cadière.

Ainsi finit l'année présente, 1753, par bien des troubles et de la faiblesse au dedans du royaume, et par une véritable cessation de plans et de négociations au dehors. Par là, notre France ne joue plus de rôle dans l'Europe et est menacée d'insulte et d'attaque par nos voisins, si cette faiblesse continue et augmente. Chaque jour l'on compare davantage le règne de

Louis XV au funeste règne d'Henri III, et un trait de
ce parallèle qui me frappe avec plus de raison est
celui du besoin d'un premier ministre que ces deux
rois ont également et dont ils s'éloignent par séduction et par entêtement. Prenons pour règle générale
que, la monarchie étant un bon gouvernement, il y
faut un *monarque*, mais que, quand il n'y en a point,
c'est pire que l'anarchie, car tout ce qu'on y fait est
mauvais. Ainsi, toutes les fois qu'un Roi prétendant
gouverner par lui-même n'aura que faiblesse de volonté, ignorance, indolence, inaptitude aux plans et
aux principes, sera mol, facile à séduire, mauvais con-
naisseur en hommes, et cependant entêté d'amour-
propre pour se passer de premier ministre, son règne
fera tomber le royaume en décadence, et sa réputation
y nuira encore plus par l'opinion que par la réalité.
Henri III était sauvé en tout temps de son règne, s'il
eût pris un premier ministre; il en est de même aujourd'hui. Chez nous, les premiers ministres ont effrayé
quand on les a choisis parmi les grands seigneurs :
ainsi les maires du palais usurpèrent-ils la couronne,
et les Montmorency et les Guises faillirent-ils à l'usur-
per avec encore plus de violence; mais qu'on les
prenne dans la robe, pépinière des ministres et des
hommes d'État, il n'y aura nul danger et beaucoup de
ressources.

Mais ceux qui sont chargés aujourd'hui des divers
départements ne parlent que comme d'un grand mal
de rompre l'équilibre entre les ministres. Non! ce
serait un grand bien et non un mal, c'est même un
bien de nécessité, et ils le trouveraient ainsi pour peu
qu'ils aimassent la patrie. Au lieu de cela, ils compo-

sent une espèce de république mal digérée, et c'est là
où la séduction se joue de l'amour-propre d'un monarque presque imbécile pour accabler l'État par un
si mauvais gouvernement. Je demande ce qui en aurait été du règne de Louis XIII et de la régence
d'Anne d'Autriche, ainsi que sous tant d'autres rois
médiocres dont l'histoire nous expose le caractère,
s'il n'y avait point eu cette rupture d'équilibre, et des
premiers ministres absolus sur les autres ministres.

Tout tient à cela aujourd'hui; faisons des vœux pour
que Louis XV le Bien-aimé se fasse aimer réellement
par ses actions comme par son caractère, en prenant
incessamment un premier ministre honnête qui rétablisse les affaires avec prudence et intelligence.

1754.

2 janvier. — L'on assure que le sieur Boulogne va
être incessamment contrôleur général des finances. Il
se fait faire une belle généalogie pour montrer au
Roi que, quoique fils d'un peintre, il vient d'une ancienne noblesse de Picardie. Je sais cependant des
intrigues de cour qui s'opposent à le placer dans ce
ministère, et je pense que tout autre y parviendra que
lui. Il se prépare à accroître le crédit du Roi pour
fournir aux dépenses de cour et pour accabler le
peuple davantage.

Je sais que M. de Machault soutient aujourd'hui
ces dépenses par une contrebande cachée qui va à
plus de dix millions de profit, ce qui a pour résultat
de ruiner nos manufactures.

Le parlement de Provence fait actuellement le pro-

cès au lieutenant général du bailliage de Marseille, et
ce juge se trouve décrété d'ajournement personnel, ce
qui le rend actuellement incapable de toutes fonctions.
On m'en a conté la cause : il y a eu une thèse soutenue
à Marseille où l'indépendance de la couronne à l'égard
de l'Église était mal expliquée ; le parlement d'Aix l'a
condamnée et a ordonné une nouvelle signature des
quatre propositions de 1682. Le lieutenant général
de Marseille, ayant reçu cet ordre de son parlement,
en a écrit à M. le chancelier; mais le ministre, moliniste à son ordinaire, lui a répondu que cela n'était
pas nécessaire, que tout cela n'était agité que pour
faire du bruit sans nécessité. Ainsi, le lieutenant général a obtempéré à la lettre du chancelier plutôt
qu'à l'arrêt du parlement ; il l'a montrée au parlement, ayant eu un *veniat*, et, sur cela, le parlement a
été son chemin et a décrété ledit lieutenant général à
qui l'on fait son procès dans les formes comme à un
désobéissant. Nouvelle stupidité, nouvelle entreprise
du chancelier, qui engage le Roi chaque jour dans
des affaires qu'on ne saurait soutenir.

3 *janvier*. — La Chambre royale ne fait quasi rien ;
elle est dans un décri total parmi les plaideurs. Quelques procureurs ayant été à cette chambre, il leur a
été déclaré par leurs confrères que, quand le parlement serait réintégré, on ne les recevrait plus dans la
communauté, et qu'aucun d'eux ne voudrait plus
plaider contre ces quatre. Il se fait d'immenses charités parmi eux et parmi les pauvres avocats pour les
soutenir dans les intérêts de la cause commune du
parlement.

4 janvier. — Le Châtelet s'est assemblé pour con-
certer les remontrances sur ce qu'on lui défend de
faire des remontrances, mais voici que les chefs re-
viennent au corps; le lieutenant civil même retourne
à l'honneur. M. Lenoir, lieutenant particulier, a déclaré qu'il ne voulait pas de la charge de lieutenant
criminel, sinon au retour du parlement. Ainsi, tout
concourt à la désobéissance de tous côtés : il n'y
a plus ni autorité ni gouvernement sur le fait de la
justice.

Un huissier de la chambre du Roi a dit qu'il entendait à ces conseils pour les affaires du parlement
un tumulte et des bruits, des voix qui effrayaient, en
parlant tous à la fois, et que le Roi se taisait devant
cette impétuosité. Or, de cette confusion dérivent
toujours de mauvais partis dans les affaires.

Au *prima mensis*[1] de Sorbonne, ce mois-ci, il y a
eu grand bruit au sujet de l'abbé de Prades. Cet abbé
étant devenu lecteur et favori du roi de Prusse, ce
prince a fait écrire en son nom au pape, par l'évêque
de Breslau. Le saint-père a écrit un bref au cardinal
de Tencin, pour ordonner que l'on revît cette affaire;
le cardinal de Tencin est prieur de Sorbonne et était
pour l'abbé de Prades; il a envoyé le bref à la Sorbonne, et on l'a lu à l'assemblée du *prima mensis*. Il
y est dit bien du mal de l'ancien évêque de Mirepoix;
le lecteur en Sorbonne passait ces articles désobli-
geants; on lui a ordonné de tout lire; il y a un grand
parti en Sorbonne pour l'abbé de Prades. Ce parti

---

1. Terme de Sorbonne : le premier jour de chaque mois con-
sacré aux délibérations de la Faculté de théologie.

avait pensé faire échouer la condamnation ; ainsi il y a
eu, et il y aura bien du bruit encore pour cette affaire.

5 *janvier*. — La duchesse de Tallard, gouvernante
des enfants de France, mourut l'autre nuit, peu re-
grettée du Roi, mais admirée de quantité d'amis
qu'elle avait. Elle a donné courageusement, de sa
main, peu avant de mourir, ses plus beaux diamants
à la comtesse de Brienne et à quelques amis ; elle fait
le prince de Rochefort son légataire universel.

6 *janvier*. — Il y eut conseil avant-hier au soir, et je
sais qu'il n'y fut aucunement parlé du Châtelet. Je sais
aussi que les ministres se croient assurés de la continuation pour un an des conseils de Paris. Ils ont gagné
les bourgeois qui composent ce tribunal, au moyen
de quoi point de nouveau serment à prêter au parlement. Ainsi, le ministère, qui gouverne tout, ne cherche en ceci qu'à gagner du temps, espérant humilier
les esprits parlementaires, tantôt se reposant, tantôt
infligeant de nouvelles peines et départissant des mor-
tifications ingénieuses, déchirant les cœurs dans un
pays où le Roi peut tout. Quant au besoin de justice,
on s'en embarrasse peu, et l'on veut seulement pallier
les grands inconvénients. L'on garde les plus grands
coups pour le temps où les esprits seront refroidis.

Il est vrai qu'aujourd'hui les esprits fermentent
beaucoup. Je sais d'un des principaux magistrats de
Paris, que les Parisiens sont en grande combustion
intérieure. L'on y prend des précautions militaires, le
guet monte double chaque jour, l'on voit dans les
rues se promener des patrouilles des gardes suisses et

françaises. Ce même magistrat m'a dit qu'à la suppression du Châtelet, il ne doute pas que l'on fermât
les boutiques et qu'il n'y eût des barricades, que c'est
par là que la révolution commencerait.

8 *janvier*.—J'ai demandé à Roquemont, commandant du guet de Paris, quelles précautions militaires
l'on prenait en ces occasions-ci, lui et le procureur du
Roi au Châtelet prétendant que le peuple reste toujours tranquille, ce que je ne crois pas. Je sais, d'autre part, que le moment de la cessation de toutes
fonctions du Châtelet peut faire pousser des cris à
quelques gens du peuple, ce qui serait suivi de fer-
meture de boutiques, de barricades et d'une révolte
générale. Quantité de monde s'assemblerait au Châtelet, ce qui serait une tête de révolte qui passerait au
marché de l'Apport-Paris, et de là à la Halle.

Il est certain que, depuis deux mois, le sieur de
Montmartel a mis sur la place quantité de billets et a
avancé huit à dix millions au Roi, et que les Génois
ont dit que leur argent était tout prêt à Avignon pour
prêter vingt-deux millions ; mais qu'ils ne le pouvaient
faire avant que le parlement fût rétabli.

9 *janvier*. — On a donné un *veniat* à M. de Monclar, procureur général du parlement d'Aix, et l'on
dit que c'est pour le récompenser et le gagner, et non
pour le réprimander, car ce parlement va grand train
pour faire dépit à la cour dont les desseins sont tra-
versés de tous côtés.

Le bruit est grand, et il paraît assuré, que toutes
les chambres du parlement exilées vont être réunies à

Soissons, et, sur cela, l'on prend le parti de pousser le temps par l'épaule quant à la résistance du Châtelet, ainsi qu'à la sénéchaussée de Lyon; on a seulement tâté celle-ci, et, sur les apparences de la résistance, on ne lui envoie plus les lettres patentes de la Chambre royale.

On a découvert une conjuration de fanatiques pour assassiner trois personnages, mon frère, l'archevêque de Paris et M. Berryer, lieutenant de police. L'un d'eux a été déposer ce secret chez un commissaire; on l'a fait mettre en prison pour sa propre sûreté et pour celle de sa vie. Il a dénoncé un des conjurés qu'on a trouvé et arrêté, mais l'on n'a point trouvé chez eux les autres qu'il a accusés. L'on suit cette découverte avec grande activité.

Ainsi tout porte à finir une affaire qui produit tant d'horreurs et tant de résistance fanatique.

10 *janvier*. — Le Roi a fait écrire à Vienne pour savoir si Leurs Majestés Impériales consentent que la princesse de Marsan soit gouvernante des enfants de France à la place de la duchesse de Tallard. Il se pourrait faire qu'elle le refusât pour tirer la Maison impériale du valetage[1].

L'on parle avec estime de notre Reine, elle dit fréquemment des bons mots et des antithèses, mais elle est plongée dans les superstitions religieuses, comme la plupart de nos étrangères séduites par les prêtres.

11 *janvier*. — Un ministre m'a dit hier que, depuis

---

1. Madame de Marsan, née Rohan-Soubise, était princesse de Lorraine par son mari.

quinze jours, le Roi ne parlait plus aux ministres ni au
conseil de tout ce qui regardait le parlement et le
Châtelet, et que l'on parlait sur cela (sans que personne en sût rien) d'une négociation de M. le prince
de Conti pour le retour du parlement.

Cela supposé, je ne doute pas que l'ancien garde
des sceaux Chauvelin ne soit le conseil de ce prince,
et ne se trouve à la tête de cet arrangement. Quel autre
que lui pourrait-ce être, mon frère étant exclu du secret, et le jésuite La Tour n'étant qu'un imbécile pour
ces choses-là?

L'on m'a dit qu'il était question d'une lettre qu'é-
crivait la grand'chambre de Soissons au Roi pour
demander l'assemblée à Soissons de tous les parlementaires exilés. Tous les présidents au parlement le
désirent, et le seul premier président Maupeou s'y
refuse, on ne sait pourquoi, à moins qu'il ne soit
conduit par quelque intrigue très-souterraine.

L'on parle diversement de l'ennui des exilés. Ils
commencent à détester leur disgrâce, et l'hiver les
plonge dans cet ennui, mais ceux de Bourges sont
plus fermes que jamais.

Il est vrai qu'il y a eu des conjurés pour assassiner
les ministres, comme nous avons dit, mais ce sont des
vagabonds fanatiques déjà renfermés dans Bicêtre, et
que l'on y a renfermés de nouveau, tant on a fait peu
de cas de leurs menaces!

Le chancelier a dit devant cinq personnes, que si
le parlement n'était pas de retour le 20 de ce mois,
il ne le serait pas dans dix ans : grande sottise et dont
on l'a blâmé devant le Roi, car comment peut-il répondre de ceci?

13 *janvier*. — Le bruit n'augmente que trop que
M. Chauvelin va être rappelé à la tête du ministère,
de façon qu'il remplirait la charge de chancelier de
France, MM. de Lamoignon et de Machault étant
renvoyés dans leurs terres, et faisant encore quelques
autres changements. Ce serait presque maison nette,
et l'on substituerait l'habileté et la bonne foi à l'intrigue
et au mensonge. L'on prétend qu'il y a danger quand
les bruits se répandent, et que le Roi ne hait rien tant
que d'être deviné, mais le besoin de ce changement
augmente, et l'on prétend qu'il arrivera avant le 20
de ce mois. Véritablement l'état des affaires le demande
impérieusement; tout est à réparer et tout se délabre
chaque jour davantage. Quel bonheur d'y remédier!

M. de Machault tyrannise tellement tous les corps
que, les États de Languedoc ayant choisi le sieur
Dufesque pour leur trésorier général, ou de la bourse
commune, ce ministre a dit sans raison qu'il n'en
voulait pas et en prétend nommer un autre, à quoi
les États vont s'opposer, car aujourd'hui la mode est
de résister à l'autorité avec succès.

15 *janvier*. — On a dit que M. Chauvelin, ancien
garde des sceaux, était destiné pour être mis incessamment à la tête des affaires, mais il n'en est rien et il
s'en défend à ses meilleurs amis.

Je sais de lui que son plan pour accommoder les
affaires du parlement est presque semblable au mien :
1° faire revenir le parlement sans dire pourquoi;
2° renouveler la loi du silence sur la bulle *Unigenitus*
et menacer de punition ceux qui le rompraient
comme perturbateurs du repos public; 3° ordonner

doucement aux évêques de retourner dans leurs diocèses.

Il est vrai que M. de Puisieux se mêle de négocier
pour le retour du parlement à Paris, et qu'il donne
sur cela des conseils au Roi et à la marquise.

16 *janvier*. — Je tiens les détails suivants d'un principal employé de la province de Languedoc : l'abonnement de cette province pour le dixième était de
seize cent mille livres; on en a offert un pour le vingtième jusques à dix-huit cent mille livres; mais M. de
Machault, avec son entêtement judaïque, a voulu
régir cet impôt par ses agioteurs ordinaires sous les
ordres de l'intendant. Qu'arrive-t-il? Le Roi n'en
retire pas net chaque année six cent mille livres, et
encore cela vient-il mal au trésor royal par beaucoup
de procès et de troubles.

Il arrive autre chose dans cette province. La place
de trésorier général de la bourse commence à vaquer
par la mort du sieur Lamouroux; l'on présente d'un
côté le gendre de ce trésorier, mais toute la province
désire le sieur Dufesque, député de cette province
pour le commerce. M. de Machault ne veut ni de l'un
ni de l'autre et veut absolument y placer le sieur de
Boisneuf, l'intendant de ses affaires. Il a déjà eu pareille contestation pour le trésorier des États de Bourgogne, et la province l'a emporté. Celle de Languedoc
s'apprête à résister de toutes ses forces contre cette
tyrannie! Quelle insolence! L'on dirait qu'il n'y a
point de Roi en France.

17 *janvier*. — Le Châtelet s'étant assemblé le 15, on

y a lu seulement le projet de remontrances à M. le chancelier, et l'on a remis au 24 de ce mois la suite de cette
délibération. Du reste l'on ne doute guère que les magistrats n'obtiennent de la cour ce qu'ils demandent.

Il y a une négociation ouverte et travaillée par ce
trio, M. le prince de Conti, mon frère et le vieux procureur général[1], pour accommoder l'affaire ; mais n'est-
ce pas plutôt intrigue que négociation ? L'on ne doute
pas que cela ne soit fini le 20 de ce mois ; l'on a envoyé des émissaires à tous les lieux d'exil ; chacun s'en
mêlant, cela fera un débat bien long et n'ira pas si vite
que l'on pense.

Un procureur, plaidant au grand conseil, a dit que
cette affaire serait bonne à être portée à la Chambre
royale ; sur cela, il s'éleva un grand murmure, et l'on
obligea M. d'Auriac, premier président dudit grand
conseil, conseiller d'État, et l'un des présidents de la
Chambre royale, de faire une réprimande à ce procureur.

19 *janvier*. — Je viens de lire les remontrances du
parlement de Bretagne[2], touchant le contrôle des actes
que l'on a étendu aux actes de procureur à procureur.
Par là, toute administration de justice a cessé en Bretagne ; le conseil a cessé les arrêts de ce parlement à
ce sujet, et a toutefois suspendu le droit. Ces remontrances sont très-bien faites.

20 *janvier*. — Le Roi a pris une nouvelle maîtresse

1. Joly de Fleury, père.
2. Du 11 janvier. Nous en avons sous les yeux une copie ma-
nuscrite.

plus jolie que la petite Morfi : c'est une fille neuve et que l'on avait déjà entretenue. Elle est encore de plus bas étage, s'il se peut, que les deux qui l'ont précédée. Ce monarque, âgé de quarante-deux ans, mais déjà affaibli par l'usage des femmes, dont il a usé trop jeune, cherche à réveiller son appétit par la variété des mets. Celle-ci loge au château et reste dans le secret. Un grand courtisan prétend que c'est une profonde politique pour faire durer le crédit de la marquise, qui s'énervait par celui de la Morfi, et ce crédit de la marquise soutient celui du garde des sceaux que l'on veut chasser. Or, le Roi aime le mystère et la profondeur, sans y chercher la justesse ni des plans justes ; tout se conduit par l'idée des ombres et abandonne les corps.

L'on assure qu'il est question plus que jamais d'un grand changement dans le ministère, et, depuis longtemps, l'on indique ce jour-ci, 20 de ce mois.

Déjà je sais que le Roi a parlé (dans l'intérieur de sa chambre) de M. Chauvelin avec de grands éloges, disant qu'il n'y avait point d'homme dans son royaume plus capable que lui ; il a dit aussi qu'il ne pouvait se fier de rien à mon frère. Ces bruits avantageux à M. Chauvelin se répandent à Paris ; ce ministre a reçu plus de visites au commencement de cette année que ci-devant, et je sais des plaisirs qu'on lui a faits avec empressement pour cette raison.

La santé de mon frère dépérit, et l'on sait par la Faculté qu'il a paru des taches noires à la jambe et que l'on craint la gangrène ; il soutient son état avec grand courage. Les nouvelles changèrent subitement avant-hier sur le retour du parlement. Il n'est plus question de rappeler les exilés, et les courriers ne sont point partis ou ont été contremandés.

Ceci va être un coup de massue pour le peuple de Paris; déjà les halles en avaient fait réjouissance; mon maître d'hôtel m'a dit y avoir entendu les poissardes crier : *Vive le Roi! Vive le parlement!* Il y avait eu plusieurs milliers de bourgeois au palais pour jeter les mêmes cris; on avait fait des feux d'artifice en quelques maisons. Cela prépare à de hautes clameurs quand on apprendra le contre-coup.

21 janvier. — Le Roi va rester huit jours de suite à Versailles; les politiques diront que c'est pour arranger les affaires, pour opérer un changement dans le ministère; mais ceux qui connaissent mieux la cour disent que ce n'est que pour jouir plus tranquillement de la nouvelle maîtresse qu'il entretient et qu'il ne peut encore transporter à ses campagnes, comme il en a pratiqué des moyens merveilleux pour la petite Morfi. Ainsi, dira-t-on, les misères l'occupent-elles autant que les affaires capitales l'occupent peu. Ainsi régnait Henri III avec les mignons, et notre monarque avec les mignonnes.

Cependant j'entends dire de tous côtés que M. Chauvelin, ancien garde des sceaux, gagne beaucoup dans l'esprit du Roi. Cet ancien ministre a dit de moi, depuis peu, en me quittant : « Voilà un homme à qui l'on a fait grand tort, et à l'État, en le destituant de sa place; il eût fait de grandes choses, pour peu qu'il eût été conduit dans sa place; au lieu de cela, il y a été traversé. »

Le marquis de Bauffremont, dont le cerveau va mal,

alla avant-hier à l'audience de M. le garde des sceaux
Machault. Il y avait, dit-on, plus de huit mille personnes à cette audience. M. de Bauffremont lui demanda devant tout le monde s'il était vrai que le parlement revenait à Paris; le ministre répondit qu'il ne
s'en mêlait pas; M. de Bauffremont lui répliqua :
« Vous devez cependant, Monsieur, le savoir mieux
que personne. »

22 *janvier.*—Les voyages du Roi sont changés. Sa
Majesté devait rester huit jours de suite à Versailles;
au lieu de cela, il fait deux voyages pendant cette
semaine; c'était l'amour qui devait le fixer, c'est l'in-
constance qui commande à ses plaisirs.

25 *janvier.*—Mon frère ne décide rien, même sur
les bagatelles, dès qu'il y a quelque puissance qui traverse ses décisions. L'hôtel de ville s'étant chargé de
l'Opéra, il est question aujourd'hui de savoir si l'on
congédiera ou non les bouffons italiens. Quelques
princes, comme M. et Mme la duchesse d'Orléans,
M. le comte de Clermont et quelques grands seigneurs protégent vivement les bouffons. Sur cela,
pour se mettre en règle, le prévôt des marchands a
tenu avant-hier un conseil de cinq heures au bureau
de la ville, d'où il a résulté un mémoire du pour et
contre; *an delenda Carthago?* si l'on renverra les
bouffons. Mais l'on espère peu de décision, et le prévôt des marchands, dans sa profonde politique,
compte de prendre le silence pour refus.
   La marquise de Pompadour ne fait autre chose
que prêcher le grand avantage qu'il y a pour l'État

à être enfin parvenu à faire de belle porcelaine
façon de Saxe, et même à l'avoir surpassée. L'on
établit rue de la Monnaie un magasin royal pour
cette porcelaine. On y voit un beau service que
Sa Majesté envoie au roi Auguste de Saxe, comme
pour le braver et l'insulter, lui disant qu'on a sur-
passé même sa fabrique. Aux soupers chez le Roi, la
marquise dit que ce n'est pas être *citoyen* de ne pas
acheter de cette porcelaine autant qu'on a de l'argent.
Quelqu'un répondit : « Mais, pendant que le Roi a
répandu tant de libéralités pour encourager cette manufacture, on abandonne celles de Charleville et de
Saint-Étienne pour la fabrique des armes, qui nous
est bien autrement utile puisqu'il s'agit de la défense
du royaume, et les trois quarts des ouvriers passent à
l'étranger. »

Il est certain que le prince Édouard Stuart a paru à
Paris, il y a six semaines, qu'il avait une moustache, et
qu'il a été chez un armurier pour troquer ses pistolets.

26 janvier. — La reine a dit à M. l'archevêque de
Paris, à la dernière visite qu'elle en a reçue : « Mon
cher papa (elle l'appelle ainsi), continuez à tenir bon
pour la soumission à la bulle, autrement la religion
est perdue en France. » Autant en dit M. le Dauphin.
L'archevêque ôte les pouvoirs à tous les prêtres et
confesseurs qui ne montrent pas assez de zèle pour la
bulle, et qui sont soupçonnés de confesser des jansénistes. A ce titre, il vient de les ôter au P. Bernard,
jacobin et fameux prédicateur. Il envoie des vicaires
forcés aux curés de Paris dont il soupçonne le zèle
(ainsi est mon curé de Saint-Eustache), et ces vicaires

obligent aux billets de confession; il a interdit un
excellent directeur qui était aux Incurables.

Il vient d'y avoir dans la ville de Chartres un refus
de sacrements faute de billets de confession.

J'ai entendu parler hier le président Hénault, qui se
mêle beaucoup des affaires de cour; il déclame contre
le parlement et assure que cette compagnie n'a aujourd'hui d'autre dessein que de renverser l'autorité
royale, et que, si elle revient en fonction, c'en est fait
de la puissance royale en France.

28 *janvier*. — On ne parle que des belles harangues
de l'évêque de Vannes[1] à la tête de la députation des
états de Bretagne pour présenter le cahier. Il a parlé
des maux de la province, et n'y a oublié aucun des articles; il a tiré les larmes des yeux de toute la cour :
c'est tirer de l'huile d'un mur.

L'on ne paye plus rien en finance, soit pour les entrepreneurs, soit pour la Maison du Roi; il est dû trois
ans de subsistance aux seuls gens des écuries.

Le Châtelet, s'étant assemblé jeudi 24, a fait lecture
de la première partie des remontrances à faire à M. le
chancelier, pour prouver qu'on a eu tort de les lui
défendre. Il a remis à la quinzaine, 7 février, à lire la
seconde partie de ces remontrances, puis il trouvera
de faciles expédients pour différer encore, moyennant
quoi on ne reconnaîtra point la Chambre royale.

L'on assure que M. de Fougères a été obligé de
s'enfuir de Rouen, de peur d'être accablé par le peuple. Il avait, dit-on, exécuté subtilement les ordres

---

1. Charles-Jean Bertin,

de la cour, ayant pénétré au greffe et bâtonné sur
le registre les dernières remontrances ; alors le parlement, a excité le peuple et l'on a menacé de brûler
la maison dudit sieur de Fougères et de déchirer
sa personne (mais cette nouvelle n'est pas encore
bien sûre).

Vendredi dernier, il s'assembla tout à coup plus de
dix mille bourgeois au palais qui crièrent : *Vive le parlement !* sur le bruit qui courut que l'on meublait les
chambres. Cela était occasionné par l'entrepreneur des
paillassons de ces chambres ; il faut savoir que, de peur
de l'humidité, elles sont toutes garnies de nattes de
paille, tant derrière les tapisseries que pour mettre
sous les pieds. Cet entrepreneur, voyant que ses nattes
pourrissaient dans son grenier, résolut tout à coup de
faire nettoyer les chambres et d'y placer les nattes.
Il arriva subitement avec vingt journaliers qui se mi-
rent à l'ouvrage. A l'instant, le bruit s'en répandit
dans le palais ; les marchands le dirent à leurs voisins,
et ceux-ci à d'autres ; l'on assura que l'on meublait le
palais pour le parlement, et il arriva ce que je dis,
mais la chose fut bientôt démentie.

Voici un parti pris par le parlement de Provence
qui aura de grandes suites :

J'ai dit que le lieutenant général de Marseille avait
été décrété par ce parlement, et que, sur cela, M. le
chancelier avait donné un *veniat* au sieur de Monclar,
procureur général de ce parlement. Sur-le-champ, ce
magistrat est parti et est déjà arrivé à Paris. Mais le
parlement, étant assemblé, a dit que l'on ne pouvait
priver ainsi la cour d'un officier qui lui était si nécessaire, et a trouvé des exemples que d'autres parle-

ments avaient empêché pour même raison de pareils magistrats de s'absenter. Il a donc été résolu :

1° Que le parlement ferait une très-nombreuse députation au Roi pour lui demander son procureur : elle est composée de vingt-deux officiers, de quatre présidents à mortier et de dix-huit conseillers ;

2° Que les frais de cette députation et le défrayement de M. de Monclar seraient payés par la province, pour raison de quoi il serait fait rôle et imposition de deniers.

Ce dernier article est une entreprise sur l'autorité royale dont on prévoit des suites fâcheuses, et l'on dit toujours sur cela que les Provençaux vivent sous un soleil bien chaud.

30 *janvier*. — Le maréchal de Bellisle, ayant eu depuis peu une conversation avec la marquise de Pompadour, a étalé ses principes et ses expédients touchant la résistance du Châtelet. Je sais par un de ses amis qu'il est vif pour l'obéissance et pour la plénitude de l'autorité ; peu versé d'ailleurs dans les affaires de l'eglise, et gouverné par sa femme, qui l'est à son tour par des directeurs jésuites, il craint de se compromettre sur l'article ecclésiastique ; il dit que, le parlement étant réfractaire, il faut le supprimer s'il est coupable ; ainsi j'espère peu qu'il soit capable d'accommoder cette affaire. La marquise, ayant eu cette conversation, l'a rendue au Roi, et le monarque patient en a été peu touché.

31 *janvier*. — Les loyers commencent à baisser à Paris, d'un si haut prix qu'ils étaient. Cela commence

par le Marais, et cela chemine très-vite ; déjà l'on ne trouve plus de locataires pour les maisons dont on est chargé, cela va ensuite au faubourg Saint-Germain, et le quartier Richelieu, quartier des finances, ira le dernier, mais son tour viendra.

1er *février*. — Les directeurs de l'Opéra ont enfin obtenu décision de la cour pour pouvoir renvoyer les bouffons italiens à la quinzaine de Pâques ; ainsi, nous allons voir revivre notre musique française, ce qui réjouit tout le monde ici, excepté quelques attrabilaires italiens qui voulaient nous faire perdre le bon goût des arts.

Pâris de Montmartel trouve moyen de ne plus prendre d'argent qu'à 4 1/2 pour cent ; ainsi il baisse les intérêts de l'argent dans un temps où il est si rare ; mais le peu de confiance et la rareté des emplois lui donnent ce privilége, et l'on croit que les emprunts du Roi vont prendre ce ton-là. Cela ne diminue pas le mauvais état des affaires de finance, puisque le Roi dépense plus qu'il n'a de revenu ; c'est toujours une tyrannie au lieu d'économie.

2 *février*. — J'apprends encore que les receveurs généraux vont baisser les intérêts qu'ils donnent de l'argent qu'on leur prête par billets ; ils les mettront à 4, 4 1/2 pour cent, et les fermiers généraux comptent de les mettre à 4 pour cent. Jamais il n'y a eu plus d'argent à Paris : cela vient de la défiance. Manquant d'emplois, l'on se jette sur le peu de ceux qui présentent sûreté ; les maisons des notaires crèvent d'argent. Ainsi les deux excès mènent-ils à la même

fin ; car la confiance produit aussi beaucoup de circu-
lation à l'argent, mais ici l'on prend par famine les
économes qui ont de l'argent.

Jugeons cependant que ce prétendu bien est ici vi-
cieux, car les particuliers sont décrédités faute de juges
pour contraindre au payement : ainsi le Roi et les
financiers s'attirent-ils seuls une confiance forcée et
vicieuse qui mine l'État ; cela ne fait que soutenir l'illusion des finances en conduisant plus certainement à la
banqueroute royale.

3 *février*. — Les finances acquittent quelque chose,
mais endettent bien davantage le Roi d'autre côté.
L'on devait aux fermiers généraux 28 millions au commencement de leur bail ; l'on est convenu qu'ils re-
tiendraient 6 millions par an sur l'augmentation du
bail ; on leur a tenu parole, et le Roi ne leur en doit
plus que 12. L'on paye exactement au bureau d'amortissement, mais ailleurs on emprunte, et l'on a mis
bien du papier sur la place.

L'on parle d'une espèce de ligue de MM. de Puisieux et de Saint-Séverin et de quelques autres du
conseil contre mon frère pour accommoder l'affaire
du parlement, en faisant la disgrâce de mondit frère
et celle de M. le chancelier.

L'on attend incessamment l'accouchement de la
petite Morfi, maîtresse secrète du Roi, pour la déclarer maîtresse en titre, et renvoyer la marquise. Cela
n'empêche pas que le Roi n'ait encore une troisième
maîtresse qui est très-cachée dans ses appartements.

5 *février*. — Je sais le profond mécontentement

qu'a eu mon frère lorsqu'on a révoqué M. le comte
de Mailly d'Haucourt de son commandement de Roussillon. Comme il avait nui à la levée du vingtième par
des rôles, M. de Machault persuada au Roi que cela
venait de mon frère, cet officier général étant beau-
frère de M. de Voyer. Mon frère voulut faire des représentations, et je sais que le Roi n'a jamais parlé d'un
ton si despotique à ses ministres, ayant dit : « Taisez-
vous, je le veux, je défends la réplique. » Cela ne serait pas arrivé à mondit Sr de Mailly s'il n'avait pas été
un fort honnête homme, et faisant le bien de cette
province avec beaucoup de zèle et de succès.

6 *février*. — On a nouvelle que le parlement de
Bordeaux vient de parler et d'agir comme les autres
parlements, ce qui n'était pas arrivé jusqu'ici. A Dax,
deux curés ont fait des refus de sacrements ; l'un à un
prêtre, l'autre à une femme ; on s'en est plaint au
parlement, qui n'a pas manqué d'ordonner qu'on les
donnàt dans vingt-quatre heures, et, faute de cela,
on les a décrétés d'ajournement personnel, puis ces
décrets seront convertis dans huitaine en prises
de corps.

Il paraît un état imprimé (sous le manteau) des
finances du Roi, où l'on voit ses revenus et dépenses,
celles de la cour et autres parties, ses dettes et revenus qu'il a anticipés par crédit.

L'on voit aussi une carte du militaire de France,
ainsi que de celui d'Autriche, qui montre nos forces
diminuées en comparaison de ces dernières.

7 *février*. — Les remontrances du parlement de

Provence sont très-belles, et invitent le Roi à rappeler le parlement de Paris dont elles élèvent l'éloge.

Le parlement de Pau, dans ses harangues de rentrée, a parlé de même et a dit que, s'il arrivait quelque occasion de schisme dans la province, il le punirait et l'arrêterait à l'exemple du parlement de Paris. Ainsi tout concourt dans le royaume et parmi les parlements à relever celui de Paris et à s'unir à lui.

8 *février*. — Il y a eu grand bruit au dernier bal de l'hôtel de Condé. La dame d'honneur de la princesse de Condé ayant invité à ce bal plusieurs dames et hommes qui n'ont pas été présentés ci devant, elle a été tancée par M. le comte de Charolais, et il a été question de les faire sortir. Le bruit en ayant couru dans le bal, plusieurs de ces dames et hommes se sont éclipsés tout doucement et sans bruit, de peur de quelque coup de folie du prince.

Il résulte de l'état militaire dont j'ai parlé que le Roi a sur pied :

Infanterie.	94 000
Dragons et maison du Roi.	64 000
Milices	58 000
Invalides.	10 000
Total.	226 000 hommes.

Le sieur Boulogne, fils d'un peintre [1], puis commis, ensuite intendant des finances, avançant toujours par la force de son argent, se voit assuré d'être incessam-

---

1. Fils de Louis et petit-fils de Bon Boullongne : c'est ains qu'ils signaient leur nom.

ment contrôleur général des finances. Dans cette vue,
il vient de faire faire sa généalogie, dans laquelle il
prétend descendre des comtes de Boulogne, et avoir
même des droits à la couronne.

Je viens de lire une nouvelle brochure ayant pour
titre *Essai sur la Police générale des grains* [1]. On y
propose de laisser ce commerce tout à fait libre, et l'on
montre que par là l'on aurait en tout temps autant de
blé qu'il en faudrait, même dans les années les plus
stériles.

Enfin j'ai donc lu un ouvrage dans mon goût, par
où la liberté parfaite du commerce produirait la meilleure police, et réaliserait la pensée d'un livre que
j'ai fait : « Pour gouverner mieux il faudrait gouverner
moins. » Mais quand suivra-t-on ce système ? peut-être
jamais.

Dans l'aveuglement où est le règne et la séduction des bons par les méchants, je ne doute pas
que ce livre, et les pareils, s'il s'en montre, ne soient
bientôt proscrits, comme Socrate fut mis à mort par
les sophistes.

9 *février*. — La marquise a de nouveau parlé au Roi
avec grande force, même avec dureté, lui représentant
la nécessité qu'il y avait de finir les affaires du parlement et du Châtelet, faute de quoi on le méprisait,
son autorité devenait à rien et tout se délabrait de
plus en plus. A cela le Roi n'a rien répondu et lui
a tourné le dos. Ainsi, il y a peu d'apparence qu'elle

---

1. Par Cl.-Jacq. Herbert, fermier des carrosses de Bordeaux.
Voy. *Remarques en lisant*, n° 2214.

ose encore lui reparler de cette matière ; quant au chancelier, il ne s'y hasarde plus.

Que dire de ce silence royal qui dure depuis un mois et plus sur des matières aussi urgentes? On ne saurait croire que ce soit l'indifférence ou la volonté absolue de ne plus entendre parler de ce qui choque. Est-ce espoir au bénéfice du temps, mais le feu est à la maison, l'incendie du désordre et de la révolte augmente à chaque jour et à chaque pas. Mon frère, seul ministre secret et intime (s'il l'est), médite-t-il avec le Roi l'anéantissement du parlement pour en former un nouveau aux Pâques prochaines, et sous des conditions plus favorables encore au despotisme? Enfin le Roi, avec un conseil secret, très-secret et inconnu à mon frère, méditerait-il aussi quelque coup d'État qui ne serait qu'un changement dans le ministère, et de prendre un premier ministre? Mais je crois le précédent parti bien plus du goût de Sa Majesté, car il faut une tête plus forte et plus grande pour le parti généreux que je viens de dire, au lieu que celui d'entêtement (et non de constance) semble plutôt être du goût du Roi. Examinons-le donc.

Supposant l'intelligence secrète de mon frère avec M. de Machault, chaque coup de ces deux personnages est concerté, et l'entreprise manquée sur le clergé par l'un a ses vues comme celle sur le parlement, celle sur les pays d'État pour le vingtième, celle sur la liberté de la ville de Lyon qui réussit : tout cela tend à se reprendre l'un après l'autre pour conduire le Roi à un despotisme qui profitera au ministère.

Voici donc les maximes de conduite et le plan que l'on fait probablement entrevoir au Roi pour les affaires du parlement : il aura attendu les vacances pour créer une chambre de vacations, puis la fin des vacances pour une chambre royale, enfin les Pâques suivantes pour créer un nouveau parlement.

Ce nouveau parlement sera composé de gens dévoués au ministère et tels que leur fortune sera assurée par le gratis de leurs charges, et les bons émoluments y attachés. L'on morcellera le ressort de Paris, l'on augmentera le pouvoir des présidiaux, et surtout l'on réglera bien le peu où les parlements doivent se mêler d'affaires publiques. De cette dernière condition il vient d'en échapper avec moi quelques traits indiscrets d'un de nos ministres, disputant sur la légitimité du parlement de Paris. J'ai dit que le public le regardait aujourd'hui comme un roi détrôné, et comme les bons Français regardaient Henri IV avant la réduction de Paris, comme un roi nécessaire qui devait revenir tôt ou tard, et à qui il était dangereux et criminel de désobéir ; j'ai dit encore que, dès qu'il fallait un *parlement* à la France, le Roi n'en aurait jamais de plus chétif que ce petit parlement de bourgeois robins, et qu'il était à craindre que la nation ne le forçât à en avoir un plus sérieux et plus approchant de celui d'Angleterre. A cela ledit ministre m'a dit qu'avant toutes choses il fallait réduire ce chétif parlement dont je parlais à ne se point mêler d'affaires publiques.

C'est de là que je conçois qu'il y a dessein de créer un nouveau parlement qui ne se mêle au monde que des procès et d'être le greffe des lois que le Roi dicte et réforme comme il lui plaît.

Je m'assure que voilà le plan dont mon frère et M. de Machault de concert flattent le Roi depuis la paix :

1° Rendre le clergé tributaire des finances.

2° Faire régner les jésuites par leurs maximes et pratiques d'inquisition dogmatiques, bien plus favorables au despotisme que la liberté de conscience.

3° Anéantir le reste de liberté et des priviléges des pays d'États et municipaux pour régir la commune.

4° Réduire le parlement à ce que nous venons de dire.

On lit aujourd'hui avec avidité une nouvelle histoire de Charles VI[1], roi insensé et débile dans ses intervalles, qui fut cause de la perte du royaume pendant son règne. On croit y pouvoir faire des applications au règne présent, mais l'on se trompe : le caractère de celui-ci est tout différent. Nous vivons sous un roi très-faible d'esprit à la vérité, mais d'une forte mutinerie, rendu tel que j'ai dit par les deux gouverneurs qui l'ont élevé, le cardinal de Fleury et mon frère. Ils l'ont dressé *à la finesse;* il est bon joueur de cartes naturellement, et met sa gloire à donner le change, et le change du change; il prend le mystère pour le secret; on lui a inspiré de la haine du bien public, rapportant tout à lui pour son autorité, méprisant les bons citoyens et les gens sincères et vertueux comme des sots.

Mon frère craignit d'abord que son ministère ne fût ennuyeux au Roi depuis la paix. Pour s'étayer, il imagina des changements d'exercice; mais le roi n'y a pas mordu et a bâillé. Il imagina encore des conseils d'inspecteurs, mais cela est devenu pétaudière; enfin il a résolu de cesser ce tracas, et a renvoyé au maréchal

---

1. Par Mlle de Lussan. Il en est question dans les *Remarques en lisant*, n° 2227.

de Bellisle le reste à régler; celui-ci sabre la besogne
et finit.

Je sais aussi que mon frère a pris ainsi la conduite
avec le Roi : il cherche sa volonté et ses penchants en
toutes choses, il lit dans ses yeux ce qu'il veut, il augmente ses faiblesses pour en tirer parti, et ne lui re-
montre jamais rien, de peur de ne lui pas plaire en
toutes choses. Il a recommandé à *** de ne lui jamais
ouvrir aucun dessein, mais d'en attendre les premiers
mots pour les exécuter. Courtisan et flatteur, et jamais
ministre, il laisse périr le bien public et même l'intérêt personnel du Roi plutôt que de se déranger de
cette terrible pratique de flatteur.

Le sieur Rossignol, intendant de Lyon, se meurt de
chagrin des embarras où il se trouve avec la ville,
ayant voulu la réduire aux volontés despotiques du
ministre de la finance. Il est ami de ce ministre et
homme de peu d'esprit; il sent toute l'horreur de ce
qu'il fait contre cette ville et contre son commerce, et
n'a pas eu assez d'esprit pour s'en tirer habilement.

Le parlement de Rouen recommence à poursuivre
le nouvel évêque de Bayeux, ci-devant évêque d'É-
vreux, pour son décret avec saisie de temporel. On
aurait dû le changer de ressort de parlement en le
changeant d'évêché.

M. de Monclar, procureur général du parlement de
Provence, est ici sur un *veniat*. Le chancelier et mon
frère lui ont dit qu'ils ignoraient pourquoi il avait été
mandé et que le Roi seul le savait, de sorte qu'il ne
sait lui-même à qui s'adresser. En attendant, toute la
bonne compagnie de Paris le va voir et l'honore.

L'on dit qu'un curé d'Aix ayant fait un refus de sa-

crements, le parlement l'a brusquement décrété, puis
fait fouetter et marquer de la fleur de lis.

Je sais que le prévôt des marchands, de concert
avec le sieur Duverney, a proposé un établissement
qui vaudrait onze cent mille livres par an, avec quoi
l'on bâtirait en même temps le nouvel hôtel de ville,
et l'École militaire. Cet établissement, qu'on appelle,
je crois, l'*Annonciade*, réussit beaucoup à Naples, et
la reine de Hongrie vient de l'établir à Vienne : c'est
une loterie ou un jeu qui se tirerait chaque semaine et
dont on aurait des billets de lots qui circuleraient sur
la place, belle matière à profiter aux chefs de cette
entreprise et à corrompre nos mœurs, comme étaient
les jeux de l'hôtel de Gèvres et de l'hôtel de Soissons, qu'on a supprimés ! haute friponnerie, expédient
terrible !

11 *février*. — L'ancien évêque de Mirepoix se meurt
de la gangrène et d'une humeur qui, coulant de ses
jambes, s'en est détournée pour remonter dans la poitrine.

Le Roi a pardonné au duc de Châtillon l'offense
qu'il avait faite à Sa Majesté pendant sa maladie à
Metz, et lui a écrit de sa main pour lui permettre
de revenir à Versailles quand il sera guéri ; mais ce
duc est à l'extrémité, de façon que l'on désespère de
sa vie.

12 *février*. — Le parlement de Rouen a pris vacance
de lui-même, voyant qu'il n'en a point eu cet automne ;
il a saisi les vacances de Noël, et la plupart des conseillers se sont absentés pour aller à leurs campagnes.

Il y a apparence que cela durera jusqu'au carême, et peut-être davantage, si on ne leur rend pas justice sur leurs remontrances et leurs autres griefs; ils en auront bientôt un nouveau sujet à l'occasion de leur procédure contre l'évêque de Bayeux. Ainsi l'on va voir ce parlement, quitter ses fonctions comme a fait le Châtelet de Paris, non par forme de déclaration de principes, à l'exemple de celui-ci, mais tacitement, de fait et non de droit, disant qu'on ne peut plus administrer la justice avec honneur sous un règne comme celui-ci.

L'autorité vient encore de montrer la corde par les mesures qu'elle a prises pour faire rendre compte à la Chambre royale des provisions de carême et de la situation du prix des denrées pour obtenir de l'archevêque la permission de manger des œufs. Ordinairement les magistrats de Paris viennent en rendre compte au parlement; on a douté cette fois-ci que cela se pût, à cause que le Châtelet méconnaît cette chambre : on a donc pris le parti d'engager les procureurs du Roi à en rendre compte par mémoires à M. de Boyne, procureur général de la chambre qui répondra aussi par mémoires. Et, sur cela, on obtiendra cette permission, s'il y a lieu.

L'un des présidents de cette chambre m'a dit hier qu'il y avait présentement les deux tiers des bailliages du ressort qui méconnaissaient la Chambre royale, car plusieurs de ceux qui la reconnaissaient s'en sont dédits, voyant l'impunité où demeuraient le Châtelet et les autres bailliages. Ainsi l'autorité royale se voit contrainte de reculer de toutes parts, et a trop d'affaires à la fois sur les bras pour calmer jamais cette révolte par la force : c'est donc le cas de plier incessamment.

13 *février*. — L'on est en grande peine de savoir
qui succédera à l'évêque de Mirepoix qui se meurt.
L'on parle de donner la feuille des bénéfices à un autre
prélat, mais tout ce qui entend les intérêts politiques
voudrait que ce fût un laïque ou quelque bon magistrat instruit de nos maximes. L'on croit que ce sera
M. de Puisieux.

14 *février*. — L'on avait promis à la paix de donner
ces fonds-ci pour la marine :

1° Ordinaire du courant y compris cinq millions
pour les colonies. . . . .   20 millions.

2° Pour payer les dettes accumulées.   18   —

3° Pour nouvelles constructions . .   15   —

Depuis un an, la finance manquant, on s'est contenté
de donner le courant, et l'on a retranché les deux
autres articles, de sorte que l'on ne construit plus
rien. Ce qu'on a bâti de vaisseaux sont des carcasses
sans armement, et l'on ne paye point les dettes accumulées.

Les Anglais en usent autrement que nous et nous
deviennent supérieurs chaque jour de tous côtés.

15 *février*. — L'on dit que Montmartel prête au Roi
cinquante millions, c'est-à-dire en se chargeant de plusieurs autres créditeurs de Sa Majesté qui font des
avances. Voilà certes un grand crédit, mais n'est-ce
point trop en abuser? Les uns attestent que l'on paye
très-bien au trésor royal, et les autres que l'on y doit
tout. La misère augmente dans les provinces, les notaires crèvent d'argent déposé chez eux à Paris, et cela
faute d'emploi auquel l'on puisse avoir confiance,

chaque citoyen se défie de la solvabilité de son
citoyen, et qui pire est, c'est avec grande raison.

17 *février*. — Avant-hier mourut le duc de Châtillon,
ci-devant gouverneur de M. le Dauphin, homme grave
et pédant s'il en fut jamais. Il s'était conduit comme
un nigaud pendant la maladie du Roi à Metz[1], ce qui
avait causé sa disgrâce. Il meurt des suites d'une ancienne ch......... qu'il avait attrapée dès 1713. Sa
dernière démarche a paru encore assez ridicule : il a
écrit à la marquise de Pompadour pour obtenir pardon du Roi, et cette dame lui a répondu que le Roi
lui rendait ses bonnes grâces. Ainsi, dit-on, la marquise
est-elle devenue le ministre de l'amitié et de la réconciliation.

L'on parle d'un nouveau refus de sacrements sur la
paroisse de Saint-Nicolas des Champs, sur quoi le
Châtelet aurait décrété le curé.

18 *février*. — Voici le détail de ce qui est arrivé à
Saint-Nicolas. Un bon bourgeois passait pour janséniste; il tombe dans la maladie dont il meurt; il se
confesse à qui il veut, il demande les sacrements; le
vicaire de Saint-Nicolas arrive, il demande le billet de
confession, on n'en a point à donner; le nom du confesseur, on ne le nomme point. Enfin le vicaire demande au moribond à lui parler en particulier hors
la présence de sa femme (grande janséniste); le malade
dit qu'on le tourmente, qu'il n'a rien à cacher à
sa femme, et qu'il se confessera devant elle s'il le

1. Voyez t. IV, p. 111.

faut. Le vicaire le refuse, et le malade meurt sans sacrements.

On agite ensuite comment on l'enterrera; le curé de Saint-Nicolas va consulter M. l'archevêque de Paris; le prélat est embarrassé : il résout (et on l'exécute) qu'on l'enterrera en terre sainte, mais sans sonner les cloches. On s'en plaint au Châtelet : les conseillers voulaient bien s'assembler et délibérer, mais le lieutenant civil les arrête par ordre de la cour, et le procureur du Roi refuse de donner ses conclusions. Ira-t-on à la Chambre royale? Non certainement, mais ceci continue les sujets de soulèvement et de mécontentement.

19 *février.* — Le parlement de Bordeaux a décrété d'ajournement personnel le curé de Dax, qui a refusé sacrements et sépulture à deux anti-constitutionnaires; c'est la grand'chambre seule qui a rendu ces jugements; les autres chambres du parlement y ont marqué de l'émulation, et ont demandé une assemblée des chambres pour avoir part à cette sévérité. La *Gazette d'Utrecht* dit à ce sujet que les parlements de Rouen, d'Aix, de Toulouse et de Rennes, joints à celui de Bordeaux, marquent que la plus saine magistrature de France est dans les mêmes principes sur cette importante matière, et que l'on en conçoit une grande espérance du retour du parlement de Paris (c'est-à-dire malgré le trône).

21 *février.* — La duchesse d'Orléans a la petite vérole, et l'on craint beaucoup pour sa vie, ayant le sang en très-mauvais état depuis plusieurs années par

les veilles, les excès dont elle est amie, et par ses goûts dépravés en tout genre.

Les députés du parlement d'Aix sont partis en grand nombre pour venir redemander au Roi leur procureur général, M. de Monclar; en attendant, tout le monde fête et caresse ici ce magistrat, en dépit de la haine que lui porte le trône.

22 *février*. — Le parlement de Rouen a recommencé ses séances après les vacances qu'il avait prises de lui-même, et il poursuit ses procédures contre plusieurs ecclésiastiques, et principalement contre l'évêque de Bayeux.

A Langres, refus de sacrements à un particulier soupçonné de jansénisme, qui en a porté ses plaintes au bailliage; ce bailliage les a ordonnés inutilement, puis a député un des grands vicaires de l'évêque, *in absentia episcopi*. Ces juges ont ordonné au grand vicaire de faire administrer les sacrements sur l'heure, sous peine de voir vendre ses meubles à l'instant même, ou on les aurait jetés dans la rue. Le grand vicaire a de beaux meubles et a eu peur de ce dommage; il a obéi promptement L'évêque de Langres est furieux, et dit que ce grand vicaire ne sera jamais employé à rien, ni dans son diocèse, ni dans d'autres.

A Toulouse, le parlement a appris que le principal curé de la ville, qui est le curé de Saint-Étienne, avait refusé les sacrements à un moribond en pareil cas, et que ce malade était mort sans sacrements. Le parlement l'a décrété d'ajournement personnel, ce qui ne tardera pas à être converti en décret de prise de corps.

Ainsi de tous côtés la révolte est complète, et voilà
six parlements déclarés absolument jansénistes, et désobéissant au Roi, tandis que le Roi et son conseil ne
cessent de casser inutilement ces décrets, d'évoquer à
eux ces causes. En même temps, désobéissance et *bruta
fulmina undique*.

23 *février*. — M. le duc d'Aquitaine, second fils du
Dauphin, mourut hier de convulsions pour les dents :
il lui en était poussé quatre à la fois.

Il est décidé qu'il n'y aura point de voyage de Marly
ce printemps ; celui de Compiègne est avancé pour
finir plus tôt.

Le Roi ayant vu depuis peu l'appartement du marquis de Puisieux, où les architectes lui ont fait dépenser cinquante mille écus, a dit qu'il avait d'autres desseins pour cet appartement et qu'il ne voulait
pas qu'on y travaillât davantage. Il y a des gens qui
pensent que cela voudrait dire le dessein de prendre
enfin incessamment un premier ministre, car cet appartement y a été destiné, le cardinal Dubois l'ayant
eu, puis le cardinal de Tencin, quand il fut appelé
pour jouer ce rôle qu'il n'a pas eu.

25 *février*. — Vendredi dernier, séance au Châtelet
touchant le refus de sacrements fait sur la paroisse de
Saint-Nicolas des Champs. Le lieutenant civil a d'abord
opposé à cette assemblée les défenses ordinaires de la
cour ; on lui a fait des reproches, il n'a pas voulu présider à cette délibération ; on lui a demandé d'agir
pour la liberté du conseiller Monthuchet, toujours détenu à la Bastille. Il a dit qu'il agissait ; on lui a dit

que la faute de ce prisonnier venait d'avoir suppléé aux fonctions de lui lieutenant civil.

On a requis les gens du Roi de donner des conclusions sur le refus de sacrements à Saint-Nicolas. Le procureur du Roi est entré gaiement en disant qu'il ne le pouvait; son fils, premier avocat du Roi, s'est montré attendri et a parlé une demi-heure pour expliquer cette impossibilité par ordre exprès et réitéré de Sa Majesté.

Cependant la compagnie a délibéré et a prononcé, ouïs les gens du Roi. On a ordonné d'informer du fait en question, et, en attendant, défense aux curés de faire de pareils refus, et ce fondé sur la réponse du Roi aux remontrances du parlement, réponse du 17 avril 1752, où Sa Majesté avait dit que le curé de Saint-Étienne du Mont s'était mal conduit en pareil cas et s'était montré turbulent. On a en même temps remis à quinzaine à lire le troisième point des remontrances que l'on prépare pour M. le chancelier.

26 *février*. — L'on parle beaucoup de la veuve du comte de Chabot[1], âgée de seize ans, et riche à quatre-vingt-dix mille livres de rentes, qui a quitté son grand-père et sa famille pour se jeter du côté de la famille de son mari. Elle craignait la contrainte et quelque mariage qui lui déplaisait; elle prétend retrouver une honnête liberté et un mariage plus glorieux par les conseils de la maison de Rohan; elle s'est retirée aux filles Sainte-Marie de Chaillot.

M. de Vandières, frère de la marquise de Pompa-

---

1. C'était une demoiselle de la Loubière.

dour, ayant poursuivi au bal de l'Opéra une courtisane que menait un étranger, a voulu lever le masque de cet étranger qui l'a bourré d'importance.

Un gentilhomme arrivé des provinces méridionales de France m'a dit que la misère y était effroyable et inexprimable, et qu'il semblait que les revenus du Roi percevaient le dernier écu ; que ces recouvrements ne pouvaient encore aller bien loin ; que ce grand affaiblissement pourrait enfin passer à des révoltes, et que, du train dont les choses allaient, on ne pouvait prédire où elles iraient encore et pour combien de temps.

27 *février*. — Le parlement de Rouen recommence ses procédures contre les schismatiques molinistes ; l'on y travaille aussi à une réunion avec les autres parlements et tribunaux pour demander au Roi le retour du parlement de Paris. Le parlement d'Aix le demande nommément par ses remontrances ; les députés du parlement arrivent ces jours-ci à Paris pour ces remontrances. L'on prétend aussi que six autres parlements vont s'y joindre, et que leur dessein est de cesser toutes fonctions de justice s'ils n'obtiennent pas ce retour du parlement de Paris. Autant en feront encore plusieurs bailliages, comme le Châtelet de Paris principalement ; ainsi le trône se trouvera forcé à ce rappel.

La *Lettre* intitulée *à une personne de haute considération*[1] fait cet effet dans les esprits : non-seulement

---

1. *Lettre à une personne de haute considération sur la cessation du service du Parlement du 5 mai* 1753. Amsterdam, 1754. *Remarques en lisant*, n° 2216.

elle excuse le parlement de Paris d'avoir abandonné
ses fonctions, mais elle démontre par quantité
d'exemples en tous genres que c'est là le seul moyen
d'obtenir redressement de ces compagnies quand elles
sont outragées par une injuste autorité.

Le ministère et surtout mon frère deviennent en
butte de plus en plus à une grande haine parmi le
peuple, et cela remonte jusques au Roi, ce qui me
donne une grande douleur.

28 *février*. — L'on parle de guerre de huguenots,
et, s'il fallait qu'à la résistance des protestants se joi-
gnissent les mécontentements qu'on a du gouvernement par rapport à tant de chefs, cela pourrait devenir guerre civile. Nous avons envoyé cette année
beaucoup plus de troupes au Bas-Languedoc qu'à
l'ordinaire; les uns disent que c'est pour donner la
main au roi de Sardaigne qui veut rompre le traité
de Modène, les autres pour réprimer les huguenots
des Cévennes et que le maréchal de Richelieu doit
commander ces troupes, soit pour l'une, soit pour
l'autre entreprise, de sorte que son ambition sera le
gros ressort de ces desseins dispendieux et dangereux.

Il y a force contrebandiers venant de Savoie qui ont
franchi les barrières et qui ont inondé ces provinces
méridionales, et l'on m'assure qu'ils viennent de remettre aux huguenots des Cévennes de quoi armer
cent mille hommes. Voilà qui nous prépare à l'attaque
et à la défense par les armes, tandis qu'il y a des règles certaines pour tranquilliser et même pour finir
cette division des sectes en France. J'en ai fait deux
mémoires que j'ai envoyés au maréchal de Richelieu.

1er *mars*. — Le Roi a cassé le comte de Mailly d'Haucourt pour avoir trop répandu son mémoire apologétique. Ce mémoire est très-gros et tient un volume in-folio[1] : il doit en avoir coûté beaucoup d'argent à cet officier général pour en avoir fait tirer tant de copies. Depuis quelque temps, son ami Ferrari, colonel de hussards, en distribuait partout. J'ai parlé ci-dessus de cette apologie, on n'en a encore guère vu de telle et dans un cas pareil. Un commandant révoqué et à qui le Roi nomme un successeur déduit les raisons qui auraient dû le faire continuer dans son commandement, au lieu de le révoquer; c'est une espèce d'appel du prince au peuple, comme l'on faisait chez les Romains, et qui attente ici à l'autorité royale.

Cet ordre est venu subitement, M. de Saint-Florentin manda avant-hier M. le comte de Mailly chez lui pour lui ordonner de partir dès la nuit suivante pour ses terres, sans qu'il y ait pour cela de lettre de cachet expédiée, et il est parti.

Au bal du lundi gras, parut à l'Opéra une mascarade singulière. Douze masques, en grande robe de palais, avec de grandes perruques fort poudrées, firent deux fois le tour de la salle et embrassaient tout le monde avec gravité et tristesse, et chacun les embrassait aussi. Ils gâtaient de leur farine tout ce qui les approchait ; on leur faisait compliment sur le retour du parlement, puis ils s'en allèrent sans qu'on sût qui étaient ces polissons. On en parlait hier beaucoup à la cour, et il y a apparence que la police de Paris avait part à ce ridicule que l'on donnait au parlement.

1. Manuscrit. Voy. les *Remarques en lisant*, n° 2211.

La police a eu soin aussi de faire aller à la Porte Saint-Antoine bien des masques, le dimanche gras; il y avait des chars comme à Venise, et l'on marquait une joie feinte.

Que d'affectation et de forfanterie !

2 *mars*. — Mercredi au soir, il y eut ordre au Châtelet de cesser toute poursuite du refus de sacrements à Saint-Nicolas des Champs. L'on délibéra au dernier conseil de dépêches de ne donner à ce tribunal qu'une simple lettre du secrétaire d'État de Paris, portant cette défense, avec cette déclaration que le Roi avait évoqué à lui cette affaire et injonction d'en remettre les procédures au greffe du conseil. Mon fils alla donc mercredi au soir chez le lieutenant civil pour lui remettre cette lettre, et l'on ne m'a pas encore informé de ce qui s'est passé jeudi matin à ce tribunal.

L'on doutait qu'il obéît à un ordre qui n'est contenu que dans une simple lettre de ministre, mais je pense qu'on a cherché en cela à le mettre en faute plus facilement, car tout ceci est conduit avec grande malice pour avoir lieu de supprimer ces tribunaux à Pâques. L'on demande avec raison pourquoi tant d'évocations au Roi, et jamais de jugements : par là, le gouvernement se montre injuste et trop moliniste.

L'on considère les affaires comme plus brouillées que jamais sur cet article de la bulle.

En Languedoc, les états donnent lieu à une assemblée d'évêques, et l'on sait combien les évêques sont puissants en Languedoc sur l'administration du temporel. Ils demandent au Roi de casser les derniers arrêts du parlement de Toulouse touchant des refus de sacrements.

A Bazas, Dax et Langres, partout nouvelles affaires de cette espèce. L'on craint des deux côtés; le trône est assiégé de ces craintes, ne prononce rien et prétend intimider ceux qui désobéissent : silence sans dessein, révolte, désobéissance et cessation de justice et d'autorité de toutes parts.

L'on attend chaque jour la grosse députation du parlement de Provence qui est en chemin pour représenter le mal que fait la bulle *Unigenitus*, et pour demander le prompt rappel du parlement de Paris. La cour a voulu empêcher cette députation quand il n'était plus temps et quand elle était partie pour Paris. Le premier président, qui est en même temps intendant de la province, a déclaré à sa compagnie qu'il se serait mis à leur tête sans la circonstance qu'il se trouve astreint à ne pas quitter la province sans permission expresse.

Cependant le bruit est grand que le Roi a fort avancé son voyage de Compiègne, qu'il doit y aller le 24 mai, et que de là il ira tenir un lit de justice à Soissons où tous les exilés du parlement se rendront, que Sa Majesté ne veut plus tenir de lit de justice à Paris, depuis le dernier où l'on lui manqua de respect, et que là l'on lancera des foudres contre le parlement dont on morcellera le ressort, que l'on y supprimera beaucoup de charges, enfin que ce sera le jour des vengeances (*quod Deus avertat!*).

Personne ne veut de la charge de prévôt et maître des cérémonies de l'ordre du Saint-Esprit, qui vaque par la mort de M. de Brezé, et où il faut faire des

preuves. Aucun du ministère n'en veut, les uns faute
de pouvoir faire preuves, les autres par orgueil de
leur noblesse, comme mon frère et mon fils. Le premier président de la chambre des comptes, M. de Ni-
colaï, la demande, mais on lui objecte qu'il ne saurait
quitter sa grande robe noire avec laquelle il paraît
toujours devant le Roi, pour se mettre en manteau
court et faire des révérences aux cérémonies de
l'ordre pour cette charge de prévôt.

Le comte de Mailly d'Haucourt a été exilé dans ses
terres de cette façon : M. le comte de Saint-Florentin
passa chez lui lundi dernier, et lui ordonna, de la part
du Roi, d'opter sur l'un de ces deux partis, ou de désavouer son mémoire apologétique, ou de se retirer sur-
le-champ dans ses terres. Il déclara qu'il allait partir
dès la nuit même, et partit, n'étant pas d'un honnête
homme de désavouer ce qu'il avait fait. Cependant,
il conserve toujours les appointements de commandant en Roussillon, quoiqu'il ait un successeur, car
c'est le Roi qui est toujours condamné aux dépens
dans ces sortes de querelles. Ainsi, voilà le Roussillon
(province de peu de rapport) pour lequel Sa Majesté
paye des appointements à trois commandants : au maréchal de Noailles, gouverneur, à M. de Mailly et à
M. de Graville, son successeur, sans parler de quelque
lieutenant de Roi, qui sera indemnisé de ses dépenses
quand M. de Graville s'absentera par congé.

Le maréchal de Noailles a eu grande part à cette
disgrâce par la mauvaise volonté qu'il a contre nous
autres. Il est fort lié avec le garde des sceaux Machault
et avec la marquise de Pompadour, et, d'un autre
côté, l'on croit toujours que c'est joué et qu'il y a

connivence secrète entre le Machault et mon frère, et
que M. de Voyer, mon neveu, est dans le secret de
cette intelligence, et que c'est de là qu'il dépense tant
et que son père le ménage comme il fait.

3 *mars*. — Le jeudi 28 février, assemblée des services du Châtelet, où le lieutenant civil lut deux lettres, l'une du chancelier, l'autre de mon frère, écrite
par ordre du Roi, et qui, comme j'ai dit, avait été
délibérée au conseil, portant ordre de cesser toute
poursuite de la procédure contre le curé de Saint-
Nicolas. Sur cela, ordonné que l'on enverrait au conseil une expédition en forme de cette procédure, qu'on
la continuerait, et que les gens du Roi seraient mandés
pour requérir. Mais on ne les a pas trouvés à leur
parquet, étant déjà mandés pour le lendemain matin.

L'assemblée continuée au soir, on a traité du troisième point des représentations au chancelier, et
n'ayant pu finir, on a continué l'assemblée au jeudi
7 mars, ce qui sera pour jeudi prochain.

L'on vient de me dire que les gens du Roi avaient
été décrétés par le tribunal, faute d'avoir voulu se
trouver aux ordres du Châtelet, que cependant le
procureur du Roi avait été renvoyé au parlement pour
lui faire son procès, à cause qu'il est conseiller hono-
raire au parlement, mais que son fils, premier avocat
du Roi, allait être jugé criminellement par le parlement,
n'étant point comme son père conseiller en la cour.

4 *mars*. — L'on aggrave encore la disgrâce du comte
de Mailly d'Haucourt; le roi vient d'exiler en leur pays
de Roussillon M. et Mme de la Blane. Cette dame

était la maîtresse du comte de Mailly, elle l'avait suivi
à Paris depuis que le commandement de Roussillon
lui a été ôté. Elle et son mari se répandaient en discours contre le gouvernement, comme étant contraire
à son amant. Voilà ce qu'on appelle la persécution de
cour, quand on va des proscrits jusques à leurs amis
et leur maîtresse.

La duchesse d'Orléans est absolument guérie de sa
petite vérole, malgré toutes les apparences qu'elle y
succomberait, ayant le sang corrompu par l'amour
des excès en toutes choses, par les veilles, les ragoûts
singuliers à l'esprit-de-vin et à l'eau de la reine de
Hongrie, et par des amants malsains comme le marquis
des Issarts. Son médecin, le sieur Petit, lui appliqua
les vésicatoires au pied dès le commencement de l'é-
ruption, y attirant ainsi la force du mal, empêchant
qu'il ne se portât à la tête ou à quelque partie noble
où il ferait un dépôt dangereux.

La duchesse d'Orléans, croyant mourir, a demandé
à son mari pardon de ses fautes et lui a promis une
reconnaissance éternelle des soins qu'il avait pris d'elle
pendant sa maladie, mais, pendant ce temps-là, elle a
toujours eu au chevet de son lit le chevalier de Poli-
gnac, son amant.

Le sieur Rossignol, intendant de Lyon, étant mort
à Lyon, le 26 février, l'on ne doute pas qu'il n'ait
pour successeur dans cette place le sieur Bertin, ci-
devant intendant de Roussillon et qui a causé la disgrâce du comte de Mailly. D'autres croient que le sieur
Savalette de Magnanville, intendant de Tours, passera
à Lyon, et que Bertin pourra être intendant de
Tours, ce qui nous donnerait cette mortification

d'avoir un ennemi de mon frère à la tête de notre province.

Il y a ici des lettres d'officiers qui écrivent de Languedoc qu'on leur vient de donner de la poudre et des balles, et qu'ils marchent aux huguenots du Vivarais pour les assujettir, qu'il va paraître une nouvelle déclaration du Roi qui casse tous leurs mariages faits au désert, que les évêques assemblés aux états de Montpellier poussent vivement toute cette machine de persécution, et que le maréchal de Richelieu veut se faire valoir par ce généralat de guerre civile, à l'exemple de l'intendant Bâville, enfin que les contrebandiers de Savoie ont reçu des armes et munitions pour armer cent mille hommes, avec quoi ils se préparent à la résistance.

5 *mars*. — J'apprends encore ces détails de la même affaire :

Le maréchal de Richelieu a fait publier son ordonnance par laquelle il ordonne de courir sus à tous les huguenots qui formeront des assemblées pour célébrer leur rite hérétique; c'est sur cela qu'on a donné aux troupes de la poudre et des balles. Sur cette déclaration, il est sorti quantité de religionnaires hors du royaume; en particulier, il est sorti cinq mille habitants de Nîmes.

Ainsi tout se prépare à la guerre civile, et voilà que le Roi n'emploie plus ses forces que contre ses sujets.

Ce sont les prêtres qui poussent de tous côtés à ces troubles et à ce désordre, aussi les esprits se tournent-ils au mécontentement et à la désobéissance, et tout chemine à une grande révolution dans la religion ainsi que dans le gouvernement.

Le maréchal de Richelieu a été accusé de recevoir de gros présents des huguenots pour les laisser tranquilles; il prétend se montrer aussi sévère contre eux qu'il a été indulgent jusques ici. Mais ses profits au généralat n'en seront que plus grands : l'on sait qu'il y a de grands droits à percevoir pour ceux qui aiment l'argent; ajoutez l'éclat du commandement et de la disposition pour vaincre de prétendus révoltés, l'extirpation de l'hérésie qui sonnera à côté du nom du cardinal de Richelieu. A la cour, l'on veut éloigner ce maréchal qui est une espèce de favori; l'on prétend devoir favoriser les évêques de Languedoc qui peuvent beaucoup dans les États pour l'obtention du vingtième. Voilà les ressorts qui font mouvoir la machine de France, et qui perdent tout de plus en plus.

Il est certain que mon frère ne savait rien de l'exil du comte de Mailly quand il fut déclaré; un homme de la province de Roussillon le lui annonça le soir, ce qui le mit de très-mauvaise humeur. Le Roi chercha à réparer auprès de M. de Voyer l'amertume de cette disgrâce, et Sa Majesté l'invita à la chasse et à souper avec Elle.

7 *mars.* — Le courrier de la cour arriva à Aix assez à temps pour empêcher le départ de la nombreuse députation, mais le parlement a fait un arrêté dont on voit des copies à Paris et que je n'ai pu avoir encore. Il y est dit que le parlement cessera ses fonctions, si l'on ne lui rend pas justice sur ses droits, et particulièrement sur celui d'être écouté dans ses remontrances.

Je ne sais comment l'on y parle de la nécessité de rappeler à Paris le parlement de Paris. L'on sait que ces Provençaux sont mutins sous un ciel aussi chaud, et l'on doit tout craindre de la désobéissance de cette nation.

A Toulouse, le parlement a encore été plus loin que n'avait été celui de Paris, car, tous refus étant épuisés de donner les sacrements à un prétendu janséniste, le parlement, ayant fait vendre les meubles du curé de Saint-Étienne, du vicaire et de l'un des grands vicaires de l'archevêque, a ordonné que les sacrements seraient administrés à ce moribond par le premier curé du voisinage, le principe étant que les districts paroissiaux sont d'institution humaine et soumis à la police publique, de sorte que l'un peut avoir soin des âmes au défaut des autres quand il y a cause légitime.

8 mars. — On assure que la charge vacante de prévôt de l'ordre du Saint-Esprit passe au comte de Saint-Florentin qui, pouvant faire des preuves, surmonte en cela les embarras des autres prétendants, et qu'il remet la sienne de secrétaire greffier dudit ordre à M. de Vandières. Quelque accoutumé que l'on soit aux jeux de la cour et de la faveur, l'on crie à l'indignité de tous côtés, et l'on ne conçoit pas l'aveuglement du Roi, surtout ayant quitté tout amour pour l'ancienne favorite. Pour moi, j'en doute encore jusqu'à ce que la certitude en soit plus complète.

Il paraît un arrêt du conseil du 6 de ce mois, qu casse toute la procédure faite au Châtelet touchant le refus de sacrements fait depuis peu par le curé de Saint-Nicolas. L'arrêt traite le Châtelet de juge incom-

pétent, et cette incompétence vient de ce qu'on y a
assemblé les quatre services, à l'imitation de l'assemblée des chambres du parlement, pour rendre ces jugements plus célèbres en matière de droit public et de
maximes du royaume, la cour prétendant au contraire
que cette assemblée de services n'est destinée qu'aux
seules affaires de discipline de la compagnie. On y
critique aussi de ce que le conseiller, dénonciateur de
ce schisme et l'instigateur de l'affaire, a été chargé
d'instruire la procédure (prétendue infraction à la
règle dont je ne connais pas la loi), et enfin la non
intervention des gens du Roi que l'on dit y avoir été
ouïs, quoiqu'ils aient refusé de s'y prêter.

11 *mars*. — Il y a eu samedi matin un long conseil
de dépêches où l'on croit qu'aura été délibérée la
suppression du Châtelet. Ce tribunal va, dit-on, fermer
boutique sur le dernier arrêt du conseil qui lui défend
de se mêler davantage d'affaires de schisme, puisque
par là il n'y a plus de remèdes à l'insolence du sacerdoce. Et, le Châtelet prenant ce parti, l'on croit que les
notaires, les commissaires, le bureau de la ville, et
toutes autres juridictions de Paris vont en faire autant.

12 *mars*. — Le Châtelet de Paris agit aujourd'hui
avec tout autant de fermeté et de courage que faisait
le parlement pendant son activité. Ayant reçu l'arrêt
du conseil du 6 mars, il a refusé de le reconnaître
puisqu'il n'y avait pas de lettres patentes expédiées
dessus cet arrêt, et il a continué à délibérer sur l'affaire
du curé de Saint-Nicolas. On y a vu la procédure, et
l'on a décrété ce curé d'ajournement personnel, ce qui

doit être converti aujourd'hui en décret de prise de corps.

Il se tient conseils sur conseils à Versailles touchant cette affaire ; on a fait arrêter et conduire à la Bastille le procureur chargé d'occuper, et le conseiller qui avait dénoncé le délit et qui a été chargé de l'instruction.

Chaque jour l'on apprend qu'il y a de nouveaux bailliages qui ont méconnu la supériorité de la Chambre royale après avoir registré son établissement.

Dans beaucoup de grands bailliages, l'on n'administre plus aucune justice à cause de l'extension du contrôle dont nous avons parlé, comme à Angers, dans tout l'Anjou, et dans la province de Bretagne.

L'on assure toujours que le parlement de Toulouse a cessé toutes fonctions et que celui d'Aix va en faire autant.

L'on ne fait presque rien à la Chambre royale.

Le curé de Saint-Jean en Grève, décrété depuis longtemps par le parlement de Paris, a tenté de faire purger son décret par la Chambre royale, puisqu'elle tient lieu de parlement. Déjà les conseillers opinaient à anéantir le décret, lorsque M. Gilbert de Voisins, le seul flambeau de cette espèce de parlement, a représenté qu'on ne pouvait prononcer ainsi à moins que d'avoir les informations, qu'à la bonne heure si le sieur Isabeau, greffier du parlement, voulait les remettre, mais qu'autrement l'on ferait une besogne coupable et qu'il valait mieux ne rien faire que de faire si mal, sur quoi l'on a cessé la délibération.

Les troubles commencent dans le Vivarais : il y a déjà eu deux curés de tués par les huguenots ; ceux-ci

ont pris les armes et ont, dit-on, de quoi armer
50 000 hommes. Le maréchal de Richelieu a fait pla-
carder ses ordonnances pour attaquer toute assemblée
de huguenots. L'on dit que, quand il est parti, le Roi
lui a ordonné de pousser les huguenots à outrance, et
de détruire cette engeance.

Mesnard, premier commis du département de la
Maison du Roi, a voulu que son fils eût un bâton
d'exempt dans les gardes du corps : cela a choqué tout
le corps qui n'y veut que des gens de condition, et le
fils d'un premier commis lui a paru indigne d'eux. Ils
ont représenté et menacé, on a excité le Roi à prononcer qu'il le voulait absolument, et à menacer de
son indignation quiconque de sa Maison s'y opposerait
encore. Ses officiers ont laissé passer l'accès, puis,
chacun des exempts s'est proposé de se battre l'un
après l'autre contre Mesnard; enfin, ces jours-ci, trois
se sont battus contre lui; il a blessé les deux premiers,
et le troisième l'a tué. Le Roi sera, dit-on, bien en
colère et perdra ces champions, mais l'on ne voit de
tous côtés que son autorité méprisée.

13 *mars.* — Conseils de dépêches tenus coup sur
coup sur l'affaire du Châtelet. Samedi dernier, le Roi
reçut, étant à table à souper, la lettre du procureur
du Roi, portant la désobéissance de cette compagnie
à ses ordres. A l'instant, il descendit en bas, manda le
chancelier, et parut fort effrayé. Cependant ces contre-
temps ne produisent jamais de résipiscence.

Un principal officier du Châtelet m'a instruit longuement hier de la situation des esprits. Le curé de Saint-
Nicolas sera demain décrété de prise de corps. Déjà,

par son décret d'ajournement personnel, il ne peut plus faire de fonctions publiques. Dimanche au soir, il y avait sept à huit mille âmes dans son église pour voir s'il oserait y venir, et le peuple ne parlait pas moins que de le tirer de l'autel par les cheveux, s'il avait osé y monter. Et l'on croit qu'il a disparu.

Si le conseil rend quelque nouvel arrêt pour ôter au Châtelet toute connaissance des faits de schisme, si les proscriptions continuent, et qu'on mette de nouveau des officiers à la Bastille, l'on ne doute pas que la compagnie ne quitte ses fonctions, et cela par un arrêté bien médité. L'on croit que cet arrêté portera que le lieutenant civil, et les présidents, les gens du Roi, ainsi que tout membre et suppôt de cette compagnie, comme notaires, commissaires, avocats, procureurs et huissiers, doivent quitter de même, jusqu'à ce que Sa Majesté leur ait rendu la justice qui leur est due et ait rétabli le parlement dans ses fonctions. A quoi se joindraient la juridiction de l'hôtel de ville, consuls, etc., moyennant quoi Paris serait absolument sans magistrats et sans ordre. L'on ne doute pas qu'il n'y ait actuellement des émissaires du parlement qui courent Paris et les provinces pour démontrer que la voie de cette révolte générale est le seul moyen pour rétablir les affaires, en faisant chasser les ministres qui donnent au Roi ces mauvais conseils.

Le Roi a déclaré qu'il ne quitterait plus Versailles de tout le reste du carême, et qu'il n'en découcherait plus; il ira seulement les samedis au soir coucher à quelques-unes de ses campagnes.

Le militaire n'est pas plus soumis que la robe, et tient partout de mauvais discours sur le cas où l'on

aurait besoin des gens de guerre contre les sujets du
Roi. Enfin partout, l'on ne parle que de changement
et de révolution tant dans la religion que dans le gouvernement.

La guerre commence dans le Vivarais : les hugue-
nois se sont armés au nombre de trente mille hommes
et ont déjà massacré quelques sujets. Le maréchal de
Richelieu a placardé une ordonnance pour que nos
troupes tirassent sur tous huguenots qui s'assemble-
raient seulement quatre ensemble; il a ordonné aussi
que tous mariages faits *au désert* eussent à se faire
réhabiliter devant les prêtres catholiques.

14 *mars*. — Ensuite a paru l'arrêt du conseil du
10 de ce mois, qui a cassé toute la procédure et les
décrets du Châtelet touchant le refus de sacrements à
Saint-Nicolas, et, mardi 12, le Roi envoya du grand
matin des ordres au lieutenant civil et aux gens du Roi
au Châtelet, portant défense expresse d'assembler les
quatre services pour quelque cause et prétexte que ce
fût, même pour affaires de discipline de la compagnie.

Le maréchal de Richelieu n'a pas été dupe de sa
mission en Languedoc; il abrège matière, il sévit
contre les huguenots, puis, sans leur avoir fait grand
mal, il revient à la cour, d'où nos ministres intrigants
voulaient le tirer. Il va ces jours-ci à Bordeaux, et de
là à sa terre de Richelieu, d'où il reparaîtra à la cour
vers le mois de mai.

15 *mars*. — Vingt-deux évêques de Languedoc
viennent d'écrire une lettre au Roi pour demander la
cassation des arrêts du parlement de Toulouse.

L'on croit que tous les parlements et bailliages du royaume vont s'associer pour demander le rappel du parlement de Paris. L'on en attend à tous moments la nouvelle du parlement d'Aix. Les émissaires courent grand train dans les provinces pour le demander.

L'archevêque de Paris a eu deux longues conversations sur ces matières ces jours-ci, l'un avec le Roi, l'autre avec mon frère.

L'on vient de refuser les sacrements au curé de Saint-Leu[1], qui se meurt ; c'est l'un des plus fameux curés jansénistes de Paris.

On a soutenu ces jours-ci une thèse de théologie aux jésuites de Paris, où les quatre propositions de 1682 ont été foudroyées encore plus qu'aux Carmes de Lyon, et à la thèse de Marseille. Un jacobin s'est élevé pour y argumenter, et, après avoir posé son système, il a tiré de sa poche l'arrêt du parlement de Paris contre lesdits carmes de Lyon, et, en faisant la lecture de cet arrêt, il a démontré aux jésuites qu'ils étaient contraires aux maximes de l'Église gallicane et à l'indépendance de la couronne. Le professeur des jésuites est descendu de sa chaire pour le supplier de ne pas poursuivre, ce que celui-ci n'a pas voulu accorder, mais on ne lui a plus rien répondu. L'on dit que ce jacobin a été exilé le lendemain par lettre de cachet. Au reste, il n'existe plus de tribunal où l'on puisse aujourd'hui porter plainte de pareils excès.

M. Trudaine a persuadé la plus vilaine épargne aux finances : c'est de ne plus faire nourrir les pension-

---

1. Ch. Charpentier.

naires de l'État par le Roi, et de charger ces malheureux de se nourrir eux-mêmes.

Le Roi ne devant point aller à Marly ce printemps, l'on compte que cela épargnera aux finances deux millions cinq cent mille livres. Sa Majesté a résolu de s'épargner tout le reste du carême tous voyages à découcher, et ira seulement les samedis faire des dîners-soupers à sa maison de Choisy.

L'on ne donne à personne la charge de grand prévôt et maître des cérémonies de l'ordre du Saint-Esprit, qu'avait feu M. de Brézé, et l'on ne sait à qui la donner. La marquise de Pompadour espère de l'obtenir pour son frère de Vandières, c'est-à-dire en prenant pour lui celle de M. de Saint-Florentin, et donnant à Vandières celle dont est revêtu aujourd'hui ce secrétaire d'État, qui ne requiert point de preuves.

Après avoir obtenu qu'on ne donnerait à personne la place de commandant du gouvernement de Flandre, qui est très-inutile, l'on vient de la donner à M. de Saint-Germain, ce qui coûte trente-six mille livres au Roi.

16 mars. — Dimanche dernier, le jésuite .... [1] prêcha à Versailles un sermon tout à fait fanatique sur l'appui et la poursuite que les rois doivent au vrai dogme contre les sectaires. Il exhorta le Roi à punir les magistrats (comme s'il ne le faisait pas assez); il parla des incrédules d'aujourd'hui comme d'auteurs de la

1. Le nom est en blanc dans le manuscrit, mais nous voyons dans la *Gazette de France* qu'il s'agit du P. Laugier, dont il sera question ci-après, (p. 2666).

révolte, puisque c'étaient eux qui osaient avancer que
les rois ne sont pas établis de Dieu. Oui, la royauté
est établie de Dieu, mais la personne des rois n'est
que d'élection humaine.

Joignez ce sermon, dont tout le monde parle, avec
la thèse soutenue contre les propositions de 1682, et
vous trouverez qu'aujourd'hui les jésuites commencent à paraître à visage découvert, et bientôt avec insolence, voyant que tous tribunaux sont éteints pour
les réprimer.

C'est le Roi qui a nommé de lui-même au dernier
conseil le procureur au Châtelet qu'il voulait faire
mettre en prison parce qu'il avait paru en redingote
chez le malade qu'on a refusé d'administrer. Sa Majesté a aussi nommé au conseil les conseillers au Châtelet qui montraient dans leurs assemblées de l'esprit,
de la fermeté ou de la noblesse, et c'est sur son ordre
exprès qu'on a arrêté le sieur Granjan de la Croix.
Quelle vaine ostentation de mémoire et d'instruction
pour le monarque d'un grand royaume! Eh quoi! toujours des proscriptions, quand il serait question de
revenir uniquement à la douceur et aux maximes!

C'est ce matin que l'on attend au Châtelet la réponse du chancelier à la lettre écrite par l'assemblée
des services. L'on attend surtout la liberté des deux
conseillers prisonniers. Mais la cour pense toujours
devoir effrayer cette petite juridiction par la terreur et
par les peines. Il en arrivera ce que désirent les jésuites et leurs protecteurs : abandon total des fonctions.

18 *mars.* — L'on me dit que, pendant ce temps-là,
mon nom devient odieux à la France, et qu'il n'y a

bon Français aujourd'hui qui ne parle mal de tout ce
qui le porte. L'on va réveiller les cendres de mon
père sur les griefs qu'en a pu recevoir la liberté du
royaume, et sur tous les articles qu'on a pu lui im-
puter en mal.

M. le prince de Conti s'est retiré de toute négociation en faveur du parlement, avec la duchesse d'Orléans, sa sœur, quand elle a eu la petite vérole, et,
depuis cela, il est à l'Isle-Adam avec une sciatique.

Il est grand bruit du maréchal de Bellisle pour être
ministre d'État, et mon frère se leurre de cette nouvelle grandeur, moyennant quoi il lui escroque de
grandes déclarations d'attachement et d'amour; cependant l'on croit qu'il le traverse dans cette vue, au
lieu de l'y aider, comme il est tant d'usage à la cour,
et le Roi paraît ferme à ne plus vouloir de seigneurs
au conseil, et tout le ministère craint celui-ci plus
qu'aucun autre. M. le prince de Conti et le maréchal
de Richelieu menacent la France de parvenir à la
même place.

Il est décidé que la place publique pour la statue
équestre du Roi sera au Pont-Tournant des Tuileries,
et le dessin en est choisi : il est simple et ne diminue
rien à l'étendue de cette esplanade. J'en avais donné le
dessin de ma façon quinze jours après que l'on eut
mis au concours quel serait le lieu de cette place. Il y
aura pour tout bâtiment, dans le fond et vis-à-vis de
la rivière, deux grands hôtels, l'un pour l'hôtel des
monnaies, l'autre pour l'hôtel des mousquetaires gris.
Le Roi charge l'hôtel de ville de Paris de toute cette
confection; les échevins auront à revendre l'ancien
hôtel des Monnaies, vers le pont Neuf, et l'ancien hô-

tel des Mousquetaires, entre les rues du Bac et de
Beaune; on les vendra ensemble les matériaux pour y
bâtir des maisons et des boutiques; il construira la
place, et il est dit que le Roi entrera en considération
pour le surplus de ce qu'il en aura coûté, ce qui va
faire un grand sujet d'administration, de dépenses et
d'affaires pour ceux qui gouvernent ledit hôtel de
ville, et, par là, M. de Bernage, prévôt des marchands,
pourra être encore continué quelques années.

19 *mars*. — M. de Saint-Contest vient d'avoir
l'agrément de la charge de maître des cérémonies de
l'ordre du Saint-Esprit, quoiqu'il y ait preuve de noblesse à faire; mais, comme il lui manque un degré,
on pense qu'il lui sera donné répit de quatre-vingt-
dix-neuf ans.

En même temps, il a obtenu une grâce dans sa
famille; Mme du Plessis Châtillon, dont le fils a épousé
Mlle du Plessis de Saint-Contest, vient d'obtenir
6000 l. de pension, sous prétexte des services de son
mari qui était un lieutenant général fort méprisé et
qui avait mal et peu servi. Cette dame est fille du feu
marquis de Torcy, ministre d'État, et est fort riche
tant d'elle que de la communauté de son mari, tandis que le trésor royal est si pauvre qu'il est plus que
jamais dans la nécessité de l'épargne. Chaque acte de
la royauté serait aujourd'hui un sujet d'interdiction
par la justice entre particuliers.

L'on m'assure qu'il n'y a point de nuit où l'on n'en-
lève de pauvres bourgeois, ceux qui n'ont point de
famille et que l'on craindrait qui ne contribuassent à
quelque sédition dans ce temps-ci; on les mène, dit-

on, hors de Paris et l'on ne sait ce qu'ils deviennent
ensuite. L'on dit que les commissaires en font des
procès-verbaux, et que, de deux nuits l'une, ils sont
obligés de veiller pour cela, que les gens du guet marchent toute la nuit déguisés en bourgeois et guettent
ceux que l'on prend pour les faire passer de poste en
poste.

La marquise de Pompadour et ceux de son parti ne
se cachent pas de déclamer contre mon frère, lui at-
tribuant les grands maux du royaume et les erreurs
funestes où tombe aujourd'hui le monarque à l'occasion des prêtres et des magistrats. Le sieur Collin, intendant des affaires de cette favorite, va partout publier ces déclamations, et autant en fait le sieur Bouret,
fermier général, et ses partisans qui sont les grands favoris du garde des sceaux.

Le garde des sceaux Machault vient d'écrire une lettre de réprimande à l'évêque de Metz, dont chacun
veut avoir des copies. Ce prélat, grand chicaneur, injuste et pétulant, a maltraité de paroles un commissaire du Roi pour la réformation des bois en Lorraine;
celui-ci s'en est plaint et le garde des sceaux a profité
de cette occasion pour traiter en polisson un évêque
hautain. Il le menace, il l'humilie, ne parlant de lui
dans cette lettre que comme d'un *sujet du Roi* qui ne
mérite aucuns égards. Ceci réjouit la nation, montrant
le contraste d'un ministre à un autre, puisque celui-ci
est capable d'humilier le sacerdoce autant qu'il le faudrait aujourd'hui pour satisfaire la nation.

Le parlement exilé tombe dans une grande pauvreté;
il y a des avocats et des procureurs qui demandent
l'aumône dans les rues.

A Soissons, le premier président Maupeou ne tient plus qu'une mauvaise table, étant sans argent et sans revenus. Il est à bout des prêts qu'on lui a faits pour soutenir son rôle. Heureux ceux qui ont su diminuer leurs dépenses à proportion de la diminution de leurs revenus. Cependant les courages n'en sont aucunement abattus, et l'on voit bien qu'ils choisiront la mort de misère plutôt que de se relever par le déshonneur.

24 *mars*. — Le bruit est grand que le maréchal de Bellisle va devenir premier ministre.... [1] s'attache plus que ci-devant à me décrier dans le monde, il sème dans le public tout ce qui peut y parvenir, et voudrait dit-on, me faire renvoyer dans mes terres. Mes amis ne savent d'où provient cet accroissement de mauvais soins ; ils soupçonnent que le Roi aurait dit quelques bons propos de moi.

La marquise de Pompadour a fait ce qu'elle a pu pour arranger ce carême quelques voyages du Roi à Bellevue, et Sa Majesté a mieux aimé rester à Versailles. La petite Morfi accouchera le mois prochain, et insiste pour faire chasser l'ancienne sultane. Mon frère lui inspire sous main bien des subtilités de cour, et croit gagner beaucoup à l'expulsion de la Pompadour. Véritablement celle-ci joue de son reste et déclame comme il faut contre le parti sacerdotal qui fait un tyran détesté d'un Roi bien-aimé et ci-devant obéi.

Avant-hier, la jeune comtesse d'Egmont se retira aux

1. Déchirure dans le manuscrit.

Calvairiennes pour y prendre l'habit ; elle était l'unique héritière des biens du maréchal de Villars[1].

Il est décidé que le chancelier ne répondra rien à la longue lettre du Châtelet : ainsi ce tribunal pourra bien quitter ces fonctions ces jours-ci. L'on dit que la réponse du Roi au chancelier a été ainsi : « Ne répondez rien, je leur montrerai dans peu de jours qu'ils doivent m'obéir. »

Le singulier a été que le sieur Granjan de la Croix était affidé à la cour et du nombre des corrompus qui rendaient compte de tout et qui étaient de l'avis qu'elle voulait ; ainsi l'on dit qu'ils ont tiré sur leurs gens.

Il est grand bruit des refus de sacrements et de l'inhumation en terre profane d'un curé du diocèse de Vannes qui a refusé à la mort de signer la bulle *Unigenitus*. Son propre vicaire l'a traité avec cette fureur schismatique ; il y a eu procès-verbal et plainte formée par la famille de ce curé ; on l'a remise à M. de la Chalotais, procureur général du parlement ; mais, celui-ci l'ayant envoyée à M. de Saint-Florentin, secrétaire d'État de la province, on a exilé ledit vicaire par lettre de cachet. Cependant le parlement de Bretagne s'est assemblé et a convaincu le premier président et ledit procureur général de prévarication, et l'on attend des nouvelles de la poursuite de cette affaire.

L'on vient de nommer le sieur Bertin à l'intendance de Lyon, ce qui augmente la mortification de notre

---

1. Mlle de Villars avait épousé, en 1740, le comte d'Egmont, mort en juillet 1753, et n'en avait eu qu'un enfant décédé lui-même en bas âge.

famille de voir avancer ce magistrat qui a été cause de la disgrâce du comte de Mailly, tandis que celui-ci est en exil et que même sa disgrâce est aggravée, car il ne fera pas son inspection cette année.

23 *mars*. — Ce sera jeudi 28 que le Châtelet s'assemblera et délibérera sur la réponse du chancelier à leur lettre ou sur la négation de cette réponse. On en voit déjà le projet, tel que le chancelier doit l'envoyer : il y est dit « que le Roi a trouvé leur lettre insolente, que leurs confrères prisonniers sont bien là où ils sont, etc., etc., » propos et expressions de dureté dont notre monarque serait bien incapable, s'il était assisté de meilleurs conseils.

A ce propos, l'on me contait hier que M. Trudaine, intendant des finances, homme le plus dur et le plus fiscal qui ait jamais désolé la France par le conseil, entendant dire tout ce que M. de Tourny, intendant de Bordeaux, avait procuré d'édifices à cette ville, sans qu'il en coûtât rien ou peu de chose, aurait répondu : « Qu'est-ce que tout cela fait au Roi ? »

25 *mars*. — Le sieur Granjan de la Croix, conseiller au Châtelet, vient de mourir à la Bastille, ce qui fait crier beaucoup dans la ville contre la dureté du ministère. En vain a-t-on représenté à mon frère que sa détention était injuste et qu'il courait risque de la vie en prison ; il a répondu qu'il y avait de bons médecins à la Bastille. L'on commence à faire sonner haut ce mot de tyrannie dans le public

Il vient d'y avoir une révolte à l'Hôtel-Dieu de Paris. Les prisonniers pour crimes capitaux étant accumulés dans les cachots du Châtelet et de la conciergerie, on les transporte à l'Hôtel-Dieu de Paris à mesure qu'ils tombent grièvement malades. Or il y en a beaucoup aujourd'hui ; il y a dans cet hôpital une salle fermée de tous côtés par des barreaux de fer aux portes et aux fenêtres. Ordinairement il y a quatre à cinq malades de ce genre, mais il s'en trouve aujourd'hui jusques à cent vingt. L'on n'y a pas pris assez de précautions, et tout à coup a paru, il y a quelques jours, une conspiration affreuse : ces prisonniers se sont trouvés armés de pistolets et de poignards. Leur dessein était de mettre le feu à l'Hôtel-Dieu pour se sauver après avoir massacré leurs gardes. De là ils devaient embraser tout Paris, y soulever la ville, mettre tout au pillage. Mais cette entreprise a manqué ; cependant il y a eu bien du tumulte, deux pauvres sœurs de l'Hôtel-Dieu ont été blessées à mort. On a fait venir Roquemont, chevalier du guet, avec de ses gens ; l'on a apaisé la révolte et pris plusieurs mutins. Ceci fait craindre de nouveaux soulèvements dans Paris, vu les malheureuses circonstances où nous nous trouvons.

28 *mars*. — L'on parle beaucoup de M. le Dauphin qui a été cause d'une sévérité blâmée de tout le monde contre un jeune officier nommé Le Féron[1]. Il s'est enfui cet hiver avec la demoiselle Astrodi, actrice italienne. Il avait, dit-on, dessein de l'épouser ; mais, après avoir consommé cent louis qu'il avait, ils sont revenus tous deux à Paris ; elle a repris ses fonctions d'actrice, et

1. Lieutenant aux gardes.

on a mis Le Féron au Fort-Lévêque, où il est depuis deux mois. Après cette punition, le duc de Biron allait le rétablir dans son emploi. Le Roi en a touché quelques mots au duc de Biron avec douceur, sans rien ordonner; mais M. le Dauphin a parlé avec un ton de commandement afin de faire chasser du régiment ce jeune officier pour ses mœurs, et il a fallu que le duc de Biron obéît. Sur cela, tout Paris publie que notre Dauphin n'est inspiré que par les bigots, que, sous lui, les petites fautes de tendresse et de volupté seront les grands crimes, que les vices des prêtres lui paraîtront des vertus, et que notre gouvernement tiendra plus de l'inquisition que de la politique et de la philosophie.

M. le comte de Clermont, prince du sang, prit place avant-hier à l'Académie française, à l'heure où l'on ne l'attendait pas et sans faire de harangue de réception.

30 *mars*. — Mercredi au soir, le Roi avait mandé le lieutenant civil à Versailles, et lui ordonna d'empêcher expressément toute assemblée et délibération du Châtelet sur les affaires présentes. C'est sur cela que le bruit courut faussement à Paris que Sa Majesté avait envoyé au Châtelet un gros paquet à ouvrir à leur assemblée de jeudi. En effet, soit qu'il y ait paquet ou non, avant-hier jeudi, le lieutenant civil présida à l'assemblée des quatre services, et crut devoir prendre ce tour-ci pour leur intimer les ordres du Roi. Il leur dit donc que le Roi ne voulait pas que, *pour aujourd'hui*, ils délibérassent. On lui répondit : Mais si ce n'est pas pour aujourd'hui, ce sera donc pour demain? Il reprit que non; à quoi ils répliquèrent : « Mais

si nous ne pouvons plus jamais délibérer, nous ne
sommes plus une compagnie de magistrats, » ce qui
emportait la menace de quitter leurs fonctions que
l'on craint tant. Cela embarrassa le lieutenant civil, et
là-dessus il lui fut prescrit de retourner à Versailles
pour y demander à M. le chancelier par écrit les ordres précis du Roi, afin d'aviser à ce qu'ils avaient à
faire, et de revenir le plus promptement qu'il pourrait. Il partit, et il a dû y avoir assemblée hier
vendredi.

Mais voici de grands troubles, même dans la Chambre royale. M. de Creil, intendant de Metz et conseiller
d'État, quitte son intendance à cause d'une grande
brouillerie qu'il a avec le maréchal de Bellisle, commandant dans les Trois-Évêchés. Celui-ci, affectant de
faire le bien public pour se rendre plus autorisé dans
son gouvernement, a obtenu de mettre l'hôtel de ville
de Metz sur le pied où était ci-devant celui de Lyon
sous le maréchal de Villeroy, c'est-à-dire dans l'indépendance du ministère des finances et de l'intendant
de la province. Le ministre de la guerre y a trouvé son
compte en ce que ce nouvel arrangement diminue la
prérogative du ministre de la finance, son ennemi.
Tel est le peu de ressource qu'a aujourd'hui le bien
public dans le royaume. M. de Creil est un des moindres sujets qui aient été employés dans ces sortes de
places ; il a été fait intendant de très-bonne heure et
avait à peine rapporté quelques procès au conseil ;
homme de plaisirs, de femmes et de bonne chère, et
parvenu à l'âge de soixante-dix ans sans avoir jamais
été utile. Sa fille unique est veuve du duc de Beauvilliers et dame d'honneur de Mesdames de France.

M. de Creil, ayant été fait conseiller d'État, est resté intendant de Metz, quoique l'on ait souvent renouvelé la règle que les conseillers d'État quitteraient leurs emplois qui les distrayaient des fonctions du conseil ; mais étant l'homme qu'il fallait alors au maréchal de Bellisle, ne se mêlant de rien, le laissant tout faire et étant au plus son subdélégué dans cette province, ce magistrat l'a conservé longtemps dans cette heureuse fainéantise, et venant passer dix mois par an à Paris. A l'occasion que j'ai dit, quand il a été question de rendre toute autorité ancienne et municipale à la ville de Metz (et d'en tirer sans doute bonne *paraguante*, à l'exemple de Villeroy), M. de Creil s'est élevé contre ce projet ; il n'a rien allégué sur cela de la matière du bien public dont il s'agissait, mais uniquement de son personnel, et il a dit qu'il ne souffrirait pas qu'une telle chose se passât de son temps.

Sur cela, il n'a plus été question de la retraite de cette intendance et de revenir travailler au conseil. Mon frère y a aussi trouvé son compte, en ce qu'il va nommer à cette place l'un de nos neveux. M. de Creil a fait une belle défense et a voulu vendre cher son abdication ; il a eu pour lui le lieutenant civil de Paris, son beau-frère, dont les mérites sont grands aujourd'hui à la cour par la bassesse de sa conduite dans les affaires du Châtelet ; Mme de Beauvilliers, sa fille, et qui a grand crédit auprès de Mesdames de France, et principalement de Mme Adélaïde, l'aînée, et la marquise de Pompadour qui ne cherche qu'à s'attirer par ses offices sa faveur et l'amitié de la famille royale, le Roi étant facile et mou pour sa famille et ses enfants, sans observer avec aucune fermeté les principes d'un bon gouvernement, la cour se piquant surtout de mépriser la robe et y regardant les passe-droits comme ceux que l'on ferait dans la communauté des savetiers. C'est sur cela que l'on déclara avant-hier que M. de Creil aurait pour sa retraite 8000 l. d'augmentation de pension, outre 6000 qu'il avait déjà, ces 8000 l. retranchables dès qu'il aurait la première place de conseiller au conseil royal dont le Roi lui donnait l'expectative. Il n'a pas manqué de dire qu'il s'était ruiné au service du Roi, quoiqu'il n'y ait dépensé que pour son plaisir à Paris, et étant riche d'ailleurs.

Or ces places du conseil royal ne sont que deux en tout, et donnent l'honneur inestimable de siéger à côté du Roi une fois par semaine. Cela ne s'accorde jamais qu'à l'un des trois ou des quatre plus anciens du conseil, et l'on observe que M. de Creil n'y est que le quatorzième. Ceux qui le précèdent sont la plupart gens de grand mérite comme MM. de la Granville, Gilbert, d'Aguesseau, etc., et prétendaient à ces places avec justice. Ces messieurs sont occupés aujourd'hui à la Chambre royale, où ils ont beaucoup de travail, y joignant leurs autres fonctions du conseil et des bureaux. M. de Bernage, prévôt des marchands, quitterait bien sa place pour une des deux dont je parle.

Cette déclaration en faveur de M. de Creil a subitement révolté tous les conseillers d'État qui sont présidents à la Chambre royale, et ils menacent d'abandonner cette flétrissante besogne, tant toute cette machine du gouvernement français est aujourd'hui mal montée et mal dirigée.

Cela commença jeudi par M. Gilbert des Voisins,

l'un des meilleurs de la Chambre royale; il s'agissait
de pourvoir à une des charges de commissaire aux
saisies réelles, et, comme il lui faut prêter serment,
l'on s'était arrangé pour l'éluder en se servant toujours
du nom de l'ancien officier. M. de Boynes, procureur
général, a présenté à la Chambre royale cet arrangement fait à la cour, lorsque M. Gilbert s'est élevé
contre et en a montré l'irrégularité. M. de Boynes lui
a dit qu'il s'opposait ainsi à tous les arrangements de
la cour, et l'équivalent de ce mot de la Passion : *Non
eris amicus Cæsaris*[1]. Il y a eu de gros mots entre eux,
et l'on dit que voilà déjà le commencement de dis-
corde dans la Chambre royale, à cause du passe-droit
fait en faveur de M. de Creil, et que les anciens du
conseil vont tous demander à quitter une besogne qui
les dégoûtait déjà assez.

1er *avril.* — Outre les 8000 livres de pension données à M. de Creil, l'on donne encore à M. de Lostanges
la survivance de la place d'écuyer de Mesdames avec
doubles appointements pour lui faire épouser Mlle de
l'Hospital, et tout cela va au grand détriment des
finances, grâces nouvelles et inusitées.

Le Roi est fort amoureux de la petite Morfi, et c'est
pour cela qu'il n'a pas quitté Versailles de ce carême;
cependant il est résolu que Sa Majesté ira à Bellevue
sitôt après Pâques.

Le voyage de Compiègne est reculé et n'aura lieu
qu'au 1er juillet. Il n'y aura point de Marly, le tout

---

1. « Judæi autem clamabant : si hunc dimittis, non es amicus
Cæsaris. » *Evangelium sec. Joannem*, cap. xix, p. 12.

pour mieux posséder la petite Morfi, et avec moins d'embarras.

Il est vrai que M. de Creil a osé proposer pour lui une expectative de la première place vacante au conseil royal, mais cela n'a pas encore été décidé, ce qui scandalisait tous les bons conseillers d'État de la Chambre royale.

L'on a remarqué que le Roi voyait avec peine l'archevêque de Paris. Il vint dernièrement pour parler à Sa Majesté du sieur de Lostanges, qui est son neveu, à l'occasion de son mariage avec Mlle de l'Hospital, et l'on remarqua que le Roi rougit de mécontentement secret en parlant au prélat.

L'on m'assure que l'on mange actuellement et par anticipation les recettes générales pour le mois de juillet 1756.

Le Roi a refusé de faire passer le cordon bleu de M. de Saint-Contest sur la tête du chancelier, ce qui marque le grand mécontentement qu'a le Roi de ce ministre. En effet celui-ci parle au Roi d'une façon rustre et brutale, n'accommodant rien au temps, et ne lui faisant voir que des embarras sans solution, de sorte que tout souffle le mécontentement contre lui, car il a embrassé les vues des jésuites, sans en avoir ni la souplesse ni le patelinage.

Tout le ministère et toute la cour se déclarent contre mon frère presque autant que le public, et chacun est avide de sa disgrâce.

Dernièrement, le Roi remarqua que le premier président n'avait plus la goutte depuis qu'il était à Soissons, le duc d'Ayen répondit qu'il faudrait essayer de pareil remède pour mon frère.

On a remarqué que, vendredi matin, le garde des sceaux Machault vint chez le Roi le matin et parla avec Sa Majesté pendant une heure en grand secret. Le monarque et le ministre en sortirent fort tristes, toutes circonstances qui ne sont pas ordinaires et qui ont donné lieu à beaucoup de conjectures.

2 *avril.* — La résistance du Châtelet est plus grande que jamais et se marque ouvertement.

Le lieutenant civil étant retourné au Roi pour savoir ses ordres plus précisément, jamais ordres n'ont été plus clairs, le Roi leur défendant « de s'assembler ni de délibérer sur toute autre chose que sur des matières de justice contentieuse. »

Sur cela, le Châtelet n'a pas hésité à conclure « qu'ils continueraient de s'assembler sur les affaires de schisme vu l'absence du parlement, et que le lieutenant civil insisterait pour la liberté de leurs confrères et pour faire entendre au Roi par l'organe de M. le chancelier leur représentation arrêtée le 9 mars dernier, devant remontrer au Roi que leur compagnie est établie par des ordonnances dont l'exécution fait partie des droits du royaume, et qu'elle serait inutile au public si elle ne pouvait traiter et délibérer des affaires qui intéressent autant que celles-ci la religion et l'État, » et, pour continuer cette délibération, on a remis au vendredi 8 avril.

Ainsi voit-on aujourd'hui quarante bourgeois tenir tête à l'autorité royale tout autant que le parlement de Paris; ce qui doit nous faire sentir à quel degré est élevé l'honneur français sur ces matières-ci.

On parle beaucoup du sermon prêché à Versailles

devant le Roi il y a quinze jours par le jésuite Laugier[1]. Il tonna contre les plaisirs du Roi, et M. le Dauphin parut y applaudir ; il pressa le Roi de rendre à la religion ce qui lui était dû, et de confondre les rebelles, il dit qu'Aman serait puni et qu'il s'élèverait un nouveau Mardochée qui vengerait la religion et l'Etat. Il entendait par là M. de Machault pour Aman, et mon frère pour Mardochée, mais l'auditoire l'entendit autrement. Le soir, une princesse dit que, si elle savait qui était ce Mardochée, elle s'y ferait écrire.

4 avril. — La Chambre royale se divise et désobéit à la cour comme le parlement, M. Gilbert, grand parlementaire, quoique conseiller d'État, et plusieurs

1. Il prêcha cette année le carême à Versailles, et il est souvent question de lui dans les mémoires du temps. Doué d'une belle figure, d'une voix sonore, il se fit remarquer par la hardiesse et la nouveauté de ses prédications. Son sermon du 3e dimanche de carême (17 mars) dont il est ici question, produisit à la cour une sensation profonde dont le marquis d'Argenson a consigné ailleurs le témoignage. Nous empruntons au Ms. de l'Arsenal, souvent cité par nous, ce passage qui vaut la peine d'être transcrit : « Le dernier sermon du P. Laugier, sur la flatterie, renferme des traits bien hardis à l'adresse de Louis XV. Il peint un souverain qui, devant tout faire, ne fait rien ; — des ministres qui, faisant tout, abusent de leur pouvoir ; — un peuple que l'on force à la désobéissance en lui demandant ce qu'il n'a plus, puisqu'il a tout donné ; — l'argent qui coule à grands flots pour des bâtiments et pour des choses inutiles ; — des Aman sans nombre et pas un seul Mardochée. Le sermon finit par une prière admirable et sur le même roi. L'auditoire eut constamment les yeux baissés, sans oser se regarder, ni lever les yeux sur le monarque, à qui s'adressait le sermon. Le Roi écouta attentivement et, contre l'ordinaire, ne parla point du sermon à son retour dans son appartement. »

autres des anciens, étant mécontents de la place du
conseil royal promise à M. de Creil, repoussent tout
ce que propose la cour. Dernièrement ils viennent de
refuser l'enregistrement de lettres patentes, et M. de
Boynes, faux procureur général, dit qu'il est devenu
impossible de faire aucun usage de cette Chambre
royale, dont on prévoit une déroute prochaine et
pire que celle du parlement, tant tout le monde est
porté à la désobéissance!

L'on dit que M. de Bernage, prévôt des marchands,
a mis les affaires de l'hôtel de ville de Paris dans un
grand désordre, ainsi que celles de l'Opéra qu'on y a
réunies depuis trois ans. Pour s'y soutenir, il s'est joint
au duc de Gêvres, gouverneur de Paris, qui est un
grand pillard, et l'on parle de découvrir cette administration tortueuse qui choquera, dit-on, le Roi et le
public. Cependant ni l'un ni l'autre n'en sont pas plus
à leur aise, mangeant et gaspillant à mesure ce qui
leur en revient de défectueux et de contraire à la
droite administration.

M. de la Galissonnière, lieutenant général des armées navales, est destiné à commander cet été une
escadre de quatorze à seize vaisseaux de guerre, sur
quoi l'on garde le secret, mais l'on croit que cela regarde la destruction d'Alger, en nous joignant aux
puissances espagnole, napolitaine et portugaise.

7 *avril*. — Vendredi, le Châtelet s'est assemblé et
voici comment : le jeudi, M. le lieutenant civil avait
eu ordre du Roi par lettre de cachet pour défendre à
cette compagnie de s'assembler, même pour lire les
présents ordres, de sorte que le lieutenant civil assem-

bla chez lui la plupart des conseillers par diverses bandes pour leur intimer les ordres du Roi.

Le lendemain vendredi, après le travail du Parc civil, tous les conseillers présents à Paris se sont assemblés malgré la défense; ils ont requis le lieutenant civil de les présider, ce qu'il a refusé, puis M. Lenoir, qui a refusé de même. Ils se sont donc réunis à huis clos et sans greffier, la porte bien fermée au verrou, et présidés par le plus ancien d'eux, sans qu'on sache son nom. Ils se sont promis le secret le plus inviolable et sous les serments les plus sacrés; ils se sont retirés à l'heure d'aller dîner et se sont ajournés à hier samedi à pareille heure de la matinée, comme pour achever la rédaction de leur arrêté.

Tout le monde croit ici qu'il s'agit d'un abandon de fonctions avec un arrêté général qui embrasse le lieutenant civil, les autres présidents, les gens du Roi, ainsi que les notaires et les commissaires.

L'évêque d'Auxerre[1] vient de mourir d'une fluxion de poitrine en vingt-quatre heures; c'était le dernier des évêques jansénistes. Cet événement va désoler ce malheureux diocèse où l'évêque de Mirepoix ne manquera pas de mettre un évêque persécuteur qui tourmentera les bons ecclésiastiques soupçonnés de jansénisme.

Il paraît une brochure qui a pour titre *Journal de la Chambre royale;* on y montre que cette chambre n'a rien fait encore, le tout est d'un air travesti et satirique.

1. C.-G. de Pestel de Lévis de Tubières de Caylus, doyen des évêques de France.

8 *avril*. — Le bruit est qu'il y a eu un choc considérable entre les religionnaires armés et un de nos régiments, que l'on dit être celui de Mailly.

L'on parle d'une ordonnance, que nous n'avons pas encore vue ici, d'après laquelle le mariage des protestants sera reçu par nos prêtres catholiques pourvu qu'ils le fassent réhabiliter dans nos églises. Je doute que nos évêques et curés se prêtent à cette fausseté par laquelle ils trahiraient leur conscience.

9 *avril*. — Je sais que le Roi, revenant du sermon du P. Laugier dont nous avons parlé, avait dit à mon frère : « Le prédicateur a parlé bien hardiment, il a parlé contre vous autres ministres ; je ferais bien de le faire avertir d'être plus circonspect à l'avenir, mais l'on dit déjà trop de choses contre les jésuites dans le public, il ne faut pas y donner de nouveaux sujets. »

Vendredi 5, le Châtelet s'assembla comme nous avons dit, malgré les défenses si positives du Roi. Ils remirent la continuation de leur délibération au lendemain ; ils députèrent un conseiller au lieutenant civil pour lui faire les plus injurieux reproches de ce qu'il abandonnait ainsi la compagnie ; la harangue fut très-insultante et menaçante. Ce député fut le sieur de Farcy, qui est un de mes amis et qui a des liaisons avec la cour, étant à la tête du conseil de M. le duc d'Orléans, et c'est pour cela précisément qu'ils l'ont chargé de ce rôle qu'il n'a pu refuser.

Le samedi 6, ils ont fait leur service des procès, puis se sont tous rendus à la chambre civile, et ont demandé à aller à la chambre du conseil. Sur cela, ils ont fait revivre d'anciens règlements par lesquels le

lieutenant civil doit les conduire jusques à ladite
chambre du conseil, cérémonie tombée en désuétude.
Le lieutenant civil a répondu que ce n'était pas son
usage, et a tenu bon.

Il paraît que toutes les passions de cette compagnie
se tournent contre leur chef, le lieutenant civil.

Leur assemblée a été longue le samedi : ils ont de
nouveau député deux conseillers au lieutenant civil
pour l'engager à se joindre à la compagnie, ce qu'il a
refusé, sur quoi ils ont de nouveau conféré entre eux,
et ils se sont ajournés à aujourd'hui mardi à midi, et
toutes les apparences sont que leur délibéré sera pour
quitter leurs fonctions par un arrêté.

L'on ajoute que, le jeudi, tout le Châtelet se remplit
de peuple très-nombreux, et l'on sut bientôt parmi
cette populace que les conseillers étaient assemblés et
délibéraient sur les affaires du public. Cependant, le
lieutenant civil ayant paru pour se retirer chez lui, le
peuple cria après lui et ne voulait pas le laisser passer.
Les huissiers qui le précèdent avec leurs baguettes
firent faire place à ce magistrat, mais on lui fit avec
effort une place si étroite pour son passage qu'il n'y
passa que fort pressé et incommodé, et on lui dit mille
injures qu'il remporta chez lui.

L'on a craint pour cette nuit quelque coup d'autorité contre cette compagnie qui est encore plus ferme
et tout aussi sage de conduite que le parlement. Par
cette conduite, ils croient mettre le lieutenant civil
hors d'état de leur nuire davantage; ils montrent une
grande union entre eux, et la force d'un bataillon
carré. Leur dessein paraît être de rester utile au public tant qu'ils pourront, et de rendre la justice aux

sujets jusqu'à ce qu'on les force de quitter cette administration, mais leur objet principal est de méconnaître toujours la Chambre royale. Ils s'assemblent aujourd'hui, ils s'assembleront le lendemain lundi pour
la discipline de leur compagnie suivant un usage annuel ; ils ne craignent pas qu'on les en empêche. De
l'autre côté, notre gouvernement jésuitique traîne volontiers les choses en longueur et en douceur, et ne
pressera pas la mesure davantage. L'on n'a à craindre
que des coups fourrés et sournois ; gare quelques emprisonnements à la Bastille dans l'intervalle pour intimider ces gens sages, mais fermes !

10 *avril.* — On attend avec impatience des nouvelles du parlement de Bretagne. Nous avons parlé du
curé du diocèse de Vannes, prétendu janséniste, à qui
son vicaire et son clergé ont refusé les sacrements à la
mort, l'inhumation en terre sainte et un service. Le
parlement de Rennes a ordonné qu'il serait exhumé
du lieu où on l'a mis (qui est celui pour les enfants
morts sans baptême), qu'on l'enterrerait en terre sainte,
et qu'on lui ferait un service ; mais le clergé de cette
église, ayant pris les ordres de l'évêque, l'a refusé.
Sur cela, le parlement a résolu de faire le procès à ce
clergé, mais, selon les règles de la sagesse, et par respect pour le roi, il a voulu préalablement en écrire à
M. de Saint-Florentin, secrétaire d'État de la province.
Ce ministre a mandé l'évêque de Vannes pour lui dire
que le parlement avait raison, mais ce prélat a dit que
son clergé n'obéirait pas, que c'était bien assez qu'on
eût enterré en terre sainte ce curé hérétique. C'est sur
cela que l'on pense que M. de Saint-Florentin (qui est

de la faciende du garde des sceaux) a envoyé carte blanche audit parlement, mais d'autres auront pu l'arrêter. Quand le Roi se lassera-t-il d'être ainsi ballotté?

11 *avril.* — La nuit du 8 au 9 de ce mois, on a été pour arrêter quatre conseillers au Châtelet, et l'on en a trouvé trois de fugitifs qui ont ainsi échappé [1]. Le seul qui a été mis à la Bastille se nomme M. Quillet, et justement ce sont les quatre plus honnêtes gens et les meilleurs. Tout leur crime est d'avoir été commissaires pour travailler aux remontrances. Il est vrai que l'on songe à faire imprimer ces remontrances, à l'imitation de celles du parlement. Tout Paris est consterné, et il n'y a honnête homme qui ne vomisse des imprécations contre mon frère, comme seul auteur de tout ceci, car le chancelier et sa famille publient partout que cela se passe sans lui et contre son gré.

Le curé de Saint-Étienne-du-Mont est rentré dans son presbytère dont on a chassé l'huissier qui y était en garnison, malgré l'arrêt du parlement et malgré les promesses du Roi qui, le 16 avril 1752, promit positivement au parlement qu'il le ferait défaire de cette cure. L'on dit que s'il lui arrive de vouloir officier à Pâques, il y aura révolte dans cette paroisse.

L'on travaille avec succès à corrompre le parlement de Normandie, ce qui avance beaucoup, dit-on. L'on a déjà travaillé, de la part de la cour et avec le même succès, à corrompre celui d'Aix, où seize conseillers ou

---

1. Nous croyons qu'il n'y en avait que deux : MM. Le Pelletier et du Coudray. M. Granjan de la Croix, arrêté le 1er mars ne fut mis en liberté que pendant la Semaine-Sainte.

présidents ont protesté contre le vœu de leur compagnie. L'on imite la conduite de Walpole en Angleterre qui corrompait aussi avec de l'argent un parlement bien autrement national.

Cependant l'on vient, dit-on, de permettre au parlement de Bretagne d'aller en avant contre le vicaire et le clergé de Vannes qui ont refusé d'inhumer leur curé. L'évêque de Vannes avait répondu à M. de Saint-Florentin que c'était un appelant, par conséquent un hérétique et excommunié *ipso facto*.

L'on dit que le Roi a empêché qu'on n'abattît le Palais Bourbon qu'avait bâti Mme la duchesse, et que Sa Majesté l'achète pour en faire un hôtel des ambassadeurs, que Pâris de Montmartel achète pour lui l'hôtel actuel des ambassadeurs, ci-devant hôtel Pontchartrain, et que M. Savalette, garde du trésor royal, achète l'hôtel de Mazarin où allait loger M. de Montmartel. Ainsi l'on épargne moins que jamais l'argent du Roi pour des vues qui ne profitent qu'aux favoris et favorites.

12 *avril.* — Quand on a été pour arrêter les trois conseillers au Châtelet dont j'ai parlé, c'est le président Aunillon, premier président de l'élection de Paris, avec le sieur du Brillet, lieutenant de l'amirauté, qui ont été chargés d'enlever leurs papiers pour les examiner ; ils ont pris jusqu'à leurs contrats. Le président Aunillon conduisit M. Quillet jusqu'à la Bastille. L'on comptait découvrir des correspondances avec les conseillers du parlement exilés pour les inculper davantage, mais, comme ils se tenaient sur leurs gardes depuis quelques mois, l'on n'a rien trouvé.

Le président Aunillon, qui a paru ainsi satellite de
la tyrannie, est un hypocrite ruiné et paillard, dévoué
aux jésuites. L'on dit que le gouvernement compte sur
le tribunal de l'élection de Paris pour remplacer le
Châtelet quand il sera éteint.

14 *avril.* — Voici un nouveau genre de spectacle
qui s'établit en France et qui pourra être poussé plus
loin : c'est un opéra en pantomimes avec musique
instrumentale et magnifiques décorations [1]. C'est Servandoni, grand décorateur italien, qui en est l'auteur.

Le sieur Dangeul [2] maître des comptes, a présenté au
Roi et aux princes son livre *Des avantages et des dés-
avantages de la France et de la Grande-Bretagne
quant au commerce et aux autres sources de l'abondance.* C'est un excellent livre et qui fronde beaucoup
notre ministère. Cependant le Roi prétend le lire,
ainsi que les autres courtisans, et, en attendant, ils le
louent sans savoir ce qu'ils disent.

15 *avril.* — Le Roi est plongé plus que jamais dans
l'amour volage; il a plusieurs petites grisettes à la fois

1. Le sujet était la *Forêt enchantée du Tasse.* Voyez dans le
Mercure de France, mai 1754, p. 187, *Spectacle de M. le chevalier Servandoni.*

2. Plumard de Dangeul, conseiller maître à la cour des comptes, de l'Académie des sciences de Stockholm. Il avait donné
son livre comme une traduction de l'anglais. « J'ai vu cet ouvrage,
dit Suard, accueilli comme le roman le plus intéressant, réimprimé
en quinze jours, et l'objet de l'entretien des soupers de Paris. »
D'Argenson lui-même va jusqu'à dire, dans ses *Remarques en lisant,* n° 2219 : « C'est le livre des livres. C'est avec regret que je
le trouve si court. Cela est bien au-dessus de l'*Esprit des lois* pour
la solidité du raisonnement. »

et ne suit ni la raison ni la nature, tant ce qui l'entoure a corrompu chez lui le bon naturel. M. le Dauphin et le reste de la famille royale sont abîmés dans l'assujettissement aux prêtres, ce qui fait désespérer du royaume de France.

Le P. Laugier, continue à prêcher des sermons d'une hardiesse affectée. Son sermon de dimanche dernier avait pour sujet le pouvoir et le devoir des rois ; il parla de la soumission des rois aux lois, à peu près comme le parlement en a parlé dans ses remontrances. Tout le monde s'étonne du système de ce jésuite, mais l'on ne songe pas combien ces pères sont fins, et qu'ils veulent avoir à dire qu'ils ne se mêlent de rien de mal, et qu'ils sont ouvertement aussi bons Français qu'on les dit mauvais.

18 *avril.* — Le Roi a permis au duc de la Vallière de vendre à M. de Peyre son gouvernement de Bourbonnais aussi cher qu'il voudrait ; l'acquéreur a seize ans, et l'on se plaint avec raison combien les grâces se multiplient pour ôter toute espérance à ceux qui les méritent. Le duc de la Vallière est un des favoris des cabinets, il vole ce qu'il peut dans les districts qu'il occupe, et mange son bien en vain luxe ou en folies. Tels sont le caractère, la pratique et le modèle que suivent tous nos gens à la mode aujourd'hui ; nos Lucullus deviennent promptement des Catilina.

L'on donne pour dot de mariage des commissions de colonels à ces courtisans ; l'on vient d'en donner une au jeune Lafayette[1] pour épouser Mlle de la Ri-

---

1. M. L. C R Gilbert de Motier, marquis de Lafayette, colo-

vière, et l'on m'assure qu'il y a quatre autres pareilles commissions *in petto*, le tout pour être officiers dans les compagnies des grenadiers de France, de sorte qu'il y a présentement trente colonels attachés à ce corps.

20 avril. — Lundi prochain, il y aura assemblée des services du Châtelet pour la discipline de la compagnie, assemblée ordinaire et annuelle, et le lieutenant civil a déclaré à la cour qu'il y voulait assister. L'on ne doute pas qu'après les affaires de discipline il ne soit question de celles de la Chambre royale et du rappel des prisonniers, et les apparences sont que le lieutenant civil se retirera alors, et il ne déclare sa présidence de lundi que pour avoir occasion de complaire à la cour.

On a délivré de prison M. Granjan de la Croix, conseiller au Châtelet, mais l'on y garde toujours M. de Monthuchet, qui avait présidé à une assemblée; ainsi l'on a favorisé celui dont la compagnie se souciait le moins, et continué de maltraiter celui qu'elle avait le plus à cœur. L'on poursuit avec vivacité ceux qui se sont échappés; l'on croyait trouver M. Pelletier, conseiller, dans une maison d'ami où il s'était en effet retiré, mais on ne l'y a pas rencontré, heureusement pour lui. Avis aux autres.

21 avril. — L'affaire du curé de Carnac[1], diocèse

nel aux grenadiers de France. Il est juste de remarquer que ce *courtisan* se fit tuer à Minden avant l'âge de vingt-trois ans, et fut le père du général Lafayette.

1. Longs détails sur cette affaire dans les *Nouvelles ecclésiastiques*, 1754, p. 81 et suiv.

de Vannes, s'irrite de plus en plus et embarrasse la
cour.

Les grands vicaires de Vannes ont refusé d'obéir au
parlement, quant à l'inhumation et service du feu
curé de ce bourg. Ils ont dit que leur religion et leur
évêque ne leur permettaient pas de faire le service pour
un *excommunié*, puisqu'il était opposant à la Constitution. Mais, quant à l'autre partie de l'arrêt, ils ont
obéi : le parlement leur enjoignait de desservir eux-
mêmes la cure dudit bourg pendant la quinzaine de
Pâques, et ces grands vicaires, malgré leur dignité,
se sont soumis eux-mêmes à remplir ces fonctions.
Mais, pour leur désobéissance à la première partie de
l'arrêt, le parlement a fait vendre leurs meubles pour
une grosse amende.

L'abbé Chauvelin est très-mal dans son exil de
Caen, et l'on prévoit que, s'il meurt, cela fera une
affaire terrible de la même espèce, car la ville de
Caen est de l'évêché de Bayeux, et l'évêque était ci-
devant évêque d'Évreux, celui qui a tant fait parler
de lui au parlement de Rouen pour la Constitution.

L'attaque de goutte de mon frère devient plus dangereuse de jour en jour, et il commence d'en être
effrayé lui-même, lui qui en avait peu appréhendé
jusque-là. Là-dessus, la cour et la ville publient qu'il
est mort, tant le public désire la fin de son ministère.
L'on dit de lui que ce n'est pas un *méchant ministre*,
mais un *ministre méchant*.

23 *avril.* — Le P. Laugier, jésuite, a fini son carême à Versailles comme il l'avait commencé, le
jour de Pâques. Il a prêché contre le parlement et a

conclu dans le goût d'un avocat général, demandant
qu'il fût congédié, dissipé et anéanti comme impie et
comme destructeur de la religion. L'on assure que
mon frère lui donne le plan et le canevas de ces sermons hardis. Enfin, l'on regarde mon frère comme
étant aujourd'hui à la tête de l'Église, c'est-à-dire de
la superstition tyrannique.

L'on a remarqué aux dernières promenades, sur le
chemin de Longchamps, pendant les trois jours de
Ténèbres, que l'on n'avait point vu comme aujourd'hui
le triomphe des courtisanes. Les filles et femmes en-
tretenues ont arboré des carrosses et des livrées magnifiques, des parures et des diamants, et tout cet
extérieur surpassait celui des femmes du plus haut
rang. La mode a changé sur cela en France, et jamais
l'on n'a poussé si loin la magnificence de la débauche.
Autrefois l'on donnait un entretien modique à sa
maîtresse ; aujourd'hui elles demandent des rentes
et des diamants. Observons qu'à mesure que la noblesse devient plus pauvre en revenus, elle augmente
en magnificence de luxe, table, maisons, ameuble-
ment, boîtes et maîtresses : la dépense ancienne et
ordinaire, quand on s'y tient, déshonore aujourd'hui.

Le Roi vient d'accorder 20 000 l. de pension
au maréchal de Lowendal avec un logement à Versailles. Ce général avait déjà pour 40 000 l. de rentes du Roi, et ne pouvait pas vivre à Paris avec
cela, disait-il.

Le P. Laugier a dit dans son dernier sermon qu'il
fallait toujours du sang pour éteindre les hérésies, et
qu'il valait mieux en répandre d'abord quelques
gouttes pour épargner des flots de sang dans la suite.

Ces propos scandalisent beaucoup les peuples aujourd'hui, mais l'on est si bien garrotté par le despotisme et son adresse que l'on ne peut plus s'en
dépêtrer.

Les bestiaux meurent partout faute de fourrages, à
cause de la grande sécheresse, et les paysans les envoient tous vendre à Paris. L'on a remarqué qu'au
marché de Poissy du jeudi saint, il y a eu plus du
double de bêtes à corne exposées en vente, ce qui va
rendre la viande commune à Paris pendant un mois,
mais après cela elle vaudra, dit-on, dix sous la livre.

Le Pape a écrit des brefs aux commissaires préposés
à l'examen et condamnation du livre du P. Berruyer,
qui traduit l'Évangile en roman, pour hâter cette
condamnation. Mais les jésuites et leurs amis, plus
fins que le Pape, trouveront moyen de l'éluder toujours. L'on dit que l'archevêque de Paris y va de
bonne foi.

25 *avril.*—Lundi 22, il y eut assemblée au Châtelet
pour la discipline. L'on s'y plaignit ensuite de l'emprisonnement du sieur Quillet et des deux autres qu'on
a manqués par leur évasion, mais dont on a saisi et
visité les papiers. Le lieutenant civil leur a représenté
nouvelles défenses de délibérer des affaires, quoique
l'assemblée tînt toujours pour la discipline, suivant
l'usage. Sur cela, ils ont résolu une lettre au chancelier dont j'ai vu copie. Elle expose leur consternation
de tous ces emprisonnements, de façon qu'il n'est plus
permis aujourd'hui à ces magistrats de vivre en repos
et de faire leur devoir. Ils se plaignent de ce que leurs
représentations n'ont pu être écoutées du Roi qui les

aurait trouvés innocents; mais ils ne font aucunes menaces positives.

27 avril. — L'on prétend à Versailles que les affaires du parlement vont s'accommoder par le canal de M. le prince de Conti; que, mardi, ce prince travailla trois heures avec le Roi, et qu'au sortir de cette conférence, le Roi avait l'air tout radieux et réjoui, ce qui sentait, dit-on, la grande joie du succès. Mais gare *inimicus homo*[1], pour détruire ces lueurs d'espérance!

On a jeté quatre vers contre le Roi sur les fondations du piédestal de sa statue. Ils ont à peu près ce sens : « Cet habitant des bois s'est retiré ici hors de la ville, comme il est hors du cœur de ses sujets. »

Le marquis de Crussol, cordon bleu et envoyé de France à Parme, est devenu fol d'amour pour Madame Infante, quelque laide qu'elle soit : il est enfermé dans sa chambre; on a mandé son cousin, le duc d'Aiguillon, pour le venir chercher et le renfermer en France.

Le comte de Céreste Brancas vient de mourir de la petite vérole; c'était un homme fort estimé; sa place de conseiller d'État d'épée passe au marquis des Issarts qui en avait l'expectative; mais ce marquis se meurt et n'en saurait revenir[2].

1. Probablement son frère.

2. Ce même jour 27 avril, le marquis d'Argenson adressait à son frère la lettre suivante :

« La place de conseiller d'État d'épée de M. Céreste, mon cher frère, passe à M. des Issarts, qui en avait l'expectative. Celui-ci touche à sa fin et j'espère lui survivre. Pourriez-vous me propo-

Il paraît un livre nouveau qui a pour titre : *Maximes sur le devoir des Rois et le bon usage de leur autorité*, tirées de différents sermonnaires, et principalement de sermons prêchés devant le Roi. C'est un livre
donné par les parlementaires pour remontrer au Roi
les erreurs dangereuses de sa conduite. On a eu la
témérité de distinguer par des caractères italiques ce
qui attaque le Roi dans les circonstances présentes, et
son principal ministre sur les troubles actuels (qui est
mon frère), et tout cela est fort hardi et trop vrai.
Ainsi nous voyons le public n'agiter aujourd'hui que
des questions funestes ; l'on sème dans les esprits tout
ce qui peut faire traiter le pouvoir royal de faux
droit et de tyrannie. Après avoir ainsi persuadé les
esprits , qui vous dira que les corps ne se re-
mueront pas dans le même sens? Qui a tort ici?
Certes, c'est le gouvernement qui, excitant trop à

ser au Roi pour cette place honorable? M. de Puisieux en a bien
une. Je l'exercerai avec la même exactitude que j'ai fait pour celle
de robe pendant vingt-sept ans, même dans les bureaux, si l'on
voulait. J'y pourrais être utile. Je ne regretterais point le décanat
que j'en ai perdu. Toutes places sont belles dans la maison du Seigneur. M. de Muy est un exemple qui prouve qu'il ne faut pas
avoir été homme de guerre pour ces sortes de places d'épée. L'é-
tat de M. des Issarts donne lieu à la demande , comme s'il y avait
vacance. Si Sa Majesté m'en jugeait digne, une nomination *in petto*
serait réservée dans un grand secret de ma part.

« Je me persuade, mon cher frère, que vous me proposerez, si
vous entrevoyez quelques dispositions favorables. J'en serai aussi
reconnaissant que persuadé de votre amitié. Ce n'est pas le cas
d'une lettre au Roi, quand je n'ai d'autre droit ni protection que
mon amour et mon attachement. Il y aurait aussi à parler à M. le
chancelier, et vous vous en chargeriez. Adieu, mon cher frère. »

Il ne paraît pas que cette ouverture ait eu de résultat.

fouiller ces profondeurs, fait de la curiosité un besoin.

Un maître des requêtes, nommé Parisot, qui exerce
sa charge avec intégrité depuis trente-six ans, vient
d'être exilé, avec ordre de se défaire de sa charge,
pour avoir réclamé contre un jugement que M. le
chancelier a rendu dans son cabinet sur deux procès
qu'il avait contre M. de Marville, conseiller d'État. Il
y avait deux ans qu'il lui était défendu d'aller à Versailles, au conseil ni aux bureaux.

Dom la Taste, ci-devant bénédictin, transfuge de la
secte des jansénistes à celle des molinistes, et devenu
par là évêque de Bethléem, avec de bonnes abbayes,
vient de mourir en peu de jours. On assure qu'il était
destiné à l'évêché d'Auxerre pour y mettre tout à feu
et à sang contre les pauvres jansénistes.

En même temps est mort un curé moliniste de ce
diocèse qui avait donné une grande fête en réjouissance de la mort dudit évêque d'Auxerre; à la fin de
ce repas, le diable, dit-on, lui a tordu le col.

29 *avril.* — L'on dit qu'il y a scission et punitions
dans la Chambre royale, comme dans le parlement et
le Châtelet; que, depuis la dispute entre M. Gilbert et
M. de Boynes, touchant une forme d'enregistrement
que le premier montra être irrégulière, l'on a ordonné
sourdement à cinq des principaux membres et des
plus éclairés de s'abstenir de la Chambre royale; on
nomme MM. Gilbert, de Brou, de la Grandville,
d'Ormesson et un autre.

Ainsi, voilà la justice réduite à l'arbitraire et à la
volonté des ministres et des jésuites plus que jamais.

Qu'est-ce que la tyrannie, si ce n'est cela, et sur quoi s'exerce-t-elle plus dangereusement que sur la justice?

Enfin le sieur de Bougainville fut élu avant-hier de l'Académie française par une brigue de dévots, de courtisans et de p.......

30 *avril.* — La duchesse de Penthièvre est accouchée d'un garçon à sept mois de grossesse, quoique l'on crût cet enfant mort depuis quatre jours. Cette princesse ne demandait qu'une chose à Dieu : c'est que son enfant pût avoir le baptême ; Dieu l'a exaucée, mais l'on croit qu'elle est morte cette nuit de son mal de poitrine, dont elle a traîné cet hiver.

L'on nous effraye à Paris d'un bruit affreux de peste dans les hôpitaux, et surtout à l'Hôtel-Dieu. L'on attribue encore cela à l'exil du parlement et à la cessation des tribunaux, car les prisons et les cachots ayant regorgé de malades, on les a transportés à l'Hôtel-Dieu, où tout est rempli de scorbut, puis de charbons, anthrax, d'où dérive la peste. L'on prépare déjà l'hôpital de Saint-Louis, destiné aux pestiférés, et cela effraye grandement les Parisiens.

L'on vient de donner quinze cents livres de pension à la veuve de M. Lenoir, lieutenant particulier, et autant à son fils, qui avait la survivance de sa charge, ce qui marque hautement la satisfaction qu'avait la cour de ses trahisons à la compagnie du Châtelet. Ne verra-t-on jamais faire que des sottises à notre gouvernement?

Un homme qui arrive de Soissons me dit que l'ennui y est terrible, et que tous les présidents et conseillers de la grand'chambre s'en prennent au seul premier président du refus d'écrire au Roi une lettre pour demander le retour de la compagnie. Mais l'on objecte à cela : Qui vous répond que cette lettre à écrire ne fût pas un panneau tendu à l'honneur de la compagnie? car, une fois engagée par là, elle ne pourrait plus reculer, et la cour voudrait moins que jamais lui laisser à juger de l'extérieur des sacrements et lui abandonner les évêques et curés schismatiques ; ainsi, ce serait toujours à recommencer et à encourir de nouvelles disgrâces, jusques à ce que la cour ait réglé de bonne foi et par les faits, ce qui constitue le fond de la discussion entre le sacerdoce et la magistrature.

L'on assure que M. Gilbert, conseiller d'État, a ordre de ne plus aller à la Chambre royale, comme y troublant tous les expédients de la cour par ses difficultés de règle.

2 *mai*. — L'on vient d'exiler le P. Laugier, jésuite qui a prêché le carême à Versailles, et dont les sermons ont paru si hardis ; mais il n'y a personne qui ne dise que c'est une finesse des jésuites pour marquer toujours que parmi eux il y a de zélés apôtres, et que l'éducation qu'ils donnent ne. contrarie point la pureté évangélique[1].

L'on ne parle que des maladies épidémiques de

---

1. On lit dans les *Mémoires du duc de Luynes*, t. XIII, p. 247 : « Le P. Laugier qui a prêché ici le carême, et qui est, je crois, de la province de Lyon, a eu ordre d'y retourner. » Il est vrai que l'auteur se hâte d'ajouter avec son optimisme et sa prudence ordinaires : « Mais ce n'est point un ordre de la cour, comme on a voulu dire, ce sont ses supérieurs qui l'y renvoient. »

Paris. Il y a des salles de l'Hôtel-Dieu qui sont fermées et où personne n'entre plus. Le scorbut qui y règne ressemble à la peste : il vient de misérables criminels engorgés dans les cachots de la conciergerie du Châtelet, et, s'il faut que ceci se tourne en peste, rien n'aura jamais été plus funeste et plus pesant à la France, car il faut observer que cela aura commencé par le centre de Paris, et que Paris est aujourd'hui le cœur et l'étui de tout le royaume. Toute finance publique et particulière est à Paris. Ainsi aucuns payements n'iront plus si Paris est enveloppé dans une chaîne contre la peste. L'on verra d'abord la cour fuir loin, comme à Chambord, et les trésoriers se jeter sur le peu qu'il y aura d'argent dans les caisses ; les troupes mal payées, et les rentiers, pensionnaires ou officiers, ne recevoir aucune somme.

Il est vrai qu'en attendant ce terrible fléau, il règne des maux de poitrine qui font périr une quantité prodigieuse de monde. Les prêtres, fossoyeurs et notaires n'y peuvent suffire : il y a eu telle nuit où il est mort trois cents malades à l'Hôtel-Dieu.

3 *mai.* — Les administrateurs des hôpitaux s'assemblent aujourd'hui touchant les maladies épidémiques qui règnent à l'Hôtel-Dieu principalement. On ne publie que le scorbut, mais il vient aux malades des boutons sous l'aisselle qui ressemblent au charbon. L'on prépare l'hôpital Saint-Louis, au bas de Belleville, hôpital destiné aux pestiférés. Ainsi l'on est alarmé, et chacun se tient sur ses gardes pour sortir bientôt de Paris.

L'ancien évêque de Mirepoix s'affaiblit et ne peut

plus marcher; l'on dit qu'il se meurt d'une vieille
v..... qu'il a gagnée d'une dame de haut rang qui était
sa pénitente il y a trente ans. Il dit à tout le monde
que ce sont les affaires de l'Église qui l'ont mis dans
un tel état.

Le Roi a donné huit mille livres de pension au
prince de Chimay pour épouser Mlle Pelletier de Saint-
Fargeau, et cette pension se tourne en douaire; ainsi
la marquise de Pompadour ruine-t-elle l'État par ce
sophisme que le Roi doit marier tout le monde et enrichir sa noblesse; mais ce sont les agriculteurs qu'il
est à souhaiter qui se marient, et non ces colosses de
grandeur et de fortune. Eh! comment croit-on que le
Roi puisse fournir à donner tous les douaires de cette
noblesse qui se marie à la cour? Mais cette petite pé-
ronnelle de favorite veut s'attirer une réputation de
bienfaisance et plaire à la famille royale, le tout aux
dépens des finances qui sont abîmées.

Le duc de la Vallière vend ses terres et ses gouvernements pour bâtir à Montrouge une guinguette qui
lui coûtera deux cent mille écus. Il vient de vendre le
gouvernement de Bourbonnais soixante-trois mille livres à M. de Peyre, qui n'a pas vingt ans[1]; il cherche
à vendre la terre de Champs, à quatre lieues de Paris[2].
Voilà le train de nos seigneurs d'aujourd'hui.

Les bâtiments de Compiègne coûtent cette année
des sommes considérables, et le Roi s'y acharne plus
que jamais. L'on achève la construction d'un appar-

1. Il n'en avait pas seize, et était mousquetaire surnuméraire.
Mémoires de Luynes, t. XIII, p. 226.
2. Champs-sur-Marne, canton de Lagny.

tement pour le Dauphin et la Dauphine qui coûtera cher.

4 mai. — Le garde des sceaux Machault affecte un grand deuil et une violente douleur de la mort de son ami le président Chauvelin[1]; il fondait sur lui de grandes espérances de négocier heureusement avec le parlement, comme si ceci était une affaire de négociation, tandis qu'il ne s'agit que de la persuasion où serait le Roi qu'il faut livrer les auteurs du schisme aux tribunaux.

L'on n'a pas tardé de nommer un successeur à M. de Crussol, devenu fol; c'est M. Rochechouart Faudoas, qui est absolument sourd, mais l'on compte que cela lui vaudra le cordon bleu dans deux ans au plus tard.

L'on a décidé au conseil de M. de Penthièvre de ne pas mettre de scellés après la mort de la duchesse, pour éviter les reproches des princes du sang, qui ont le droit d'avoir pour cela des lettres patentes adressées à la grand'chambre qui met le scellé chez eux. Naturellement elles devaient s'adresser à la Chambre royale, mais on a craint les reproches des princes du sang, et l'on prend le parti de la continuation de communauté. Et le Roi se prête à ces infractions à ses ordres touchant la Chambre royale, tant il est vrai que tout ceci n'est qu'une tyrannie, et anarchie en même temps.

L'on parle de lettres de cachet envoyées à tous et chacun des membres de la grand'chambre exilés à

1. Mort le 29 avril.

Soissons, par où il leur est donné ordre d'aller dans leurs terres, ou, s'ils n'en ont pas, dans celles de leurs amis.

Au moyen de cela, dit-on, voilà le parlement éteint, et *ses cendres jetées au vent*. Ainsi le conseil des jésuites avance-t-il peu à peu et traîtreusement à perdre ce qu'ils craignent. Ensuite on laissera reposer les esprits, puis l'on frappera quelque nouveau coup, qui sera sans doute un édit de suppression du parlement. On en créera un nouveau où quelques lâches de l'ancien parlement demanderont à rentrer, puis beaucoup d'autres y rentreront, et ensuite, dit-on, l'on répandra des bienfaits au peuple. Voilà le gouvernement jésuitique, voilà comme ces pères gouvernent les missions du Paraguay, y paraissant des apôtres, tandis qu'ils y sont des maîtres.

7 mai. — C'est à qui dira plus de mal aujourd'hui de mon cousin le prévôt des marchands, surtout depuis que la ville s'est chargée de l'Opéra. Les dettes de l'Opéra sont doublées depuis cette époque, qui n'est que de deux ans. Il s'excuse à la vérité sur l'indécision du ministre, qui l'a laissé exposé à toutes les brigues de cour pour ces bagatelles, mais dont la somme fait un gros effet. L'Opéra a acheté des maisons pour se former une entrée; on augmente les loges du bal; on a augmenté les gages des acteurs par recommandation. La marquise de Pompadour a exigé que l'on continuât des opéras par égard pour leurs auteurs; les sieurs Rebel et Francœur, disgraciés, remuent ciel et terre pour soulever les causes secondes contre les premières; mais enfin il résulte de tout cela une si mau-

vaise administration qu'elle est apparente, puisque les
dettes sont doublées, et encore ne sait-on pas jusqu'où
elles vont.

L'on prétend que d'ailleurs les finances de la ville
se soutiennent, malgré toutes les fêtes qu'il a fallu
donner depuis dix ans; mais d'autres personnes dou-
tent que l'ordre en soit bon, et l'on dit que ce n'est
qu'un mal plus caché. A l'Opéra, on a retardé le payement des pensions, et les gagistes sont mal payés,
toutes choses qui font beaucoup crier, et, véritablement, cet établissement étant aux abois, tout Paris a
lieu de se plaindre, puisque l'Hôtel de ville devait le
soutenir au lieu de le détruire comme il arrive. L'on
observe sur cela que jamais prévôt des marchands n'a
été aussi lié que M. de Bernage avec le duc de
Gèvres, gouverneur de Paris; et ce seigneur est un
grand pillard. L'on dit que ces deux chefs de la ville
s'entendent ensemble pour mieux piller les caisses, et
l'on s'en prend à tous leurs entours; l'on dit que
dans peu de mois toutes ces manœuvres seront à découvert.

8 *mai*. — Les maladies épidémiques ont continué
jusqu'à présent et ont emporté beaucoup de monde à
Paris, surtout parmi le peuple. Dans le seul régiment
des gardes l'on compte six cents soldats d'emportés
cet hiver, et les autres qui restent sont fort changés.

9 *mai*. — L'on assure que tout se prépare en
France à une grande réforme dans la religion, et sera
bien autre chose que cette réforme grossière, mêlée
de superstition et de liberté, qui nous arriva d'Alle-

magne au seizième siècle. Toutes deux nous sont ve-
nues par les excès de tyrannie et d'avarice des prêtres;
mais, comme notre nation et notre siècle sont bien
autrement éclairés que celui de Luther, on ira jusqu'où l'on doit aller : l'on bannira tout prêtre, tout
sacerdoce, toute révélation, tout mystère, et l'on ne
verra plus que Dieu présumé par ses grandes et
bonnes œuvres, qui a écrit dans nos cœurs sa loi, son
amour, notre reconnaissance, nos espérances dans la
Providence, et notre crainte de sa justice Nous en
savons autant que les prêtres sur les attributs de Dieu;
nous savons l'adorer par nous-mêmes et sans le secours de ces prétendus dévots de profession qui se
nomment ministres des autels et qui ne sont que les
frelons de la ruche.

J'observe que, dans l'Académie des belles-lettres
(dont je suis membre), il commence à y avoir une
fermentation décidée contre les prêtres. Cela a commencé à paraître à l'occasion de la mort de Boindin,
à qui nos dévots refusèrent service à l'Oratoire et
éloge public[1]. Nos philosophes déistes en furent cho-
qués, et, depuis cela, à chaque élection, l'on s'arme
contre les prêtres et les dévots. Nulle part cette division n'est marquée si nette, et cela commence à
rendre des fruits. Pourquoi a-t-on fait un nom odieux
du titre de déiste? C'est le titre de ceux qui ont la véritable religion dans le cœur, et qui ont abjuré la superstition si destructive du monde entier.

---

1. Nicolas Boindin, mort le 30 novembre 1751. Il passait pour
afficher l'irréligion, travers auquel Voltaire fait allusion dans le
Temple du Goût.

Avec cette réforme dans la religion viendra bientôt celle dans le gouvernement. La tyrannie profane s'est mariée avec la tyrannie ecclésiastique; au contraire les deux philosophies se tournent, l'une au gouvernement démocratique réglé, l'autre à adorer Dieu en esprit et en religion. L'on cesse de surfaire sur ces deux gouvernements, et l'on voit les moyens et les mœurs comme ils doivent être; la nature nous inspire tout ce qui nous convient; on l'écoute et on la suit quand l'imposture tyrannique vient à cesser.

10 *mai*. — Il est décidé que le Roi achète le palais Bourbon pour en faire un nouvel hôtel des ambassadeurs extraordinaires, et l'hôtel de Pontchartrain, qu'on avait destiné à cet usage, va être attribué au ministre et contrôleur général des finances; mais M. de Machault, garde des sceaux, prétend n'y pas loger, se destinant à la chancellerie de France et à ne pas garder le ministère des finances, dont les embarras augmentent : dépenses sur dépenses pour un misérable fisc ruiné. Quelle nécessité y avait-il à cette nouvelle depense?

Cependant, pour ne faire que des ouvrages de montre, voici que l'on réduit les intérêts de l'argent à 4 pour 100. On a ordonné aux fermiers généraux de ne plus prendre d'argent qu'à ce prix-là et d'offrir le remboursement de leurs billets, à moins que leurs créanciers ne les réduisent à ce taux.

Par là, dit-on, les particuliers vont devenir plus pauvres sans que l'État y gagne. On se sert du manque de confiance et d'emplois pour cette réduction, et par là, dit-on, le Roi seul trouvera désormais de l'argent

parce qu'il continuera à le prendre à 5 pour 100. Le
Roi se rend maître de la place et des fortunes.

13 *mai.* — Les intérêts de l'argent baissent partout,
tant pour les rentes viagères que perpétuelles; mais,
comme cela vient de défiance dans les emplois pro-
posés, on ne peut pas dire que ce soit un bien et que
cela facilite le commerce. Car toute défiance augmente
chaque jour; point de juges pour vendre les biens et
les gages des mauvais débiteurs, point d'ordre ni
d'économie dans les biens des emprunteurs, ni des
particuliers, ni du Roi. Il est vrai que l'on voit de
l'exactitude dans les payements du Roi; mais, dit-on,
à quoi cela tient-il? le Roi est dissipateur et nullement économe, il fait de la terre le fossé, il emprunte
tout l'argent de ses sujets. Concluons donc que cette
baisse d'intérêts est un mal et non un bien.

Le ministre des finances prétend, l'année prochaine, assembler le clergé et lui faire financer trente
millions afin d'accommoder la demande du Roi pour
le vingtième et pour les déclarations.

Ceci regarde ma famille qui est à la cour. Mon neveu, M. de Voyer, affecte de bouder le Roi à cause de
l'exil de son beau-père le comte de Mailly; il ne fait
presque plus la cour et y apporte un air très-froid.
Les jésuites gouvernent le royaume par mon fils;
ils prennent beaucoup plus de confiance en lui
qu'en mon frère, vu le mauvais état de santé de celui-ci
et des coups de dessous auxquels il est sujet et qui
ôtent toute confiance en lui. Mon fils est d'un esprit
très-souple et patient; il s'est fait tout à tous; il s'ha-
bitue à souffrir de l'humeur de ceux qui l'environnent

et qui le maltraitent sans qu'il fléchisse à eux. Il s'est
fait entièrement jésuite de caractère et de conduite.

14 *mai*. — L'on prétend que l'on travaille à un
nouveau code pour soumettre entièrement le parlement (c'est-à-dire un parlement de nouvelle création)
aux volontés du conseil. L'on réduira tous les enre-
gistrements des édits, ordonnances, etc., à la seule
grand'chambre, et les enquêtes et requêtes renvoyées
au seul jugement des procès. Ainsi plus d'assemblée
de chambres, plus de remontrances; l'on parle encore
d'amoindrissement de ressort, d'étendue de pouvoir
des présidiaux, etc. Les présidents à mortier sont en
peine de l'événement de leurs charges qui ont tiré
d'eux de si grosses finances. L'on dit aussi que, cette
loi passant contre le parlement de Paris, il faudra y
assujettir aussi les autres parlements provinciaux qui
se fâcheront d'une telle réduction, puisque leurs assemblées de chambres leur donnent l'air d'un sénat et
d'une convocation nationale ; c'est leur ôter la moitié
de leur grandeur. L'on dit qu'il faudra désormais permission du Roi expresse pour convoquer les chambres,
ainsi en a-t-on déjà tracé le plan pour le Châtelet, et ces
officiers, piqués de la prohibition de leurs assemblées
(sans permission), prennent la chose au pied de la
lettre par humeur, de telle sorte qu'ils ne veulent
plus même recevoir d'officiers subalternes. Je sais des
notaires qui ont acheté cher leurs offices et qui sont
ruinés par ce refus.

Certes ce nouveau code ne s'enregistrera que par
force et dans un lit de justice. L'on pourra donner
une nouvelle déclaration de silence pour la bulle *Uni-*

genitus. Mais le parlement résistera à l'ordinaire, et il n'y a d'expédient que de créer un nouveau parlement.

L'on parle aussi de supprimer deux chambres des enquêtes.

L'on croit que le découragement arrivera par l'ordre des avocats. Déjà plusieurs commencent à travailler dans leurs cabinets et à vendre leurs écritures. Ils ne se cachent pas de travailler ainsi pour le grand conseil, et les procureurs signent leurs écritures. Si les avocats se démanchent, si une douzaine des bons, mais non précisément des meilleurs et du premier ordre, commencent à se rendre à leurs fonctions, c'est fait de la résistance, et bientôt il y aura presse pour que chacun fléchisse le genou devant Bélial.

15 *mai*. — Il est certain que le Roi achète le beau palais Bourbon bâti par feue Mme la duchesse [1] pour le ministre de la finance. Ainsi voilà que le chancelier de France et le contrôleur général, qui étaient déjà les deux meilleurs emplois du ministère, vont avoir aussi de magnifiques logements tous deux aux extrémités de la ville, tandis qu'ils devraient être au centre pour, quand ils viennent à Paris, recevoir les malheureuses suppliques des sujets du Roi. L'on critique avec raison cette dépense dans un temps où le trésor royal manque d'argent autant qu'il fait. Enfin, dit-on, depuis sept ans l'on ne voit au gouvernement faire autre chose que des sottises.

1. Voy. t, I. p. 258, et la *Notice de M. Paulin Pâris sur le marquis et l'Hôtel de Lassay*, dans le *Bulletin du bibliophile*, 1848, p. 719.

L'on croit que les prochains États de Bretagne seront fort tumultueux à cause des exilés qui ont été proscrits à la fin de la dernière assemblée. Depuis peu, l'on a bien voulu les envoyer dans leurs terres, mais leur donnant exclusion de la ville où se tiendront les États, ce qui a marqué à la province mauvaise volonté contre ses libertés et le désir de diminuer leurs libres suffrages. Les États se tiendront dans la ville de Dinan, M. de Machault ne voulant pas absolument qu'ils se tiennent à Rennes dont l'évêque lui parlé avec aigreur et l'a brouillé personnellement avec le corps du clergé en lui rapportant des termes légers et offensants qu'avait lâchés ce ministre, quoique homme assez mesuré dans ses discours ordinaires ; mais l'humeur fait échapper les plus discrets.

16 *mai.* — On achète le palais Bourbon 900,000 livres aux dépens des fermiers généraux. Avec une aile à achever, le décret, lods et ventes, etc., cela ira à treize ou quatorze cent mille livres. On les y force plus qu'on ne les y engage, considérant qu'ils gagnent beaucoup, et l'on prétend, au prochain bail, augmenter le prix de trois à quatre millions. L'on prévoit que de pareilles bottes se tireront souvent dans ce gouvernement absolu. Pourquoi, dit-on, ne pas remettre au peuple pour autant d'impôts, puisque l'on trouve moyen de faire de pareils dons ? La place de contrôleur général valait déjà assez, pourquoi y ajouter encore un logement si magnifique, pourquoi ce vain luxe des places dans un temps si misérable ? Chaque ministre, dit-on, en demandera autant pour sa place. A mesure que l'on tire pour le Roi des sommes de plus, on augmente

leurs droits et leurs perceptions sur le pauvre peuple :
ainsi ils gagnent toujours autant. Ces richards se plaignent de la rareté des emplois, la défiance rend commun l'argent que l'on veut placer, voilà ce qui fait
baisser les rentes des nouveaux emplois, de façon
qu'on ne trouve plus qu'à 4 pour 100, soit en cédules
et obligations, soit à contrat de constitution.

17 *mai*. — Le Roi vient de donner 5000 livres de
pension à la veuve du marquis de Lambert qui était
déja riche. Il y avait quarante ans que M. de Lambert
n'avait servi[1]; il est mort riche de 4 millions. L'on dit
à cela qu'on ne voit partir du gouvernement que des
sottises, et que l'on prodigue les finances comme du
temps de Charles VI ou d'Henri III.

Enfin l'on a persuadé à un bailli royal de se faire
recevoir à la Chambre royale; ce sera le premier :
c'est le sieur Bonhomme, acquéreur de la charge de
lieutenant général de Senlis, M. le chancelier lui a
adressé des lettres patentes, portant l'histoire de la
désobéissance du parlement de Paris, ce qui irritera
encore ce corps.

La petite vérole vient d'enlever M. Gilbert de Voisins, président à mortier au parlement de Paris, et
que l'on y regardait comme un fort honnête homme.
Voilà une place de président à mortier à donner, et
une d'avocat général.

20 *mai*. — Le bruit est grand que le maréchal de
Bellisle va entrer dans le conseil des ministres. Cela

1. Il était lieutenant général de 1720.

se fonde sur une nouvelle commission distinguée qu'on lui donne pour aller voir les camps ordonnés pour le mois de septembre; il y verra les évolutions et le nouvel exercice tels qu'il les a réglés pour accorder les différentes propositions qui en avaient été faites ci-devant. Mais je crois pour le certain qu'il n'entrera pas au conseil.

21 *mai.* — Il est certain que la petite Morfi est accouchée d'un garçon; la marquise s'est offerte au Roi pour l'élever et pour lui inspirer des sentiments convenables et dignes de son auguste naissance, à l'exemple de l'illustre Mme de Maintenon.

23 *mai.* — L'on cherche véritablement à accommoder les affaires avec le parlement. Nos ministres disent aujourd'hui que le clergé les a trompés et les trompe. En effet le schisme augmente par les radoucissements qu'on a pour le clergé; aujourd'hui l'on refuse la sépulture ecclésiastique et l'on refuse l'eucharistie sur l'opinion qu'on a de jansénisme, non-seulement en Provence dont l'arrêt est imprimé; mais depuis peu, à Troyes, l'on vient de faire pareil acte de schisme; aussi le bailliage a-t-il procédé avec succès, car en 12 heures de temps les meubles du curé refusant ont été annotés[1] et vendus. On ne donne plus d'arrêts du conseil pour casser de telles procédures, quoique les agents du clergé ne cessent d'en demander.

---

1. Quoiqu'en dise le *Dictionnaire de l'Académie*, il faudrait : *hanotés*, c'est-à-dire, marqués, affichés. Voy. Du Cange, au mot *Hanot.*

La contagion ou accroissement des maladies épidémiques redouble dans nos hôpitaux de Paris ; on n'y laisse plus présentement entrer personne, et l'on dit qu'il y a onze cents malades à l'hôpital Saint-Louis, hors des murs de Paris. L'on se plaint de ce que le transport de ces malades a été fait en plein jour tout le long des rues Saint-Denis et Saint-Martin, ce qui a fort alarmé les bourgeois, et l'on se plaignait avec de hauts murmures des risques qu'on leur faisait courir de gagner la maladie contagieuse.

24 mai. — Chaque jour, nouveaux dons indiscrets. Le Roi veut marier Lujac qui a été autrefois son page favori[1] ; on lui fait épouser Mlle de Baschi, nièce de la marquise de Pompadour. Pour cela les dons ordinaires, pension du Roi en douaire, place chez Mesdames, inspection au mari, argent comptant pour noces, et la marquise dote sa nièce de quelques portions de ses richesses qui sont grandes.

25 mai. — Les grâces que je viens de dire, accordées à Lujac, le sont malgré mon frère ; il a suspendu longtemps cette promotion à l'inspection, vu qu'il n'est que brigadier, et le dérangement des règles perd l'État chaque jour davantage. On persuade au Roi de gouverner toujours par lui-même, *pour faire des grâces*, dit-on, mais ces grâces faites aux particuliers sont des coups de poignard donnés à l'État.

L'on va essayer en Lorraine avec les grenadiers de

1. Il avait servi le Roi dans ses amours et était devenu colonel du régiment de Beauvoisis.

France et les grenadiers royaux un projet de légions romaines, qui sera de dix mille hommes, et l'on abolira la division par brigades. Ces légions seront composées de quatre bataillons chacune, il y aura un général légionnaire avec douze mille livres d'appointements. On les prendra dans les lieutenants-colonels, tous les officiers passeront par l'état-major pour les accoutumer aux détails; les vieux soldats, au lieu d'aller aux Invalides, seront faits grenadiers à cheval. M. d'Hérouville, lieutenant général et fort studieux de l'antiquité, a persuadé cette innovation par ses recherches. Les Romains battaient certainement leurs ennemis, mais nous sommes toujours Français par nos innovations.

30 *mai*. — Nous devons nous féliciter d'un arrêt qui vient d'être rendu par le conseil, et qui permet enfin avec toute liberté à chaque ville du royaume d'avoir autant de métiers battants à faire des bas qu'elle voudra. Par combien de sophismes et de contraintes il faut passer dans une monarchie avant que d'arriver à la liberté!

1er *juin*. — Les fermiers généraux ayant représenté à M. de Machault que notre commerce et même nos fabriques dépérissaient, et que les étrangers fabriquaient nos matières premières, il a répondu : « Tant mieux! c'est autant d'ouvriers qui retournent à l'agriculture. » Je doute qu'il ait entendu lui-même tout le grand sens de sa réponse, car il corrige M. Colbert : celui-ci, grand dans l'exécution, nuisible à la patrie par ses vues, a commencé à faire quitter les campa-

gnes pour les villes, et la terre pour les arts de luxe
et de mollesse, car il a été le premier ministre de
finance très-puissant et grand courtisan. Il a tout rapporté au brillant de la cour, tout au maître au préjudice des sujets. Je veux croire qu'il s'est trompé sans
malice, et qu'il a trop pressé ce qu'il fallait seulement
exciter.

L'on prétend que cette réponse de notre ministre de
la finance commence à montrer des fruits du livre de
M. Dangeul.

4 juin. — L'on recommence à donner des arrêts du
conseil contre les parlements et en faveur du sacerdoce.
On en a donné un ces jours-ci contre le parlement
d'Aix, dans une affaire où il y avait refus de sacrements à la sainte table. Ainsi voilà que le conseil soutient le sacerdoce dans ses plus dangereuses irrégula-
rités et ses entreprises, malgré les droits de l'empire.
Quelque jour l'on regardera ce temps-ci du règne
comme un temps de démence ainsi que celui de
Charles VI.

Le parlement de Rennes se réveille sur l'affaire de
Carnac, diocèse de Vannes : l'on poursuit les grands
vicaires et les curé et vicaire; le procureur général
la Chalotais continue à faire mal son devoir et à être
convaincu de corruption[1].

On a trouvé dans les papiers du feu président Chau-

---

1. Voy. p. 256. On a lieu de s'étonner de ces accusations contre
la Chalotais, comme de celle qu'on a vue contre son ami Duclos,
t. VII, p. 335. Il semble, par un passage des *Nouvelles ecclésiastiques*, 1754, p. 81, que le parti janséniste accusait le procureur général de tiédeur dans la poursuite dont il s'agit.

velin des mémoires pour la suppression du parlement, ou pour le morceler et diminuer son ressort. Il était totalement gagné par la cour, et espérait de succéder à M. de Maupeou pour la première présidence, mais Dieu confond toujours les desseins pervers. Je crains que son oncle et mon ami, M. Chauvelin, ancien garde des sceaux, ne s'y trouve impliqué.

L'on me mande de Touraine et de Poitou que la mortalité y a été grande par un mal de gorge et de tête qui ne dure que trente-six heures et emporte les malades. A Paris la mortalité continue aussi.

6 *juin.*—M. de Montgeron est mort en exil, c'était un conseiller au parlement fameux par le jansénisme[1].

7 *juin.* — Voici un grand événement : le Roi écrivit le 3 à M. de Maupeou, premier président, de sa propre main, et lui envoya sa lettre par un courrier pour lui ordonner de se rendre à Versailles le mardi au soir à 8 heures. Avant de partir, il assembla la compagnie de Soissons, il lui communiqua ses ordres, et ils dirent que, s'il s'agissait de s'assembler pour arranger la reprise de fonctions, il demandât que ce fût à Paris et non à Pontoise où l'on serait trop à l'étroit. Ce magistrat arriva à 8 heures à la porte de la chambre du Roi, il entra et fut cinq quarts d'heure enfermé seul avec le monarque; on n'en sait pas da-

---

1. Louis-Basile Carré de Montgeron, conseiller au parlement, arrêté en juillet 1737, pour avoir présenté au Roi son livre : *la Vérité des miracles du diacre Paris démontrée*, etc. D'abord enfermé à la Bastille, il avait été en dernier lieu exilé à Valence où il mourut.

vantage. Ces courtisans observèrent seulement qu'il
entra triste, et qu'il sortit triste. Il ne vit personne et
ne passa point par Paris, comme son ordre le portait.
Il est certain que l'on sait aujourd'hui à Paris ce qui
s'est passé, parce qu'il l'aura communiqué à sa compagnie, à Soissons, le mercredi matin. Les apparences
sont que le retour du parlement est certain; le monarque s'abaisse par générosité à faire les avances, il écrit
de sa main, il voit le chef de la compagnie sans sup-
plique préalable de la part de ladite compagnie. Ces
avances sont-elles destinées à échouer? Non, personne
ne le peut croire; en ce cas-là, tout est prêt pour
donner du dessous aux prêtres : Dieu le veuille ! Notre
Roi va être comblé de bénédictions.

Bien des gens s'intriguent et tremblent à la cour de
ce prochain retour qui menace leur faveur.

Le Roi retourne à Crécy du mercredi 5 juin après
le conseil où il séjournera jusqu'au lundi 10.

Mme Adélaïde a été saignée de précaution.

8 *juin.* — Il y a eu une révolte à l'Hôtel-Dieu de
Paris[1] par les malheureux prisonniers malades, que
l'on sort des cachots pour les guérir dans une salle de
force. Ils ont trouvé moyen d'avoir quelques armes ;
une sœur de l'Hôtel-Dieu a été poignardée à coups de
couteau, et un Suisse égorgé ; sept prisonniers se sont
évadés, et trois ont été repris.

Nous ignorons encore les suites de l'apparition du
premier président à Versailles; il ne transpire rien. Le
peuple assure par un bruit général que les jésuites

1. Voy. plus haut, p. 257. S'agit-il du même fait?

vont être chassés du royaume, et c'est déjà un grand
sujet d'allégresse.

11 *juin*. — Les nouvelles de Soissons sont que le
Roi a dit au premier président, dans sa conversation
tête à tête, qu'il lui racontât ce qu'avait souffert le
parlement, et quel était le malheur de ses sujets par
la cessation de l'administration de la justice. Le magistrat l'a raconté laconiquement ; le Roi en a paru
touché ; le premier président lui a demandé par trois
fois quels ordres il donnait pour la grand'chambre
de Soissons, et la troisième fois il a répondu « qu'il
voulait lui-même finir cette affaire et qu'on assurât la
chambre de ses bontés. »
Sur ces paroles, on attend avec impatience, mais rien
ne vient encore ; le Roi n'est de retour de Crécy que
d'hier au soir. Mais en vérité, il aurait bien dû négliger
cet amusement et y préférer une affaire si capitale
pour le royaume. Un peu plus d'attente gâtera tout, car
on craint *inimicus homo*, les mauvais conseils, la partie
adverse. Cependant l'on me mande que la joie renaît
dans Paris, et que les promenades et autres lieux publics ne retentissent que des éloges de Sa Majesté.

13 *juin*. — Nous n'avions pas encore hier de nouveaux faits sur le retour du parlement que le Roi a
promis au premier président ; cela traîne trop, dit-on.
J'apprends cependant qu'il y eut des zélés constitutionnaires à Versailles qui envoyèrent un courrier à
l'archevêque de Paris, à l'instant que le premier président apparut à la cour. Voilà de quoi bien ameuter
tous ces vilains hypocrites amis de Rome, ennemis de

la France. L'on sait que l'archevêque de Paris s'est vanté d'avoir fait manquer deux fois la paix du parlement.

Ose-t-on des forfaits avouer le plus noir?

Il paraît un gros in-quarto bien imprimé, assez cher, et composé, dit-on, par le P. Patouillet, jésuite[1]; on le vend avec liberté. C'est une longue déclamation contre le parlement, le Châtelet et autres tribunaux; on s'y efforce de prouver que le parlement est le plus grand ennemi du Roi, que les rois sont absolus en France, que tout est à eux, etc. L'on croit que ceci sera le point de réunion pour tous les parlements qui concourront à le condamner incessamment.

15 juin. — L'Hôtel de ville de Paris a obtenu permission de revendre l'hôtel de Conti, qui lui était fort à charge et qu'on l'avait forcé d'acheter bien cher pour en faire un nouvel hôtel de ville; on le revend à cent mille écus de perte, à des architectes. Cette belle opération-ci a été faite pour plaire à M. le prince de Conti, qui voulait survendre son hôtel.

L'on dit à présent que le parlement ne reviendra à Paris que le mois prochain; l'accommodement traîne, et l'on attribue ce retardement aux finesses de mon frère. Mais sa faveur en est menacée. Il ignorait l'événement de l'apparition du premier président à Versailles; quand on le lui apprit, il était chez la comtesse d'Estrades et en trembla. On attribue à Mme de

---

1. *Observations sur le refus que fait le Châtelet de reconnaître la Chambre royale.* En France, 1754, 258 p. in-4. Cet ouvrage a été attribué à dom la Taste par plusieurs écrivains contemporains, et par Barbier à l'abbé Capmartin de Chaupy. Voy. *Remarques en lisant*, n° 2273, et les *Nouvelles ecclésiastiques*, 1754, p. 137.

Pompadour cette volonté déterminée du Roi de faire
la paix du parlement, mais l'exécution malgré les ministres en est d'une grande difficulté. On ne sait encore
ici si M. de Machault est pour ou contre, s'il s'entend
ou ne s'entend pas avec mon frère qui est le chef du
parti moliniste. Les jésuites paraissent en alarmes.
L'on dit qu'il est arrivé depuis peu un conseiller du
parlement à Versailles pour conférer sur ce raccommodement.

16 *juin*. — Le bruit était à Paris que les lettres de
cachet étaient parties, et que le parlement allait reprendre ses séances. On est charmé des bontés du Roi
et l'on s'en prend à ses ministres, ainsi qu'aux jésuites, de tout le mal qui s'est fait en son nom. Notre
monarque est heureux d'avoir été le bien-aimé; sans
cela, il eût été le bien détrôné. L'on dit donc que tout
l'accommodement consiste à oublier le passé de part
et d'autre, à l'injonction du Roi au parlement de reprendre ses fonctions; que les remontrances projetées
et imprimées ne seront pas admises parce que Sa
Majesté y a vu quelques articles contraires aux principes de son autorité; que le Roi, d'accord avec son
parlement, concertera une déclaration pour donner la
paix au royaume sur le fait de la bulle, et que le mémoire à faire sur cela sera la matière de *représentations* que lui fera son parlement, et qu'en attendant,
le Roi ordonnera aux évêques de son royaume de surseoir à toute exaction de billets de confession. Ainsi,
par l'événement, le parlement aura gagné son procès;
et voilà la question jugée suivant les principes qui
avaient causé la disgrâce.

Certes, voilà une affaire finie d'une façon qui attirera bien des éloges à Louis le Bien-Aimé, mais cela
aura des suites pour quelques ministres, et nous devons prévoir du discrédit et des disgrâces pour quelques-uns. L'on attribue cet ouvrage à la marquise de
Pompadour. Cependant il y a quelques lettres de la
cour qui soutiennent encore qu'il n'y a rien de fait ;
nous en savons davantage aujourd'hui. Le parlement
et surtout son chef vont acquérir grande gloire.

On m'a écrit de Troyes que l'évêque de cette ville y
est de retour, bien affligé de n'avoir pu obtenir d'arrêt du conseil pour se venger du bailliage qui a
fait vendre les meubles d'un curé pour refus de sacrements.

D'un autre côté, l'on dit que M. Bauyn, évêque
d'Uzès, va être nommé évêque d'Auxerre, et qu'on a
envoyé un ordre aux grands vicaires de ce diocèse,
qui le gouvernent *sede vacante*, de ne rien faire jusqu'à nouvel ordre sur les refus de sacrements, et particulièrement sur un cas semblable qui vient d'arriver
récemment. On leur a aussi défendu de faire l'oraison
funèbre de leur évêque. Mais cela peut, dit-on, s'interpréter par les vues qu'a la cour de nommer incessamment un évêque à Auxerre et par celle d'une no-
vation générale sur l'affaire de la bulle que va faire la
paix projetée.

19 *juin*. — Mlle Alexandrine, fille unique de la
marquise de Pompadour, est morte de la petite vérole
au couvent de l'Assomption. Le duc de Chaulnes devait marier son fils avec elle, et en aurait mis trente
millions pour le moins dans sa maison. Voilà bien des

édifices renversés; ainsi est confondue la prudence humaine. M. de Vandières, frère de cette favorite, va être d'une richesse immense et fonder une grande maison. Mais l'on croit dans toutes ces maisons de faveur illicite remarquer les coups de la justice de Dieu.

Le rappel du parlement languit toujours, et l'on dit que ce sera seulement pour la fin de ce mois. Nous soupçonnons les démarches de l'*inimicus homo*[1]; nos prêtres remuent tous les ressorts de l'enfer pour empêcher le rétablissement de l'ordre, de la justice et de l'humanité. L'on se jette sans doute aux pieds du Roi, on lui représente la religion en péril, etc., mais il reconnaîtra bientôt qu'il n'y a qu'un honnête homme de premier ministre propre à raccommoder les choses, sans quoi tous les mauvais ministres traverseront toujours ses intentions et ruineront les affaires.

Le parlement de Rouen a demandé le retour du sieur du Fossé, l'un de ses conseillers, lequel est depuis longtemps à la suite de la Cour[2]; ils ont député les gens du roi; on les a réprimandés d'avoir député ainsi sans permission, et l'on a renvoyé en bref ces

1. Nous persistons à croire que, par ces mots, d'Argenson veut désigner son frère, bien que, dans l'édition publiée par le libraire Jannet, t. IV, p. 185, se trouve cette phrase : « On craint qu'*inimicus homo* n'intervienne en tout ceci, c'est-à-dire les jésuites. » Nous ne l'avons rencontrée nulle part dans notre manuscrit.

2. Le conseiller Thomas du Fossé, descendant du savant du Fossé, de Port-Royal, avait le premier dénoncé les refus de sacrements au parlement de Rouen, et passait pour le rédacteur des fameuses remontrances de novembre 1753. Mandé à Versailles le 8 novembre, il y resta onze mois sans être entendu, et ne fut rappelé qu'à la St-Martin de l'année suivante. Floquet, *Histoire du Parlement de Normandie*, t. V, *passim*.

députés. Voilà des démarches qui sentent la guerre
et non la paix.

20 *juin*. — Les nouvelles de la cour touchant le
rétablissement du parlement à Paris sont qu'il n'en est
quasi plus question et que l'on a fait revirer le Roi
comme une girouette. L'on conte ces détails, que l'archevêque de Paris partit sur-le-champ pour Crécy,
tandis que le Roi, allant à cette même campagne
de la marquise, avait donné ordre à M. de Saint-Florentin d'expédier toutes les lettres de cachet nécessaires pour le rappel du parlement; que l'archevêque
alla déguisé à Crécy et dans une chaise de poste fermée où l'on ne pouvait le reconnaître; que ce prélat
avait parlé au Roi avec grand pathétisme et l'avait
menacé de toutes les foudres ecclésiastiques, et que,
sur cela, contre ordre était arrivé à M. de Saint-Florentin, pour ne point expédier lesdits ordres.

Là-dessus est survenue la mort de Mlle Alexandrine,
fille de la marquise de Pompadour. Elle était au salut,
dans son couvent de l'Assomption, quand le frisson
lui prit avec convulsions, et en quatre heures elle est
morte sans que les médecins aient pu rien comprend-
dre à sa maladie, sinon qu'elle avait des étouffements
convulsifs. La marquise en a été frappée; elle avait
ses règles qui se sont arrêtées d'abord; il a fallu la
saigner du pied, et l'on ne savait encore hier ce qui
arriverait de son sort. On ne manque pas de dire
qu'elle meurt empoisonnée, et l'on en charge les jésuites. Les prêtres ont voulu, dit-on, montrer au Roi
que le doigt de Dieu frappe ceux qui ont voulu contrarier la bulle *Unigenitus*, et par là effrayer le Roi.

L'on croit aussi que M. le Dauphin trempe dans la révocation du contre-ordre ; que, sans son nom, l'archevêque de Paris n'eut jamais osé pénétrer à Crécy sans
la permission du Roi, comme il a fait. L'on dit que
M. le Dauphin, opposé de volonté au Roi sur le fait
de la religion, est un commencement de grand
malheur pour l'État; qu'il est entouré de l'abbé de
Saint-Cyr et de plusieurs menins cagots qui le jettent
dans le parti de la plus haute cagoterie. Enfin, l'on
va dire dans le public que le Roi a de l'humanité,
mais qu'il est d'une grande faiblesse, qu'il est envi-
ronné et séduit; de cette affaire-ci, on n'en voudra pas
au Roi, mais de plus en plus à la royauté, et une révolution est plus à craindre que jamais. L'on prétend que
si elle est pour arriver à Paris, ce sera par le déchire-
ment de quelques prêtres dans les rues, même par
celui de l'archevêque de Paris, puis l'on se jettera sur
plusieurs autres, le peuple regardant ces ministres
comme les vrais auteurs de nos maux.

Les confesseurs disent qu'à Paris les poisons re-
commencent à devenir à la mode, et qu'il en est question plus que jamais.

21 *juin.* — On a ouvert Mlle Alexandrine ; les médecins et chirurgiens ont attesté qu'ils n'y avaient pas
trouvé de quoi tuer un poulet, seulement quelques
gouttes de sang extravasées dans le bas-ventre. Elle
avait senti la veille de sa mort mal au cœur et à l'estomac ; elle s'est plaint pendant ses convulsions d'op-
pression au ventre, et elle prenait le lait d'ânesse. L'on
prétend que ce lait a mal passé. L'on cite la mort de
M. le Normant, l'avocat, à qui l'on trouva dans le

ventre un fromage de lait pétrifié, mais on n'a pas trouvé pareil symptôme à cette enfant ; enfin l'on n'y comprend rien, et l'on parle toujours de poison, mais sans preuves.

Le cardinal de la Rochefoucauld a été mandé par le Roi et est arrivé à Versailles. L'on prétend aboucher ce prêtre doux et honnête avec M. de Maupeou dont il est ami, mais on ne considère pas deux choses : l'une que sa qualité de prêtre ne lui permet pas de relâcher la moindre chose de sa juridiction ecclésiastique aux parlements ; l'autre que, le parlement de Paris, ayant fait son devoir, même avec relâchement, dans ce qui a causé sa disgrâce, ne peut pas relâcher la moindre chose des maximes du royaume sans se déshonorer ;

Que d'ailleurs ces deux chefs d'ordre ne sauraient prendre sur eux la moindre chose sans crainte du désaveu, soit de la part du clergé, soit du parlement ; ainsi vont-ils demander des assemblées de part et d'autre ou des envois d'émissaires, ce qui est la mer à boire avec des lenteurs infinies. Aussi me mande-t-on que les nouvelles du retour du parlement sont plus fâcheuses que jamais.

Ainsi le Roi, après avoir bien pensé, et commencé à bien agir, est retombé dans la séduction des prêtres, qui font corps avec les ministres et les courtisans. Le maréchal de Noailles s'est jeté depuis peu parmi les constitutionnaires, et on le donne de ce côté-là pour grand citoyen. Tout concourt à séduire, à tromper et à faire mal agir le Roi. Le peuple lui rend justice, mais le trouve bien faible ; d'un autre côté, le parlement va se croire plus fort que jamais, puisque le Roi l'a recherché de lui-même et l'a voulu faire revenir sans conditions.

Le Languedoc emprunte cinq millions pour rembourser les offices municipaux; les prêteurs y ont couru comme au feu, et cela a été rempli d'abord.

Les deux compagnies des fermiers généraux et des receveurs généraux payent à merveille malgré l'absence du parlement et ne donnent plus de leurs billets qu'à 4 pour 100. L'on dit que ce déficit dans la consommation de Paris ne fait que diminuer de leurs gains et ne fait jusques ici aucun tort au Roi.

La marquise est à Bellevue et le Roi à Versailles. Chaque jour le monarque va voir sa belle amie malade et la console à sa manière; mais que disent-ils ensemble sur ces deux événements du parlement et de la mort de Mlle Alexandrine?

23 *juin*. — L'on travaille avec le cardinal de la Rochefoucauld aux conditions propres à faire revenir le parlement à Paris, et tout le monde conclut que l'affaire est accrochée, car jamais les prêtres, quelque doux qu'ils soient, ne souscriront à des conditions pures et simples. L'on dit que, si le parlement ne revient pas pendant le voyage de Compiègne, il ne reviendra plus et que l'*inquisition* gagnera son procès. L'on parle aussi beaucoup que la fille de Mme de Pompadour est morte empoisonnée, et l'on craint que cette dame n'ait le même sort incessamment; on en accuse hautement les jésuites, ces vilains moines italiens.

24 *juin*. — L'on voit des copies de lettres de M. de

Saint-Florentin à l'archevêque d'Aix et au parlement
d'Aix.

Le Roi blâme le prélat d'avoir autorisé un refus
à la Sainte Table, à moins que ce ne fût à un excommunié dénoncé; mais, en même temps, l'on ne parle
que de ce refus, ce qui suppose nécessairement, et
par analogie, la permission de refuser les sacrements
ailleurs. Le parlement d'Aix est réprimandé dans
cette lettre pour avoir fait éclater cette affaire, au lieu
de l'accommoder, comme si les parlements étaient
faits pour accommoder, et non pour juger. On le
blâme aussi d'avoir donné des ordres capables de
soulever les inférieurs contre les supérieurs. Ainsi,
quand on improuve le parlement, l'on approuve et
l'on caresse l'évêque.

La lettre du Roi au parlement est une nouvelle
façon de parler à ces compagnies; elles ne connaissent
que les lettres patentes, et quand les lettres de petit
cachet[1] lui sont parvenues, ce n'a été que pour des
bagatelles, comme pour *Te Deum*, etc. Cette lettre, signée Saint-Florentin, le blâme d'affectation dans l'affaire
du sieur de Saint-Michel, lieutenant civil d'Aix, dont
nous avons déjà beaucoup parlé. Le Roi y déclare
qu'il l'a évoquée au conseil par arrêt dudit conseil, et
qu'il veut la décider lui-même; qu'il improuve ce
parlement de lui avoir envoyé des remontrances au
lieu d'obéir à son arrêt. Cependant il s'agit visiblement ici d'une affaire de discipline de compagnie et de

---

1. « Les lettres du *petit sceau* sont celles qui sont scellées en
la petite chancellerie, en présence d'un maître des requêtes qui y
préside. » *Dictionnaire de Trévoux.*

maximes du royaume, comme nous avons dit ; il y a
donc grande iniquité à l'évoquer au fond ; c'est une
étourderie du chancelier et zèle indiscret pour le
clergé qui a donné lieu à cette injustice criante.

Les choses sont bien changées : il ne s'agit plus de
dénommer les uns jansénistes et les autres molinistes :
à ces noms, substituez ceux de nationaux et de sacer-
dotaux ; voilà l'état de la question : Français ou partisans de l'inquisition et de la superstition, l'autorité
royale pervertie par l'intrigue, voilà tout.

25 juin. — Chacun à Paris est partagé entre ces
deux futurs événements : le parlement reviendra-t-il à
Paris ou n'y reviendra-t-il pas, et les prêtres triom-
pheront-ils ?

Le malheur de ma vie, aujourd'hui, est que mon
frère est seul chargé de l'iniquité de la continuation
de cette disgrâce du parlement. Mme de Pompadour
a dit tout haut : « Le Roi était déterminé au retour
du parlement, mais il a vu ce fripon (parlant de
mon dit frère) une demi-heure, et tout a changé. »
Ainsi Paris lui met sur son compte tout ce retardement et l'appel du cardinal de la Rochefoucauld à ces
conseils, ce qui prolonge trop une affaire qui embarrasse le Roi et où l'honneur royal est fort intéressé.
L'on dit aussi que M. le Dauphin et la famille royale
ont sanglotté et se sont jetés aux pieds du Roi. Et tous
ces obstacles peuvent rendre très-coupable à ses yeux
un ministre qui s'embarrasse tellement dans des affaires capitales qui font gémir le public, et surtout les
honnêtes gens qui souffrent beaucoup de la cessation
de la justice.

Mme de Pompadour a été très-mal de sa douleur
pour la perte de sa fille; elle n'a pas encore la vie en
sûreté; le Roi y va tous les jours.

L'évêque de Troyes ayant refusé les sacrements à un
malade en son nom, le bailliage de cette ville a saisi
son temporel, et jusques ici cet évêque n'a pu obtenir
d'arrêt du conseil; M. de Saint-Florentin commence à
se montrer tout parlementaire.

26 *juin.* — Toutes les nouvelles que nous avons sont
que le Roi travaille beaucoup lui-même avec ces tristes
prélats, qui troubleront son repos et ses connaissances
de plus en plus. Il confère avec l'archevêque de Paris et
le cardinal de la Rochefoucauld; mais croit-il par là
accélérer la paix? Non, il s'embrouille dans une négociation dont il sortira moins que M. le prince de
Conti, d'autant plus qu'il a moins d'esprit et de connaissances que ce prince. Il a été, dit-on, jaloux de sa
gloire s'il avait réussi à ces accommodements, et il y a
environ six semaines que le Roi travailla avec le prince
pour la dernière fois sur ces matières. Gens que je sais
bien ont inspiré au Roi cette émulation et le dessein
de former M. le prince de Conti comme son élève. Ils
savaient bien ce qu'ils faisaient : ce prince a pris les
principales idées du jésuite La Tour; ainsi c'est un
organe moliniste et jésuitique bien connu. Pour peu
que l'on exige du parlement des conditions à l'accommodement avec l'épiscopat, l'on rompra tout, et ce qui
arrivera de pire, c'est que Sa Majesté sortira de là plus
fâchée contre le parlement qu'Elle ne l'a jamais été :
car c'est au Roi à prononcer et non à négocier ou
transiger; il doit savoir les vrais principes et pronon-

cer. Ainsi se conduit-on au désir de sabrer le parlement plus que jamais.

Mais il ignore combien ce coup d'État est difficile. Les opinions nationales prévalent et peuvent mener loin. L'on observe que jamais l'on n'avait répété les noms de *nation* et d'*état* comme aujourd'hui : ces deux noms ne se prononçaient jamais sous Louis XIV, et l'on n'en avait seulement pas l'idée. L'on n'a jamais été si instruit qu'aujourd'hui des droits de la nation et de la liberté. Moi-même, qui ai toujours médité et puisé des matériaux dans l'étude sur ces matières, j'avais ma conviction et ma conscience tout autrement tournées qu'aujourd'hui : cela nous vient du parlement et des Anglais.

27 juin. — L'escadre de M. de la Galissonnière a mis à la voile le 1ᵉʳ juin de Toulon pour aller attaquer Alger.

Le sieur Dufesque, gros banquier du Languedoc, député du commerce de cette province, et qui passait pour homme très-riche, vient de se casser la tête d'un coup de pistolet. Il laisse pour deux millions de dettes par delà ses biens, ce qui est une horrible banqueroute et qui fera tort à bien du monde.

29 juin. — La marquise de Pompadour est toujours dans une affliction inexprimable de la perte de sa fille.

La mort violente par suicide de M. Dufesque embarrasse plusieurs personnes de la cour ; on a mis la main sur ses papiers ; on y trouvera bien des sommes données à des gens haut placés, comme au comte de Maillebois, et à Mme la duchesse de Lauraguais

100 000 livres pour une affaire que ce malheureux intrigant n'a pas obtenue.

J'ai vu un homme de la cour qui m'a dissimulé tout
ce qu'il a pu sur les affaires du parlement; j'en ai tiré
seulement que les épiscopaux ont inspiré au Roi un
grand mécontentement du premier président Maupeou
de ce qu'il avait avancé à la compagnie qu'il allait revenir
incessamment à Paris, présomption qui choque, dit-on,
un Roi qui prend toujours le mystère pour le secret.

On me nie qu'il y ait eu aucun ordre d'expédié;
le Roi n'a pas encore parlé au cardinal de la Rochefoucauld qui a été mandé à la cour, on ne sait comment. Tout est dans le silence et rien ne transpire;
l'on prétend que ce coup de théâtre (d'avoir mandé le
premier président) n'est point venu de Mme de Pompadour, et qu'elle n'y a eu aucune part. Le Roi en a
conçu l'idée, dit-on, du prince de Conti; elle a voulu
le copier en mandant ce magistrat; c'est tout. Le chancelier continue à aller bon jeu bon argent pour la bulle
Unigenitus.

La maladie de M. de Saint-Contest continue et l'on
ne sait ce qui en arrivera. C'est une fluxion de poitrine avec fièvre; il a été saigné sept fois. Il y a déjà
grande brigue à la cour pour lui nommer un successeur.

M. le prince de Conti travaille plus souvent que jamais avec le Roi, et l'on ne doute pas que ce ne soit
pour le rétablissement du parlement, mais en même
temps on désespère du succès, vu le peu de bonheur
qu'y a apporté jusqu'ici la main du prince. L'on soupçonne ainsi que l'adresse des jésuites y a plus de part
que la maladresse du prince, car ce sont eux qui don-

nent ces tire-laisse[1] en donnant suffisamment de mauvais conseils au prince de Conti.

30 juin. — Bien loin de satisfaire le parlement ni le public en rien, l'on vient de voir dans la liste des bénéfices que le Roi avait donné une abbaye de 7000 livres de rente au père Bouettin de Sainte-Geneviève, prieur curé de Saint-Étienne-du-Mont, lui qui avait été décrété par le parlement pour refus de sacrements et sur le compte de qui Sa Majesté s'était ouverte publiquement dans sa réponse aux remontrances, disant en propres termes que ce curé ne convenait pas à ses ouailles par sa chaleur et son humeur turbulente, et qu'il allait le faire déplacer. On attend deux ans, et voilà comme on le récompense de sa turbulence.

Il paraît de nouvelles brochures bien écrites et toutes plus convaincantes les unes que les autres pour la cause parlementaire et contre celle de nos familiers de l'inquisition courtisane; de l'autre côté, il ne paraît que des sophismes mal déduits, grande preuve de la bonne cause du premier côté et de la mauvaise de l'autre.

4 juillet. — Mort subite de M. Moreau, procureur du roi du Châtelet; c'était un grand ennemi du parlement et que la cour protégeait, répréhensible d'ailleurs pour bien des prévarications. Sa famille en a été fort aise, craignant qu'il ne la déshonorât au retour du parlement de son exil.

---

1. « Terme familier qui s'emploie quand un homme vient à être frustré tout d'un coup d'une chose qu'il croyait ne lui pouvoir pas manquer. » *Dictionnaire de l'Académie.* Louis XV s'en est servi dans une lettre au maréchal de Noailles.

L'on vient de nommer à l'évêché d'Auxerre celui qui était à Gap[1], grand et terrible moliniste, déjà connu par plusieurs refus de sacrements et qui va donner bien de la tablature aux tribunaux. Par là l'on voit que la cour ne songe qu'à pousser les choses à bout.

7 *juillet.* — Le bruit est grand qu'enfin le retour du parlement s'accommode aujourd'hui par la médiation d'un ami et d'un ennemi des droits parlementaires.

Le sieur de Monclar, procureur général du parlement d'Aix, s'abouche avec mon frère, grand fauteur du sacerdoce. L'on prétend qu'ils vont convenir d'un *mezzo termine*, mais je n'en crois rien, car le parlement n'a rien à rabattre des droits de la couronne sur le sacerdoce, ou bien il est déshonoré par son infidélité, car il prétend s'être mitigé autant qu'il a pu ; au reste il n'y a qu'aux dépens de la bulle *Unigenitus*, et en n'en parlant plus qu'on puisse accommoder cette grande affaire, mais la loi à porter sur cela serait choquante pour Rome et pour notre clergé. Ceux qui parlent pour cette bulle au conseil du Roi ne se tourmentent jamais de ce qu'il faut faire sur cela. Ainsi je conclus que l'affaire est inaccommodable, sinon par le retour brusque du parlement et en bravant *Bruta fulmina sacerdotum.*

8 *juillet.* — Mon frère vient d'obtenir un logement au vieux Louvre, celui qu'avait le sieur Bachelier comme gouverneur de ce palais[2]. Il y fait pratiquer diverses

---

1. Jacques-Marie de Caritat de Condorcet.
2. Ce personnage, dont il a été si souvent question dans les pre-

issues pour s'aboucher avec des personnes avec qui il
traite de ces mystères politiques d'État ; mais hélas ! à
quoi servent ces mystères si admirés ? à brouiller l'État
et à le faire périr de plus en plus.

Il est resté à Paris jusques à hier au soir et a manqué le conseil à Compiègne ; l'on croit que c'est pour
la négociation avec le parlement.

Le bruit est grand aujourd'hui que des personnes de
la cour du Dauphin ont dit que l'on expédiait actuellement les lettres de cachet pour le retour du parlement
à Paris; *sed in cauda venenum.*

Cependant voici deux parlements provinciaux qui
vont cesser leurs fonctions comme celui de Paris : celui d'Aix, à qui on a ordonné d'envoyer à la cour leur
registre, qu'ils n'enverront pas ; l'ordre est de rester as
semblés jusqu'à ce qu'ils aient obéi ; et celui de Rouen,
à qui l'on a défendu de continuer le procès à un professeur qui a enseigné la nécessité des billets de confession, et ledit parlement n'en continue que plus
avidement ce procès.

Ainsi tous les parlements vont se jeter dans cette
disgrâce de cour.

11 *juillet.* — L'on m'attribue avec raison le projet de
la place du Pont-Tournant tel qu'on va l'exécuter. En
effet, je fus des premiers qui donnai mon projet tout
dessiné, dès que le Roi mit ce plan au concours de
l'Académie, et il s'est trouvé le meilleur.

miers volumes de notre *Journal*, était mort le 8 mai précédent.
Outre son titre de premier valet de chambre du Roi, il avait le
gouvernement du vieux Louvre et la conciergerie du château de
St-Germain.

Le Roi a donné pour supérieurs à l'ordre du Calvaire ces trois prélats : Mgrs les archevêques de Paris et de Rouen, et l'ancien évêque de Mirepoix, tout mourant et tremblant qu'il est, et on a trouvé très-singulier qu'il acceptât.

12 juillet. — Il court de mauvais bruits sur le compte de mon cousin M. de Bernage le prévôt des marchands : l'on dit qu'il a pillé l'Hôtel de ville et l'Opéra ; cependant, il paraît qu'il sera encore constitué prévôt des marchands.

L'on parle de lui principalement à l'occasion de la prétendue mort du sieur Dufesque; l'on dit qu'il n'est pas mort et qu'il est en fuite dans les pays étrangers; mais, peu de jours avant sa mort, il a fait des emprunts odieux, et à gens qu'il réduit à la mendicité. Le Châtelet a mal poursuivi ce suicide : on a prétendu déterrer son cadavre; on a dit que c'était un autre cadavre acheté d'un chirurgien, et ce cadavre ne se trouve plus, de façon qu'on puisse le reconnaître. Tous les commerçants crient pour que l'on poursuive cette affaire, sinon le commerce et la confiance sont perdus, dit-on, et, s'il faut que le parlement revienne, il fera des poursuites rigoureuses de cette affaire.

Cependant ledit prévôt des marchands va être continué en place pour deux nouvelles années, dit-on, quoiqu'il soit fort impliqué dans cette vilaine affaire de banqueroute frauduleuse, car lui et ses amis étaient beaucoup en familiarité et en affaires avec lui, de façon que rien n'était plus intime que cette fréquentation d'affaires. L'on dit que c'est lui qui lui a conseillé cette feinte mort et qui par son crédit en étouffe les suites. Le procureur du Roi Moreau le père a mené cette soustraction du prétendu cadavre à la justice, puis est mort peu après.

J'ai vu les plans pour la place publique au Pont-Tournant, ce qui ne coûtera que trois à quatre millions, et ce sera là l'occasion pour continuer le prévôt des marchands dans sa place. Elle sera ornée de fanaux et de pilastres, de façon que tout le grand du terrain paraîtra entièrement.

L'emprunt du Languedoc n'est pas encore décidé ; il monte à cinq à six millions de capital ; on a prétendu d'abord ne donner d'intérêt qu'à 4 pour 100, mais les prêteurs s'étant ameutés, l'on a souscrit pour peu de choses à ce taux, et le gouvernement est obligé à le remonter à 5 pour 100 à l'ordinaire, sinon le crédit souffrira de cette contrainte.

13 *juillet*. — L'on ne parle plus aucunement du retour du parlement à Paris ; les exilés se préparent à passer leur hiver dans leur lieu de disgrâce. L'on parle même d'une toute autre tournure à cette affaire-là. Le clergé promet secrètement quarante millions pour la prochaine assemblée, au mois de mai prochain, savoir dix millions de don gratuit pour les deux assemblées de 1750 et 1755, et 30 millions pour tenir lieu du vingtième. C'est pour cela qu'on leur donne ce triomphe sur le parlement et qu'on le continue si longtemps en proposant aujourd'hui des conditions impraticables. Ainsi ce triomphe de clergé ira au moins jusqu'à l'octroi d'un si fort don gratuit, c'est-à-dire jusqu'au juillet prochain 1755. Après quoi, l'on se moquera de lui et l'on fera revenir le parlement à

Paris. L'on dit encore que c'est le garde des sceaux
Machault qui a conseillé au Roi cette apparition du
premier président à Versailles, ce qui a mis le clergé
en grande crainte du retour du parlement et a achevé
la négociation pécuniaire. Quel tour de passe-passe
pour un gouvernement comme le nôtre!

La famille du feu procureur du roi Moreau vient
d'avoir 6000 l. de pension *cum elogio*, avec lettre
de mon frère vantant beaucoup les bons services de
ce magistrat qui était cependant en si mauvaise réputation.

Il y a eu à Bourges un duel entre le chevalier de
Gamache et un conseiller au parlement nommé Dupré
de Saint-Maur; il s'agissait de la femme d'un élu
qu'avaient aimée ces deux jeunes gens tour à tour; le
conseiller a eu quatre bons coups d'épée, mais dont
il ne mourra pas. Oisiveté engendre tous vices; avec
cela, quelques-uns de ces jeunes magistrats jouent
la comédie à Bourges, ce qui déplaît fort au reste du
corps[1].

14 juillet. — L'abbé de Prades vient d'envoyer la
rétractation la plus formelle des erreurs contenues
dans sa thèse; il a envoyé cette pièce au Pape, à la
Sorbonne et à son évêque de Montauban; celui-ci

---

1. On trouvera les détails les plus curieux sur le duel dont il est
ici question, et en général sur la vie que menaient les magistrats
exilés en province, dans une lecture faite par M. Ubicini à la *Société
du Berry* et insérée dans le *Compte-rendu* des travaux de cette
Société, 1863-64, p. 265. Elle est intitulée *Bourges en 1753 et
1754*, d'après un journal à la main rédigé par un des exilés et
conservé aux Archives de l'Empire.

a donné sur cela un mandement très-éloquent et comme pour l'enfant prodigue qui revient au toit paternel. Le roi de Prusse a conduit cette négociation, moyennant quoi il va lui donner de bons bénéfices en Silésie.

Néricault Destouches, auteur de très-bonnes comédies, et de l'Académie française, vient de mourir dans un âge fort avancé[1].

18 *juillet.* — Le garde des sceaux Machault a eu une grosse indigestion ; il a été bien saigné et purgé ; il vient d'arriver à Compiègne avec un visage très-blême.

M. de Saint-Contest a toujours une toux continuelle, dont les médecins pensent mal. Son père est mort de la poitrine, et lui, dans sa jeunesse, a trop fréquenté les courtisanes.

Le maréchal de Noailles est resté avec lui à Compiègne, pour conduire la besogne épistolaire. Ces deux ministres ne viendront point à Compiègne, et il s'y tiendra peu de conseils d'État.

La reine ira à Versailles le 3, et le roi le 5 d'août. M. le Dauphin a fait deux voyages à Compiègne, et retourne à Versailles vivre avec la dauphine.

21 *juillet.* — La *Gazette de France* parle, non sans quelqu'affectation, d'une audience que le Roi a donnée à Compiègne, le 14, au premier président Maupeou. L'on veut charmer les ennuis du public, mais cette affectation donne défiance de l'avenir, car il n'y a qu'à faire le bien sans le dire.

1. Le 4 juillet, à 74 ans.

Si j'avais le district de l'ancien évêque de Mirepoix, et qu'on appelle la feuille des bénéfices, mon premier principe de pratique serait de n'y rien faire sans consulter le premier président du parlement de Paris, et je voudrais qu'on le sût; il ne se passerait pas de semaine que je ne travaillasse avec lui, car je regarderais le parlement comme le premier ministre des affaires ecclésiastiques du royaume; sans lui, rien de bien; avec lui, tout bien pour empêcher les usurpations ecclésiastiques et pour bien diriger la religion et le clergé. Je voudrais aussi qu'il me communiquât les actes principaux du parlement sur ce district pour en rendre compte au Roi.

23 juillet. — Je viens de lire la lettre-circulaire écrite par le premier président Maupeou à tous les chefs des différents lieux d'exil des officiers de la compagnie; il leur apprend sa conférence avec le Roi à Compiègne, et que le monarque lui a dit qu'il voulait bien faire grâce à son parlement, que ses ordres allaient être donnés pour leur retour à Paris, etc. Ce mot de grâce fait peine à tout le monde, car on ne fait grâce qu'à des criminels, et pourquoi traiter ainsi une compagnie aussi respectable et qui tient un si grand état dans le royaume? L'on plaint le premier président d'avoir été obligé de rendre ce terme comme il est dit.

Quelque chose que l'on doive proposer à la rentrée, l'on dit que la conduite est bonne de revenir toujours, et que l'on verra alors à Paris mieux qu'ailleurs quel parti doit prendre le parlement; l'on n'osera pas, dit-on, reculer en arrière, après l'avoir fait revenir.

La Chambre royale expédie toutes les affaires dont
elle est chargée le plus diligemment qu'elle peut, mais
elle n'en reçoit pas de nouvelles.

L'on dit que M. de Boynes, procureur général de
cette chambre, va être fait lieutenant de police de
Paris, et que M. Berryer aura la place d'intendant des
finances de M. de Baudry, qui se retire ou se meurt.

25 *juillet*. — Le parlement de Rouen vient de
condamner au feu, par la main du bourreau, le gros
ouvrage in-4° du P. Patouillet, contre le parlement et
le Châtelet, sur ce qu'ils ne veulent pas reconnaître la
Chambre royale; on les accuse de vouloir détruire la
monarchie, dessein qu'on leur impute et dont on leur
attribue l'exécution dès la première race; ce jésuite
vomit quantités d'injures contre l'autorité et la liberté
des magistrats.

26 *juillet*. — L'on vient de m'envoyer dire que
M. de Saint-Contest, secrétaire d'État, était mort
avant-hier au soir à Paris[1]. Je savais bien qu'il était
tombé dans une maladie de langueur depuis sa fluxion
de poitrine, qu'il n'avait pu aller à Compiègne et
que les médecins pensaient mal de son état, mais l'on
ne voyait pas qu'il dût tourner si promptement à la
mort.

Supposant ce décès véritable, je sais bien qui devrait lui succéder; mais considérant que l'intrigue de
cour gouverne seule ces choses-là, qu'elle forme seule

1. François-Dominique Barberie, marquis de Saint-Contest,
né le 26 janvier 1701, mort le 24 juillet 1754.

les exclusions et les inclusions aux places, je ne vois qu'un filet de volonté du Roi pour régler un choix aussi important que celui de ce département. Le Roi a l'esprit bon et juste, mais il craint le bien, il ne veut offenser personne; il craindra d'avoir du bruit dans son conseil, et surtout il redoutera les cris aigres du maréchal de Noailles[1].

La vérité est qu'ils n'ont personne de prêt pour cette charge; seulement M. de Machault pourra y proposer le chevalier Chauvelin, frère de son ami, qui est conseiller d'État, et aujourd'hui ce chevalier est ambassadeur à Turin. Depuis que M. de Puisieux est parvenu à cette place, tous les gens de cour y prétendent, pour peu qu'ils soient initiés aux affaires, et c'est grande pitié de voir ainsi la besogne gâtée. Le

---

1. Une publication récente a mis hors de doute l'hostilité constante de ce personnage contre d'Argenson, dont on a vu celui-ci se plaindre si souvent : nous voulons parler de la *Correspondance de Louis XIV et du maréchal de Noailles, publiée d'après les manuscrits du dépôt de la guerre, avec une introduction*, par M. Camille Rousset. Paris, 1865, 2 vol. in-8°. Le mémoire du 15 décembre 1746, remis par le maréchal au Roi, t. II, p. 251, est un véritable réquisitoire contre la personne et la politique du ministre dont la chute suivit de près. Peut-être le judicieux éditeur pouvait-il se dispenser d'épouser aussi complétement qu'il l'a fait dans son *Introduction*, p. cxcviii et suiv., les antipathies du courtisan homme d'État dont il publiait la correspondance. Nous ne le suivrons pas dans cette voie. M. Sainte-Beuve, qui nous convie à la tâche de défendre d'Argenson contre des exagérations malveillantes, s'en est trop bien acquitté pour que nous ayons autre chose à faire que de renvoyer à ses articles : *Constitutionnel* des 31 juillet et 14 juillet 1865. D'ailleurs, d'Argenson *la bête* s'est raconté avec une franchise qui ne laisse presque rien à dire aux autres sur lui-même en bien ou en mal. Nous doutons qu'on pût en dire autant des mémoires du maréchal, s'il les avait écrits.

maréchal de Noailles proposera un M. Silhouette, maître des requêtes, et qu'il a fait chancelier de M. le duc d'Orléans, homme de basse extraction, que je connais pour grand fripon, renard de cour, protégé par les jésuites, ayant peu d'idées, usurpant celles des autres et la réputation d'homme d'esprit.

28 juillet. — Les prétendants au ministère des affaires étrangères sont : M. de Saint-Séverin, pour lequel sollicite vivement Mme de Pompadour; le prince de Conti, qui ne désempare pas de Compiègne dans cette vue; mais l'on croit que les raisons par lesquelles le Roi l'en a déjà exclu continueront de l'en exclure; M. de Courteille, ami du garde-des-sceaux, qui sollicite pour lui; mêmes raisons font croire la négative et le refus; le chevalier Chauvelin, notre ambassadeur à Turin, ami de même du Machault; M. d'Ossun, notre ambassadeur à Naples. Ces deux hommes de guerre ne sont guère propres à ces places, où il faut tout coucher sur le papier.

On ne sait plus à quoi attribuer le retardement au retour du parlement tant promis. L'on dit que tout est expédié pour cela; mais ces expéditions restent sur le bureau du secrétaire d'État. Il y a eu chez le chancelier un comité tenu pour cette affaire; mon frère a eu la fièvre et n'a pu s'y trouver. L'on dit encore que les ordres sont donnés pour faire sortir de leurs prisons les prisonniers du parlement, mais que l'abbé Chauvelin restera le dernier à Vincennes.

L'on voit un nouvel arrêt du parlement de Provence avec des remontrances de M. de Monclar, procureur général, lequel a beaucoup de force et de clarté.

29 *juillet*. — L'on prétend d'un côté que le retour du parlement est assuré en même temps que le Roi sera de retour à Versailles, ce qui est pour le 5 août. Cependant l'on parle toujours de la déclaration à y porter comme d'une loi qui choquera nécessairement le parlement, et qui pourra lui causer une nouvelle disgrâce si les ministres tiennent bon. L'on assure aussi que le dernier voyage de M. le Dauphin à Compiègne a été pour mettre un bâton à la roue : car les lettres de cachet étaient expédiées pour le retour du parlement, et depuis cela elles restent dans les bureaux du comte de Saint-Florentin.

L'on compte trente-cinq candidats qui se présentent, qui agissent, qui intriguent, qui offrent de l'argent pour obtenir la place de secrétaire d'État des affaires étrangères, vacante par la mort de M. de Saint-Contest, gens de robe, gens d'épée, des ducs, les plus grands seigneurs, pour donner le plus de ridicule que l'on peut au Roi. L'on dit que M. de Baschi est déjà nommé. D'autres assurent que ce sera le duc de Nivernais, avec sa petite santé et son petit bel esprit. Tous nos ambassadeurs ou ceux qui l'ont été le demandent ; depuis que M. de Puisieux, étant maréchal de camp, a eu un département, il n'y a personne qui n'y prétende : le duc de Mirepoix, M. de l'Hôpital, gendre de M. de Boulogne, qui offre beaucoup d'argent pour cela, et tous ceux que j'ai nommés ci-devant, car cette liste m'ennuie.

L'on dit que cette place importante va être nommée et remplie demain ou après-demain.

30 *juillet*. — L'on mande de Compiègne que

M. Rouillé vient d'être nommé au département des affaires étrangères, et que l'on s'attend à tous moments à la déclaration que le sieur Pallu, son beau-frère, sera déclaré ministre et secrétaire d'État de la marine. L'on parle aussi du sieur Silhouette pour cette place, par le crédit et les intrigues du maréchal de Noailles, ainsi que par celle des jésuites.

2 *août.* — La nomination de M. Rouillé au département des affaires étrangères a fort surpris la cour, la ville et les provinces. On n'y entend rien, et les plus grands serviteurs du Roi déplorent ce trait de méprise : un homme de soixante-dix ans, tout neuf dans ces affaires de politique, etc.

Nous apprenons encore que M. le garde-des-sceaux Machault n'a plus le ministère des finances et qu'il vient d'être donné à M. Séchelles, intendant de Flandre[1]. Il en a même déjà prêté son serment.

L'on avait dit en même temps que M. de Machault avait la marine, mais l'on dit depuis qu'il n'en est rien, et que cette espèce de premier ministre est sur le penchant de sa disgrâce.

3 *août.* — Il est certain que M. de Machault a présentement le département de la marine ; il y trouve une occupation douce et une place qui ira parfaitement à son fils aîné, quand il aura la chancellerie ; mais on dit qu'il a rendu sa santé mauvaise par gourmandise. Il avait depuis plusieurs années un grand désir d'être débarrassé des finances, qui sont en effet fort embarrassantes aujourd'hui.

1. Jean Moreau de Séchelles, né à Paris le 10 mai 1690.

4 août. — M. le garde-des-sceaux Machault a obtenu
encore de diriger la Compagnie des Indes, et l'on
prive M. Pallu, beau-frère de M. Rouillé, des emplois
qu'il avait dans la marine, emplois subalternes, à
la vérité, et au-dessous d'un conseiller d'État, mais
dont les appointements étaient nécessaires à ses
besoins.

5 août. — M. le garde-des-sceaux Machault se démet de sa charge de trésorier de l'ordre du Saint-Esprit en faveur de M. Rouillé, secrétaire d'État; ainsi
la charge de M. de Saint-Contest de maître des cérémonies de l'ordre reste toujours vacante.

L'on donne l'intendance de Flandre à M. de Beaumont, neveu de M. de Séchelles, et l'on offre celle de
Franche-Comté, qu'avait celui-ci, à M. d'Aligre; mais
il ne veut pas quitter l'intendance de Picardie pour
faire dépit à M. de Chaulnes, gouverneur de cette
province[1].

6 août. — C'est aujourd'hui que le Roi revient à
Versailles.

L'on assure qu'il vient de se tenir une congrégation
touchant les affaires de la constitution *Unigenitus*,
plusieurs de nos évêques s'étant adressés au pape
pour cela. Ce sera bon ouvrage sous un bon pape, ce

1. Le même que nous avons vu commander en Bretagne par
commission, en l'absence du duc de Penthièvre, gouverneur
général. Il avait été pourvu, le 1er janvier 1752, de la charge
de gouverneur et lieutenant général de Picardie et d'Artois. Sur
sa querelle avec l'intendant d'Aligre, voy. *Journal de Barbier*,
t. VI, p. 49.

qui pourra adoucir la rigueur de cette sottise, mais
le Roi n'aurait jamais du souffrir qu'on s'adressât à
Rome pour cela, ni pour autre chose du gouvernement de son royaume.

7 *août.* — Il y a depuis peu de nouveaux refus de
sacrements à Paris.

Le duc de la Rochefoucauld est ami de l'archevêque
de Paris, et lui a parlé depuis peu d'une façon à lui
faire envisager tout le mal et les dangers du mal dont
il est la cause, mais le prélat lui a répondu d'une
façon à prétexter de sa conscience son entêtement
invincible.

Je sais que les meilleurs officiers du parlement re-
gardent leur rappel à Paris comme l'effet de la malice
de leurs ennemis, que la déclaration qui sera proposée à leur assemblée est inacceptable, et que tout
n'est fait que pour accroître contre eux la colère du
monarque. Le mot de *grâce* ou de *clémence* dont le
Roi s'est servi pour les rappeler commencera par les
indigner, ils sont résolus à se montrer d'abord plus
hautains qu'humiliés, afin que la cour sache à quoi
s'en tenir sur leur compte.

L'on observe aussi que, pendant ce temps-là, les
évêques accroissent leurs actes de schisme au lieu de
l'adoucir. A Troyes, on a voulu exiger d'une femme
l'acceptation pure et simple de la Constitution; à Aix,
on a refusé la communion à la Sainte Table, soutenant
ces actes comme de droit. Ainsi tout va de mal en
pire, au lieu d'aller en moins mal: voici le clergé tout
fier du déplacement de M. de Machault hors de la
finance, et il s'en regarde comme l'auteur et triomphe

hautement; ainsi, tout encourage ses entreprises,
tout décourage les magistrats, organes de la nation.

11 *août*. — M. de Séchelles, nouveau contrôleur
général des finances, n'oublie pas sa famille et y fait
répandre des grâces le plus diligemment qu'il peut. Le
sieur Beaumont, son neveu, est intendant de Lille en
sa place; le sieur de Moras, son gendre, a une expectative d'intendant des finances, et, en attendant, sera
chargé du département qu'il voudra en finance.

On a augmenté l'intendance de Flandre de la province d'Artois que l'on détache de celle de Picardie;
cela se prend comme une punition infligée à M. d'Aligre, intendant de cette dernière province, à cause de
sa dernière querelle avec le duc de Chaulnes; mais
l'on prétend que cela était déjà résolu avant cette
querelle. Comme il refuse d'accepter l'intendance de
Franche-Comté, peut-être ceci la lui fera-t-il accepter,
vu que celle de Picardie va être réduite à très-peu de
chose.

Ainsi, avec de tels ministres, les familles accré-
ditées vont-elles emporter toutes les décisions qu'elles
voudront.

12 *août*. — Le premier président Maupeou a fait
le 4 de ce mois un troisième voyage à Compiègne
sans y traiter d'affaires, et uniquement pour traiter
d'affaires.

A Paris, l'on a distribué le prix général de l'Université dans la grande salle de Sorbonne et l'on y a
laissé les fauteuils vides pour le parlement. L'on en
avait usé de même l'année dernière.

Nos politiques disent que si le Roi voulait être un grand roi, il humilierait les prêtres et les jésuites, et les réduirait à ce qu'ils doivent être, comme en Angleterre, et que, pour cela, « il n'a pas, dans ses équipages, de meilleure meute que le parlement pour chasser les prêtres. »

14 *août.*—L'on parle de divers changements dans les intendances par l'élévation de MM. de Beaumont et de Moras. L'on désigne M. de Bernage de Vaux pour Maubeuge, M. de Boisemont, intendant de la Rochelle, pour la Franche-Comté, ou, pour l'une de ces deux places ou pour avocat général ou pour premier président, le jeune de Brou[1], à qui on a fait une réputation pour son esprit superficiel.

16 *août.*—L'on vient de réimprimer la traduction du *Traité de Locke*, sur le gouvernement civil, et l'on observe par la préface que cela nous vient du parti janséniste. Ce livre fut composé par ce grand philosophe anglais peu après la révolution de 1688, où cette nation se défit d'un roi qui gouvernait contre les lois. Filmer avait écrit pour les rois, ne les tenant comptables qu'à Dieu seul de leurs actions, quelques hautaines et irrégulières qu'elles fussent; Sidney écrivit au contraire pour faire détester les rois. Locke prend le parti mitoyen et décide ici que l'on peut déposséder les rois qui deviennent tyrans.

Or, nous devons dire que ce livre, produit aujourd'hui par les jansénistes, devient une démarche déli-

---

1. Il était avocat général à la Chambre royale,

cate et qui doit irriter la royauté, faisant voir combien les têtes s'échauffent, et quelle est la maladresse du ministère d'engager les sujets à mettre de telles questions sur le tapis.

19 *août.* — J'apprends par une lettre de Bourges que les conseillers et présidents se montrent plus courageux et plus animés contre les ministres que jamais : ils ont fait graver un plan de la ville de Bourges, avec les logements du parlement *ad æternam memoriam.*

Le roi a nommé à l'intendance du Hainaut M. de Boisemont, qui avait celle de la Rochelle, homme d'assez bon sens, mais borné, et à celle de Franche-Comté M. de Boynes, qui était procureur général de la Chambre royale, homme de palais, mais de quelque probité.

Sa Majesté ne doit coucher que neuf jours à Versailles, depuis son retour de Compiègne jusqu'à son départ pour Fontainebleau, voyages, petites campagnes, chasses au fusil et aux chiens courants continuellement; pendant ce temps-là les affaires s'expédient comme elles peuvent.

Deux nouvelles dames choisies pour accompagner Mesdames de France : Mme de Chimay et la duchesse de Broglie, nouvelles charges pour l'État; ces dames de compagnie excèdent présentement le nombre de quatre-vingts.

L'état des finances succombe, et c'est pour cela que M. de Machault croit avoir fait une bonne affaire de quitter ce ministère. Son successeur, M. de Séchelles, devient triste et prépare avec effroi quelque

nouveau coup de finance pour soutenir les payements.

Le parlement de Rouen a jugé l'affaire du professeur de Caen, Canal[1]; il a été admonesté, et ses
cahiers brûlés par la main du bourreau.

20 *août.* — L'archevêque de Tours fait ses visites et
déclare le schisme à chaque pas contre ceux qui ne
reçoivent pas la constitution. A Chinon, il n'a pas
voulu faire part des indulgences d'une canonisation
nouvelle, à cause que le curé de Saint-Maurice (la
principale paroisse) était appelant.

L'évêque de Langres est accusé par l'abbaye de
Fontevrault d'avoir emporté pour cent mille livres
d'argenterie ou d'argent à cette abbaye, en emmenant
avec lui l'année passée sa sœur, qui en était abbesse,
et qui est allée mourir à Jouarre. Cela fait un grand
scandale.

22 *août.* — Un homme du peuple, à Paris, s'est
déclaré vouloir assassiner le premier président Maupeou, disant qu'il n'y avait que ce moyen-là pour
mettre à couvert les affaires de l'église, parce que
tout autre premier président que lui fléchirait sous
les ordres de la cour. Cet assassin s'en est vanté
dans le vin à un cabaret où l'hôte l'a entendu; on
l'a interrogé sans qu'il se crût arrêté, et il a dit la
même chose ayant cuvé son vin. Il a même déclaré
que c'était par le conseil de son confesseur, et celui-ci

1. C'est ainsi que nous avions lu ce nom. La *Gazette de Hollande* le nomme Caval ou Le Caval.

est un prêtre habitué de la paroisse, lequel est arrêté et qu'on interroge actuellement.

Ainsi, voilà le fanatisme sanguinaire qui s'empare des esprits par la religion, et surtout du côté des ultramontains et des prêtres, comme dans ces siècles qui devinrent si cruels par la Ligue, et les autres positions de sectaires conduits par leurs prêtres.

L'on s'étonne toujours de ne point voir d'ordres expédiés pour la délivrance des quatre prisonniers du parlement. L'on croit que la cour veut que le parlement assemblé demande leur liberté, mais les gens qui connaissent le terrain pensent que le parlement ne fera jamais cette demande, ne regardant pas ces quatre prisonniers comme plus coupables qu'eux-mêmes.

Tous ont tenu bon par un concert commun pour ne pas demander leur retour d'exil avant le 20 de ce mois, et, de ce jour-là, ils se sont rendus à des campagnes amies pour n'être à Paris que le 1er septembre.

Il court de grands bruits de séduction du premier président Maupeou (ce que je crois ne devoir point arriver) : l'on garde pour lui la charge du cordon bleu qu'avait feu M. de Saint-Contest pour le tenter, ainsi que quelques sommes d'argent pour payer ses dettes. *Oh! vanæ blanditiæ!*

24 *août*. — Mme la Dauphine accoucha hier à sept heures du matin d'un prince[1] ; voilà une brave Allemande et qui nous donne bien des héritiers du trône.

1. Depuis Louis XVI.

L'on assure que le premier président du parlement montre beaucoup de sérénité, et que les évêques ont l'air abattu. On a parlé à ce magistrat du cordon bleu de M. de Saint-Contest qu'on lui gardait, il a répondu qu'on ne le lui avait pas encore proposé, et que, pour le certain, il ne l'achèterait pas.

Le président de Mazy est déjà sorti de sa prison des îles de Sainte-Marguerite, et est déjà rendu à Lyon : l'abbé Chauvelin est à Vincennes, d'où il compte de sortir le 10 septembre pour aller le lendemain à l'assemblée des chambres, ainsi que les autres prisonniers.

L'archevêque d'Arles (de Jumilhac) a donné un soufflet à un gentilhomme qui est venu s'en plaindre au Roi ; cela augmente beaucoup l'irritation générale contre le clergé dans le public.

On a arrêté l'écuyer de l'archevêque de Paris pour avoir dit à quelques nouvellistes du Luxembourg que son maître avait correspondance avec la cour d'Espagne, afin d'obtenir sa protection en faveur de notre clergé.

L'on dit que le Roi a eu, à une chasse, un pourparler secret avec ledit archevêque de Paris.

L'on dit aussi que M. Bourgeois de Boyne joue un grand rôle dans tous ces pourparlers.

26 *août.* — Le bruit court que M. d'Aligre est révoqué de son intendance de Picardie, puisqu'il n'a pas voulu en accepter une autre : ainsi l'on a trouvé sa querelle indécente avec le duc de Chaulnes son gouverneur, et, s'il continue dans la volonté de se battre, on pourra bien l'exiler.

L'on dit même que l'intendance de Picardie est

déjà donnée à M. Moreau de Saint-Just, neveu de
Séchelles, nouveau contrôleur général, car ce nouveau
ministre-là s'entend parfaitement à faire avancer
promptement sa famille.

Le Roi a donné quatre mille livres de pension à
M. Bourgeois de Boyne, outre l'intendance de Picardie
qui vaut beaucoup, et cela en récompense des déboires
qu'il a essuyés dans sa place de procureur général de
la Chambre royale (ce qui marque combien le système
des jésuites contre le gouvernement français est plus
que jamais à cœur à la cour).

Le bruit est grand que mon frère va être déclaré
gouverneur de M. le duc de Bourgogne, duc et pair
et cordon bleu.

L'on parle d'un projet par où le nouveau ministre de ce département va se signaler à son
début.

L'on supprimerait les deux cent cinquante sous-fermiers, et l'on réunirait les sous-fermiers aux fermes
générales. Le profit de ces sous-fermiers allant à vingt
pour cent, cela profiterait beaucoup aux fermiers généraux, et l'on n'évalue à l'égard du Roi ce profit qu'à
quinze pour cent. L'on adjoindrait vingt habiles autres
fermiers généraux aux quarante qui pressurent déjà si
bien le peuple, ce qui ferait soixante pour cette compagnie.

Par là, les fermes augmenteraient beaucoup, et, par
cette augmentation, le Roi emprunterait quatre-vingts
millions à ses sujets, tant en rentes perpétuelles que
viagères, et assignerait aux perpétuelles un remboursement annuel du capital.

En même temps, le Roi remettrait aux traitants géné-

raux la disposition entière de leurs emplois qu'on leur
avait ôtée depuis longtemps (très-bonne affaire), et j'y
ajouterais le remplacement et la nomination de leurs
associés.

Mais il y a à critiquer ceci, en ce que les soixante
fermiers généraux régiront beaucoup moins bien cette
machine que les compagnies de sous-fermiers : ils né-
gligeront, ils seront trompés par la raison que des régisseurs généraux sont toujours moins exacts que des
régisseurs particuliers. La perfection serait de divi-
ser tout le royaume par généralités, et d'y proposer
autant de compagnies particulières qui y eussent tout,
et qui résidassent dans la capitale de chacune de ces
petites sphères.

28 *août*. — Un homme fort instruit des affaires
de la cour et du parlement m'assure qu'aucun des
ministres ne sait rien de ce qui doit se passer lundi
prochain à la séance du parlement, mais que le premier président le sait fort bien, et qu'il l'a déclaré
à la compagnie sans dire de quoi il s'agit, ce qui
fait croire que tout se passera bien. Cela supposé,
voilà un grand dégoût pour tous nos ministres. Bien
des gens croyent que le chancelier ne restera pas en
place.

Le premier président paraissant, mercredi 21, dans
la galerie de Versailles, y faisait, dit-on, la figure
d'Apollon sur le Parnasse, et chacun se rangeait pour
lui faire place. On admire son rôle comme celui d'un
très-grand magistrat.

29 *août*. — L'on mande de Versailles que le Roi

a grondé les ministres de n'avoir pas d'abord expédié les lettres de cachet nécessaires pour faire revenir les quatre prisonniers du parlement, que Sa Majesté a dit précisément au premier président qu'il regrettait les cinquante louis qu'il lui en coûtait pour envoyer un courrier au président de Mazy aux îles Sainte-Marguerite, qu'enfin tout se préparait à une bonne réception pour le parlement ; qu'on ne croyait pas qu'il dût se porter aucune nouvelle loi à l'assemblée des chambres.

Le bruit à Paris est que Mgr l'archevêque de Paris se démet de son archevêché, et qu'il va à Rome où le Pape le fera cardinal.

La Dauphine a accouché à son ordinaire, en un instant et pendant que le Roi était à Choisy. M. le duc de Berry [1] se porte bien.

Voyages continuels, séjour de huit jours seulement du Roi à Versailles, puis à Crécy.

Le voyage de Fontainebleau est indiqué pour le 2 octobre.

31 *août*. — La naissance du duc de Berry a causé peu de joie et presque aucune sensation à Paris.

Chacun se plaint et crie, les vivres sont augmentés de cherté à Paris, ainsi que tous les autres objets de dépense.

Les réjouissances pour la naissance du duc de Berry ont dû être faites hier, et non demain dimanche, de peur qu'on n'en attribue la cause au retour du parlement, sur quoi la cour est bien alerte.

1. Louis-Auguste de France, depuis Louis XVI.

L'on prétend que le pourparler du Roi avec le premier président du parlement tiendra lieu des remontrances que le parlement sollicitait. Ce magistrat a toujours l'air fort radieux, et sa compagnie espère beaucoup.

M. Bignon, maître des requêtes, vient d'obtenir la charge qu'avait feu M. de Saint-Contest de grand maître des cérémonies des ordres du Roi. L'on prétend récompenser ainsi d'une façon brillante tous les magistrats de la Chambre royale (dont est M. Bignon). M. le chancelier a dit au Roi qu'ils le méritent d'autant mieux qu'ils se sont prêtés à une chose qu'ils n'entendaient pas. On a dû supprimer aujourd'hui cette Chambre royale. Les avocats, procureurs et parties se préparent à ne rien reconnaître de ce qu'a pu faire cette chambre, et à recommencer toutes les procédures.

Pour le sûr, les quatre prisonniers du parlement sont en liberté, et siégeront lundi avec leurs confrères.

Le parlement de Bretagne, avant que de se séparer, a rendu un arrêt fulminant contre l'évêque de Vannes : il est condamné à six mille livres d'amende payable sans déport, et les grands vicaires de cet évêché sont décrétés de prise de corps ; ce parlement s'est moqué d'un arrêt du conseil signifié à leur procureur général et à leur greffier en chef.

L'on ne parle pas encore de la liberté des officiers du Châtelet.

1ᵉʳ *septembre*. — J'ai lu la copie des deux arrêts du parlement de Bretagne des 19 et 23 août. Par le détail, le grand vicaire est décrété de prise de corps, et le vicaire de Carnac est banni pour cinq ans. L'évêque de Vannes est condamné en 6000 livres d'amende, comme schismatique et désobéissant aux arrêts du parlement de la province. On a voulu saisir ses meubles, mais le chapitre a représenté qu'ils appartenaient à l'évêché et non à l'évêque, vu que feu M. Fagon les avait donnés ainsi, et, là-dessus, l'on a vendu les chemises et culottes de cet évêque. Voyant cela, le parlement a saisi le temporel du prélat, ce qui a été signifié à tous ses fermiers.

Le parlement n'a pas fait la moindre mention d'un arrêt du conseil, ni de l'huissier à la chaîne qui l'avait signifié, tant au procureur général qu'au greffier en chef du parlement.

Le premier président Maupeou est arrivé le 27 août dans son hôtel du bailliage du palais, et tout le dedans du palais a été illuminé.

Le clergé a l'oreille basse : les jésuites disent partout qu'ils ressentent une grande joie du retour du parlement.

Le premier président a l'air radieux et paraît sûr de son fait pour que tout aille parfaitement bien. Le secret est très-bien gardé de ce qui se doit faire lundi; il n'y a, dit-on, que le Roi, M. le prince de Conti et le premier président qui le sachent.

On a décidé ainsi l'affaire de M. le duc de Chaulnes avec M. d'Aligre : que le premier avait tort, et qu'un secrétaire d'intendant pouvait manger avec un commandant, mais qu'attendu l'incompatibilité des esprits, il fallait que M. d'Aligre changeât d'intendance, et on lui a donné l'intendance de La Rochelle ; mais il est

allé sur-le-champ à Versailles pour demander à vivre
désormais en bourgeois de Paris.

Cette affaire de Bretagne arrive très-désagréable-
ment au milieu de tout ceci; car, souffrant au parlement la sévérité à l'égard de l'évêque, voilà un exemple pour les autres, et d'un autre côté, l'on ne pourra
pas maltraiter cette cour bretonne tandis qu'on se
radoucit autant pour le parlement de Paris.

On observe que le chancelier n'a aucune part aux
charges de cordon bleu, ni comme tituiaire, ni pour
lui passer sur la tête, quoique cela soit d'usage pour
les chanceliers de France, ce qui marque que le Roi
n'est pas content de lui et commence à proscrire le
parti moliniste.

2 *septembre*. — Je viens de voir les lettres patentes
du Roi, du 30 août, qui suppriment la Chambre
royale, avec beaucoup de compliments et actions
de grâces de ces officiers du conseil.

La *Gazette de France* déclare aussi, à la date du
31 août, que le parlement devait reprendre ses fonctions le lendemain 1er septembre; mais elle se trompe,
puisque ce lendemain était dimanche, et que la première assemblée ne devait avoir lieu que le lundi
2 septembre.

9 *septembre*. — Enfin, j'ai des nouvelles de ce qui
s'est passé au parlement. Le Roi lui a envoyé une déclaration dont le préambule insulte cette compagnie;
on la dépeint comme coupable et désobéissante, le
Roi lui fait grâce, mais le dispositif accorde tout ce
que désirait le parlement. Le Roi veut la paix et pres-

crit le silence plus que jamais sur la bulle *Unigenitus*,
il commet le parlement pour réprimer, *dans tous les
cas*, tous les infracteurs de ce silence; quant aux procédures précédemment faites sur le schisme, le Roi
les éteint, mais veut que la contumace soit purgée
quant aux arrêts définitifs.

Il y a eu de grands débats sur cela en deux assemblées des chambres; on y a dit bien des choses de
hauteur et de mutinerie; enfin il a passé de faire des
remontrances au Roi sur le préambule offensant, et
l'on a enregistré enfin avec réserve de se mêler de
l'extérieur des sacrements, et l'on prétend que le parlement va faire sur cela un nouveau règlement.

Le public qui attendait dans les salles du palais ne regarda plus le premier président du même
œil, et pensa le tuer. Ce sont de ces choses qui bles-
sent dans leur allure, mais qui, étant faites, se trouvent bien faites. Ce qu'il y a de mal se raccommodera
par quelques compliments à la cour; il restera triomphe et honneur au parlement, plus maître que jamais
de sévir contre la Constitution et ses zélateurs; le
clergé est humilié pour avoir voulu grimper trop haut
et tyranniser le royaume; voilà la bulle *Unigenitus*
humiliée et anéantie en France.

Cependant l'archevêque de Paris poursuit son projet avec hauteur, folie et insolence; il a, dit-on, écrit
à tous ses curés pour leur ordonner d'être plus sévères que jamais pour l'exaction des billets de confession, et pour ne donner les sacrements qu'à ceux dont
la foi sera bien épurée.

Le bruit est aussi que le parlement, ayant attrapé
quelques-unes de ces lettres circulaires, va citer l'ar-

chevêque de Paris à son tribunal et le mener grand
train par les procédures. Le Roi a assemblé dans son
cabinet quelques prélats, et entre autres l'archevêque
de Paris, lequel ayant toujours mis en avant son grand
cheval de bataille, *la conscience*, le Roi a répondu
qu'il ne fallait pas que cette conscience troublât davantage son royaume, et que le parlement saurait
bien régir sa conscience.

L'on fait grand honneur de tout ceci au Roi comme
bonne œuvre personnelle : les ministres la lui ont
laissé arranger, de façon qu'il parait que tout le mal
provient d'eux, et tout le bien de la réparation vient
de la volonté propre et de l'action de Sa Majesté.

Mon frère, qui est d'une très-grande habileté à la
cour, a tourné la chose de façon à se disculper, et
même à se rendre encore plus cher au Roi. Il a employé M. le prince de Conti comme marionnette en
lui faisant dire ce qu'il voulait pour donner le repos
au monarque; pour lui, il a prétendu n'avoir donné
dans l'excès moliniste et dans le système anti-parlementaire que pour venger l'autorité du Roi méprisée,
et s'il a commis quelque faute, dit-il, si ses conseils
ont eu mauvais succès, il avoue ces fautes, il les soumet à la volonté et à la gloire du monarque, et il agit
de bonne foi pour rétablir la paix, mais en considérant les deux excès des deux systèmes opposés pour
éclairer la prudence du monarque. La bonne foi de
l'idiot chancelier sauvera son administration, et par
là tous les ministres restent dépendants de mon frère
plus que s'ils s'étaient bien conduits.

12 septembre. — Nos dernières nouvelles de Paris

touchant les affaires du parlement vont jusqu'au 7 de
ce mois.

J'y vois que le premier président commence à se
brouiller avec sa compagnie, parce qu'il paraît agréable à la cour.

Les enquêtes lui ont demandé assemblée des chambres, il a demandé pourquoi, on lui a répondu qu'il
n'y avait pas sur cela de compte à lui rendre. On a
été le lendemain à cette assemblée, on a opiné de
façon à lui déplaire.

Cependant les avis passent *in meliorem*, la pluralité
des voix se range à l'avis de la cour, ce qui fait croire
qu'il y a bien des gens gagnés, lesquels vont peu à peu
à ce que l'on désire, et, s'il faut que le premier président se pique contre sa compagnie et se dégoûte des
voies d'honneur qu'il a suivies jusques à présent, si
la grand'chambre est gagnée, alors l'on verra le
parlement mollir de plus en plus et redevenir tout
courtisan comme celui d'Angleterre, et la nation
sera plus trahie par cette voie de corruption que
par celle d'autorité dont on s'est servie jusqu'à cette
heure.

Le Roi a répondu à la députation qu'il ne voulait
que la paix, la reprise des fonctions de justice, avec le
respect dû à l'église.

13 septembre. — Les exilés de Bretagne sont renvoyés à leurs fonctions et aux États.

Il y a eu un nouveau refus de sacrements à Nantes;
l'évêque a fait les fonctions de curé dans la cure où
était la scène, aussi le présidial l'a-t-il traité comme
un simple curé.

16 *septembre*. — M. le duc de Penthièvre est parti
pour la Provence, d'où il ira en Italie, voyageant sous
le nom de comte de Dinan : c'est pour dissiper les
chagrins de la mort de sa femme; il mène à sa suite
un grand train, ayant toute sa maison avec lui.

19 *septembre*. — J'apprends qu'il y a bien du bruit
à Limoges touchant un ancien rituel. L'évêque l'a
dissimulé autant qu'il a pu; on y fait un *cas réservé* de
la lecture du livre de Quesnel. Le parlement de Bordeaux en veut connaître, mais, selon les apparences,
un arrêt du conseil y mettra ordre promptement.

J'ai eu à Argenson de longues conversations avec
l'archevêque de Tours et son principal grand vicaire,
le sieur Rigaud. C'est celui-ci qui met le feu sous le
ventre à ce jeune prélat, et j'observerai d'abord que
le gouvernement est trompé en ce que, si l'on ne
pousse pas les évêques par leur ambition personnelle,
on y allèche leurs causes secondes comme de pareils
grands vicaires, car l'on vient de donner à celui-ci
une bonne abbaye pour avoir poussé son maître à des
refus de sacrements éclatants.

Ce prélat est simple et très-bon chrétien ; il m'a
promis de faire ce qu'il pourrait pour le bien de la
paix, sauf son devoir et sa conscience ; ainsi la question se réduit à ce qu'ils exigent de lui suivant les
principes. Ils argumentent d'une prétendue notoriété
publique du scandale que donnent les appelants, les
opposants à la bulle, et les rebelles à l'Église ; je lui ai
dit que c'était cette prétendue notoriété, qui n'est souvent que délation noire et méchante, et ce qu'on y
accordait qui faisait la différence des diocèses tran-

quilles à ceux qui ne l'étaient pas. Cependant je les
vois disposés à donner plus de repos au trône, puisque
le Roi a été obligé lui-même de déférer aux parlements.

24 *septembre*. — L'on remarque que les Espagnols
touchent présentement aux affaires de l'Église plus
que nous autres Français. Le Roi de Naples vient de
défendre aux églises de prendre des prédicateurs
étrangers pour prêcher le carême, ordonnant que les
curés seuls auront ce soin désormais, et que les grosses
sommes qu'on donnait à ces prédicateurs iront à la
caisse militaire.

25 *septembre*. — La société des *Anti-gallicans*[1]
cherche de tous côtés à empêcher les Anglais de nous
prendre aucune marchandise. Elle vient de promettre
un gros prix à ceux de leurs colonies qui surpasseront
notre indigo en perfection.

26 *septembre*. — Le roi est adoré de son peuple
par le parti qu'il prend de plus en plus entre le clergé
et le parlement.

Il y a eu grande députation d'évêques au Roi. Ils ont
dit qu'ils ne pouvaient obéir à la déclaration registrée
au parlement. Le Roi leur a répondu que, s'ils n'y
obéissaient pas, il abandonnerait au parlement ces
contraventions suivant la loi pour apaiser les troubles
qu'ils avaient excités.

Il y a grand nombre d'évêques à Paris. Les évêques

1. Voy. t. VII, p. 37 et 397.

tâchent à s'accommoder au temps comme ils peuvent.
L'évêque de Vannes va faire le service du recteur
de Carnac sous le prétexte que ce curé, étant mort
sans connaissance, peut avoir, dit-il, été touché de
Dieu.

L'évêque de Nantes dit des mots obscènes sur les
actions du parlement de Bretagne. Autant en a fait
un grand vicaire qui a maltraité et menacé un huissier
du parlement.

Les parlements de province commencent à n'avoir
plus aucun égard aux arrêts du conseil, car ils prétendent que c'est pour faire leur cour au Roi.

L'on dit l'affaire de Limoges accommodée pour ce
rituel dont nous avons parlé.

27 *septembre*. — Le Roi sera le 4 octobre à Fontainebleau.

Le Dauphin et la Dauphine doivent aller le 5 à
Notre-Dame, et ensuite à Sainte-Geneviève, mais
non au noviciat comme l'an passé, parce que cela
aurait déplu au public. Ils seront à Fontainebleau
le 9 octobre. Le voyage de Fontainebleau durera
jusqu'au 20 novembre. Le roi de Pologne partira
pour Lunéville à la fin de ce mois.

L'on me mande que mon frère a l'air tout à fait
triomphant.

Le clergé paraît à la cour très-mécontent, et l'on
dit que cette grande affaire n'est pas encore finie.

Le P. Richard, procureur de Sainte-Geneviève, a
fait banqueroute, et vient de partir avec beaucoup
d'argent de la maison et à des particuliers qui avaient
prêté leur argent à cette abbaye de Paris.

28 *septembre*.— Il y a eu deux refus de sacrements à Paris depuis la rentrée du parlement, l'un à Saint-Hilaire, l'autre à Saint-Jean-en-Grève; l'archevêque les désavoue, et commence à redouter le parlement.

29 *septembre*. — Nos intendants de province perdent le royaume par leur pédanterie. Je viens de raisonner longuement avec celui de ma province de Touraine ; lui et celui de Paris sont de très-honnêtes gens, mais très-petits. Ils sont conjurés contre les vignobles, ils veulent partout les faire arracher et en empêcher le plant. Ils attribuent aux vignes tous les malheurs de la terre.

La France se dépeuple, l'on manque de blé par le monopole, les tailles sont excessives et mal distribuées ; ils s'en prennent aux vignerons, ils disent que c'est que tous les habitants se retirent des champs à blé pour planter des vignobles.

Que de bonnes réponses à leur faire et que je lui ai faites !

1er *octobre*. — Une lettre de Nantes du 27 octobre porte que l'évêque, au lieu de revenir à résipiscence sur l'affaire du refus de sacrements, vient d'en faire un nouveau avec affectation à un prêtre de la Roche-Bernard, qui est mort sans sacrements. Le présidial a condamné l'évêque à 6 000 livres d'amende qu'il a payées en vingt-quatre heures par vente de ses meubles. Comme il n'y avait point de messe le dimanche en cette paroisse, l'évêque a envoyé un grand vicaire pour faire les fonctions de pasteur. Le procureur du Roi y a envoyé aussi deux brigades de maréchaussée pour rétablir le bon ordre dans cette ville de la Roche-Bernard, où les habitants se battaient tous les jours pour leurs divers sentiments touchant la constitution *Unigenitus*.

2 *octobre*. — L'escadre de M. de la Galissonnière se dissipe. Deux de ses frégates vont en Amérique, le gros de l'escadre a séjourné à Lagos en Portugal ; on arme des galiotes à bombes.

M. de Machault, nouveau ministre de la marine, demande l'état des services de tous les officiers. L'on dit que c'est pour en supprimer plusieurs et diminuer cette dépense de plume que ses deux prédécesseurs ont laissé aller à de si gros frais, et qui absorbent tous les fonds.

6 *octobre*. — L'on me dépeint la cour et le ministère comme plongés dans un vain luxe et dans une dépense qui tient du pillage d'une ville incendiée ou prise d'assaut. Chacun y fait sa main, chacun tire à soi. Le ministère et les places se remplissent de renards qui, simulant la décence et la finesse de conduite, ne pourvoient qu'à leur personne et poussent l'indifférence jusqu'à la haine et l'irrision pour le bien public. M. de Séchelles, nouveau contrôleur général des finances, est encore plus délié que mon frère, c'est beaucoup dire. M. de Machault a obtenu de plus gros fonds pour la marine, il débute par la sévérité et la fermeté ; c'est un homme qui suit ses projets, mais ses desseins sont courts comme son esprit. L'on assure qu'il gouverne M. de Séchelles, et que les finances sont à ses ordres plus que jamais.

Cet article des finances est la partie honteuse de l'État. On n'y cherche que des palliatifs, et toutes les vues ne vont qu'à l'emprunt. M. de Séchelles va ouvrir incessamment un emprunt de dix millions à rentes viagères, pour pressentir seulement, dit-on, le goût du public. Cela ira bien plus loin par la suite.

L'on ne fait que pousser le Roi à de nouvelles dépenses de cour, sans que son goût l'y porte ; l'on plonge dans les plaisirs ses langueurs léthargiques ; la malice et la bassesse des courtisans en font un Henri III, malgré lui.

Voici que le Roi prend l'Opéra à son service, et il ne sera quasi plus à ce public de Paris ; on l'assujettit aux Menus Plaisirs du Roi, c'est-à-dire à l'inspection des premiers gentilshommes de la chambre, comme les comédies française et italienne qui changent chaque année de directeurs. On en ôte la direction à l'Hôtel-de-Ville, lequel aussi bien ne les conduisait que sous les ordres de la cour par le prévôt des marchands.

Depuis six mois, les dettes de l''Opéra sont encore augmentées de 200 000 l., ce qui fait 1 400 000 l. aujourd'hui. L'on va donner à ce Fontainebleau-ci cinq fêtes ou ballets par semaine, ce qui doit coûter plusieurs millions. L'on a fait faire une quantité de belles décorations et d'habits riches pour ces ballets. L'on y réunira les quatre spectacles, moyennant quoi, plus de spectacles à Paris.

Ce qui me désespère, c'est d'entendre vanter le bien public en ceci et l'encouragement aux arts. Ah ! maudits arts ! combien coûtez-vous au royaume ! La marquise de Pompadour est l'auteur d'un si méchant parti, sous prétexte d'amuser les ennuis du Roi. Elle vient d'acheter tous les marais autour de son hôtel[1] pour en faire un grand parc ; autant en fait le fermier général Bouret dans sa nouvelle maison, rue d'Antin[2].

On a beaucoup crié de ce que mon neveu, M. de Voyer, avait le gouvernement de Vincennes, où il y a des prisonniers d'État ; on a dit que c'était une raison pour mon frère de faire périr ses ennemis quand ils seraient en prison à Vincennes, mais le monde est trop critique et trop malin.

J'ai trouvé bien de la misère dans la province de Touraine dont j'arrive ; j'en ai raisonné avec l'intendant et l'archevêque et ses grands vicaires : j'ai trouvé les prêtres raisonnant juste des affaires civiles, et les magistrats aussi bien des affaires ecclésiastiques que mal des politiques. Ainsi va le monde, chacun entend mieux les choses de son voisin que celles de sa propre charge.

7 octobre. — Il y a une armée de contrebandiers, au nombre de plus de deux mille hommes armés, qui courent les provinces, principalement celle d'Auvergne. Ils en usent galamment avec la noblesse qui les soutient[3] ; les commis de fermes sont impuissants à

1. L'hôtel d'Évreux, aujourd'hui palais de l'Élysée ; voy. t. VII, p. 449.

2. Ou plutôt à la Grange Batelière. Le financier Bouret, concessionnaire des terrains bordant le grand égoût qui la traversait, rêvait alors d'y construire une habitation à son usage ; mais il renonça à ce projet et s'établit au faubourg Saint-Honoré.

3. Le Musée de la ville de Rodez renferme un curieux monument de cet échange de *galanteries* entre les contrebandiers et la

les arrêter, et l'on croit qu'il sera bientôt nécessaire d'y faire marcher des troupes.

Le parlement de Paris a ordonné que le chapitre d'Orléans administrerait les sacrements au chanoine Coignon dans l'heure même, mais, comme il n'obéit pas, ledit parlement va faire saisir son temporel.

8 *octobre.* — Nouvelle place publique que le curé de Saint-Sulpice va bâtir devant le beau portail de cette église, en détruisant le séminaire que l'on placera ailleurs.

Aux Cévennes, il y a eu grande assemblée de religionnaires, actes publics de leur religion, mais réjouissances de sujets fidèles et zélés à l'occasion de la naissance du duc de Berry.

11 *octobre.* — On m'assure que la dernière députation du clergé au Roi, pendant qu'il a été à Choisy, a été suivie du plus mauvais succès : le Roi les rabroua d'importance sur le fanatisme ; ils avaient l'air mortifiés en sortant du cabinet. Une dame, parente du cardinal de la Rochefoucauld (qui est le plus doux de ces prélats), lui en ayant demandé des nouvelles, il lui tourna le dos.

Il y a eu nouveau schisme à Nantes : le président ayant sommé de nouveau l'évêque et les grands vicaires d'administrer les sacrements au curé de Thouarré, ils ont donné ordre de les donner à toute la pa-

noblesse du pays : c'est un joli couteau de chasse qui fut offert par Mandrin au marquis de Bournazel, en reconnaissance de l'hospitalité qu'il avait reçue au château de ce dernier. *Mandrin à Rodez,* dans les *Mémoires de la Société de l'Aveyron,* t. II, p. 543.

roisse, le seul curé excepté, et, sur cela, le parlement leur fait le procès à l'extraordinaire, comme auteurs de schisme et réfractaires aux ordres du Roi et aux lois fondamentales du royaume. Là dessus, le grand vicaire s'est enfui, et l'on dit qu'il est allé en cour chercher du secours.

17 *octobre*. — La terre de M. de Vandières, frère de la marquise de Pompadour, nommée Marigny, vient d'être érigée en marquisat[1], et ce nouveau marquis a été présenté au Roi en cette qualité. L'on dit qu'il va épouser Mlle de Lowendal.

Labruère, auteur du *Mercure galant*, est mort à Rome. Cette place, qui vaut 16 000 liv. de rente, a été partagée entre l'abbé Raynal, qui faisait le *Mercure*, et Sainte-Foix, auteur breton de jolies comédies.

18 *octobre*. —Il y a bien du bruit au trône touchant les refus de sacrements : il paraît que les arrêts du conseil ne se donnent que contre les parlements de province, et qu'on n'ose pas toucher à la besogne du parlement de Paris. L'épiscopat parle et obtient pour l'évêque de Nantes; mais le chapitre d'Orléans est saisi de tous côtés; la chambre des vacations de Paris a saisi le temporel de ce chapitre, et l'on me mande qu'actuellement l'on vend ses meubles dans la place publique d'Orléans. L'on dit que le président de Ro-sambo, chef de la chambre des vacations, a été

---

1. Voy. t. VI, p. 92. Cette terre était en Champagne, à 5 lieues de Troyes, et non près de Saint-Lô, comme nous l'avons dit alors par erreur.

mandé à la cour pour adoucir cette affaire. Le parlement de Bretagne a déclaré qu'il ne désemparerait pas
qu'il n'eût réduit l'évêque de Nantes et les grands-
vicaires à l'obéissance.

Le conseil des parties se séparera le 18 de ce mois.

19 *octobre*.—L'on dit que M. de Vandières, ou marquis de Marigny, ayant épousé Mlle de Lowendal, logera au Luxembourg, dans l'appartement de la Reine.

Les spectacles de Fontainebleau ont paru charmants,
mais coûtent fort cher[1].

20 *octobre*. — La réponse que l'on suggère au Roi
de faire aux parlements provinciaux, est de leur
envoyer la déclaration du 2 septembre, avec ordre
de ne plus poursuivre les affaires commencées avant
ladite déclaration. Ainsi en use-t-on pour le parlement de Rennes; l'on prétend par là finir les affaires
de Vannes et de Nantes. Mais ces évêques insistent, et
deviennent plus contumaces que jamais, surtout celui
de Vannes. L'évêque de Nantes a eu audience du Roi,
et en est sorti fort contristé.

L'arrêt du parlement de Paris s'est exécuté le
10 octobre à Orléans; l'on a vendu les meubles des
Messieurs du chapitre.

L'évêque de Vannes s'est dédit de ce qu'il avait
promis d'obéir, par un arrêt du conseil; quelques évêques des plus rebelles le lui ont persuadé.

Après avoir si bien déclaré qu'on ne recevrait plus
de conseillers au parlement qu'à l'âge de vingt-cinq

1. On trouvera des détails sur ces spectacles dans les *Mémoires
de Luynes*, t. XII, p, 372 et suiv.

ans, le premier-président Maupeou a obtenu du Roi de se relâcher de cette règle en faveur de M. Thomé, fils d'un célèbre conseiller de la grand'chambre, disant que c'était une occasion de se concilier l'amour du parlement. Le Roi a été persuadé par les grâces de M. de Maupeou ; mais Sa Majesté lui a dit d'en parler à M. le chancelier, et celui-ci n'a pas entendu ce que lui disait M. de Maupeou, alléguant toujours la déclaration du Roi. Enfin on lui a dit que *c'était l'ordre du Roi*, et il l'a cru : il a obéi sans remontrer la règle.

L'on va voir un gros ouvrage composé et avoué par le parlement d'Aix pour prouver que l'on ne doit avoir aucun égard aux arrêts du conseil, et que le conseil n'est pas un tribunal qui doive rendre des arrêts.

Il vient de paraître trois arrêts du conseil de finance, où l'on commence à voir le bon esprit du nouveau contrôleur général Séchelles : 1° pour donner la liberté indéfinie de passer le blé d'une province à l'autre dans l'intérieur du royaume, et pour la sortie de cette denrée à l'étranger par les provinces de Languedoc et de Guyenne ; 2° pour envoyer au Levant quels draps l'on voudra ; 3° pour rétablir une espèce d'académie de médecins, chirurgiens et apothicaires, chargée d'examiner les nouveaux remèdes spécifiques et de leur donner des brevets, et, en même temps, cette commission décidera toutes contestations qu'il pourra y avoir entre ces trois corps de médecine.

Par là, le nouveau ministre de la finance se montre ami de la liberté, et nous, nous devons attendre qu'il fera bien sa charge par cet article seul de venger la liberté publique de toutes les contraintes que lui impose depuis cinquante ans la pédanterie politique.

23 *octobre.* — Les États de Bretagne préparent de grandes délibérations et de fortes remontrances touchant la perception du vingtième, se plaignant avec raison de la manière dont les commis du Roi lèvent cet impôt, et proposant de le faire lever par leurs employés (des États). Je crois que le nouveau contrôleur général y obtempérera; il est aussi persuadé combien la commune gérerait mieux que les officiers royaux, que M. de Machault était entêté contre toute portion démocratique. Celui-ci, quoique bien plus jeune que M. de Séchelles, avait les fibres de l'âme raides autant que Séchelles les a souples et justes pour se replier selon le temps.

24 *octobre.* — La demoiselle Morfi, maîtresse du Roi depuis trois ans, est morte, dit-on, il y a deux mois, sans que l'on ait eu nouvelle précise : (c'est de quoi je doute, vu la grande sensibilité du Roi en de pareilles circonstances); mais il y a apparence qu'en étant lassé, il l'a fait retirer loin de la cour. Comme il adore le secret, on le sert à sa guise : un Roi obtient toujours tel point qu'il veut, quand il l'a à cœur; ainsi l'on ne sait point ni les détails, ni même avec affirmation ces nouvelles de son sérail. Les cabinets du sieur Lebel, son premier valet de chambre, sont le réceptacle de ces mystères plus que jamais; on y sacrifie à l'amour et au secret; il y accourt diverses beautés de Paris.

Au milieu de cela, que d'ennuis assiégent notre monarque! rien ne l'amuse, toutes les ressources sont épuisées. La seule marquise de Pompadour le trouve accessible à quelques idées de plaisirs; elle les gouverne avec art, elle les fait succéder les uns après les autres.

Voïlà que l'on fait trouver au Roi quelque agrément aux spectacles et aux ballets : on a déjà arrêté un état de 1 300 000 liv. pour pareille dépense aux deux voyages de Fontainebleau de 1755 et 1756; cela s'appelle l'extraordinaire. On lui prétexte l'honneur et la gloire d'une cour magnifique et qui attire beaucoup d'étrangers. Véritablement on n'en a jamais tant vu qu'à ce voyage-ci. L'appartement du Roi à Fontainebleau est aujourd'hui plus beau qu'à Versailles.

L'on désapprouve avec raison l'élévation ridicule et basse de M. de Vandières comme marquis de Marigny. Il va épouser une demoiselle de Montmorency; l'on ne doute pas que, dans peu d'années, il ne soit fait duc et cordon bleu. Mollesse, séduction, mépris de l'ordre, insulte à la haute noblesse que tout cela.

L'escadre de M. de la Galissonnière rentre ces jours-ci à Toulon; l'on dit qu'elle a été cinq mois sans recevoir aucune instruction de la cour.

Ce sera au mois de mai prochain que l'on adjugera les fermes, afin de débarrasser Fontainebleau de ce tracas de postulants qui l'incommode tous les six ans.

Le parlement de Paris vient de décréter d'ajournement personnel les trois députés du chapitre d'Orléans qui ont refusé les sacrements à l'un de leurs confrères. Cependant les évêques deviennent plus doux; je sais que l'archevêque de Paris a donné des ordres secrets à ses nouveaux prêtres de faire en sorte qu'il n'y ait plus de bruit.

26 *octobre*. — La chambre des vacations à Paris a fait

vendre les meubles des trois chanoines qui ont refusé
d'obéir à son premier arrêt pour administrer leur
confrère moribond; on leur ordonne d'obéir sur
l'heure sous les plus grandes peines, et on leur commence leur procès criminel.

27 *octobre.* — M. Le Bret, intendant de Bretagne, est
hors d'affaire, moyennant quantité de saignées.

La province, assemblée aujourd'hui en États, est
fort contente de ses commissaires, et surtout de M. et
de Mme la duchesse d'Aiguillon. L'on prétend qu'il
n'y a qu'à ne point rudoyer les Bretons, et qu'on en
tire ce qu'on en veut, non comme les Allemands, que
l'on compare à la pierre à fusil et dont on ne tire qu'à
force de les battre, mais comme des Français généreux que l'on mène par amitié et par justice.

Un homme de la cour, qui a eu longue conversation
avec M. de Séchelles, dit que ce ministre a de grands
et bons desseins pour le dedans du royaume, mais
qu'il doute fort qu'il puisse les exécuter, vu le crédit
des courtisans; cependant il se rend agréable à tout le
monde, il va son train pour le travail et soutient que
le royaume n'est pas à beaucoup près dans le mauvais
état que l'on dit. Il se donne pour ami de M. de Machault et travaille souvent avec lui.

Il est déclaré que le cardinal de la Rochefoucauld
présidera à la prochaine assemblée du clergé, et toutes
les apparences sont que la demande du vingtième se
tournera en un gros abonnement, et que le clergé
sera chargé lui-même d'avoir des déclarations justes
de ses biens pour ratifier son département.

L'on a envoyé, comme j'ai dit, la déclaration du

Roi pour le silence sur la bulle *Unigenitus* au parlement de Rennes, en changeant le préambule injurieux
qui ne regardait que le parlement de Paris.

Le duc d'Aumont est aussi rigide que petit pour les
dépenses des Menus-Plaisirs; il n'en dort ni jour ni
nuit; il vient de donner un ordre du Roi au sieur de
Curys[1], l'un des intendants des Menus-Plaisirs, de
rendre les comptes, ce qui met cet officier en mauvais
prédicament à la cour.

L'on prétend que la dépense extraordinaire de cette
année pour ces magnificences de Fontainebleau ne
passe pas cent mille écus.

28 *octobre*. — M. de Rouillé ne sort pas de l'embarras extrême où il se trouve pour l'expédition des
affaires étrangères; il est inaccessible, toujours enfermé et ne finit rien. Il maudit le jour où il est entré
dans le ministère qui l'a conduit à ce dernier changement de département; l'on ne croit pas qu'il y reste
longtemps. Il se plaint partout de ses commis. La-
chapelle étant un commis imbécile, et Bussy un fripon
brouillon, il voudrait y remettre l'abbé de La Ville, mais
celui-ci se fait rechercher et fait des conditions dures.

Mon fils me paraît ennuyé de sa condition sous
mon frère; il ne dispose que d'un très-petit département par lui-même, il n'a pour tout le reste qu'à écouter, n'influe de rien aux grâces, et c'est, comme on
dit, une cinquième roue à un chariot. Il se plaît à ces
fatigantes tournées où il se montre par lui-même aux
officiers, et voudrait qu'elles durassent toujours.

1. Bay de Curys.

Je sais qu'on a donné la charge de cordon bleu de maître des cérémonies de l'ordre à M. Bignon, maître des requêtes, parce qu'on ne savait précisément à qui la donner.

L'affaire des contrebandiers devient sérieuse. L'on y fait marcher des troupes; le partisan Fischer[1] prétend les dissiper avec trois cents hommes, mais l'on fait marcher deux mille hommes de troupes réglées. Ils ont étalé leurs marchandises de contrebande à la foire de Rodez; ils sont neuf cents hommes bien braves et bien armés. Ils ont guetté et manqué deux fermiers généraux, les sieurs Chalut et Ferrand, qui venaient de leurs tournées de Lyon et de Provence; ils prétendaient les garder pour otages et les pendre ou les rouer, si ce supplice était advenu à quelques-uns d'eux.

Le sieur de Chenonceaux, fermier général en survivance du sieur Dupin, son père, a été réprimandé pour avoir pris sur lui de faire surseoir à la vente des marchandises de la compagnie des Indes, à Lorient. Il voulait faire payer les droits de la ferme aux pacotilles des matelots, et visiter des ballots qui étaient pour M. le duc d'Orléans. On a pensé le jeter dans la rivière; il s'est enfui déguisé et a bien fait.

Le chapitre d'Orléans continue dans sa désobéissance aux arrêts du parlement de Paris. A la dernière assemblée capitulaire sur ces arrêts, on a exclu les trois chanoines opposants à la délibération commune, et l'évêque d'Orléans leur promet un arrêt du conseil qui ne viendra point. L'on assure que le Roi

1. Jean-Chrétien Fischer, de simple domestique devenu chef d'une compagnie franche de chasseurs, puis en 1759 brigadier d'infanterie, mort le 1er juillet 1762.

est plus ferme que jamais à maintenir la paix et l'o-
béissance au parlement de Paris dans son ressort.

29 *octobre*. — Jeudi prochain s'exécutera à Fontainebleau un pari[1] où il y a déjà 50 000 l. sur jeu entre
un seigneur anglais et plusieurs de nos courtisans.
L'Anglais a trois chevaux de course avec lesquels il prétend aller en deux heures de Fontainebleau à Paris.

Le maréchal de Richelieu est à la Cour sans presque
voir le Roi, rendant ses visites chères et précieuses.

On assure que la demoiselle Morfi est seulement
renvoyée et non morte ; elle a disparu de la cour, et
le Roi n'y a montré aucune sensibilité. L'on dit qu'il
a repris avec la marquise de Pompadour, qu'il l'adore
et fera pour elle des extravagances plus que jamais.

30 *octobre*. — Le maréchal de Noailles regrette fort
M. de Saint-Contest[2], il se plaint de n'avoir plus aucun
crédit sur M. Rouillé ; je remarque ceci comme une
chose très-louable du nouveau ministère.

L'on apprend que dix à douze évêques qui se sont
trouvés à Paris se sont assemblés pour délibérer ceci :
que toutes les amendes de 36 000 l. ou plus, aux-
quelles les tribunaux ont condamné, ou condamneront
les évêques, grands-vicaires, curés ou chapitres, seront supportées et payées par le corps du clergé, et
l'on a fait payer cette somme sur-le-champ par le
sieur de Saint-Jullien, receveur général du clergé.

1. Voyez plus loin, 2 novembre,
2. Voyez à ce sujet une lettre du Roi au maréchal et la réponse
de celui-ci dans leur *Correspondance*, publiée par M. C. Rousset,
t. II, p. 334-336.

Mais l'on croit que le Roi cassera cette délibération, à moins que quelques conseillers ne se portent à prétendre cause d'ignorance avec affectation d'une délibération qui est si publique.

S. M. a envoyé, comme nous avons dit, au parlement de Rennes la même déclaration qui a servi à celui de Paris; celle-ci est du 8 octobre, le préambule est changé, suppression de toutes procédures précédentes sur le refus de sacrements et ordre du silence. Le parlement l'a registrée avec nombre de modifications pour défendre les billets de confession.

2 *novembre.* — Milord Proscop[1], Anglais, a gagné son pari de vingt minutes, c'est-à-dire qu'il a fait le chemin de Fontainebleau à Paris en une heure quarante minutes, ce que nous ne pouvions pas comprendre en France. De là il est revenu à Fontainebleau avec les mêmes chevaux posés en relais, puis a été à la chasse du Roi. Les paris n'étaient que de 13 000 minutes[2] de part et d'autre.

Grande querelle entre Mme la duchesse d'Orléans et la duchesse de Luxembourg pour une loge à la comédie; elles se sont dit des pouilles horribles, et comme des harengères.

L'on fait marcher des troupes réglées contre les contrebandiers d'Auvergne; ceux-ci sont armés, et ont chacun huit coups à tirer; on les compte deux mille hommes qui marchent par gros détachements; ils prétendent ne rien faire d'injuste, et donnent les marchan-

1. Le vrai nom, diversement défiguré dans les écrits du temps, est Powerscourt.

2. *Sic* dans le manuscrit. Il semble qu'il faudrait : 120 minutes.

dises à juste prix. Ils avertissent de leur arrivée deux jours auparavant, et, vendant du tabac aux receveurs de cet impôt, ils en exigent le payement pour des sommes de six à dix mille livres[1]. Ce sont des soldats et officiers réformés qui disent n'avoir pas d'autre métier pour vivre. Ils assurent qu'ils vendront bien leur vie. Cette révolte publique dure déjà depuis trop longtemps.

3 *novembre*. — On envoie contre les contrebandiers les régiments de Maugiron cavalerie et Montmorin infanterie, un régiment de dragons, la compagnie de Fischer et les dragons de la Morlière.

Ces contrebandiers ont étalé leurs marchandises, pillé la maison du receveur des fermes, vendu ses meubles, et ont eu un combat contre dix-sept commis des fermes, où il y a eu des tués de part et d'autre. Ils donnent dix louis d'engagement, trente sous par jour, et part au butin à ceux qui s'enrôlent avec eux : ainsi leur peloton grossit chaque jour.

Mariage du comte d'Ayen, fils du duc d'Ayen, avec mademoiselle de Fresnes, fille du premier lit du conseiller d'État; elle aura, dit-on, 160 000 liv. de rente.

---

1. Voici la reproduction exacte d'un reçu de la main de Mandrin, délivré, dans une circonstance semblable, à la femme du directeur des fermes de la ville de Bourg :

« *Je déclare avoir reçue de monsieur le chevalier Chosat, quapitaine au régt. de Nice, la somme de vingt mille livres pour marchandises que j'ay livré à madame La Roche à Bour, ce 5ᵉ octobre 1754.*   L. MANDRIN. »

Nous l'empruntons à un article sur le *Passage à Bourg de Mandrin et de sa bande*, dans les *Courses archéologiques dans le département de l'Ain*, IIIᵉ partie, p. 73, par M. Sirand qui en a donné le *fac simile*.

Je viens de voir l'arrêt de la chambre des vacations du 25 octobre. Il ordonne au chapitre d'Orléans de s'assembler de nouveau, veut que les trois chanoines exclus y soient admis forcément, que le procureur du Roi y assiste; il saisit le temporel entier du chapitre, donne acte à l'offre de deux de ces chanoines (d'administrer eux-mêmes les sacrements au moribond), et, attendu les vacances du parlement, l'on charge le présidial et bailliage d'Orléans de tenir la main à l'exécution des arrêts, ce qui va à faire le procès à l'extraordinaire à ce chapitre fanatique qui désobéit à la dernière déclaration du silence.

5 *novembre*. — Il est décidé que le Roi part le 18 de Fontainebleau, et ne sera que le 22 à Versailles; en chemin, deux séjours, à Choisy et à Bellevue.

6 *novembre*. — La marquise de Pompadour avait pris un grand terrain aux Champs-Élysées pour se faire un potager; il était déjà planté, et les murs élevés de six pieds de haut. Elle a appris que le peuple de Paris en murmurait, surtout en ce que cela lui retranchait de ses promenades : elle a sur-le-champ détruit son potager, pour le mettre en marais comme ci-devant. Les prôneurs élèvent cette action, les gens de bon sens l'attribuent à une sage crainte du murmure public.

8 *novembre*. — L'on dit que le marquis de Marigny (Poisson) va épouser Mlle du Roure.

L'on donne des dégoûts continuels au marquis de Beringhen, premier écuyer : c'est, dit-on, pour lui ôter sa charge et la donner à M. de Marigny.

Grande querelle à Fontainebleau entre les ducs d'Aumont et de Luxembourg pour une loge à la comédie. Il y a de ces loges qui sont posées sur le théâtre et qui sont réclamées par les charges de capitaine des gardes qui placent à la comédie, et de premier gentilhomme de la chambre, qui commandent au théâtre.

L'on parle de renvoyer en Italie notre troupe de comédiens italiens; l'Opéra-Comique la remplacerait pendant les deux foires de Saint-Germain et de Saint-Laurent, avec d'autant plus de raison que les Italiens ne jouent quasi plus de pièces italiennes, ou n'y ont personne. Ainsi voilà les arts italiens proscrits de toute part en France, en musique, prose, vers, dramatique, et même pour la peinture. Sur le reste, ces deux troupes se croisent et n'ont plus que des ballets. Brigue, cabale pour cela; il y a dix ans que les comédiens français et italiens chassèrent l'opéra-comique, aujourd'hui ce sera cet opéra-comique qui chassera les Italiens et qui ôtera aux comédiens italiens leurs ballets : ainsi va tout ce qui est gouverné par la cour. La demoiselle Favart et son mari se sont ligués avec Monnet, directeur de l'Opéra-Comique, pour cette opération. On n'a fait représenter les Italiens qu'une seule fois à Fontainebleau, dégoût précurseur de leur disgrâce.

Le chanoine d'Orléans, le sieur Coignon, dont il était tant question, vient de mourir sans sacrements par la pertinacité et la contumace de ses confrères. Eux et le curé de sa paroisse se sont cachés pour désobéir aux derniers ordres du bailliage et présidial d'Orléans, et à ceux de la chambre des vacations.

On ne doute pas que le parlement de Paris ne se

mette à travailler aux affaires publiques et particulières le lendemain de sa rentrée à la Saint-Martin, c'est-à-dire mardi prochain 21 de ce mois, au lieu que, les autres années, le parlement prend encore trois semaines de vacances, et se tenant, le 12 novembre, en assemblée de chambres, l'on croit qu'il poussera à l'extrême sa vengeance contre le chapitre d'Orléans, déclarant impétrables les canonicats des délibérants de ce chapitre, et les punissant au criminel comme désobéissants et schismatiques.

L'on voit copie d'une lettre de l'ancien procureur général du parlement, M. de Fleury ; il établit les fautes de ces refusants de sacrements comme schismatiques ; il cite les temps où cela a été proposé et refusé même par les évêques les plus outrés de zèle pour la bulle, et sous le ministère du cardinal de Fleury. Il est vrai qu'il définit la constitution *Unigenitus* loi de l'Église et de l'État, mais il conclut à bonne fin même pour les appelants, ainsi cette pièce sera un grand argument pour les pacifiques. Il conclut au silence et à l'oubli.

10 *novembre.* — Le maréchal de Richelieu travaille à obtenir du Roi la permission de faire revenir Voltaire à Paris, promettant qu'il y sera sage. Il avait cru pouvoir le mener avec lui aux États de Languedoc, mais, depuis cela, on a pensé qu'il y ferait des frasques ; enfin il obtient d'avoir avec lui une entrevue en passant à Dijon[1] pour aller à Montpellier où son sort sera réglé.

1. C'est à Lyon que Voltaire vit le maréchal de Richelieu. Voy. sa *Correspondance* du 18 novembre au 9 décembre.

On ne parle que de la mauvaise humeur du duc d'Aumont dans son administration des ballets de la cour; il y joint beaucoup de hauteur, et tous les membres de ces divertissements ne peuvent plus y tenir.

11 *novembre*. — L'ordre de Sainte-Geneviève est révolté du nouvel abbé général que vient de lui donner l'ancien évêque de Mirepoix[1]; ils protestent, et l'on croit que cela va aller au parlement le lendemain de son assemblée. Il s'agira de cette plainte avec la déclaration du 2 septembre qui impose silence sur la bulle *Unigenitus*. A cette occasion, on en proposera l'infraction, et en effet, pourquoi aurait-on ôté à cet ordre la liberté d'élire son chef, sans cette maudite persécution pour la bulle? L'on trouvera aisément, dans les opinions des votants au chapitre général, de quoi démontrer au parlement que ç'a été l'âme de cette affaire. En ce cas, l'on dira que les ministres du Roi font ce qu'ils défendent, et que c'est là d'où viennent les troubles dans le royaume.

13 *novembre*. — Le premier président Maupeou a eu avec le Roi conférence de sept quarts d'heure, de quoi l'on ne peut que bien augurer.

L'on dit le maréchal de Noailles fort mal. Ce sera un très-méchant homme de moins, et cette perte sera un grand gain pour l'État.

---

1. Le P. Louis Chaubert, élu dans le chapitre général du 12 septembre. Les *Nouvelles ecclésiastiques*, 1755, p. 27, donnent des détails sur les manœuvres dont se plaint ici d'Argenson.

15 *novembre*. — Les États de Bretagne se sont passés avec beaucoup d'honneur et d'agrément, surtout avec promptitude. Le duc d'Aiguillon s'y est fait aimer et y a tenu des voies simples.

On me mande que, pour la seconde fois, l'évêque de Soissons (Fitzjames), est exclu du chapeau de cardinal par rancune des conseils de conscience qu'il donna à Metz en 1744 à Sa Majesté, touchant ses amours avec Mme de Châteauroux[1]. Le Prétendant a fait une nouvelle tentative pour donner la nomination à ce parent; Sa Majesté l'a refusé vivement.

18 *novembre*. — M. de Cursay commande dans une partie de la Bretagne : voilà de singulières révolutions, après qu'on l'a disgracié de Corse, comme on a fait, les fers aux pieds.

La *Gazette de France* dit que le Roi a déclaré publiquement que Mme la Dauphine avait obtenu le chapeau de cardinal pour l'archevêque de Sens (de Luynes), son premier aumônier, (mais elle ne dit pas que cette nomination est celle du chevalier de Saint-Georges).

L'on a appris d'Orléans que le sieur Coignon, chanoine appelant, mort sans sacrements, n'avait pas laissé d'être inhumé dans l'église, et un service solennel célébré pour lui, mais que quelques chanoines schismatiques s'en étaient absentés. Ce radoucissement pourra calmer le parlement de Paris, mais il leur restera toujours à venger la désobéissance de ce chapitre et ses démarches schismatiques pour priver de sacrements un appelant, et c'est là où manque le droit de

1. Voy. t. IV, p. 3, et t. V, p. 122.

ces chanoines, surtout depuis la déclaration du 2 septembre dernier qui ordonne le silence.

19 *novembre*. — On a rendu publique la lettre de l'ancien procureur général Fleury qui blâme les refus de sacrements, et atteste qu'ils sont contraires aux principes mêmes des plus zélés constitutionnaires d'il y a dix ans, et que les nouveaux refusants schismatiques n'étaient pas nés quand la bulle *Unigenitus* a paru en France.

L'on dit que plusieurs de nos évêques ont écrit au Pape touchant les dissensions entre eux et les parlements, et que le parlement [1] a assemblé son consistoire pour y répondre, mais toujours en vue de pacification.

Enfin, le P. Bouettin, curé de Saint-Étienne du Mont, a donné sa démission de cette cure, que l'archevêque de Paris ne voulait pas recevoir jusqu'à cette heure.

20 *novembre*. — L'on attend à tous moments un arrêt du conseil qui accordera toute liberté du commerce du Levant aux sujets du Roi; à quoi la ville de Marseille s'oppose. On a nommé des commissaires du conseil dont l'avis est favorable à la liberté.

22 *novembre*. — Le parlement va sévir contre quelques chanoines d'Orléans qui ont officié, quoiqu'en état de décret d'ajournement personnel.

L'on prétend que ces chanoines schismatiques ont

---

1. Il est évident qu'il faut lire : le Pape.

demandé au Roi une audience particulière, ce qui leur a été refusé.

Le chanoine Coignon, mort sans sacrements dans ce chapitre, avait ci-devant fait son testament par lequel il léguait sa bibliothèque au dit chapitre. Sa famille lui a persuadé de le révoquer, menaçant de le faire casser en justice, pour cause d'ingratitude.

L'on voit dans la *Gazette de Cologne*, l'acte du grand juré[1] de Westminster contre les ouvrages philosophiques du feu mylord Bolingbroke. On y proteste pour la liberté de la presse, si précieuse en Angleterre, mais l'on croit protéger encore plus la religion en demandant la proscription de livres si contraires à la révélation et aux prêtres.

24 *novembre*. — Le chevalier de Bonac, frère de l'ambassadeur, épouse une riche veuve de Hollande avec 100 000 florins de revenu.

On a mis en la Bastille un valet de pied du Roi qui n'a pas rendu exactement à M. le prince de Conti une lettre de la main de Sa Majesté.

L'abbé de Choiseul vient d'avoir l'archevêché de Besançon, et il garde la primatie, qui est une dignité du chapitre de Nancy.

Les deux comédies de Paris se réchauffent, mais l'Opéra languit et tombe; on ajoute qu'il s'y prépare quelque chose de fâcheux; cela regarde mon cousin le prévôt des marchands qui est accusé de dilapidations dans cette administration.

1. Jury, comme on dit aujourd'hui.

26 *novembre*. — L'on assure que le Roi a déclaré à
M. le premier président qu'il laisserait faire le parlement contre le chapitre d'Orléans ; ainsi l'on s'attend
à voir incessamment ce tribunal rendre des arrêts
dignes de lui en cette matière.

Nouveau refus de sacrements dans une paroisse du
diocèse de Boulogne : le moribond est mort, et on l'a
enterré sur les confins du cimetière, les pieds en terre
sainte, la tête et le corps dans la rue, disant qu'en fait
d'appel de la bulle *Unigenitus*, c'est la tête et le cœur
qui pèchent et non les pieds. On ne doute pas que
le parlement ne sévisse sur cela à sa rentrée.

27 *novembre*. — L'on parle de placer à l'hôtel de
Conti un jeu de blanque et un Mont de piété, comme
il y en a un en Italie. Ce serait d'abord au profit de
la ville pour bâtir l'Hôtel de ville et la place publique de Louis XV, puis au profit de l'État pour
payer ses dettes. Mais il est à craindre qu'on n'y
prenne point de confiance, en considérant quels gens
se mêleront de tout cela.

L'on dit que M. Rouillé, secrétaire d'État, vient
d'obtenir une pension de 50 000 livres de rente, et que
l'on promet aussi beaucoup à l'abbé de La Ville pour
le faire rentrer comme premier commis des affaires
étrangères.

28 *novembre*. — La rivière de Seine est plus basse
qu'en hiver.

On ne finit point de donner chaque jour de nouvelles
voix à l'Opéra.

Le contrôleur général devient chaque jour plus à la

mode et en faveur près du Roi. Les fêtes de Fontainebleau sont déjà payées.

Samedi prochain paraît l'édit de création de vingt-
six millions de principal en rente viagère à un denier
moins avantageux que celles de 1744.

Le clergé a peu de crédit, la finance l'emporte, ainsi
que le parlement. Il y a à Versailles quatre députés du
chapitre d'Orléans qui se morfondent et n'obtiendront
rien, tandis que le parlement les poursuit.

29 *novembre*. — M. de Ceberet, lieutenant général
âgé de plus de quatre-vingts ans, vient de se donner
la mort, de douleur de la mort de sa femme; il s'est
donné plusieurs coups d'épée. Cette dame avait été
cependant grande p...., et il ne l'avait eue qu'après
plusieurs galanteries.

1er *décembre*. — Mme de Pompadour est précisément dans le poste de feu le cardinal Fleury, par qui
Sa Majesté voulait que tout passât. Rien ne se décide
sans elle.

Le mariage de son frère, M. de Marigny, avec une
fille de la cour et de maison titrée va attirer à cette
famille quantité de grâces.

Elle est plus que jamais déclarée contre mon frère,
et cependant la faveur de celui-ci est augmentée depuis la réconciliation du parlement, où l'on dit qu'il a
servi de conseil secret à Sa Majesté. Il se tient en règle,
et n'affecte rien de contraire extérieurement à cette
favorite.

Cependant l'on met les affaires en grand désordre
par des faveurs indiscrètes; l'on donne chaque jour

des grâces expectatives : il y a onze bons pour les commissions de colonels dans les grenadiers de France,
quatre bons pour des guidons de gendarmerie, etc.

On parle de quatre nouveaux maréchaux de France,
de deux expectatives d'inspecteurs, tous gens de cour
et bons à rien.

Le duc de Mirepoix ne part point pour son ambassade d'Angleterre où il est cependant fort demandé ;
il intrigue pour la place de gouverneur de M. le duc
de Bourgogne, sa femme s'étant rendue grande amie
de la marquise de Pompadour.

M. Pâris-Duverney est retombé dans sa maladie de
goutte remontée qui l'a pris à la gorge ; s'il meurt,
adieu l'École militaire.

Mon fils est tombé dans une maladie de poitrine qu'il
néglige et qui me fait grand'peur, voulant toujours
aller et venir à la cour.

Mon gendre, M. de Maillebois, a manqué jusqu'ici
son commandement de Lorraine, par la mauvaise volonté de la marquise de Pompadour.

2 *décembre*. — Nouvelles affaires entre le parlement et l'archevêque de Paris. Refus de sacrements
sur la paroisse de Saint-Étienne à la demoiselle
Lallemant, ancienne convulsionnaire[1]. Tous les prêtres
de cette paroisse ont refusé d'obéir au parlement et
à la déclaration du 2 septembre dernier. On a député
à l'archevêque, qui a refusé de rendre compte, disant

---

1. Voyez sur cette affaire : *Nouvelles ecclésiastiques*, 1755,
p. 9 et suiv. — *Journal de Barbier*, t. VI, p. 75 et suiv. — *Mémoires de Luynes*, t. XIII, p. 394 et suiv.

qu'il ne devait de compte qu'à Dieu, et déclarant que
les prêtres de cette paroisse agissaient par ses ordres.
Ainsi, sa conduite ressemble en tout à celle qu'il tenait
il y a deux ans, quand le parlement voulait convoquer
les pairs, et lui faire son procès comme schismatique et comme désobéissant aux lois et aux ordres
du Roi.

Le parlement a député au Roi.

Hier, dimanche, le Roi entendit le premier président en particulier et l'archevêque; l'on dit que celui-ci sortit de cette audience fort consterné.

Le Roi a répondu au parlement qu'il était très-
satisfait de sa conduite, qu'il allait examiner l'affaire
sur les pièces, et que demain mardi, à cinq heures, il
lui donnerait ses ordres.

En même temps, l'on a porté au parlement deux
édits ou déclarations :

1° Pour un emprunt de vingt-cinq millions à rente
viagère; le préambule dit seulement que ces sortes
de rentes plaisant beaucoup à ses sujets, le Roi en
crée. Sur cela, le parlement a nommé des commissaires qui s'assembleront après-demain mercredi. On
y observera trois choses : le peu d'apparence que le
Roi ait besoin d'un nouvel emprunt, et le parlement
compte de se bien acquitter ici de son prétendu office
de tuteur des Rois; — combien ces rentes viagères
engagent les sujets au célibat; — qu'il y a un article
contraire aux lois, en ce que les femmes et maris
peuvent se créer des rentes viagères sur leurs têtes, ce
qui est un avantage indirect. Ils se donnent au public
principalement pour tenir bon contre la prodigalité
royale, ne marquant ordinairement de fermeté que

pour leur pouvoir personnel, et non pour les intéréts de l'État.

2° Création d'un trésorier de l'École militaire, pour lequel on achète l'hôtel de la Force, habité par MM. Pâris, et pour y tenir le bureau des cartes. Or, cet impôt n'ayant point encore été mis en règle pour son enregistrement au parlement, l'on veut instruire le principal avant de confirmer l'accessoire.

3 *décembre.* — L'on voit avec étonnement que chaque année les loyers des maisons de Paris augmentent de prix, malgré la diminution des biens et des profits des particuliers; d'abord dans les beaux quartiers, comme dans le faubourg Saint-Germain, celui de Richelieu ou faubourg Saint-Honoré. La mode et le bon air prévalent de façon que les maisons y deviennent hors de prix chaque jour et de plus en plus; ensuite, par contre-coup, le Marais et le quartier de l'Université arrivent aussi hors du prix ordinaire.

On en cherche la raison; en voici un essai : la mode et son empire président à tout chez les Français, car la mode a mis la vertu et les éloges dans le bon air, le vice et le mépris dans le moindre ridicule. Il est donc ridicule de ne ne pas demeurer à Paris, ou dans les beaux quartiers; voilà de quoi mettre en mouvement tous les efforts de la noblesse.

La mode veut qu'on cherche la fortune, non par le mérite ni par le bonheur; on ne la trouve que par l'intrigue à la cour et dans la capitale; toute la nation pense ainsi universellement de plus en plus, provinciaux ou habitants des villes, tout le monde veut gagner Paris de plus en plus.

La mode veut aujourd'hui que les courtisanes soient payées plus cher, qu'elles représentent, qu'elles soient chargées de diamants, qu'elles aient de beaux carrosses et des maisons décentes et bien meublées.

La mode veut qu'il y ait beaucoup de divorces : ainsi, il faut hôtels aux maris, hôtels aux femmes, hôtels aux enfants, au lieu que ci-devant les familles logeaient dans la même maison, et chacun se contentait d'une petite chambre avec un cabinet.

La mode veut qu'on ait des logements spacieux, que les domestiques aient des feux tout l'hiver, qu'on ait du feu dans chaque pièce.

La mode veut aujourd'hui que les financiers représentent comme des gens en place, etc., etc.

5 *décembre.* — Voici de grands événements et bien des changements.

Le Roi a répondu avant-hier à la députation du parlement : « qu'il avait puni l'archevêque de Paris, l'ayant exilé à sa maison de Conflans pour avoir désobéi à sa déclaration du 2 septembre, qu'il voulait qu'on obéît et que la paix régnât dans le royaume; qu'ainsi Sa Majesté comptait que le parlement ne sévirait pas contre ce prélat; qu'il pouvait donc poursuivre le clergé de Saint-Étienne du Mont, mais avec la circonspection que demandaient les choses spirituelles, et qu'il concourût de tout son zèle à faire régner la paix. »

L'on assure qu'il y a ordre pour que l'archevêque de Paris ne voie à Conflans aucun des évêques.

Le parlement a sur-le-champ donné les ordres né-

cessaires pour que l'on donnât les sacrements à la
demoiselle Lallemant et que l'on pourvût au service
de cette paroisse.

Il y a de tout ceci grande joie parmi le peuple de
Paris, tandis qu'il y a grande tribulation parmi ces
vilains prêtres criards. Voilà donc ce parlement, ci-
devant proscrit pour les mêmes choses, et aujour-
d'hui chargé de toute la confiance du Roi pour pacifier
le royaume troublé par les ecclésiastiques. Il ne manque plus à cela que de renvoyer le vieil évêque de
Mirepoix.

6 *decembre.* — M. Rouillé, ne sachant où il en est
de son ministère des affaires étrangères, recherche
avec empressement l'abbé de La Ville, et celui-ci veut
se faire acheter; il demande à être fait conseiller
d'État et chef de ces bureaux, comme feu M. de Saint-
Poüange le fut autrefois pour la guerre sous M. de
Louvois. L'on juge bien que les autres commis s'y
opposent, et le Roi, sentant ces difficultés, hésite de
plus en plus à ces innovations dangereuses. L'on croit
que cela retombera sur M. Rouillé, dont l'incapacité
et l'insuffisance se démontrent par là.

Il est beaucoup question de moi pour rentrer dans
les affaires étrangères. L'abbé de La Ville et sa cabale
m'élèvent aux nues sans que je le sache, soit pour le
bien des affaires, soit pour que je me montre favorable à ses vues de qualification dans son emploi.

Hier jeudi, 5 de ce mois, le parlement s'assembla
deux fois par jour, d'abord pour la demoiselle Lallemant; on a rendu compte de l'état de la desserte de la
paroisse de Saint-Étienne du Mont, et on y a donné des

ordres. Enfin le parlement a été obéi pour faire administrer les sacrements, et, comme il dit, faire cesser le scandale : l'abbé Cerveau, l'un des prêtres habitués, l'a administrée. Voilà donc le parlement obéi, et c'est la première des malades dans ce cas-là qui ait été administrée.

L'on prétend que l'archevêque de Paris va interdire cette église et excommunier le parlement ; mais les gens sages n'en croient rien ; il endure patiemment son exil. Tout le peuple de Paris est en grande joie.

L'on regarde avec raison cette disgrâce de l'archevêque de Paris comme une époque qui sera fameuse. L'on s'attend à voir incessamment le congé et la retraite de l'ancien évêque de Mirepoix, mais Sa Majesté veut écarter de cela toute idée que le parlement y ait influé.

L'on attribue à M. le prince de Conti beaucoup d'influence sur cette conduite, mais les personnes raisonnables croient qu'il n'est en ceci qu'une véritable marionnette et une couverture à des politiques plus adroits.

7 décembre. — Il y a à la grande écurie une jument de chasse nommée *la Marquise* ; le Roi l'a montée longtemps et ne la monte plus. La semaine passée, M. d'Ecquevilly, revenant de la chasse, ne trouva pas de place dans les carrosses du Roi ; il revint à cheval ; le Roi lui demanda comment il était revenu. « C'est sur cette vieille Marquise que Votre Majesté ne monte plus. » Et de rire, allusion faite à la favorite qui n'est plus qu'amie, mais pour qui le Roi s'entête de lui accorder plus de crédit que jamais.

Le dernier comité pour la réponse du Roi au parlement s'est tenu dans le cabinet de cette marquise. Elle a plus de crédit que jamais et emporte tout ce qu'elle veut sur les ministres ; elle est déclarée brouillée avec mon frère et le reste de ma famille ; cependant mon frère porte chez elle le portefeuille de l'École militaire.

L'on m'assure que le Roi a pour moi un fond d'estime et d'amitié ; il me destine la première place de conseiller d'État d'épée, mais l'on me conseille de ne montrer aucune autre prétention si je remonte à cette dignité. Sa Majesté en a parlé deux fois à mon frère.

M. de Séchelles, loin d'acquérir des vues comme ministre, perd chaque jour de celles qu'il avait comme intendant. J'ai raisonné avec lui, et j'ai trouvé qu'il mettait en question des principes aussi certains, aussi reconnus que le nuisible de la taille arbitraire.

Mon frère continue d'étudier le Roi avec grand succès, il le suit dans ses faiblesses et ne cherche sa gloire que dans ses volontés momentanées. Cependant il s'embarrasse souvent dans les démarches qui contredisent les partis. Aujourd'hui ce sont les gens d'église qu'il faut apaiser et satisfaire. Avant-hier arriva chez lui nuitamment le sieur de Lostanges, neveu de l'archevêque de Paris, pour chercher les moyens d'apaiser le Roi. Sa Majesté montre quelque embarras ; ce coup d'État d'avoir puni l'archevêque de Paris fait trembler ceux qui affectent la dévotion. La Reine, M. le Dauphin et la famille royale sont en grande peine de cette disgrâce.

L'on dit qu'à ce comité qui se tint chez la marquise, deux ministres voulaient qu'on changeât le mot

de « en punissant l'archevêque, » mais le Roi qui se
promenait en long et en large, dit : « *Quod scripsi,
scripsi.* »

MM. de Puisieux et de Saint-Séverin ont pensé
être congédiés du conseil pendant Fontainebleau, à
cause des contradictions et des incertitudes qu'ils y
excitent; c'est une cohue bien plus grande encore que
de mon temps.

Il y a grande affluence de monde à Conflans, tant
d'évêques que de militaires.

Le bruit est grand toutefois que l'on va renvoyer
tous et chacun des évêques chez eux.

Le bruit est de même que l'ancien évêque de Mirepoix va se retirer; outre sa vieillesse, il est comblé de
dégoûts dans cette occasion-ci, et le Roi est fort ennuyé de lui.

L'on parle de faire condamner par la Sorbonne un
livre dont j'ai fait plus d'un tiers; il a pour titre :
Histoire du Droit public ecclésiastique français. Le P.
de La Mothe, jésuite, qui avait été mon préfet, puis
fugitif et retiré en Hollande, en a fait les deux tiers[1].

On a fait un nouveau règlement pour que les du-
chesses aient toujours le fond dans les carrosses du
Roi et de la Reine, et les femmes de qualité non du-
chesses sur le devant; mais ce règlement ne s'applique pas aux ducs, et ceux-ci veulent éviter ces con-
currences.

M. le Dauphin a décidé au contraire que les menins
auraient le fond, quoique non ducs, ce qui chagrine
les ducs, et, comme cette décision contredit celle du

1. Voyez t. I, p. 37; t. VI, p. 167 et 176.

Roi, Sa Majesté a dit : « Que voulez-vous ? mon fils l'a décidé ainsi. »

8 *décembre*. — L'édit a passé pour la création de vingt-six millions de rentes viagères que le Roi emprunte. Cela commence à décrier le ministère de M.'de Séchelles dont on espérait tant, et l'on dit que cette grosse somme est déjà mangée d'avance, avec bien d'autres revenus.

Le parlement avait beaucoup à dire sur ce nouvel emprunt, après huit années de paix; cependant le public a approuvé sa conduite. Par l'arrêté imprimé avec cet enregistrement, on y retranche un endroit de l'article 4 qui donnerait lieu à des avantages indirects de maris à femmes, et le parlement ose défendre d'exécuter cet article sans en avoir attendu l'approbation de Sa Majesté (ce qui pourra lui attirer quelque vespérie royale)[1].

Il ordonne encore des remontrances sur la conséquence de ces emprunts multipliés, sur la justice de fixer le temps de la levée du vingtième, sur l'excès des tailles et sur le soulagement des sujets. Cela a satisfait le public, mais l'on s'empresse fort doucement à prendre de ces rentes qu'on ne trouve pas assez avantageuses dans le public.

10 *décembre*. — L'on m'assure que, samedi dernier, l'ancien évêque de Mirepoix avait été sur les trois

---

1. Dans une lettre à son frère, datée de ce jour, 8 décembre, et insérée dans les *Mémoires* publiés par Jannet, t. V, p. 58, l'auteur relève ce qu'a d'excessif cette prétention du parlement de corriger un texte de loi sans remontrances préalables.

heures pour parler au Roi, mais que l'huissier lui avait refusé l'entrée, qu'il avait insisté, qu'on lui avait dit que cette défense était pour lui personnellement. Sur cela, il descendit chez M. le Dauphin pour s'en plaindre; ce prince lui dit que c'était une méprise, le prélat assurait que c'était une chose pressée; ils montèrent à l'appartement du Roi, M. le Dauphin entra certainement, mais la porte fut toujours refusée à l'évêque, et l'huissier lui dit qu'il s'étonnait de son insistance, ces ordres étant précisément pour lui. L'on juge combien ceci donne à raisonner et annonce un prochain changement pour le ministère des bénéfices.

La Reine pleure continuellement de la disgrâce de l'archevêque de Paris; M. le Dauphin n'en est pas moins affligé. L'on s'en prend à l'abbé de Saint-Cyr, sous-précepteur de ce prince, et qui conduit la famille royale pour ce fanatisme bigot et ultramontain.

Le premier président est possédé de haine contre mon frère, il cherche à le traverser en tout. Ce magistrat a de grandes passions de rancune et est d'ailleurs d'une ambition démesurée; du reste homme très-sage et entendant bien le monde et la cour. Les officiers du parlement portent au vent, et prétendent désormais à de grandes choses pour s'immiscer dans le gouvernement du royaume.

12 *décembre.* — Avant-hier, M. Lambelin commença à l'assemblée des chambres le rapport de l'affaire du chapitre d'Orléans, et sa continuation a été remise à ce matin.

L'abbé de La Ville rentre premier commis des affaires étrangères; il a offensé M. Rouillé en déclarant qu'il n'y rentrerait pas sans l'ordre exprès du Roi; cependant on a besoin de lui, mais ces sortes de besoins ne se font pas sentir aujourd'hui sans beaucoup d'intrigues, comme celle des Pâris.

C'est M. de Saint-Séverin qui gouverne l'esprit de M. Rouillé, il est devenu près de lui ce qu'était le maréchal de Noailles sur M. de Saint-Contest ci-devant, et, quoique mon dit sieur Rouillé fût tout-à-fait Noailles avant de monter au ministère, il a senti les inconvénients de s'y livrer dans ce département.

L'on m'assure que M. Rouillé vient d'avoir effectivement 50 000 livres de pension comme augmentation d'appointements, mais cela lui restera quand il ne sera plus employé.

13 décembre. — Nous avons déclaré M. Durand (ci-devant conseiller à Metz) pour notre ministre près du royaume et république de Pologne. Il a déjà été chargé de nos affaires à la Haye, à Vienne et à Londres. C'est un homme doux, raisonnable et assez instruit, et il serait capable d'un meilleur poste, mais les choses sont montées aujourd'hui de façon que l'état est fait pour les hommes et non les hommes pour l'état. On lui a augmenté ses appointements par-dessus ceux qu'avaient ses prédécesseurs. Sur ce qu'il m'a dit de ses instructions, je vois peu de plans finis dans le gouvernement français sur la Pologne; on veut s'y garder un parti, sans savoir bonnement qu'en faire. M. le prince de Conti prétend toujours y régner; notre intérêt voudrait qu'on ne songeât qu'à un seul but, qui est d'en écarter l'ascendant prussien.

15 décembre. — On a fini le rapport de l'affaire

d'Orléans, et ce sera mardi que l'on jugera définitivement.

On a copie de la lettre de l'évêque d'Orléans écrite
au chapitre; elle est toute fanatique, elle exhorte
les chanoines à refuser les sacrements au moribond.
L'assemblée des chambres délibéra hier que cette
lettre serait portée au Roi par le premier président.

On a cru voir une lettre de l'évêque de Mirepoix
écrite au même chapitre d'Orléans par laquelle il
l'exhortait au même fanatisme, mais on a jeté une
bouteille d'encre sur cette lettre.

Autre lettre de l'évêque de Boulogne qui a été dé-
noncée au parlement, par laquelle il parle en fanatique outré, disant qu'il est prêt à perdre la vie pour
la bulle *Unigenitus*.

Sa Majesté Britannique a fort approuvé par une harangue la suppression des œuvres philosophiques de
mylord Bolingbroke, comme contraires à la religion
révélée.

16 *décembre*. — Le bruit est grand que nos troupes
ont été battues en Lyonnais par les contrebandiers
qu'on nomme les *Mandrins* du nom de leur chef.
L'on dit qu'il y a eu cinquante-trois dragons du
régiment de Bauffremont sur le carreau, avec un officier pris par ces révoltés, et qu'ils ont fait passer
cinq à six cents chevaux ou mulets chargés de leurs
marchandises, qui se sont répandus dans le Dauphiné.
Cette troupe d'habiles contrebandiers est à présent
en Savoie.

L'officier qu'ils ont pris servira d'otage à ceux des
contrebandiers qui sont prisonniers, et l'on n'osera

pas les punir du dernier supplice, de peur de repré-
sailles contre les gens du Roi.

Le malheur encore est que tout le peuple est pour
ces révoltés, puisqu'ils font la guerre aux fermiers généraux que l'on répute trop riches, et pour donner
au peuple les marchandises à meilleur marché. Avec
cela, tous les officiers qui marchent à cette guerre y
vont à contre-cœur et ne parlent que de leurs désa-
gréments.

18 *décembre.* — Il est certain que l'ancien évêque
de Mirepoix ne travaille plus avec le Roi qu'une fois
par semaine, à raison de trois minutes par séance; il
n'y fut pas davantage la dernière fois, et cela fut observé de tout le monde. Il est donc apparent qu'il se
retirera les premiers jours de l'année prochaine. Mais
qui lui succédera ?

Il est à observer que mon frère devient absolument
le maître du gouvernement, y dominant sous les noms
de ceux qu'il met en place. M. de Séchelles est son
commis, mon fils s'assure des détails de la guerre. Il
paraît que le Roi est conseillé aujourd'hui par lui pour
sa conciliation parfaite avec le parlement de Paris. Il
fait entendre sans doute aux jésuites qu'il fallait *caler*
ainsi, que le Roi le voulait absolument et que, dans
quelques années, l'on reviendrait à leur donner plus
de crédit que jamais.

Sur ces entrefaites, j'ai vu des politiques qui pensent que mon frère pourrait bien faire tomber la feuille
des bénéfices à un conseiller au parlement, la Fautrière, qui s'était montré ci-devant des plus hardis
parlementaires, et qu'il a gagné à lui. Par là, le par-

lement se croira au pinacle du gouvernement, et sera
trompé et retenu dans ses opérations; par là, mon
frère sera le maître de cette partie.

Il le devient également dans les affaires étrangères
par la nomination qui vient d'être faite de l'abbé de
La Ville, pour premier commis des affaires étrangères
à la même place où il était il y a trois ans, et l'on ren-
voie le sieur de la Chapelle qui lui avait succédé. L'on
assure aussi au dit abbé de La Ville la place de M. du
Theil qui est à l'extrémité, de secrétaire des commandements près de M. le Dauphin.

Il conduira entièrement le bonhomme Rouillé qui
ne savait plus où il en était, et qui, moyennant cela,
va rester en place aussi longtemps et aussi vieux qu'a
été l'ancien évêque de Mirepoix dans la sienne. Cet
abbé a été jésuite, et est absolument dévoué à mon
frère.

Voilà donc mon dit frère maître de presque tous les
départements; celui de M. de Saint-Florentin est mené
par des intrigues de cour dont ce ministre est le jouet
tant qu'on veut. Ainsi, il défère à celui qui a le plus
haut crédit.

Reste celui de la marine qui est tout dévoué à la
finance, selon les fonds qu'on lui donne, et aux opérations politiques des négociations.

Avec cela, le Roi règnera doucement et s'attirera
quelques louanges que l'on fera valoir à ses yeux plus
qu'elles ne valent, mais la postérité en décidera autrement, et l'on jugera les ouvriers à l'œuvre.

Cependant il est grand bruit de guerre, et peut-être
affecte-t-on ici, de la part de nos ministres, de répandre ce bruit pour étonner nos ennemis par notre

bonne contenance. J'ignore encore de quel côté nous vient cette menace ; il y a apparence que c'est par l'Angleterre.

Les rentes viagères vont mal ; l'on n'y a encore porté que cinq millions, lesquels proviennent des étrangers qui avaient déjà souscrit avant l'enregistrement au parlement. Ils en sont curieux , ne trouvant pas un si bon denier chez eux. Pour les Français, ils trouvent ce denier trop faible, et rencontrent mieux chez d'autres emprunteurs particuliers, comme chez les moines. Si cette opération allait manquer , cela discréditerait beaucoup le nouveau ministre des finances. Au reste l'on en tremble à Versailles ; le mal des finances est plus grand que l'on ne le sait ; il y a certainement deux années mangées d'avance, et l'on compte beaucoup sur ceci, ainsi que sur le don gratuit du clergé en mai prochain.

Mon frère prétend que nos troupes seraient aussi prêtes que celles du Roi de Prusse à entrer en guerre d'un moment à l'autre, si M. de Machault n'avait pas fait retrancher les fonds de l'artillerie qu'on lui avait promis, moyennant quoi cette partie n'est point prête comme les autres.

L'on assure que M. de Séchelles a déclaré aux fermiers généraux qu'ils seraient désormais maîtres de leurs emplois, clause qui doit beaucoup augmenter le prix de la ferme générale au bail prochain.

L'on parle de la cour comme devenue un b...., depuis qu'il y a quatre-vingts dames du palais pour la famille royale. Il y a des petites maisons et des appartements destinés à la prostitution de ces dames ; les soirs et les nuits sont de vrais sabbats où

se rendent les jeunes gens qui s'y poivrent comme
il faut.

On y parle du gouvernement aussi haut que dans
les campagnes des plus grands frondeurs. Licence à
tous égards.

On y déclame contre mon frère sur ce qu'il vient
de procurer le commandement de Bordeaux et de
toute la Guyenne au sieur d'Hérouville de Claye, lieutenant général, pédant et de nulle considération, commandement qui n'avait jamais été donné qu'aux plus
grands seigneurs, comme aux maréchaux de Montrevel,
de Berwick, de Duras, etc. Chacun désavoue cette nomination; la marquise déclare qu'elle ne vient point
d'elle, et mon frère dit la même chose.

L'on vient de donner de grosses pensions aux principaux banqueroutiers de la cour, comme duc de Bout-
teville, Fimarcon, Tressan, etc., disant qu'ils ne sont
pas capables de commandement par leur désordre :
autre grief du public.

L'on parle de cinq lettres de cachet données aux
principaux schismatiques du chapitre d'Orléans, mais
cela est douteux.

A l'assemblée des Chambres d'hier, 17 décembre,
on a décrété l'abbé Colbert, doyen de ce chapitre, et
le sieur Huart, sous-chantre, parce qu'ils avaient exclu
des délibérations ceux qui voulaient bien administrer
les sacrements au chanoine moribond. On a ordonné
que le chapitre nommerait dans deux jours un syndic
pour venir rendre compte au parlement de la conduite
du dit chapitre.

Le premier président a eu ordre d'aller à Choisy
hier pour rendre compte au Roi de la lettre décou-

verte de l'évêque d'Orléans, qui mérite, par cette lettre, d'être impliqué dans le dit procès, comme en ayant fait son affaire propre.

En conséquence, il y aura assemblée des Chambres demain matin.

Procès entre le fermier du domaine de Paris et celui d'Orléans pour se faire remettre l'amende de 15 000 l. que le parlement a fait payer au dit chapitre.

L'on parle d'un grand arrangement qui suspend au parlement les places des présidents à mortier et d'avocats généraux. Les deux frères Fleury de la Valette, intendant de Bourgogne, et Joly de Fleury, avocat général, consentent à troquer leurs places, mais ils veulent qu'on les assure tous deux de devenir conseillers d'État, et que leur temps d'avocat général leur soit compté, ce qui répugne aux règles du conseil. L'on veut par là que la charge de procureur général du parlement soit conservée dans cette famille et, pour cet effet, que Fleury de la Valette devienne en peu de mois premier avocat général. En conséquence, M. de Saron sera fait président à mortier à la place de feu M. Gilbert de Voisins.

19 *décembre.* — J'ai reçu des lettres du 12 de ce mois d'un de mes amis qui commande à la chaîne de troupes contre Mandrin et les contrebandiers. Il n'est pas vrai que nous y ayons eu un échec pour nos dragons ; tout au contraire, on a pris cinq de ces révoltés et l'on guette les autres avec soin et diligence.

20 *décembre.* — Le Roi a exilé l'évêque d'Orléans dans sa maison de campagne de Meun, en punition de

la lettre qu'il a écrite à son chapitre et que le premier président avait portée à Sa Majesté.

Le Roi a donc répondu à ce magistrat qu'il avait puni l'évêque d'Orléans, mais qu'il recommandait à son parlement de ne procéder que par les voies de douceur, et non de rigueur, à de semblables affaires, afin de ramener le calme dans le royaume.

Le parlement, chambres assemblées, décréta hier de prise de corps l'abbé Anselle, second vicaire de Saint-Marcel[1].

On a cassé une information faite à Orléans où il y avait un vice de greffier.

L'assemblée des chambres est remise au lundi 30 de ce mois. L'on voit par là que le parlement mène doucement cette procédure, et suivant les intentions du Roi.

Le premier président fut avant-hier trois quarts d'heure enfermé tête-à-tête avec le Roi à Choisy.

On observe que l'ancien évêque de Mirepoix n'est plus que quelques minutes au travail avec le Roi, et qu'il ne le voit que sur ce pied à peine une fois par semaine.

M. le Dauphin est fort animé contre mon frère de ce qu'il a donné le commandement[2] à M. d'Hérouville, et non au comte de Lorge pour qui il le postulait. Cette nomination déplaît au public et fait beaucoup crier, comme nous avons dit.

L'on m'assure que le Roi parle de moi avec bonté, et même avec amitié, qu'il est temps de me tenir à

1. Erreur de d'Argenson : Cet abbé Anselle, dont il est longuement question dans les *Nouvelles ecclésiastiques* (voy. la *Table* à ce nom) était vicaire à Saint-Étienne-du-Mont.

2. De la Guyenne.

Paris assidument, et de n'y point voir de grands seigneurs, et que je serai bientôt rappelé aux affaires :
pratiques tranquilles, spéculation des affaires qui est
selon mon goût et que je continue avec délices.

22 décembre. — Le présidial de Troyes vient de
faire vendre tous les meubles de l'évêque[1] pour 6 000 l.
d'amende a quoi il avait été condamné pour refus
schismatique de sacrements. Toute la ville de Troyes
y a applaudi, a acheté ses meubles ; on a peu enchéri,
et l'on a été trop charmé que cette valeur ait monté à
peu de chose. Cet évêque est fort méprisé par ses
mœurs et par son dérangement. Il faut savoir qu'il se
distinguait par ses actes de schisme et par son affectation sur les disputes de ce temps touchant la bulle
Unigenitus ; il espérait par là obtenir des bénéfices de
l'évêque de Mirepoix. Dès qu'il savait quelque prétendu janséniste malade à mourir, il s'emparait des
fonctions curiales et refusait les sacrements, à moins
d'une acceptation de la bulle. Cependant le présidial
ordonnait leur administration, il promettait, il faisait
espérer, et le malade mourait sans sacrements. C'est
ce qu'à la fin le présidial a puni par une amende. Le
Roi ne donne plus d'arrêt du conseil pour empêcher
ces rigueurs, et veut être obéi.

L'on attribue à M. le prince de Conti cette excellente
conduite du Roi qui veut que la déclaration du 2 septembre soit exécutée, mais je sais qu'il n'en est que le
prête nom, et que mon frère en est le conseil secret.
L'on commence à s'en douter, la reine le boude, les

1. Mathias Poncet de la Rivière.

évêques et les jésuites disent qu'il les a donc aban-
donnés.

Je sais qu'il y a eu une grosse brigue pour porter le
cardinal de Tencin, archevêque de Lyon, à écrire au
Roi contre la déclaration du silence du 2 septembre
dernier. Ce cardinal dit qu'il a travaillé toujours utile-
ment pour la paix dans son diocèse, mais que Sa Majesté lui permettra de dire que sa déclaration du 2 septembre entreprend sur le spirituel, à quoi Sa Majesté
lui répond qu'il est très-content de sa conduite pour
son diocèse, mais que cette déclaration est son propre
ouvrage, qu'il est bien instruit de ses droits, et qu'il
veut absolument qu'elle soit observée.

L'on parle d'une lettre imprimée comme étant de
l'évêque de Saint-Pons[1], prélat grand benêt, qui déclame contre la propre personne du Roi à propos de
cette déclaration du 2 septembre. On l'obligera sans
doute à reconnaître ou à désavouer la lettre.

La duchesse de Villars, ancienne coquette, aujour-
d'hui bigote des jésuites, a été trouver le premier président et lui a dit que, puisque le parlement se mêlait aujourd'hui du spirituel, et avait fait exiler l'archevêque
de Paris, elle venait à lui pour lui demander la permission de manger des œufs ce carême. Le magistrat
lui a répondu qu'il en parlerait à sa compagnie où il
avait effectivement quelque crédit, et qu'il en écrirait
à l'Hôtel-Dieu et aux Petites-Maisons où l'on vendait
des œufs.

L'on se plaint de l'augmentation des courtisanes
publiques et de la débauche affreuse de Paris. L'on dit

---

1. Jean-Baptiste de Guénet.

que la police inscrit les courtisanes, et qu'il y en a aujourd'hui plus de trente mille ainsi inscrites.

23 décembre. — Mort subite de mylord Albemarle, ambassadeur d'Angleterre à Paris. Une indigestion méconnue lui a causé assoupissement ; on l'a prise pour apoplexie. Il avait vu en particulier sa maîtresse, la demoiselle Lolotte[1], au commencement de cet assoupissement ; on l'a saigné ; il est mort en peu d'heures. L'on va crier à nos médecins.

De cette affaire-là, nous pourrons bien ne plus avoir de ministre du premier ordre entre Paris et Londres. Ordinairement nous ne nous envoyons d'ambassadeurs qu'après la paix ; le comte d'Albermale finissait ici son temps. Il n'y a pas d'apparence que les Anglais nous nomment un nouvel ambassadeur, d'autant plus que cette dépense tombe sur la liste civile du roi d'Angleterre. Ainsi le duc de Mirepoix n'y retournera pas ; il se croit assuré d'être bientôt nommé gouverneur du duc de Bourgogne.

L'un des grands-vicaires de l'archevêque de Paris ayant voulu lui faire des remontrances sur sa conduite contumace vis-à-vis du Roi et du parlement, disant que Dieu voulait la paix dans son Église, et que le Roi était le maître, ce prélat l'a chassé comme homme mol et trop peu chrétien.

L'on dit l'évêque de Troyes exilé à sa maison de campagne.

---

1. Cette demoiselle, dont il a déjà été question, s'appelait Gaucher et devint plus tard Mme d'Hérouville. Voy. *Mémoires de Luynes*, t. XIII, p. 425, et *Mémoires de Marmontel*, 1827. In-8, t. I, p. 236.

La vraie méthode de réprimer ces évêques est par le mépris et l'oubli plutôt que par la colère.

24 décembre. — Une grande bande de contrebandiers est arrivée dans la ville de Beaune, en Bourgogne[1]. Les maires et échevins ayant voulu leur refuser les portes, la milice bourgeoise n'a pu leur résister; il y a eu quelques gardes bourgeois de tués; deux cents contrebandiers sont entrés avec leurs marchandises, ils ont été chez les magistrats, ils les ont réprimandés et menacés; de là, il sont allés chez le receveur des fermes et ont exigé une contribution de 20 000 l. Ainsi, voilà ces gens-là qui exigent des contributions, comme des ennemis. Ils ont peu débité de leurs marchandises.

L'on dit aussi qu'il y a eu une rencontre où quinze dragons du régiment d'Harcourt ont été tués par les dits *Mandrins*.

25 décembre. — Ceux qui arrivent de Versailles disent que l'abbé de La Ville a, dans les affaires étrangères, plutôt l'air d'un ministre que d'un commis, et que M. de Rouillé n'y sera plus rien que son écho.

J'ai nouvelles de l'entrée de Mandrin avec sa troupe dans le royaume en grande force; il a fait contribuer les receveurs des deniers royaux de 20 000 l. à Beaune, comme on me l'avait dit, et l'on croit qu'il va en faire autant dans le petit pays qu'on nomme l'Auxois. L'officier qui m'écrit ajoute que toute

1. M. Rossignol, dans son *Histoire de la ville de Beaune*, 1854, in-8°, p. 433 et suiv., a donné, d'après le registre capitulaire, les détails les plus circonstanciés sur cet épisode d'histoire locale.

la Bourgogne, qui est sans troupes, va être exposée aux mêmes contributions. L'on renforce nos troupes qui sont en chaîne de dragons à pied.

C'est une guerre précisément contre les fermiers généraux.

26 *décembre*. — La loterie est passée, et dans huit jours on la déclarera ; le bureau s'en tiendra à l'hôtel de Conti qui est destiné à la construction d'un nouvel hôtel de ville. Les profits de cette loterie sont destinés aux frais de la construction d'une place publique, puis pour les autres embellissements de la ville de Paris, mais la construction d'un hôtel de ville paraît très-éloignée. On copie la méthode de pareilles loteries qui est en usage à Rome, à Gènes et autres villes considérables du royaume d'Italie. On ne m'a pas caché qu'on ne donnerait pas au public autant de lots que serait le produit des billets. Les billets seront à toutes sortes de prix, depuis douze sous jusqu'à six cents livres. On ne la tirera que tous les mois. C'est le sieur Duverney qui conduit cette nouvelle machine : grand sujet de défiance.

27 *décembre*. — Les troupes de Mandrin, contrebandiers, marchent au nombre de deux cent cinquante hommes, et divisés par pelotons. Elles ont fait un crochet sur Autun [1], et de là sur Roanne ; elles tâchent à passer la Saône pour se retirer en Savoie. Nos troupes les cherchent inutilement en Bourgogne, et se fatiguent beaucoup. Les *Mandrins* sont mieux servis en

---

1. Voy. l'ouvrage déjà cité de M. Rossignol, p. 440.

espions que nos troupes. Pour moi, je crois qu'ils vont pénétrer dans le cœur du royaume où nous n'avons pas de forces sur pied. L'on fortifie nos postes de Roanne.

28 *décembre.* — Les Vénitiens ont voulu nous enlever notre maréchal de Lowendall pour en faire leur général en titre; ils n'en ont point depuis la mort du général Schulembourg; Lowendall a refusé, ce qui lui a attiré quelques récompenses ici de surcroît.

L'on assure que M. de Séchelles a enfin obtenu du Roi le retranchement des extraordinaires de la bouche pour ses diverses maisons de campagne, de façon que la bouche ordinaire marchera désormais à ces voyages comme du temps du feu roi, ce qui va assez loin pour l'épargne.

L'évêque de Chartres ayant voulu parler au Roi touchant l'exil de l'archevêque de Paris à Conflans, ce petit prélat a dit qu'un évêque devait résider dans sa capitale, le Roi lui a dit : « *Eh bien, Monsieur, allez dans la vôtre,* » où il est exilé. L'on prétend aussi avoir surpris de lui une lettre qu'il écrivait à sa maîtresse en la félicitant sur la naissance d'une cinquième fille qu'elle a de lui. Ces histoires galantes sur des évêques les déshonorent à perpétuité.

30 *décembre.* — Il y a nouvelle qu'il y a eu combat[1] entre les contrebandiers et les volontaires de Fischer, que les premiers ont battu nos troupes bravement et qu'il y a eu grande tuerie.

1. Le 20 décembre. M. A. Sirand a réimprimé en 1856, dans le *Journal de l'Ain,* un opuscule à peu près inconnu, relatif à ce

L'exil de l'évêque de Chartres est véritablement causé par une galanterie. Il entretenait une veuve pauvre et jolie à Chartres. Il avait déjà eu un garçon d'elle. Quelques petits maîtres des cabinets ont supposé une lettre de cette dame, qui était grosse, et par où elle lui mandait qu'elle venait d'accoucher; il a répondu de bonne foi par ce courrier qu'il allait créer une rente viagère pour le nouveau-né, avec plusieurs expressions de tendresse. On a porté cette lettre au souper des cabinets; on a beaucoup ri; le Roi a voulu savoir de quoi, et a aussi lu la lettre. Le lendemain, il a fait dire à l'évêque de Chartres (Fleury) de se retirer dans son diocèse; ayant demandé à la reine (dont il est le premier aumônier) ses ordres pour la messe du lendemain, elle n'a rien répondu; ainsi il s'est retiré.

Tout chemine aujourd'hui à donner de l'horreur des prêtres, et leur règne finit.

A Troyes, il y a eu une batterie singulière entre des chanoines qui portaient les sacrements à un chanoine appelant. Les zélés constitutionnaires ont voulu les arrêter dans la rue; ils se sont battus, et le Saint-Ciboire a été foulé aux pieds.

34 *décembre.* —Une lettre de Lyon du 27 décembre dit à présent le contraire des nouvelles publiques sur l'état des affaires des contrebandiers; savoir : que ces rebelles ont pénétré dans le Vivarais, et que, s'ils se retirent dans les Cévennes, ils se joindront aux reli-

combat : *Motifs et conduite de M. Fischer dans l'attaque des contrebandiers à Gunan*, tiré à part à 25 exemp., Bourg-en-Bresse, imp. de Milliet-Bottier, 1857, in-8 de 7 pages. L'endroit est nommé *Gennant* par Cassini, *Guenant* dans la carte du Dépôt de la guerre.

gionnaires. Cependant Mandrin a été bien blessé au
dernier choc contre les chasseurs de Fischer.

Le Roi sera l'année prochaine sept mois hors de
Versailles; il faut reprendre en sous-œuvre son appartement. Grandes dépenses en cette partie; accable-
ment des finances.

1755.

1er *janvier.* — L'on parle beaucoup dans le public
d'une guerre[1] comme prochaine avec l'Angleterre pour
raison de nos colonies, surtout dans l'Amérique septentrionale, tant vers l'Acadie qu'en Virginie. On parle
d'y expédier incessamment cinq bataillons (en Virginie)
et l'on prépare à Brest et à Toulon un gros armement.
L'on vient d'y envoyer cinq millions d'extraordinaire
pour la marine. Cependant l'on tâche de conjurer
l'orage. Le duc de Mirepoix prend aujourd'hui congé
du Roi et part ces jours-ci pour Londres.

Il en résultera une guerre par mer, où nous pourrons mettre beaucoup de vaisseaux de guerre en armement et en course pour désoler le commerce d'Angleterre, à l'exemple et suivant le système de M. de
Pontchartrain, et cette méthode contribua beaucoup
à la paix d'Utrecht.

Hier, lundi, le parlement reçut l'appel comme
d'abus d'une ordonnance de l'archevêque de Paris
qui défend à l'abbé Cerveau, prêtre habitué de Saint-
Étienne du Mont, de se plus immiscer dans les fonc-

---

1. Il s'agit des préliminaires de la fameuse Guerre de sept ans,
que l'on compte ordinairement de 1756 à 1763.

tions curiales, et particulièrement dans l'administration du viatique (c'est lui qui a administré la demoiselle
Lallemant).

L'on trouve que le parlement aura de la peine à
soutenir cet appel comme d'abus, car l'archevêque
de Paris est en droit de donner des pouvoirs ou non
à qui il veut, et il ne condamne à rien cet ecclésiastique pour avoir obéi au parlement ; mais cette compagnie dira toujours que c'est par vengeance.

Le parlement a condamné et supprimé la lettre de
l'évêque de Boulogne, qui était véritablement fanatique et contraire à la déclaration du Roi du 2 septembre dernier.

Il a tourné les décrets d'ajournement de trois chanoines d'Orléans en décrets de prise de corps.

2 *janvier*. — J'ai entendu raisonner hier de la guerre
dont nous sommes menacés avec les Anglais. Nous
armons diligemment, et en même temps nous envoyons vite à Londres M. de Mirepoix, notre ambassadeur, pour y porter le rameau de l'olivier ou une
déclaration de guerre si l'on ne conclut pas promptement la paix. L'on n'épargne rien, dit-on, pour faire
des démonstrations promptes, soudaines comme
l'éclair et utiles à la paix.

3 *janvier*. — A l'assemblée des chambres d'hier, le
premier président a rendu compte de la réponse du
Roi touchant les délibérations de l'assemblée précédente. Sa Majesté trouve que le bailliage de Troyes est
allé trop vite. Cependant Sa Majesté a puni l'évêque de
Troyes et l'a exilé à une abbaye près de Sézanne, dans

son diocèse, et, sur tout cela, le Roi veut que le palais
en reste là sur l'affaire en question. Il veut aussi que
le parlement enjoigne aux tribunaux du ressort d'être
plus modérés désormais et de ne chercher que la paix.

Jeudi, 8 janvier, il y aura une assemblée de chambres pour la suite de cette affaire.

4 janvier. — Pour le sûr, les *Mandrins* sont défaits
en Auvergne, vers Thiers[1], et il leur reste très-peu de
troupes; l'on dit Mandrin lui-même tué.

On a eu tant de honte de la nomination de M. d'Hérouville de Clèves comme commandant en chef en
Guyenne, que l'on vient de changer son sort et de le
faire lieutenant général employé dans cette province,
avec vingt-quatre mille livres d'appointements : ainsi
la cour change-t-elle à tous moments ses détermina-
tions, ce qui donne un mauvais vernis au règne.

5 janvier. — M. de Séchelles ne peut venir à bout
de son retranchement sur la bouche pour Choisy et
pour la Muette; brigues de cour qui empêchent toute
bonne opération de ce genre-là; faiblesse du Roi.

6 janvier. — Nous armons actuellement dix-sept
vaisseaux de guerre ou frégates dans nos ports d'Océan;
on y travaille jour et nuit, et l'on a envoyé cinq millions pour y satisfaire; tout cela regarde l'Amérique
septentrionale.

L'on assure qu'il va y avoir une suppression de

1. Voy. dans la *Revue des Sociétés savantes*, 1864, 1er sem.,
p. 83, un *Mandement du 28 décembre 1754, concernant les mesures à prendre dans la ville de Thiers en cas d'une nouvelle apparition de Mandrin.*

deux chambres des enquêtes, et que le parlement le demande lui-même (mais j'en doute); l'on créera, dit-on, deux nouvelles charges de présidents à mortier; l'on doit supprimer tous les présidents aux enquêtes au nombre de quinze. Pour les rembourser, l'on créera un premier président du grand conseil avec huit présidents; car l'on a vu que le grand conseil, fagoté comme il est, avec des maîtres des requêtes à sa tête, n'est bon à rien pour suppléer au parlement, comme on l'avait présumé.

Pour moi, je ne crois pas que jamais le parlement souffre qu'on le chicane ainsi. Une brèche ainsi faite donnerait lieu à prendre la place entièrement et à lui ôter les défenses en toute occasion; que la compagnie craigne la cour, qu'elle se lie avec les ministres, et tout est perdu.

L'on veut bâtir à neuf l'église de Sainte-Geneviève, et, pour cela, on lui donne quatre sous de plus par augmentation aux billets de vingt sous. Ces quatre sous iront moitié en augmentation de lots, et les deux autres sous pour cette église.

M. le prince de Conti travaille à force à retirer au Roi la principauté d'Orange; il prétend que le Roi ne se l'est appropriée que pour examiner de nouveau ses droits dix ans après sa majorité, et ce temps est arrivé; il prétend encore que le Roi ne lui a payé ni intérêt, ni principal, et de tout cela ce prince veut tirer de grosses sommes du Roi, ce qui ruine l'État et ne rend pas ce prince plus aisé, ni plus exact dans le payement de ses créanciers.

7 janvier. — Mme la princesse de Conti a dit à un

de ses amis, qui me l'a redit, qu'elle craignait beaucoup que les gens d'Église n'empoisonnent M. son fils,
à cause des conseils qu'il avait donnés au Roi avec tant
de succès pour la paix de l'Église.

Ainsi ce prince se vante d'être l'auteur des sentiments et de la conduite que le Roi a arborés. La difficulté à entendre ceci est l'intimité où il est toujours
avec le jésuite La Tour, son ancien préfet, le voyant
toujours trois fois par semaine ; mais il faut savoir
deux choses : 1° que ce jésuite est fort mal avec ses
confrères qui l'ont chassé du principalat du collége et
qui l'ont empêché d'être confesseur du Roi ; 2° que
les jésuites se retournent de toutes façons pour continuer leur crédit et leur domination, qu'ils veulent
avoir des leurs dans tous les partis, mettre leurs pieds
en tous souliers, et que, s'il arrivait même que les
évêques vinssent à être chassés de France, ils se van-
teraient d'y avoir contribué, tant leur habileté est
grande et leur dextérité étendue dans ses branches et
dans ses replis jusqu'à l'infini.

L'on parle toujours de grands changements dans
les traités généraux et particuliers des fermes et sous-
fermes. L'on parle d'augmenter les fermiers généraux
jusqu'à quatre-vingts et de renvoyer tous les mauvais,
travailleurs et les petits maîtres dont il y a grand
nombre. M. de Séchelles, contrôleur général, couve
ses desseins et avance à pas lents. Pour accomplir le
bien de ces arrêts prudents, l'on doit aussi leur donner la libre disposition de leurs emplois. Il est, dit-on,
parvenu à obtenir du Roi le retranchement de la
bouche particulière à ses maisons de Choisy et de la
Muette, malgré les cris des gouverneurs de ces cam-

pagnes. On a montré à Sa Majesté que chaque poulet lui revenait à cent écus, etc. Ce retranchement va à plusieurs millions.

Cependant il y a bien des choses qui ne se payent pas, comme le guet de Paris à qui je sais qu'il est dû sept mois.

L'on vient de mettre en prison plusieurs banquiers de pharaon qui taillaient dans plusieurs maisons de femmes de qualité à Paris.

• 8 *janvier*. — Les dernières nouvelles que me donne un de mes amis qui a un commandement contre les contrebandiers sont qu'on lui envoie un renfort de troupes, qu'ils sont très-mal informés de l'ennemi, le pays étant contre les royalistes et pour ces rebelles, que l'on dit faire la guerre aux riches fermiers généraux, et non au Roi. On leur donne même des faux avis dont il faut se défier, et le peuple et les bourgeois craignent le ressentiment des contrebandiers qui se montrent cruels quand ils sont offensés. Quelques bandes se sont jetées dans les forêts vers la Saône, d'autres dans le Vivarais et le Bourbonnais depuis la petite bataille d'Autun.

Nos troupes sont fatiguées et dans un mouvement continuel; cependant, depuis quelques jours, nous jouissons de quelque repos, et l'on croit que les ennemis se dispersent et cessent leur guerre par le grand froid qu'il fait.

M. de Séchelles est malade, il augmente chaque jour de réputation dans sa charge et accroît les espérances du public. Il vient d'étendre le pouvoir des intendants pour régler le vingtième de chacun des contribuables,

comme quand l'on prouve qu'il y a des rentes qui
chargent les terres.

11 *janvier*. — Un homme qui fréquente beaucoup
la cour de M. le prince de Conti m'a dit ceci : que ce
prince a augmenté ses revenus de plus de 500 000 livres
annuelles depuis qu'il est en faveur près du Roi, et
que cependant ses domestiques ne sont pas payés, que
chez lui, on meurt de faim, qu'on n'y est pas chauffé
l'hiver, et que sa maison de l'Isle-Adam tombe faute
d'entretien. Il a mis à la tête de ses affaires le magistrat le plus déshonoré sur la probité que nous ayons,
c'est Vauvré. Ce prince ne veut jamais signer aucun
papier pour ses affaires, et veut à peine en entendre
parler, de sorte que ses domaines dépérissent de tous
côtés ; on ne peut le résoudre à les donner à de nouveaux fermiers, et les terres restent en friche. Il se
pique d'imiter Philippe d'Orléans, régent du royaume,
qui négligeait ainsi ses affaires pour ne se mêler que
de hautes sciences et de politique.

C'est mon frère, dit-on, qui a donné au Roi cette
confiance au prince de Conti. Il ne se passe pas deux
jours que ces deux princes ne s'écrivent et ne s'envoient
des lettres. Il s'agit, dit-on, des plus grandes affaires
du royaume entre eux; l'on voit qu'il s'agit aujour-
d'hui d'arranger la paix de l'Église. En même temps il
dresse son fils à un dévouement et une dévotion sans
réserve à l'épiscopat et au jésuitisme, pour tenir par là
toujours au parti essentiel qui l'a poussé et soutenu.

Jeudi, 9 janvier, il y eut assemblée des chambres,
le premier président y fit récit de sa conversation avec
le Roi du premier jour de l'an. Il exposa que le Roi

désirait seulement qu'on exceptât les évêques des poursuites sur l'inexécution de la déclaration du 2 septembre dernier; mais que Sa Majesté abandonnait au
parlement tous les autres ecclésiastiques. Il a aussi
déclaré que Sa Majesté ne voulait du parlement autre
chose, à l'égard des tribunaux intérieurs, sinon que lui,
premier président, recommandât à leurs membres la
modération dans les poursuites contre les ecclésiastiques ; et qu'il le dît verbalement (et non par écrit)
dans toutes les visites que ces membres lui rendraient,
adoucissant par là les ordres que l'on a vus ci-devant
pour cette injonction de modération.

Le parlement a fait registre de ce récit, et s'est
ajourné au 14 de ce mois pour s'assembler.

L'on voit par là que l'on veut pacifier le parlement
comme toutes choses. Il commençait à s'irriter contre
le premier président Maupeou. En effet, on peut
craindre que ce magistrat ne se dévoue à la cour, et
qu'ayant passé par les horreurs de la disgrâce et de
la ruine, il ne prenne goût à la faveur et à la réparation de son patrimoine. Il est véritablement homme
d'honneur et d'orgueil, incapable de bassesse, mais le
pied glisse quand on se trouve en faveur, et ce même
orgueil fait tomber les hommes dans des pensées qu'ils
n'avaient pas conçues d'abord. Je ne vois qu'une
grande haine contre mon frère qui l'en puisse pré-
server, mais il faut remarquer que ce raccroche-
ment du parlement roule en apparence tout entier sur
le prince de Conti dont la faveur flatte notre bourgeois de Maupeou.

13 *janvier.* — J'ai vu en passant à Sèvres la magni-

fique folie d'une nouvelle manufacture pour la porcelaine française, façon de Saxe. C'est un bâtiment immense, et presque aussi grand que l'hôtel des Invalides ;
il n'est bâti qu'en moellons, et déjà il commence à
tomber avant que d'être achevé. La marquise de Pompadour y est intéressée et y a même intéressé le Roi.
Cependant on en vend les pièces d'un prix exorbitant,
et la porcelaine de Saxe est meilleure et à meilleur
marché, celle de Chine et même du Japon à meilleur
compte encore. On donne la nôtre à vendre à des
marchands avec profit de 12 pour 100 ; personne n'en
achète, on y dépense beaucoup. Ainsi tout cela est-il
conduit pour excéder les fonds de l'entreprise.

L'on parle de cet ajustement pour les nouvelles
fermes du Roi à renouveler pour cette année : d'abord
M. de Séchelles va travailler à l'affaire du don gratuit
du clergé ce printemps, après quoi il travaillera aux
dites fermes. L'on compte qu'il y révoquera peu de
fermiers généraux, mais que cette direction sera
changée, le sieur Bouret renvoyé de son inspection
générale, et, en sa place, l'on commettra quatre commissaires des meilleures têtes de la bande qui tra-
vailleront, avec le contrôleur général, à cette importante direction.

14 *janvier*. — M. de Séchelles, contrôleur général
des finances, vient d'être déclaré ministre d'État, et a
été appelé dimanche au conseil. Il n'y a que six mois
qu'il a les finances, et le voilà déjà à cette importante
place ; le feu Roi n'y appelait ces sortes de ministres
qu'après plusieurs années d'épreuves. Cet acte est une
espèce d'ouverture du temple de Janus, quand on

commence une guerre; nos contestations avec l'Angleterre en ont été prises pour prétexte.

Cruauté à Saumur d'où l'on a enlevé, par lettre de cachet, un vieillard de 80 ans très-infirme, parce qu'il parlait mal de la Constitution *Unigenitus;* c'est un ecclésiastique forcené qui a été chargé de l'exécution de cette violence.

Mgr l'archevêque de Paris vient de commettre deux prêtres de la même violence à la garde du Saint-Ciboire de Saint-Étienne du Mont. Il leur donne dix écus par jour pour leur faction; ils sont enfermés dans une chambre comme en temps de peste, d'où on leur crie par la fenêtre qu'un tel demande le viatique; les prêtres demandent si l'on a un billet de confession, et, si la réponse est qu'on n'en a pas, l'on refuse les sacrements. Voilà certes un bel entêtement à ce prélat.

Cependant l'on ne sait comment les choses se passeront à la prochaine assemblée du clergé, et le clergé se prépare, préalablement au don gratuit, à pousser des bottes sur les billets de confession et sur les prétendus mauvais traitements qu'essuie le zèle des constitutionnaires.

Le Roi a ordonné à M. de Guerchy, colonel du régiment du Roi qui est à Poitiers, d'arrêter un gentilhomme de Touraine qui est le comte de Pleumartin, chargé et convaincu de plusieurs crimes. Il est neveu du duc de Biron, et beau-frère de M. de Bonac, notre ambassadeur à la Haye. C'est ce que l'on vient de faire, et à l'instant on a mis cinquante soldats de ce régiment pour raser le château de Pleumartin[1].

---

1. Victor-Marie-Nicolas Isoré, marquis (et non comte) de Pleu-

15 *Janvier.* — Il y a eu assemblée des chambres du parlement hier, 14 janvier. C'est au sujet d'un nouveau refus de sacrements fait par le curé de Sainte-Marguerite, au faubourg Saint-Antoine. Milord Drum-

martin ou Plumartin, dont on chercherait inutilement le nom dans les récents nobiliaires du Poitou, appartenait à la plus ancienne noblesse de cette province et peut-être du royaume, puisque les Isoré ont possédé sans interruption, de père en fils, depuis le douzième siècle jusqu'à nos jours, leur seigneurie, située dans le département de la Vienne, à deux lieues de Chatellerault. Ce Barbe-Bleue égaré dans le siècle de Voltaire, se conduisait, en plein règne de Louis XV, comme un seigneur féodal du moyen âge. Ses prouesses contre les moines et les huissiers défrayent encore maint récit légendaire parmi les paysans de nos provinces de l'Ouest ; et de l'aveu de l'auteur, le marquis de Plumartin a fourni plusieurs traits du type de *Mauprat.* Décrété de prise de corps en 1755, il se retrancha dans son château, qui fut investi par un détachement de maréchaussée. M. de la Salle, qui le commandait, avait été le commensal et l'ami du marquis, ce qui n'empêcha pas celui-ci de le tuer roide d'un coup de pistolet au moment où il s'avançait pour parlementer. Traqué de chambre en chambre, il fut enfin arrêté et transféré à Paris, où l'on instruisit son procès. Malgré les hautes influences mises en jeu pour le sauver, il fut condamné à avoir la tête tranchée. Seulement, par égard pour sa famille, on lui épargna l'ignominie d'un supplice public : il fut étranglé dans sa prison. L'ancien manoir fut rasé ; il n'en subsiste qu'une vieille tour que l'on voit encore au milieu du bourg de Plumartin.

Nous avons puisé la plupart de ces détails dans une notice intitulée *Isoré de Plumartin*, et communiquée à la *Société archéologique de Touraine* (voy. ses *Mémoires*, t. VII, p. 114), par feu le marquis d'Argenson, bien instruit des faits, car sa famille était alliée à celle de Plumartin. Remarquons seulement que, tandis que les *Mémoires de Luynes* placent la condamnation du marquis au 1er septembre 1756, notre *Journal* affirme, à la date du 9 décembre suivant, « qu'on ne finissait point son procès » pour essayer de le sauver.

mond[1] et sa femme y habitent, grands jansénistes et
déjà connus par l'affaire des convulsions au tombeau
de M. Pâris. Sa femme, étant très-malade, a demandé
les sacrements à sa paroisse. Le curé a exigé un billet
de confession, refus de le donner; quel avait été
le confesseur, refus; enfin le curé s'est restreint à
cette seule demande, si la malade s'était confessée à
un prêtre approuvé de l'archevêque; refus. Les chambres ont ordonné qu'on en informât et ont mandé
le curé. L'on dit cependant cet homme très-sage; il a
parlé à M. le premier président et est sorti furieux de
la conversation.

Refus de sacrements à Aix, en Provence, à un vieux
militaire nommé le chevalier de Joannis, âgé de 80
ans. L'archevêque d'Aix s'en est chargé et le parlement
le poursuit.

16 *Janvier.* — Hier, il y eut assemblée des chambres. On y rendit compte le matin du refus de sacrements fait par le curé de Sainte-Marguerite à milady
Drummond, comme nous avons dit.

Le soir, autre assemblée où, ce curé étant absent (il
est allé à Versailles), on le décréta de prise de corps.
On a sommé les vicaires, sous-vicaires et prêtres habitués, graduellement, d'administrer les sacrements à
la dite dame.

Enfin j'apprends que l'un de ceux-ci les a effectivement administrés, ce qui finit l'affaire comme celle de
Saint-Étienne du Mont, et l'archevêque de Paris fera
sur cela ce qu'il voudra.

---

1. Duc de Perth. Le nom de sa femme était Middleton.

Ce matin l'on a dû travailler à l'affaire de Troyes.

On ne parle plus de l'appel comme d'abus de l'ordonnance de l'archevêque de Paris contre l'abbé Cerveau, qui lui défend de se mêler des fonctions curiales, et je ne doute pas que cela n'en demeure là.

19 *Janvier*. — L'on prépare l'armement maritime et guerrier à Brest avec grande diligence et dépense; le contrôleur général se plaint de tout l'argent qu'il en coûte.

L'on dit notre marine en bien mauvais état, et toujours *ouvrage de montre* en toutes choses : soixante-dix vaisseaux construits depuis la paix qui se pourrissent au port; nuls agrès, nuls canons ni munitions, aucune possibilité de les armer.

L'on vient de donner ordre à la Compagnie des Indes de livrer à notre marine tous les canons de fer et de bronze qu'elle a pour ses vaisseaux, car nous manquons de tout. Ainsi l'on prépare plus que jamais toutes choses pour pourvoir à notre défense en Amérique. L'on travaille jour et nuit. Tous nos guerriers de terre s'offrent avec grand empressement à marcher dans des plages si lointaines; cela alarmera nos ennemis acharnés.

L'on m'assure que M. Rouillé se dégoûte du travail et que l'abbé de La Ville va être incessamment déclaré secrétaire d'État.

L'on parle d'une excellente réponse que le Roi fit dimanche dernier à M. de Séchelles qui travaillait avec Sa Majesté. Ce ministre avait apporté un gros portefeuille, le Roi se lassa du travail et se leva; M. de Séchelles resta assis et dit au Roi : « Sire, je vous demande encore cinq minutes pour donner du pain à cinq cents familles de vos sujets; » le Roi se rassit et dit : « Deux heures, s'il le faut. »

Cependant le Roi a décidé la construction de plusieurs bâtiments à Paris. Il y a déjà 200 000 l. déposées au trésor royal pour travailler au vieux Louvre, et l'on assure qu'il y en aura encore 400 000 pour l'hiver prochain. L'on va travailler à finir la belle colonnade de Perrault sur la rivière; c'est où l'on logera le grand conseil. L'on donne congé aux sculpteurs du Roi qui logeaient de ce côté là, et on va leur bâtir des logements petits et égaux à la Chaussée-d'Antin.

L'on commence à fouiller les fossés qui doivent entourer la nouvelle place publique au Pont-Tournant.

On manque de pierres pour tous ces édifices publics; on cherche de nouvelles carrières autour de Paris, surtout pour la pierre dure.

Comment procéder à tant d'édifices dans la détresse d'argent où l'on est? Le fisc vise à faillite totale; nos arts financiers, de calcul et d'agio ne font que nous y mener avec des artifices plus subtils qu'autrefois; l'on a décrédité les particuliers de façon qu'ils n'ont plus de crédit, tout s'est concentré au crédit du Roi et de ses financiers prétendus riches.

Les receveurs généraux, complimentant le contrôleur général sur la bonne année, lui ont parlé de la guerre dont on est menacé, et lui ont offert autant d'argent qu'il faudrait à 7 pour 100 au Roi, tandis que ci-devant Sa Majesté leur en donnait 10 pour 100.

La mode est aujourd'hui aux princes et aux gens en places de confier à leurs maîtresses tous les secrets de l'État. Quelques-unes en abusent, d'autres se piquent de plus de secret que les hommes; ces confidences n'empêchent pas le libertinage de leur amant.

L'on dit que la marquise de Pompadour répand souvent des pleurs sur les malheurs de l'État. Elle affecte aujourd'hui d'être alarmée pour la religion à l'occasion de l'exil des évêques; elle prétend craindre pour la vie du Roi vu la méchanceté de ces prêtres. L'on passe ainsi de l'intrigue au fanatisme.

A l'assemblée des chambres du 16 de ce mois, on eut nouvelle que milady Drummond avait été administrée par l'abbé Coquelin, l'un des chapelains de Sainte-Marguerite et par ordre du parlement.

On a annoté[1] les meubles du curé de Sainte-Marguerite qui est aujourd'hui fugitif à Conflans.

Tous les autres prêtres de cette paroisse sont fugitifs, et l'on n'a pu signifier les arrêts du parlement qu'à leurs domestiques.

On a reparlé des affaires de Troyes.

Appel comme d'abus d'une ordonnance de cet évêque de Troyes.

20 *Janvier*. — Le chevalier de Vergennes[2], neveu de M. de Chavigny, vient d'être nommé ministre plénipotentiaire à Constantinople, en attendant que Sa Majesté y nomme un ambassadeur. On a fait accroire au Roi que cela lui épargnerait de l'argent pendant quelque temps, et que Vergennes serait en état de partir promptement, tandis qu'un ambassadeur serait

1. Voy. ci-dessus, p. 297.

2. Charles Gravier, chevalier, puis comte de Vergennes, ministre des affaires étrangères en juillet 1774, mort en 1787.

long à apprêter son départ, mais c'est une finesse dudit sieur de Chavigny et de ses partisans qui embarquent Sa Majesté à nommer bientôt ce fripon pour son ambassadeur.

L'on assure qu'il n'y a jamais eu de ministre qui ait tant plu au Roi et avec qui Sa Majesté se plaise autant à travailler qu'avec M. de Séchelles.

Mme Victoire est très-malade; il y a apparence qu'elle va avoir la petite-vérole. Le Roi a rompu son voyage à Bellevue (qui devait être hier), à cause de ce contre-temps.

L'évêque d'Orléans a révoqué tous les pouvoirs qu'il avait donnés aux prêtres de son diocèse pour n'en plus donner qu'aux zélés constitutionnaires; c'est de quoi le parlement veut prendre connaissance. Le despotisme des évêques se fait trop remarquer aujourd'hui, et cela va bientôt devenir la question principale. Peuvent-ils changer ainsi les pouvoirs du second ordre? Les curés n'y peuvent-ils rien? Eux qui ont territoire et pouvoirs forcés ne peuvent-ils pas le communiquer à leurs prêtres qui les aident? Quelle est la raison, quelle est l'ancienne discipline de l'Église? Le droit d'inspection des évêques donne-t-il ce pouvoir arbitraire? Les évêques en usent trop cavalièrement avec leurs curés : ils les traitent comme des valets; à peine l'archevêque de Paris se lève-t-il de sa chaise quand il arrive un évêque qu'il a mandé. Le parlement se prépare à soutenir le second ordre. C'est ce qui va faire du grabuge incessamment, si l'on pousse trop loin ces questions.

L'évêque de Troyes, dans son exil, vient de donner un mandement qui confirme ce que je viens de dire sur le despotisme des évêques : il borne les pouvoirs aux seuls curés et vicaires; il défend aux malades de s'adresser à d'autres prêtres, même approuvés, sinon dans les cas où les curés ou vicaires ne s'y pourraient transporter.

C'est de quoi l'on a appelé comme d'abus au parlement, puisque cela gêne trop les consciences et rend les confessions impossibles au lit de la mort. L'on voit que cette nouvelle règle si étroite n'est occasionnée que par la bulle; c'est donc une contravention à la déclaration du Roi.

L'on assure qu'il faut quelque nouvelle marque du mécontentement du Roi contre l'épiscopat pour finir ceci, comme de renvoyer tous les prélats dans leurs diocèses.

Le duc de Mirepoix, notre ambassadeur à Londres, vient d'arriver en cette ville; il porte nos dernières propositions pour fixer les limites de nos colonies, principalement en Amérique. On attend le fruit de ses nouvelles conférences.

Cependant S. M. britannique ne nomme point d'ambassadeur pour remplacer mylord Albemarle; on nous blâme de cette inégalité de politesse. On espère peu de cette dernière démarche.

Nous apprêtons quinze gros vaisseaux et cinq frégates pour envoyer en Amérique, et nous y enverrons, dit-on, un corps de soixante-mille hommes.

21 *janvier.* — Royer, musicien, vient de mourir[1];

---

1. Joseph-Nicolas-Pancrace Royer, né en Savoie en 1755, organiste, claveciniste et compositeur.

c'était lui qui avait la direction musicale de l'Opéra.
La marquise de Pompadour a disposé du remplacement et suit ses mouvements de colère ou de faveur;
elle se croit sûre de mieux faire aller l'Opéra par là,
tandis qu'elle achève de le perdre. Elle renverse l'autorité des directeurs; elle fait rentrer pour jusques à
Pâques Rebel et Francœur, qu'on nomme *les Petits-
Violons;* ils étaient fort brouillés avec le prévôt des
marchands et le bureau de la ville, ainsi qu'avec
de Thuret, principal administrateur; elle lui substitue
le sieur Myon[1], vieux musicien et son parent. Elle a
vomi mille injures contre Lagarde[2], joli musicien qui
aspirait à cette place et a épousé une fille de feu
Royer. Cette dame croit animer les beaux-arts en
France, et les culbute par son mauvais goût et par sa
partialité de femme.

Malheureusement il en est de même de tous les
postes plus sérieux du gouvernement; rien n'ira à
l'unisson tant qu'elle jouira d'une si grande autorité.

22 janvier. — Les évêques de Languedoc en corps
ont écrit au Roi touchant la déclaration du 2 septembre et l'exil de l'archevêque de Paris. Le seul
évêque de Carcassonne n'a pas voulu signer cette
lettre, et a même dit qu'il écrirait le contraire, s'il
avait à écrire à Sa Majesté. Autant en ont fait les évêques de Bretagne, le seul évêque de Rennes excepté.
Ainsi prétend le corps de l'épiscopat fournir des

1. Mion, maître de chant, neveu de Lalande, a fait la musique
de *Nitetis,* etc. Il ne paraît pas qu'il ait eu la place en question.
2. Ce Lagarde figure dans l'*Almanach des spectacles* de cette
époque comme batteur de mesure et maître de chant à l'Opéra.

embarras au Roi, pour la paix que prépare et travaille
Sa Majesté avec tant de bonté pour le dedans du
royaume, sur ces plates contestations théologiques. Je
veux croire qu'ils demanderont et obtiendront le rappel d'exil des évêques de Paris, Troyes et d'Orléans;
mais, après cela, il faudra toujours l'exécution de la
loi sur le silence.

Le sieur de Vergennes promet de partir dès samedi
prochain pour Constantinople; il va être ministre plénipotentiaire du Roi. On est embarrassé pour son cé-
rémonial.

J'ai eu une longue conversation avec M. Chauvelin,
ancien garde des sceaux; il pense que le Roi se por-
terait aux établissements et réformations nécessaires
s'il avait des ministres de quelque courage; mais que
ceux qu'il a aujourd'hui sont d'une telle mollesse
qu'ils augmentent la faiblesse du monarque pour en
tirer parti, au lieu de la diminuer et de la tourner en
courage, et cette accusation tombe principalement sur
mon frère.

L'on dit que Robinson succédera au comte d'Albemarle pour les affaires de l'Angleterre en France.
On espère encore que nos différends vont s'accommoder.

23 janvier. — Il y a un grand appui à la cour pour
faire donner la direction de l'Opéra au sieur Monnet,
directeur de l'Opéra-Comique; c'est un homme très-
capable et qui entend merveilleusement cette sorte de
direction.

Dans la dernière assemblée des chambres du parlement il se fit trois belles harangues par des conseil-

lers; l'on parle surtout de MM. de la Fautrière et Titon, gens affidés à mon frère, ce qui marque qu'il est aujourd'hui pour le système du parlement. Ils prouvèrent que l'autorité politique doit empêcher le despotisme des évêques sur le second ordre. Ce despotisme paraît bien par les nouveaux règlements des évêques de Toul, Troyes et Orléans, pour réduire les pouvoirs de confesser les moribonds aux seuls curés et évêques. Le parlement prétend au contraire que les curés peuvent donner ces pouvoirs, et que la liberté de conscience est par là ôtée aux pénitents. Voilà la nouvelle question qui s'élève, dont on s'occupe aujourd'hui, et qui va nous rendre (grâce à Dieu) plus presbytériens qu'épiscopaux, si cela continue à s'agiter à l'occasion de la bulle *Unigenitus*.

24 janvier. — M. Robinson[1] arrive ici de la part de l'Angleterre; l'on dit sur cela que tout est accommodé, et que l'on est convenu que toutes choses, dans nos colonies aux trois parties du monde, vis-à-vis des Anglais, allaient rester *in statu quo.* Cependant mon fils m'a dit hier que l'on continuait toujours aux bureaux de la guerre à travailler vivement aux dispositions de l'embarquement pour l'Amérique septentrionale.

Il y a eu un refus de sacrements fort opiniâtre en Bretagne. L'évêque de Saint-Brieuc a été sur cela décrété par le parlement de cette province, en vue de l'exacte observation de déclaration du 2 septembre

---

1. Sir Thomas Robinson, secrétaire d'État, élevé à la pairie en 1761 avec le titre de baron Grantham.

dernier, et l'on ne croit pas qu'il intervienne d'arrêt du conseil qui évoque l'affaire.

Un bruit sourd cependant, et la prévention contre notre gouvernement se répand que bientôt Sa Majesté va se radoucir pour le haut clergé, soit à cause du besoin qu'on a d'un don gratuit en mai prochain, soit à cause de toute la bigoterie de la cour et de l'intrigue qui parle pour l'épiscopat.

Il y a eu hier assemblée des chambres du parlement touchant les affaires de Troyes, de Paris et d'Orléans; on y a travaillé à des procédures et à des appels comme d'abus d'ordonnances de ces évêques. Celui de Paris a rendu pareille ordonnance contre l'abbé Coquelin, à Sainte-Marguerite, qu'il avait rendue contre l'abbé Cerveau à Saint-Étienne du Mont : défense de s'immiscer aux fonctions curiales. Il y a apparence que ces appels comme d'abus en resteront là. Il suffit de remarquer la chose, c'est-à-dire l'improbation de ce despotisme des évêques sur les pouvoirs qu'ils donnent ou ôtent aux prêtres du second ordre arbitrairement.

25 *janvier*. — Le Roi a dit à la cour de sa propre bouche que tout était accommodé avec les Anglais, et que l'on restait dans les colonies *in statu quo*.

L'archevêque d'Aix a été décrété de prise de corps par le parlement de Provence.

L'on parle de saisir le temporel de l'archevêque de Paris, s'il persiste dans son obstination de désobéir à la déclaration du 2 septembre dernier.

26 *janvier*. — Longue conférence du duc de Mi-

repoix, notre ambassadeur, avec M. Robinson, touchant notre accommodement que l'on dit fait. Milord Halifax vient ici ambassadeur à la place de
milord Albemarle.

27 *janvier*. — Il règne encore une mutinerie im-
puissante dans le haut clergé, qui cherche à effrayer
le Roi sur la loi du silence. Voilà plusieurs refus de
sacrements sur quelques évêchés : il y en a eu un depuis peu à Chinon et deux à Paris ; quantité de discours, plusieurs curés intimidés par leurs évêques ;
mais d'autres le sont aussi par le parlement.

L'on est scandalisé de voir les meubles du curé de
Sainte-Marguerite qui ont été annotés [1], et que l'on va
vendre incessamment : ils sont somptueux, volup-
tueux, entre autres une chambre de bains avec lit de
Perse très-précieux.

28 *janvier*. — Il y a de mauvaises nouvelles de la
santé du comte de Maurepas dans ses disgrâces ; il est
continuellement malade, son estomac dépérit et l'on
assure que cela vient de chagrin et de mécontentement
ambitieux.

Le garde des sceaux Machault vient d'avoir une
grande maladie, saigné cinq fois, grosse fièvre, plénitude, excès de bonne chère et trop de bien-être.

Je viens de lire deux consultations sur le mandement de l'évêque de Troyes. L'on y voit le parlement
commençant à disputer à l'épiscopat le droit de donner
ou d'ôter arbitrairement le pouvoir au second ordre ;

1. Voyez ci-dessus, p. 297.

le barreau y démontre que ce despotisme est moderne
dans le droit qui lui sert de source. Les prêtres ayant
territoire ont droit de se faire aider par les prêtres
natifs du lieu : ainsi ce serait aux curés à donner ces
pouvoirs à leurs prêtres habitués ; être prêtre, c'est
avoir les pouvoirs ; les évêques ne sont sur cela que
les ministres de Dieu qui imposent les mains, c'est
Dieu et non les évêques qui fait les prêtres. Ceci ira
loin si la maladresse des évêques continue.

Par ses mandements, l'évêque de Troyes trouble
les consciences en déclarant des absolutions nulles.

On appelle comme d'abus de ces mandements, et
le procureur général soutiendra bien son appel.

Avec cela, cet évêque de Troyes est accusé d'avoir
dissipé l'argent des quêtes faites pour les incendiés de
la ville de Méry-sur-Seine où il est exilé ; on accuse
l'évêque de Meaux de même infidélité.

Hier le parlement délibéra à l'assemblée des chambres
sur ces appels comme d'abus, et sur ceux d'Orléans
et de Paris.

L'abbé Coquelin, qui a administré les sacrements à
la dame Drummond, a été fort mal, mais n'a pas eu
besoin de sacrements.

On a dénoncé deux nouveaux refus de sacrements
à Paris, l'un à Saint-Étienne du Mont, l'autre à Saint-
Roch. Mais enfin le curé de Saint-Roch a administré,
ce qui a terminé l'aventure.

29 *janvier*. — Le bruit est grand dans Paris que
mon frère remet la surintendance des postes, et qu'elle
va être donnée à Marigny, frère de la marquise de
Pompadour : fausse nouvelle certainement, car le se-

cret des postes mérite un autre homme que cet homme
nouveau et dont on connaît l'insuffisance. J'ai même
vu, il y a quelques années, combien cela devait être
adhérent à mon frère et éloigné de la favorite. Quand
M. Dufort mourut, la marquise fit l'impossible pour
faire tomber la place subalterne sous mon frère et principale à la poste au sieur Ferrant son cousin ; le Roi
la refusa et la place fut donnée à du Parc, ami de mon
frère. Le secret des postes est l'*œil de Jupiter*, cette
trappe par où ce dieu voit ce qui se passe dans le
cœur des hommes. Pour dire le vrai, cette faculté in-
quisitrice de la royauté sent moins le père de famille
que le despote.

30 *janvier*. — Mission de l'abbé de Bernis, notre ambassadeur à Venise, qui est allé à Parme pour des affaires domestiques de l'Infante. Cet abbé est propre
aux dames, c'est l'ami de Mme d'Estrades, dame d'a-
tour de Mesdames de France. Nous avons à cette petite cour M. de Faudoas qui est fort sourd ; il avait
besoin de ce secours pour les petits objets, mais tout
petits qu'ils sont, ils coûteront bon à nos finances.

On assure que Mandrin a passé par la Franche-
Comté et qu'il est retiré dans les montagnes de Suisse.
L'on assure aussi que c'était le Roi de Sardaigne qui
lui faisait fournir ses marchandises de contrebande.

Notre armement continue dans nos ports d'Océan,
nous négocions toujours à Londres, mais, pour le cas
où manquerait cette pacification, nous voulons nos
colonies en sûreté ; environ six mille hommes pour
ces pays partiront en avril ou mai.

Les Anglais n'ont pas encore avis que leurs trois

mille hommes soient partis de Cork en Irlande pour la
Virginie. M. Duvelaër, directeur de notre compagnie
des Indes, vient de partir de Londres pour Paris
et y rétablir sa santé, il laisse son beau-frère en sa
place.

31 *janvier*. — L'on vient d'envoyer comme maréchal de camp en Dauphiné le marquis de l'Hospital
sous les ordres de M. Marcieux, emplois très-inutiles,
gaspillage continuel des finances. Nous aurions bien
besoin d'un Brutus qui sacrifiât jusqu'à ses enfants,
loin de leur sacrifier l'État, et cet emploi-ci est honteux, car l'on donne cette subsistance à M. de l'Hospital pour cocuage volontaire, à cause que sa femme
est la maîtresse déclarée de M. de Soubise qui a grand
crédit.

L'on vient de nommer les régiments qui s'embar-
queront pour l'Amérique; il y a quatorze bataillons de
désignés; ils s'acheminent déjà pour la Bretagne. Ils
y a cinq capitaines qui ont demandé à quitter le service, à cause de l'incommodité de ce voyage. Cependant nous croyons toujours que cet embarquement
n'aura pas lieu, et que l'affaire s'accommodera avec
l'Angleterre.

L'affaire de l'Église s'irrite par le stupide entêtement de l'archevêque de Paris. Le parlement s'assemble
matin et soir depuis trois jours et continuera aujour-
d'hui et demain. Les paroisses de Saint-Étienne-du-
Mont et de Sainte-Marguerite sont désertes, il n'y a
plus de prêtres. A Saint-Étienne, il y a deux prêtres
factionnaires qui attendent derrière une trappe qu'on
leur demande les sacrements, et, quand on n'a point

de billet de confession, ils ferment la trappe et vous
renvoient.

Enfin le parlement vient de frapper le grand coup,
ayant déclaré que, suivant les lois de l'Église et de
l'État, c'était le cas d'enjoindre aux paroisses voisines
d'administrer les sacrements, comme en temps de
peste.

Le parlement a députe un secrétaire à l'archevêque
de Paris à Conflans pour lui demander quand il voudrait finir ce trouble, cette méthode singulière d'administration à Saint-Étienne et à Sainte-Marguerite et
cet abandon de la desserte des paroisses. L'archevêque
a répondu qu'il persistait dans sa réponse de novembre
dernier, qu'il n'était comptable qu'à Dieu de son administration, et que le parlement était absolument in-
compétent de se mêler des sacrements, comme il faisait. En un mot ce prélat marque positivement par
cette réponse sa désobéissance au Roi et à la loi du
2 septembre dernier, il décline la compétence du Roi,
ce qui est bien pire que de désobéir à son ordre.
Le parlement, au contraire, marque la plus grande
sagesse en temporisant comme il fait : voilà trois
séances de Chambres assemblées où l'on s'abstient
de prendre un parti, et enfin on communique la réponse au Roi.

S. M. va payer les dettes du feu marquis des Alleurs, ambassadeur de France à Constantinople[1] et
donner des pensions à sa famille. Ce sera la première
fois que l'on aura donné de l'argent à pareil ambas-

---

1. Roland Puchot, comte des Alleurs, mort le 13 décembre 1754. Voy. p. 439.

sadeur dans un poste où l'on s'enrichit visiblement;
il n'y a donc qu'à mentir sur son état et à faire bien
appuyer sa demande, et l'on donne de l'argent à qui
en a déjà beaucoup. Le précédent ambassadeur, M. de
Castellane, n'a été que six ans à ce poste et en a rapporté 120 000 l. Celui-ci y a séjourné huit ans et sera
ruiné : voilà de grandes apparences que le Roi est la
dupe de clameurs affectées.

1er *février*. — Effectivement, le curé de Saint-Gervais a obéi à l'arrêt du parlement et a porté les sacrements à l'abbé Coquelin, au refus de celui de Sainte-
Marguerite et de celui de Saint-Paul qui y a allégué de
mauvaises raisons. M. Feu, curé de Saint-Gervais, est
le doyen des curés de Paris et passe pour grand janséniste; il a plus de quatre-vingts ans. Voilà donc le parlement qui se fait obéir dans Paris en matière d'administration de sacrements, au préjudice des ordres de
l'archevêque, et, l'on traite cette conjoncture comme
une calamité de peste ou de guerre. Voilà une grande
guerre allumée dans la discipline.

Le parlement s'est assemblé hier et s'assemblera
aujourd'hui sur ces matières. On a décrété divers
prêtres des deux paroisses abandonnées; cependant le
parlement parvient à faire administrer les malades
prétendus jansénistes.

Il a ordonné que l'on communiquerait au Roi la réponse de l'archevêque de Paris qui contient une grande
méconnaissance de l'autorité royale. On attend avec
impatience quel parti prendra Sa Majesté sur cette
communication. Ce n'est plus seulement le sens de la
réponse de novembre 1754. C'est la même réponse

dans une situation tout autrement considérable. On
lui représente que la ville de Paris est en grand désordre pour le spirituel, que plusieurs paroisses sont
abandonnées ou conduites par des précautions bizarres
et insoutenables. A cela il répond que c'est la faute
du parlement et il désigne bien que c'est la faute de la
loi du Roi, et que Sa Majesté était incompétente elle-
même. N'est-ce pas là le cas d'une plus forte punition
et de l'abandonner au parlement?

L'archevêque d'Aix (Brancas) a voulu donner sa démission, vu les contrariétés qu'il éprouve de la part du
parlement de Provence; M. de Mirepoix l'a refusée.

Le sieur de Saint-Michel, lieutenant civil de Marseille, est à Paris depuis un an; il est poursuivi par le
parlement d'Aix pour avoir refusé de lui obéir sur une
nouvelle et nécessaire précaution pour les propositions
de 1682 qui intéressent si fort la couronne [1]. Au lieu
de le punir, M. le chancelier et la Reine le protégent,
la Reine ne l'appelle que son cher Saint-Michel, M. le
chancelier tourmente le contrôleur général pour qu'on
lui donne un emploi considérable, en attendant qu'on
puisse lui donner une première présidence provin-
ciale.

2 *février*. — Un homme qui arrive de Conflans m'a
dit qu'on n'y a jamais été si tranquille, que l'archevêque de Paris attend le coup qui le menace avec la
confiance qu'il a dans son parti, et à l'extérieur avec
la foi et la constance d'un martyr.

---

1. Voy. sur cette affaire les *Nouvelles ecclésiastiques*, 1754,
passim, et la *Table*, t. II, p. 458.

Le premier président est au bout de ses artifices de courtisan; honnête homme, du reste, et voulant s'appuyer toujours de la confiance de sa compagnie. Elle se défie grandement de lui et veut à présent que, dans les députations au Roi, quelques députés l'accompagnent.

L'on va assembler le clergé pour des subsides en mai prochain : le clergé et le parlement seront alors deux armées en présence; qu'en arrivera-t-il? le parlement, au nom de la nation, foudroiera les prétentions de son ennemi et donnera lieu à des actes nationaux qui feront des taches éternelles.

L'archevêque de Paris a marqué, dit-on, grande humanité pour la ville de Paris, en gardant à Paris et n'appelant point à Conflans son secrétariat. L'évêque de Troyes n'a pas fait de même; exilé dans un mauvais village qui est éloigné de quinze lieues de sa capitale, il y a appelé son secrétariat, et Troyes n'a plus de grands vicaires.

Il est certain que, pour l'administration des sacrements à l'abbé Coquelin, le parlement a député au curé de Saint-Paul; celui-ci y a envoyé un prêtre qui n'a pas trouvé ce pénitent en bon état de jugement, mais le curé de Saint-Gervais y a été, l'a moins bien interrogé et l'a administré.

Il est donc vrai de dire que voilà déjà deux gros curés de Paris, et des principaux, qui ont désobéi à leur archevêque et ont obéi au parlement dans cette circonstance délicate où il s'agissait d'aller administrer les sacrements dans un autre territoire que le leur. Adieu le droit de territoire et les ordres des évêques; voilà la nécessité démontrée de regarder ceci comme position extrême, schisme, peste et calamité.

Dimanche au soir, doit se tenir conférence entre le Roi et le premier président touchant la réponse de l'archevêque de Paris par laquelle il refuse la compé tence du Roi sur la loi que Sa Majesté a rendue. L'on sait déjà que le parlement doit demander par son organe que la lettre de cachet pour exil de l'archevêque de Paris soit levée afin que le parlement puisse procéder contre ce prélat.

Il est certain que, depuis la déclaration du 2 septembre dernier, il ne se porte plus rien de ces affaires au conseil des dépêches. Le seul conseil pour cet objet est composé du Roi, de M. le prince de Conti et du premier président.

Le P. de la Tour, jésuite, a ordre de ne plus aller à l'hôtel de Conti ni à l'Isle-Adam; c'est un étourdi et un couteau à deux tranchants. Ce prince, ainsi que sa société, ont reconnu toute l'illusion que faisait son esprit du monde.

Le Roi de Prusse écrit présentement souvent à Voltaire pour lui demander de revenir à Berlin[1]; le monarque a capitulé, le poëte fait le cruel et le méprisant.

5 *février.* — Bruit de changement de maîtresse à la cour; le Roi est fort amoureux de la duchesse de Broglie[2], et lui a écrit une déclaration d'amour, c'est

---

1. Nous ne trouvons trace de ces lettres ni dans la *Correspondance* de Voltaire ni dans celle de Frédéric. Le poëte ayant envoyé au roi ses *Annales de l'Empire*, celui-ci l'en remercia par une lettre du 16 mars 1754. Voltaire écrivit de nouveau le 22 août suivant. Ce ne fut que plus tard qu'une correspondance régulière s'établit de nouveau entre eux.

2. Ce doit être Louise-Augustine Crozat de Thiers, mariée le

le grand bruit de la cour, car l'on ne doute pas que la première condition exigée ne soit de renvoyer la marquise. Certes ce serait un grand bonheur pour la nation que d'être défaite de cette favorite. Présentement elle est pour le clergé, sous prétexte de craindre pour la vie du Roi ; elle se porte à des ménagements qui empêchent la fin de l'affaire du clergé et des magistrats. Une nouvelle maîtresse coûtera quelque chose à l'État, mais on espère qu'il y gagnera d'ailleurs. Le Roi, devenant plus faible, a besoin de ragoûts pour ranimer ses feux ; il a aujourd'hui 45 ans. Dans ces dispositions, son amour sera-t-il une passion capable de l'effort qu'on lui demande pour chasser son ancienne amie ? C'est un grand sujet de doute.

Nouveau refus de sacrements à un vieil officier nommé Valliboust, sur la paroisse de Saint-Étienne-du-Mont ; il est mort sans sacrements, faute d'avoir produit un billet de confession ; le peuple s'est soulevé et voulait obliger les prêtres de cette paroisse à ne pas sortir de l'église qu'ils n'allassent administrer ce malade ; on a été au commissaire de quartier qui s'est conduit fort sagement en demandant les ordres du parlement.

Le parlement a décrété plusieurs prêtres de cette paroisse et de celle de Sainte-Marguerite.

Il a banni un de ces prêtres qu'il a jugé définitivement ; le voilà flétri et incapable de tout ; il n'y a plus d'arrêts du conseil à espérer pour l'en relever, le moule

11 avril 1752 à Victor-François, duc de Broglie. Le 17 août 1754, elle avait été, dit la *Gazette de France*, « mise par le Roi au nombre des dames nommées pour accompagner Mmes Victoire, Sophie et Louise. »

en est cassé ; le Roi ne contrarie plus le parlement sur ces choses-là.

Le premier président a eu hier au soir sa conversation avec le Roi touchant l'archevêque de Paris, et a dû en référer au parlement hier (mardi) matin.

Tout ceci s'échauffe beaucoup et passe au peuple, comme l'on voit. La cour devrait cesser ses ménagements.

6 février. — Mardi, 4, on ne fit rien au parlement, sinon quelques confirmations de décrets.

On est fort étonné, parmi le clergé, de la sévérité présente du parlement qui bannit les prêtres refuseurs de sacrements.

Le Roi a répondu au premier président qu'il avait encore a réfléchir sur la réponse de l'archevêque de Paris, et qu'il ne donnerait sa décision définitive que le mercredi des cendres, jour auquel il a donné rendez-vous à ce magistrat.

Tout le bien de cela est que, par là, le temps est poussé par l'épaule ; on donne lieu aux esprits de se refroidir, mais le mal des ménagements en pareil cas n'en est pas moins blâmable. On négocie sans doute, et cette négociation accroît le mal, puisque le clergé a son parti pris de résister par l'organe de quelques mutins et par les espérances que lui font concevoir les dispositions de la cour.

Il est certain qu'il n'y a pas encore au trésor royal la moitié des vingt-cinq millions créés en rentes viagères. On n'y porte plus à cause de la modicité des intérêts. C'est M. de Machault qui avait fait cet arrangement. On a la prétention de faire baisser le taux

des intérêts en France, mais on se trompe en le for-
çant; il faut que l'abondance et l'aisance l'amènent
naturellement; autrement l'on recule ce que l'on voudrait avancer.

7 février. — Tous les jours, assemblée des chambres, hier et aujourd'hui encore; appels comme d'abus,
interjetés par le procureur général, des mandements
et des interdits prononcés à Paris et à Troyes.

Le parlement assure que ces appels sont suspensifs
et qu'ils délient à l'instant les interdictions prononcées
par l'évêque. Ainsi, l'archevêque de Paris ayant interdit les abbés Cerveau et Deshayes, et le curé de Saint-
Gervais des fonctions curiales, le parlement prétend
les rétablir à l'instant dans leurs fonctions, et, en conséquence, on leur a ordonné nommément d'administrer
comme ci-devant.

A quoi servirait ce recours au trône qu'on nomme
appel comme d'abus, si le trône ne pouvait ôter l'exécution d'un abus, et y substituer la liberté provisoire? Je suis persuadé qu'il n'y a rien de plus raisonnable, ni par conséquent de plus légal. Le parlement
s'appuie encore d'un fameux arrêt de 1707, où le vieux
procureur général, père de celui-ci, donnera ses conclusions pour ce provisoire.

L'arrêt du parlement qui reçoit l'appel comme d'a-
bus de l'ordonnance portant les interdictions susdites
a été signifié au curé de Saint-Gervais, et, suivant la
jurisprudence que nous venons de dire, le curé est à
l'instant relevé de son interdiction.

8 février. — M. de Séchelles pourvoit avec habileté aux payements, mais je sais qu'il est sur cela dans des embarras continuels. Un fermier général m'a dit qu'il avait connu son ardeur à son inquiétude dernièrement pour une somme de 48 000 l., comme s'il s'était agi de quatre millions.

Il vient d'y avoir deux banqueroutes considérables de bijoutiers de la rue Saint-Honoré, de huit à neuf mille livres chacune. Ces gens-là prétendent gagner beaucoup en porcelaine de Saxe, font des crédits, dépensent pour eux avec orgueil, et font faillite nécessairement.

La *Gazette d'Utrecht* du 31 janvier parle de grandes choses touchant nos affaires de l'Église et du parlement. M. de Stainville, notre ambassadeur, a beaucoup conféré sur cela avec le pape. Le saint-père a envoyé des instructions à son nonce de Paris; il ne prêche que la paix, il blâme les boute-feux, il approuve la déclaration du Roi du 2 septembre dernier; mais que Rome ose donc parler, afin que la paix ait bientôt pour elle les deux puissances. Que diraient alors nos fripons de prélats et de prêtres jésuitiques?

9 *février*. — Mon nouvelliste employé contre les contrebandiers m'écrit de Roanne que cette affaire n'est pas encore finie, qu'ils viennent d'avoir une alerte de trente de ces coquins-là qui ont paru sur la Saône; ainsi, par le froid qu'il fait, il a fallu armer de nouveau et mettre en campagne plusieurs compagnies. On ne sait pas au vrai ce qu'est devenu Mandrin, le chef.

Il y eut, avant-hier, vendredi 7 février, une assemblée des Chambres. L'on y rendit compte que l'abbé

Cerveau avait administré une nouvelle moribonde sur
la paroisse de Saint-Étienne, malgré l'interdiction pro-
noncée par l'archevêque de Paris de toutes fonctions
curiales, le parlement ayant déclaré que ses arrêts qui
reçoivent l'appel comme d'abus suspendent cette interdiction des évêques.

L'assemblée a aussi corrigé son arrêt portant bannissement de trois prêtres de Saint-Étienne, pour
marquer la place Maubert comme lieu où l'écriteau
de cette flétrissure serait mis sur un poteau par le
bourreau.

Il doit y avoir eu encore assemblée hier samedi,
puis il n'y en aura que jeudi sur ces matières ; vacance
pour les trois jours gras.

L'on dit que le premier président se trouve de plus
en plus suspect à la compagnie ; on le croit trop courtisan.

13 *février*. — Le premier président a déclaré que
la réponse du Roi sur la nouvelle déclaration de résistance de l'archevêque de Paris était : « que, plus
Sa Majesté avait examiné les papiers remis par le parlement, plus elle y trouvait matière à réflexions, qu'ainsi
le Roi remettait au vendredi 21 à donner à son parlement ses ordres positifs sur cet sujet. » On a registré ce récit du premier président.

L'assemblée remise à samedi 15 de ce mois, le parlement a ordonné de vendre les grains du chapitre
d'Orléans qui dépérissaient par la saisie, cette saisie
tenant toujours sur leur prix.

15 *février*. — Le maréchal de Noailles avait per-

suadé au conseil d'envoyer un homme en Perse pour
y veiller aux affaires politiques, militaires, de religion
et de commerce, car elles nous intéressent en ces
contrées reculées par rapport aux Turcs et aux Russes.
Il a produit un nommé Simon, pédant et faux dévot,
comme les aime ce ministre. Qu'est-il arrivé? Simon
arrivant en Perse est devenu amoureux d'une beauté ;
elle n'a pas voulu l'épouser qu'il ne se fît circoncire ;
il a renié la foi chrétienne, et cela a coûté 12 000 l.
au Roi.

Lundi doivent se présenter au parlement le syndic
et le doyen d'Orléans pour subir interrogatoire; cela
est certain.

L'on parle beaucoup de résipiscence de l'archevêque de Paris, et l'on assure que c'est lui qui a demandé ce délai de huitaine qui finira le 21. Certes ces
prélats se sont mis là dans un étrange embarras, car
ils ne peuvent désormais que se montrer lâches pour
en sortir, ou boute-feux pour y continuer.

17 février. — L'on assure que le Roi a donné à l'archevêque de Paris l'option de ces trois choses, et qu'il
doit se déterminer avant vendredi 21 : ou de se démettre
de son archevêché, ou de donner un mandement conforme à la loi du 2 septembre, ou de l'abandonner
au parlement qui lui fera son procès comme rebelle,
ainsi qu'il fait aux curés et autres ecclésiastiques.
Quelques-uns même prétendent que Sa Majesté se serait exprimée avec une brièveté impérative en disant :
« Soumission, démission ou punition. »

18 février. — Un de mes amis, qui a rencontré de-

puis peu Mandrin avec quelques hommes de sa brigade, m'a dit que celui-ci parlait ainsi : que les fermiers généraux lui devaient deux millions cinq cent
mille livres, et qu'il en ferait le recouvrement la campagne prochaine, qu'il avancerait vers Paris, qu'il en
saisirait quelques-uns à leurs campagnes, et qu'il en
pendrait, s'ils ne lui faisaient pas des lettres de change
sous la Conservation de Lyon [1]. Il ne touche point aux
caisses des recettes générales; il n'en veut qu'aux fermiers généraux et sous-fermiers dont les premiers sont
les cautions. Quand il prend des buralistes qu'il sait
avoir espionné les *Mandrins*, il les juge et leur fait
casser la tête. Fischer, colonel des chasseurs, a été
battu à plate couture par les contrebandiers, quoiqu'il
se soit vanté de les avoir exterminés. Ces troupes
légères pillent le pays, au lieu de le secourir. Tout le
pays est pour ces contrebandiers. Il est certain qu'on
a envoyé un négociateur pour traiter avec Mandrin
en Savoie.

L'on va mettre le mois prochain 2000 ouvriers
pour avoir construit d'ici au mois de septembre un
vaste bâtiment aux Moulineaux, au bas de Meudon,
pour la manufacture des bouteilles, car on a pris les
bâtiments de cette manufacture pour faire de la porcelaine façon de Saxe. Ce travail forcé sera cher et mauvais : c'est la marquise de Pompadour qui s'en mêle.

19 *février*. — Il y a eu ce matin assemblée des
Chambres; on y a entendu le doyen et le syndic d'Or-

---

1. Voy. p. 196. Cette juridiction connaissait des paiements à
faire aux échéances des quatre foires de Lyon.

léans ; on a changé l'état du premier en décret d'ajournement personnel, et celui du second en assigné pour
être ouï. Le doyen (l'abbé Colbert) doit être interrogé
une seconde fois, parce qu'il n'est pas convenu assez
clairement de la compétence du parlement sur ces
matières.

L'on prétend aujourd'hui que cette affaire est accommodée, et que l'on est convenu avec l'archevêque
de Paris que les sacrements marcheront désormais à
la première réquisition des malades, que ce sera dans
leurs chambres où les prêtres demanderont suivant le
rituel : « Avez-vous été confessé par un prêtre approuvé? » Mais ces trois derniers mots sont de trop,
et le parlement ne les approuvera pas, parce qu'ils
ne sont pas dans le rituel.

Un fermier général m'a conté longuement les grands
abus de notre compagnie des Indes et de la régie des
fermes générales. Les directeurs des deux parties s'entendent pour frauder; les officiers de marine de la
Compagnie ont pris plus de la moitié des navires en
pacotille et perdent ce commerce, quoi qu'on leur
donne à leur retour cent pour cent des fonds qu'ils
y destinent, et tout ce qui veut l'empêcher est menacé de disgrâce, ou même d'assassinat, tant est grande
aujourd'hui la victoire du bien particulier sur le bien
public.

Il est à remarquer que les trois prêtres de Saint-
Marcel ont été condamnés au bannissement *comme
perturbateurs du repos public.*

21 *février.* — Aujourd'hui le Roi a rendu la réponse au parlement touchant celle que lui avait faite

l'archevêque de Paris. Sa Majesté a déclaré qu'elle
l'avait puni de nouveau pour l'éloigner des mauvais
conseils que ce prélat recevait de certaines gens;
qu'ainsi il ne souhaitait pas que le parlement le pour-
suivît ultérieurement pour les peines qu'il avait mé-
ritées; qu'au reste Sa Majesté voulait que sa déclaration du 2 septembre et les lois du royaume fussent
exécutées, et que le parlement en maintînt l'exécution
avec autant de vigilance que de sagesse.

L'archevêque de Paris vient d'être exilé à Cham-
peaux, près de Melun, où il ne verra personne, et il
a congédié la plupart de ses domestiques.

22 *février*. — Il y a eu ce matin assemblée des
chambres où le premier président a rendu compte de
ce que je viens de dire.

On a procédé à l'instruction contre le curé de
Sainte-Marguerite, et il a été prononcé que le réco-
lement vaudrait confrontation.

La prochaine assemblée des chambres sera pour
mercredi, 26 de ce mois.

23 *février*. — C'est un applaudissement universel
et de grands éloges donnés au Roi que cette nouvelle
disgrâce réaggravée contre l'archevêque de Paris. Le
public est d'un grand poids dans son suffrage; qu'un
roi suive ce suffrage, qu'il attribue plus de confiance
aux compagnies qu'aux ministres et il est sûr de bien
gouverner. Au reste, l'on traite ici l'archevêque de
Paris comme un enfant, comme un pécheur entêté et
impatient qu'on ne peut persuader; ce mépris est le
comble de la disgrâce.

24 février. — La comtesse des Alleurs, notre am-
bassadrice à Constantinople, a beaucoup illustré la
légation de feu son mari : sa conduite répondait à la
qualité de princesse polonaise[1]; elle assistait les pauvres
avec choix et dignité. Son mérite lui a valu le désir
du sérail de la connaître; elle a pénétré dans les appartements, et était fort amie de la sultane favorite.

26 février. — Voltaire étale enfin ses richesses : il
a loué à vie une belle maison au bord du lac de Genève[2], où il arbore une grande représentation et in-
vite ses amis. Les magistrats de Genève l'y considèrent
et le favorisent comme un homme qui vaudra beaucoup à leur ville par illustration et par le monde qu'il
y attirera. On lui attribue plus de cent mille livres de
rente avec beaucoup d'argent comptant.

28 février. — Avant-hier mercredi, 26 février, il y
eut assemblée des chambres où l'abbé Colbert, doyen
du chapitre d'Orléans, fut si bien interrogé, tant au
greffe qu'à l'assemblée des chambres, qu'il fut enfin
contraint d'avouer clairement la compétence du parlement, sur l'exercice extérieur des sacrements, au
moyen de quoi tout se trouve pacifié quant au refus
de sacrements dudit chapitre; ainsi ces sots prêtres
font la cane et reconnaissent enfin ce qu'ils n'auraient
jamais dû méconnaître.

---

1. Marie, née princesse Lubomirska, mariée à Dresde en 1744.
On voit dans les *Mémoires de Luynes*, t. XIV, p. 344, que le Roi
se chargea de payer ses dettes contractées pour les causes les plus
honorables.
2. Ferney.

On a aussi légitimé au parlement les pouvoirs de l'abbé Cerveau, et l'ordonnance d'interdiction de l'archevêque de Paris n'a plus d'effet.

Cette paroisse de Saint-Étienne du Mont et celle de Sainte-Marguerite sont aujourd'hui abandonnées et sans prêtres.

Le parlement a accordé au fermier du domaine les biens des trois prêtres saisis, et ce sous caution, en attendant les cinq ans où les bannis peuvent revenir contre la contumace.

Le Roi soutient à merveille le parlement dans tout ceci. C'est le premier président qui est premier ministre. Certes, il fait jouer un beau rôle à sa compagnie par ce concert sage avec le Roi. Sa Majesté en reçoit grand éloge dans le public; mais nos ministres soufflent le feu et disent que le Roi est en tutelle sous le parlement.

1ᵉʳ *mars.* — L'on voit ici imprimée une lettre de l'archevêque d'Auch, que je sais devoir être condamnée à être brûlée par le bourreau à la première assemblée des chambres.

Elle est injurieuse au Roi et au parlement; rien n'est si absurde à voir que cette plainte de quelques évêques qu'ils sont persécutés par les parlements, comme si les revancheurs des cruautés étaient eux-mêmes des persécuteurs. On y prétend que le silence ne devrait être observé que par les particuliers, mais non par eux autres, sur le fait de la condamnation de Quesnel et de la bulle *Unigenitus.*

Que d'affectation et de forfanterie!

2 *mars*. — Avant-hier se tint à Paris, chez le cardinal de la Rochefoucauld, une espèce de concile de tous les cardinaux et évêques qui étaient à Paris. Cela avait été précédé d'une visite de ce cardinal à Lagny, chez M. l'archevêque de Paris, où celui-ci avait déclaré qu'il ratifierait ce dont l'assemblée conviendrait, et l'on prétend (sans le savoir) que le résultat de cette assemblée va finir l'affaire et conclure la paix entre l'empire et le sacerdoce.

Cependant l'on croit impossible que les évêques puissent se réduire suffisamment pour laisser les fidèles tranquilles sur ce chiffon de bulle *Unigenitus*. Le parlement est bien éclairé et instruit de ces matières. Il ne passera rien ; de son côté, le haut clergé ne voudra jamais reconnaître expressément la compétence du parlement sur ces matières d'abus. Ainsi ce ne sera que chicanes, subterfuges, et rien de net dans des matières si importantes pour l'État.

Je regarde même comme une grande faute d'avoir permis une telle assemblée de prélats, qui ne feront que se tenir plus fiers, tandis qu'en les humiliant on aurait la paix ; mais la prochaine assemblée du clergé contribue à ces ménagements pour en tirer de l'argent.

3 *mars*. — Le Roi vient d'exiler l'archevêque d'Aix à Lambesc, à cinq lieues de la métropole, pour mêmes raisons que l'archevêque de Paris, pour résistance à sa déclaration du 2 septembre dernier.

La troupe de Mandrin voulait pénétrer en Lorraine, mais M. de Tressan, qui y commande, a donné de si bons ordres qu'elle ne l'a pu.

4 mars. — Mandrin, avec soixante de ses partisans, s'est retiré dans l'État de Genève et attend le printemps pour recommencer ses courses. Fischer, sous la sauvegarde de quelques chasseurs, est venu dans le Genévois pour lier une négociation, mais il y a échoué et est retourné en France.

M. le duc d'Orléans a une grosse attaque de goutte et a été saigné deux fois au pied; cette humeur se portait à la tête. Son médecin lui a annoncé que, s'il ne menait une vie plus réglée et plus tranquille, il ne vivrait pas longtemps.

C'est la *Gazette étrangère* qui nous apprend que l'on a commencé à abattre les bâtiments qui offusquent la belle colonnade de Perrault et qu'on va achever le Louvre[1], que le Roi y destine un fonds de trente-sept millions, qu'on en fournira deux par an en temps de paix et un en temps de guerre, que l'on fait venir de Lyon un grand architecte nommé Soufflot.

5 mars. — Lundi, 3 mars, à l'assemblée des chambres, l'on condamna à être brûlée par la main du bourreau la lettre de l'archevêque d'Auch, dont nous avons parlé, écrite au Roi au nom de cet archevêque et de ses suffragants. L'avocat général d'Ormesson, qui en fit le réquisitoire, fit un très-beau discours où il montra la sagesse de l'empire, la folie et l'ignorance affectée du sacerdoce sur les maximes du royaume.

En même temps, l'on ordonna que le desservant de

1. Voy. *Le Louvre et les Tuileries*, par le comte de Clarac, p. 391, 395.

Saint-Médard ferait trois inhumations de jansénistes qui jusqu'à présent avaient été refusées.

L'on renvoya l'abbé Colbert, doyen du chapitre d'Orléans, en état d'assigné pour être ouï, ce décret modéré étant dû à la reconnaissance de la compétence du parlement, qu'il avait désavouée jusqu'à présent, et sur quoi il vient de chanter la palinodie.

8 *mars*. — Le Roi s'était radouci pour l'archevêque de Paris et lui avait permis de revenir à Conflans, s'il voulait, lorsqu'il a aggravé sa situation par une nouvelle insulte à l'autorité royale dans celle du parlement. Nous avons dit que le sieur Cerveau avait été relevé de son interdiction de toutes fonctions curiales par la réception de l'appel comme d'abus, mais voici que l'archevêque l'a de nouveau interdit. Le parlement regarde cela avec raison comme un attentat.

Là-dessus, nouvelles remontrances ordonnées par le parlement, et le premier président en est chargé. Du 7 au 8 (qui est aujourd'hui), on a changé les termes de cette remontrance. Dans le premier projet, l'on parlait de l'*impunité* qui autorisait la conduite de cet archevêque; dans le second, l'on a eu attention que ce mot d'impunité était un démenti à l'action royale qui avait exilé par deux fois l'archevêque, et on y a substitué le mot de *clémence*, dont le Roi a usé, et dont l'archevêque abuse.

Ces remontrances se feront demain, et lundi il y aura assemblée des chambres où l'on verra ce que l'on doit faire. Certes, le parlement voudrait bien lui faire son procès.

Cet archevêque avait assuré, dit-on, M. le cardinal

de la Rochefoucauld qu'il en passerait par ce qu'aurait délibéré chez lui l'assemblée des prélats qui sont à Paris touchant les billets de confession. Cette assemblée a conclu que les billets de confession étaient une bonne précaution, mais que, vu le mal que cela causait aujourd'hui dans le royaume, il ne fallait plus les exiger. Cela rapporté à l'archevêque de Paris, il a désavoué leur conclusion et ne veut pas s'y ranger, disant que c'est à l'assemblée générale du clergé de ce mois de mai prochain qu'il a promis de se tenir.

Sur cela, l'on ne sait plus quel parti le Roi va prendre sur ce rebelle entêté.

Douze curés de Paris sont allés à son exil pour lui signifier qu'eux et leurs confrères n'exigeraient plus de billets de confession.

Le parlement vient de condamner au bannissement perpétuel le curé de Sainte-Marguerite[1], par contumace. L'on dit que ce curé est banqueroutier; qu'il a entre les mains pour plus de cent mille livres de dépôts et qu'on ne lui trouve d'effectif que pour vingt mille livres en meubles et effets de mollesse, comme chambre de bain délicieuse, etc.; qu'il faisait bonne chère à ses amis, et que c'étaient ces amis qui lui avaient donné la fausse réputation d'honnête homme.

L'évêque d'Auxerre fait grand bruit contre les appelants et peu de besogne; il menace de lettres de cachet, et les secrétaires d'État n'en expédient plus pour ces objets-là.

1. Charles-Bernardin Laugier de Beaurecueil.

10 *mars*. — On a accusé le Roi de se relâcher de son système sur les affaires de l'église. Véritablement il avait été permis à l'archevêque de Paris de revenir à Conflans, quand il est tombé dans de nouvelles fautes en renouvelant les interdictions de l'abbé Cerveau et du curé de Saint-Gervais. D'ailleurs, le Roi croyait que l'affaire s'allait accommoder par la parole qu'avait donnée ledit archevêque de s'en rapporter à ce que décideraient sur les billets de confession les prélats assemblés chez le cardinal de la Rochefoucauld ; mais cela n'empêche pas qu'on ne dise que le Roi se laisse aller aux conseils molinistes de la cour.

Il y a eu depuis deux sermons : l'un aux Petits-Pères, l'autre dans une paroisse de Paris, où les prédicateurs ont mal parlé du Roi et ont fort exalté le zèle religieux de M. le Dauphin.

Le peuple loue et élève le Roi selon qu'il favorise aujourd'hui la liberté de penser et qu'il punit ces vilains prêtres et leur fanatique d'archevêque qu'on méprise de plus en plus.

L'on vient de donner une abbaye royale et vingt mille écus de pension sur l'abbaye régulière de Liessies, en Hainaut, pour accroître la fondation de l'École militaire.

11 *mars*. — A l'assemblée des chambres du parlement d'hier lundi 10, l'on jugea définitivement (mais par défaut) l'appel comme d'abus des deux ordonnances de M. l'archevêque de Paris, l'un contre l'abbé Cerveau, l'autre contre le curé de Saint-Gervais, et on a déclaré *qu'il y avait abus*.

Même chose jugée au sujet de l'interdiction d'un prêtre de Saint-Étienne du Mont, nommé Deshays[1].

On a renvoyé à l'audience les appels comme d'abus interjetés par le procureur général des actes capitulaires du chapitre d'Orléans.

C'est aujourd'hui mardi, à six heures, que le Roi donnera ses ordres au premier président touchant les embarras où jette l'archevêque de Paris. En conséquence, il y aura demain assemblée des chambres.

L'on parle de plusieurs lettres de cachet contre les mauvais et principaux conseils de l'archevêque de Paris, entre autres contre l'abbé Servoy, grand chantre de Paris.

Bref du pape au Roi sur ces affaires, mais que l'on ne voit pas dans le public.

Plusieurs lettres d'archevêques et d'évêques à Sa Majesté, ce que l'on passe aussi sous silence.

L'on va travailler sérieusement à montrer la belle colonnade de Perrault, au Louvre. On abat toutes les maisons les plus mauvaises qui l'offusquent.

13 *mars*. — L'on assure l'affaire accommodée, et que l'archevêque de Paris promet enfin de ne plus exiger des moribonds ni billets de confession, ni nomination ou désignation de leurs confesseurs, ni autre chose hors du rituel, *rite confessus*, le tout en vue de la bulle *Unigenitus*, au moyen de quoi la déclaration du 2 septembre sur le silence sera bien observée.

1. Docteur de Sorbonne. Il avait été interdit par l'archevêque pour avoir administré les sacrements à la demoiselle Coffin, sœur de l'ancien recteur et tante du conseiller au Châtelet, à la mort desquels de semblables difficultés avaient eu lieu.

Cette nouvelle paraît vraie; et sur cela l'on sait que, depuis avant-hier, ledit archevêque est déjà de retour à Conflans et qu'il ira bientôt à Versailles. Je n'ai point encore de nouvelles de l'assemblée des chambres d'hier; il faut que cette affaire ait été agréée tout d'une voix ou ait souffert de grandes difficultés.

14 mars. — Il est certain que l'archevêque est à Conflans depuis trois jours, et qu'il va bientôt revenir à la cour, sans qu'il se soit soumis à l'autorité royale pour cela.

Si l'on avait tiré parole, comme on l'a dit, de l'archevêque de Paris, qu'il se soumettrait à ce que décideraient les évêques assemblés à l'hôtel de la Rochefoucauld, on l'a tirée de même de Sa Majesté qu'elle serait contente pourvu que l'on n'exigeât plus de billets de confession. Mais l'épiscopat et le bullisme, en perdant cet article, en gagnent bien d'autres plus favorables à la persécution constitutionnaire, plus fâcheux au public chrétien, qui démentent bien davantage la déclaration du 2 septembre et qui révolteront le parlement plus que jamais.

L'on dit donc que cet ajustement est tel que désormais, dans les sacristies, l'on ne demandera plus de billets de confession quand on viendra demander les sacrements pour des moribonds, et qu'on les portera chez eux pour ainsi dire à bureau ouvert; mais que le curé, ou autre porte-Dieu, pourra ensuite interroger le malade sur le nom de son confesseur et sur la bulle *Unigenitus*, et que, mal satisfaits sur leurs questions, les prêtres pourront emporter Dieu.

Voilà, à ce que l'on assure, la décision du clergé,

dont le Roi est content. D'ailleurs, dit-on, le clergé
ne veut aucunement reconnaître la compétence du
parlement (c'est-à-dire de l'empire) sur l'ordre d'administrer les sacrements qu'il donne chaque jour.

Quant à l'intrigue de cour, voici maintenant les deux
partis : d'un côté, M. le prince de Conti, le premier
président et le parlement; de l'autre, la Reine, la famille royale, les bigots et les bigotes de la cour, le ministère, et, parmi les ministres, principalement mon
frère, M. de Séchelles (et même le garde des sceaux, qui
a tourné casaque), et la marquise de Pompadour, par
crainte et par haine du prince de Conti, du premier
président, qu'ils voyaient devenir premier ministre, et
du parlement, dont la force se fait craindre à eux.

Le dernier parti était fort opposé à cette assemblée
de prélats chez le cardinal de la Rochefoucauld. Ils
voulaient même que tous les évêques qui sont à Paris
eussent ordre de retourner incessamment dans les
provinces; mais M. de Séchelles a fait considérer à
Sa Majesté la nécessité d'un don gratuit pour mai prochain, et l'on ménage le clergé pour cet objet.

Lundi prochain, assemblée des chambres : et c'est
là qu'il y aura grand bruit, quand on saura que l'archevêque a éprouvé ce grand adoucissement par la
permission de revenir à Conflans, au lieu que le parlement s'attendait à réaggravation de disgrâce.

A l'assemblée d'avant-hier mercredi, le premier
président rendit compte à la compagnie que Sa Majesté lui avait dit qu'elle voulait *réfléchir davantage*
sur la conduite de l'archevêque de Paris.

L'on y poursuivit la procédure contre quelques
prêtres des paroisses rebelles au parlement.

16 *mars*. — Il y a eu assemblée des chambres vendredi, 14 mars; on y a fait diverses procédures contre le curé de Saint-Médard, pour refus d'inhumation
ecclésiastique à de prétendus jansénistes. On a indiqué
l'assemblée à demain lundi, onze heures du matin.

Ce jour-là, le Roi déclarera au premier président
l'état de sa négociation royale avec l'archevêque de
Paris. Certes, l'on palliera les choses de façon qu'il
n'y aura rien à dire extérieurement; mais le danger
sera dans la chose; de quoi les évêques seront s'ils
veulent. Il est très-mal de négocier sur ce qui ne doit
être qu'impératif.

Il est certain que le duc de Mirepoix sera choisi
pour gouverneur de M. le duc de Bourgogne.

L'on joue aujourd'hui à la Comédie, avec grand
succès, la tragédie de *Philoctète*, dont l'auteur est un
ancien jésuite nommé Chateaubrun [1], qui a été mon
secrétaire. Saint-Evremont a dit avec raison qu'il avait
abandonné une tragédie qu'il avait commencée parce
que le héros se trouvait toujours ressembler trop à
Saint-Evremont. Ici Ulysse, qui est le véritable héros
de la pièce, ressemble entièrement à un vieux renard
de jésuite : il a à persuader une chose fort difficile, et
il y réussit, non par les seules raisons et argumenta-
tions qui y peuvent porter, mais par des manœuvres
et un art plus diabolique qu'angélique.

17 *mars*. — L'on dit déjà la guerre commencée, et

---

1. Jean-Baptiste Vivien de Chateaubrun, membre de l'Académie française, né en 1656, mort en 1775, Il a composé deux
autres tragédies : *Mahomet II*, 1715, et les *Troyennes*, 1756.

que les Anglais ont tiré sur un de nos vaisseaux à
l'entrée de la Manche, où nous avons eu quatre-vingts
hommes de tués; ils demandaient le premier salut
de notre part, se prétendant les seigneurs dans la
Manche. Ce bruit se confirme.

Les nouvelles de Londres du 4 de ce mois portent
que l'on y attendait avec impatience le retour du courrier qu'a dépêché le duc de Mirepoix, et que cela déci-
derait du départ de mylord Hertford[1] comme ambassadeur d'Angleterre à Paris. Il y a eu le 27 février une
conférence au conseil d'État en présence de S. M. britannique, dont le résultat avait donné lieu au départ
de ce courrier. Cependant mylord Hertford se tenait
prêt à partir au bout de huit jours de l'ordre qu'on
lui en donnerait.

A Brest, tout est prêt pour le départ de notre flotte
dans trois semaines. L'escadre de Rochefort, sous
M. de Macnemara, était partie de Rochefort pour
joindre celle de Brest. Toute notre flotte est de vingt-
un vaisseaux de guerre et de douze qu'on y joindra,
s'il est nécessaire, des autres ports du royaume. Les
mesures sont prises pour y faire embarquer notre infanterie en trois jours de l'ordre donné. Les Anglais
ont fait la plate gasconnade d'afficher dans Londres
vingt-huit vaisseaux de guerre français à vendre dans
trois semaines.

Le Pape a envoyé à l'électeur de Cologne un bref
de félicitation sur la part qu'il a eue à la conversion
du prince Frédéric de Hesse.

1. Francis Seymour-Conway, comte d'Hertfort. Il fut ambassadeur à Paris en 1764-65.

Sa Majesté Catholique a dépêché un courrier à
Parme à l'abbé de Bernis, touchant sa négociation près
de l'Infant et celle qu'il va commencer à Turin, négociation très-secrète et que l'on croit toujours regarder
la succession éventuelle de Naples.

Il vaque à présent neuf chapeaux, et l'on croit que
Sa Sainteté va incessamment faire une promotion de
couronnes[1].

18 *mars*. — Il y eut hier assemblée des Chambres.
On y décréta de prise de corps le curé de Saint-Médard,
pour le refus schismatique qu'il a fait de célébrer des
services pour quelques défunts curés jansénistes.

Les marguilliers de cette paroisse ont rendu compte
au procureur général, qui l'a exposé aux Chambres,
que l'archevêque de Paris l'avait mandé à Conflans
pour lui ordonner d'arranger avec ses confrères le service de ces curés jansénistes, en sorte qu'on ne cé-
lébrât qu'un seul service, et qu'on n'y nommât pas
les défunts.

Cet ordre a déplu au parlement qui a ordonné au
premier président d'en rendre compte à Sa Majesté.

19 *mars*. — Dans l'assemblée des chambres d'hier,
il se passa de grandes choses.

Le premier président dit que le Roi l'avait remis à
dimanche prochain, jour des Rameaux, pour lui don-

---

1. C'est-à-dire de cardinaux dont la présentation était réservée, depuis Clément XV, aux *têtes couronnées* : tels étaient l'empereur, les rois de France, d'Espagne, de Pologne, de Portugal,
et même le prétendant Jacques Stuart. C'est ce qu'on appelle
Nomina delle corone. Moroni, *Di Zionario*, t. IX. p. 299.

ner de nouveaux ordres touchant les déportements de
l'archevêque de Paris.

L'on procéda au jugement du fond de l'appel comme
d'abus des délibérations du chapitre d'Orléans et de
leur refus schismatique d'administrer un de leurs confrères opposant et appelant de la bulle *Unigenitus*.

L'avocat du chapitre fit sa profession de foi sur cette
bulle, et donna pour son principal moyen que le dit
chapitre avait regardé jusqu'à présent cette bulle
comme règle de foi, et qu'ainsi il était du devoir du
chapitre de refuser les sacrements à des hérétiques
puisqu'ils s'opposaient à une règle de foi.

Mais, ô malheur! ô disgrâce pour la constitution
Unigenitus et pour les constitutionnaires! voici qu'in-
cidemment à cela le procureur général a appelé de
l'exécution de cette bulle et le parlement a prononcé
qu'elle n'était point règle de foi, défendant de la regarder ainsi à tout ecclésiastique, *de quelque ordre,
qualité et dignité qu'ils soient* (ce qui veut dire les évêques), leur ordonnant de se renfermer dans le silence
général respectif et absolu ordonné par la déclaration
du 2 septembre dernier.

Voilà la Constitution anéantie nationalement; la
voilà qualifiée et condamnée à un éternel silence. Il y
avait hier au soir deux cents personnes qui attendaient
chez l'imprimeur pour avoir des exemplaires de cet
arrêt, car il ordonne qu'il sera publié partout.

Je voudrais que la guerre prochaine avec l'Angleterre fût aussi facile à éteindre que cette guerre de
prêtres. L'Espagne ne dit encore rien; les Anglais publient partout qu'ils veulent commencer les hostilités
contre nous. Les fonds publics baissent de tous côtés;

toutes les marchandises des Indes enchérissent et tout
se prépare à la guerre.

> *Bella, horrida bella!*

20 *mars*. — L'abbé Chauvelin dénonça hier un refus d'entendre en confession un prétendu janséniste,
ce refus fait à Troyes par un capucin, puis par un curé
contre l'ancien mayeur. On a ordonné une information, et voilà que les décrets vont marcher contre ces
bullistes. Aujourd'hui, il y aura assemblée des chambres pour reprendre les affaires de Troyes.

A l'assemblée de mardi, il y eut grand applaudissement du public et claquement de mains, comme
quand Jéliotte chante à l'Opéra. Le premier président
prononça avec grande dignité et avec des grâces in-
comparables l'arrêt qui proscrit la Constitution.

Le peuple est échauffé contre les prêtres, et ceux
qui paraissent dans les rues en habit long ont à craindre
pour leur vie. La plupart se cachent et paraissent peu.
On n'ose plus parler aujourd'hui pour la Constitution
et pour le clergé dans les bonnes compagnies; on est
honni et regardé comme des familiers de l'inquisition.

Il y a toutes les apparences possibles que cet oracle
du parlement avait été concerté avec le Roi. Car le
premier président, les gens du Roi et la grand'chambre
y ont couru unanimement et sans hésiter, eux qui sont
aujourd'hui si bons courtisans.

On ne doute plus que l'évêque de Mirepoix ne se
retire promptement, et que la feuille des bénéfices ne
soit donnée à quelque conseiller de grand'chambre.

M. le Dauphin s'échauffe plus que jamais pour le
parti épiscopal et constitutionnaire, et, en vérité l'abbé

de Saint-Cyr et ceux qui l'environnent mériteraient
punition pour lui inspirer une animosité si contraire
aux intentions du Roi et aux intérêts du royaume.
Mais voici cependant que Sa Majesté s'est mise au-
dessus de ces considérations, par les bons conseils qui
l'assistent.

On est en peine plus que ci-devant de nos apparences
de guerre avec l'Angleterre. Tout se prépare au sérieux
et à la réalité de cette guerre, et les Espagnols ne parlent pas encore.

On accuse un M. de Montalembert[1], favori de M. le
prince de Conti, d'avoir reçu beaucoup d'argent pour
construire des canons, et d'en avoir fourni peu à la
marine, de sorte que nos vaisseaux en manquent.

Les receveurs généraux offrent au Roi quarante millions à lui avancer avec intérêt de 7 1/2 pour 100,
tant le crédit du Roi et des financiers est grand aujourd'hui, car il n'y a plus que le Roi et ses gens qui
fassent vivre avec de l'argent, état très-dangereux pour
une nation.

21 *mars*. — En Provence et en Dauphiné, l'on est
alerte et on arme tout, sur le bruit que Mandrin est
rentré avec deux cents hommes.

L'évêque de Marseille vient de publier une nouvelle
lettre où il rend compte de ses sentiments sur l'état
présent des affaires. Le parlement d'Aix a voulu la
condamner, l'évêque s'est empressé de déclarer que

1. Marc-René, marquis de Montalembert, général, ingénieur,
membre de l'Académie des sciences. Nous ne trouvons rien, dans
les mémoires du temps, ni dans les biographies, qui vienne à
l'appui des bruits dont d'Argenson s'est ici rendu l'écho.

cette lettre était de lui, et que c'étaient ses véritables
sentiments. L'on croit que cette affaire va s'apaiser.

22 mars. — J'attends des nouvelles du parlement ;
la séance de jeudi (avant-hier) a été longue, et a duré
matin et soir. J'ignore encore le résultat, mais voici
les dispositions.

On avait nouvelle que l'archevêque de Paris, loin
de revenir à résipiscence, avait tranché du fanatique
plus que jamais. Il avait mandé tous les curés de Paris
et leur avait ordonné de porter désormais les sacrements à tous les malades qui les demanderaient et sans
requérir de billets de confession, mais qu'arrivés chez
les malades, ils demanderaient le nom du confesseur
et interrogeraient les moribonds sur leur soumission
à la Constitution.

On avait déjà parlé ainsi de l'accommodement pro-
jeté par l'assemblée des prélats, et ces faits supposés,
voilà donc qu'ils se réalisent.

Sur cela, le parlement a mandé jeudi matin et soir
tous les curés de Paris pour leur enjoindre (apparem-
ment) le contraire, et l'on ne doute pas que l'archevêque de Paris ne soit impliqué et attaqué dans cette
affaire comme perturbateur du repos public, mais
préalablement le premier président sera chargé d'en
parler au Roi demain dimanche.

23 mars. — Jeudi, vendredi, et, je crois, samedi,
le parlement a été assemblé, toujours pour interroger
les curés de Paris et recevoir leurs dépositions touchant les ordres que vient de leur donner leur archevêque. Je n'en ai pas encore la relation ordinaire que

me fournit un de mes amis dans le parlement, mais
voici comme on dit que l'archevêque leur a donné ses
ordres. Il ne leur a point écrit, mais il les a mandés à
Conflans huit par huit et leur a parlé ainsi :

« Messieurs, j'ai adhéré aux remontrances de MM. les
cardinaux de Soubise et de la Rochefoucauld, et suivant leurs idées pour plaire au Roi, je vous ordonne :
1° de porter les sacrements à tous malades qui les demanderont sans exiger préalablement de billets de
confession ; 2° que ce seront les curés eux-mêmes qui
les porteront ; que les curés commenceront par bien
examiner *s'il y a danger* au malade, et, s'il y a danger,
ils administreront ; 3° ils s'informeront des domestiques,
tout autant qu'ils pourront, du nom du confesseur ;
4° si le malade est suspect sur sa soumission à la bulle
Unigenitus, ils ne manqueront pas de l'interroger sur
cela ; 5° cet ordre n'est donné que provisoirement et
jusqu'à la prochaine assemblée du clergé, déclarant
le dit seigneur archevêque ne vouloir s'en rapporter
qu'à un concile provincial ou national ou au Pape. »

On observe beaucoup ici que l'archevêque et ses
adhérents paraissent avoir concerté ceci avec le Roi et
qu'ils n'en parlent qu'ainsi. C'est ce dont on a impatience de voir la vérité. Le public croit que le Roi
lâche pied. Presque tous les évêques sont allés à Versailles solliciter leur cause en personne, et clabauder
comme diables; ils suscitent la famille royale, ils menacent de la perte de la religion.

Je sais cependant que le Roi est fort gai, et chantait
à la chasse avec grande allégresse le jour de l'arrêt du
parlement.

L'on prétend que Sa Majesté va tonner sur cet arrêt

du parlement qui anéantit la Constitution. Cependant
nous ne voyons encore rien paraître de cette espèce.

Le parlement ramasse toutes les preuves de cette
nouvelle démarche de l'archevêque de Paris pour les
porter au Roi aujourd'hui où le premier président a
rendez-vous à Versailles, et, sur cela, l'on démontrera
la désobéissance de ce prélat à la loi du 2 septembre
dernier, et combien il est nécessaire de l'abandonner
aux procédures du parlement, comme désobéissant à
Sa Majesté et perturbateur du repos public.

Cependant il est à craindre que le Roi ne se soit en-
gagé à l'approbation de cet accommodement concerté
avec les évêques qui se sont assemblés chez le cardinal de la Rochefoucauld. M. le prince de Conti, qui
est l'avocat du parlement près du Roi, était d'avis, avec
grande raison, qu'on ne souffrît pas cette assemblée,
et que l'on renvoyât tous et chacun des évêques chez
eux. Il est donc véritablement à craindre que le Roi
ne se soit laissé toucher à notre cour hypocrite, et à
la famille royale trop bigote qui crie pour le clergé
pétulant et trompeur.

On espère à Londres qu'au retour du courrier de
M. de Mirepoix tout s'accommodera. Cependant les
préparatifs maritimes vont diligemment, tant en Angleterre qu'en France. A Plymouth, il y a six gros
vaisseaux en état de mettre à la voile.

24 *mars*. — Les délibérations de l'assemblée des
chambres ayant duré trois jours de suite, matin et
soir, ont abouti à ceci : on n'y a pu interroger complétement que treize curés ; le reste des curés de Paris
et des faubourgs à interroger, ce sera après les fêtes.

Il en résulte donc que l'archevêque de Paris leur a donné ses ordres en ces quatre articles : 1° que les curés qui porteront les sacrements auront des conférences secrètes avec les malades, sans quoi ils remporteront les sacrements ; 2° que les malades déclareront s'ils ont été confessés par un prêtre approuvé, sous même peine ; 3° refuser les sacrements aux appelants qui ne rétracteront pas leur appel ; 4° que la prochaine assemblée du clergé décidera le sort des billets de confession, non comme supérieure dans l'ordre hiérarchique, mais par la seule déférence que l'on doit à des confrères éclairés.

Le premier président a dû faire part aujourd'hui à Sa Majesté de cette déclaration des curés de Paris, et lui remontrer de quelle conséquence sont ces ordres de l'archevêque contre l'autorité royale et l'observation de la déclaration du 2 septembre dernier. Dans la même assemblée, on a rendu arrêt du 21 mars pour supprimer deux libelles favorables au parlement, mais comme infracteurs du silence prescrit par la même loi du 2 septembre et au dernier arrêt du parlement du 18 mars (il est remarquable que l'on cite ce dernier arrêt).

Sur ces quatre articles bien prouvés, bien établis pour les dépositions des curés, il y a certes de quoi faire le procès en forme à l'archevêque de Paris, comme perturbateur du repos public et comme désobéissant au Roi dans des points où Sa Majesté peut ordonner, ne fût-ce que sur le refus de sacrements aux appelants qui ne rétractent pas leur appel. Où a-t-on pris cela ? Est-ce une hérésie que d'appeler, est-ce le cas de l'excommunication ? C'est donc un abus de son pouvoir à cet archevêque de donner ainsi des ordres si précis.

La désobéissance à la loi du 2 septembre est précise et formelle en demandant que les porte-Dieu parlent au malade confessé en particulier.

La prétention d'exiger la déclaration d'avoir été confessé à un *prêtre approuvé* a été formellement condamnée contre le curé de Sainte-Marguerite à l'occasion de mylady Drummond.

Enfin, l'on annonce ici que la prochaine assemblée du clergé se mêlera de ces affaires, tandis qu'elle n'est destinée qu'aux affaires temporelles et pécuniaires, ce que le parlement peut prévenir aussi par ses arrêts.

Si l'on blâme le parlement d'avoir été trop loin dans son arrêt du 18 de ce mois, en déclarant abus dans l'exécution de la constitution *Unigenitus*, ceci l'explique et le corrige, car l'on voit comment le sacerdoce l'entendait d'une façon coupable et irritante.

25 mars. — J'ai été hier à Versailles, où j'ai trouvé les têtes bien tournées contre le parlement, et tout le ministère poussant le Roi contre cette puissante compagnie. On lui dit sans cesse qu'elle détruit son autorité, et, en vérité, ce sont les prêtres et les ministres qui détruisent le gouvernement et les sujets.

L'on blâme le parlement de ces deux dernières démarches : de l'arrêt du 18 avril, qui déclare abus dans l'exécution de la Constitution, et encore davantage de son interrogatoire des curés de Paris. Quoi, dit-on, l'archevêque de Paris ne pourra donner des instructions à ses curés sans que le parlement aille en faire une information ! Oui, sans doute, ai-je dit, quand il

est de *notoriété publique* que ces ordres sont pour
contrevenir et désobéir à une loi du Roi, que Sa Majesté a à cœur que l'on observe. Sur cela, l'on m'assure que l'assemblée des évêques, chez le cardinal de
la Rochefoucauld, était, du sçu du premier président,
pour terminer l'affaire des billets de confession ; mais
il est impossible qu'un accommodement pire que le
mal que l'on voulait accommoder fût approuvé du
chef de la compagnie.

Cependant l'on verra le Roi revenir au parlement
par force, par crainte, et encore plus par l'évidence
de la raison.

L'on dit que ceci donne à penser aux étrangers, et
que nos ennemis, voyant la faiblesse du gouvernement,
s'empressent davantage de nous attaquer.

L'on me dépeint M. de Séchelles comme d'une si
grande indifférence sur le mal qui nous menace par
une guerre imminente et considérable, qu'on ne saurait juger si c'est définitivement un homme supérieur
ou au-dessous de sa tâche.

L'on prévoit une guerre prochaine; l'on dit qu'elle
durera au moins dix années : tout y pousse le Roi, et
rien ne veut lui montrer les moyens de la parer.

J'ai dit que ceci était l'affaire d'Espagne, puisque
l'Amérique était pour nous une petite perte, en comparaison des risques que l'on court à entreprendre une
guerre par terre où l'on pourrait perdre plusieurs
provinces et épuiser tout le royaume.

Je demande pourquoi l'Espagne n'a pas encore pris
notre parti et fait cause commune; l'on répond à cela
que c'est beaucoup qu'elle n'ait pas pris le parti des
Anglais. Le petit d'Huescar est notre ennemi et un

grand traître; il pousse M. de Wall contre nous : le roi Ferdinand ne sent pas à quel point est son intérêt de défendre notre Amérique septentrionale.

Cependant nos troupes s'embarquent en Bretagne. L'on prétend que les Anglais n'oseront les attaquer en mer, n'y ayant pas encore de guerre déclarée contre nous : cela va faire retarder notre départ pour l'Amérique.

M. le Dauphin est malade ; son estomac ne fait plus de fonctions : on ne paraît pas se soucier de sa santé, quelque précieuse qu'elle soit.

26 mars. — Avant hier, 24 mars, il y eut assemblée des chambres, et ce sera la dernière avant Pâques. Ces séances sont remises au mardi 8 avril, le surlendemain de Quasimodo.

Le premier président y dit avoir remis au Roi les informations qu'a faites le parlement des curés de Paris. Sa Majesté a dit que, dans la quinzaine, elle lui donnerait ses ordres.

On a conclu que l'on ne poursuivrait cette inquisition sur les curés de Paris qu'après Quasimodo, ledit mardi.

L'abbé Chauvelin a remis au procureur du Roi et à l'assemblée une lettre de l'évêque de Troyes et un manuscrit latin, avec quantité de passages de l'Écriture, pour raffermir les bons constitutionnaires, et il leur parle comme l'on parlait aux chrétiens dans le temps des plus grandes persécutions par les empereurs païens. Le parlement a ordonné de s'informer des faits pour juger après Quasimodo.

J'ai observé à nos ministres, à Versailles, que le Roi

avait d'excellents équipages pour chasser le cerf, le
sanglier, le loup et le chevreuil, mais qu'il n'en avait
pas de meilleur pour chasser la bête puante qu'on
nommait prêtre que son parlement, et que ceci, loin
d'affaiblir son autorité, l'augmentait et la fortifiait.

27 *mars*. — L'on parle d'un bref écrit par le Pape
à Sa Majesté, où il reconnaît l'autorité du Roi sur l'extérieur des sacrements. Le Roi lui répond qu'il l'em-
ploiera suffisamment en maintenant la pleine exécution de la déclaration du 2 septembre dernier pour le
silence. *Utinam sit verum!*

Le prétexte pour le retour de l'archevêque de Paris
à Conflans a été que voilà le temps des ordinations
qui se font mieux dans le voisinage de Paris qu'à Lagny.

L'on assure plus que jamais à Londres que Sa Ma-
iesté britannique ira ce printemps à Hanovre, ce qui
marque que nos affaires d'Amérique vont s'accommoder. Peut-être nous donnera-t-on pour condition de
conniver, au lieu d'empêcher l'élection d'un roi des
Romains; ainsi Sa Majesté aurait-elle toujours travaillé
aux dépens de la nation à favoriser Hanovre par Autriche.

Le comte d'Hertford vient de conférer avec le mi-
histère pour cet accommodement; on ne lui donne
cependant pas encore ses instructions, et nuls ordres
pour son départ.

Il est question de l'interposition d'une grande puissance voisine pour accommoder les affaires (ce ne
peut être que l'Espagne), et ce sera sans doute là le
prétexte pour que l'Espagne ne se soit pas encore déclarée pour nous.

L'on parle de la démission de quelques directeurs de la Compagnie des Indes orientales anglaises et de presque tous les autres, qui va se donner (pour quelques mécontentements du gouvernement sans doute).

Le bruit est grand qu'il a passé au conseil de supprimer une partie du parlement, sous le prétexte du manque de travail et de procès à juger. On assure que cela paraîtra à la rentrée de Pâques, et que cette suppression sera telle : deux chambres des enquêtes et tous les présidents des enquêtes supprimés; et désormais ce seront les présidents à mortier (qui sont trop peu occupés), lesquels présideront aux enquêtes. Le remboursement à faire aux officiers va à quatre millions, mais l'on parle en même temps de créer de nouveau les présidents au grand conseil, ce qui va à deux millions. Reste donc deux millions à dépenser pour cette opération parlementaire.

J'entends à la cour parler d'infraction à l'autorité du Roi par le parlement; hélas! c'est bien plutôt de la part de ce vilain sacerdoce. Qui est-ce, en effet, qui l'attaque, qui désobéit, sinon les évêques? qui la soutient pour la paix et pour la bonne discipline, sinon le parlement? On allègue la religion : est-ce cette plate bulle *Unigenitus?* non, au contraire, elle suppose un Dieu tracassier et auteur de tous les vices d'avidité de nos infâmes prêtres.

L'on voit aujourd'hui les constitutionnaires occupés de tramer au Roi des embarras dans sa cour par la famille royale.

Je sais un abbé de Saint-Cyr, sous-précepteur de M. le Dauphin et aujourd'hui son favori, lequel a payé pour plus de huit cent mille livres de dettes à son

frère pour nettoyer les dettes de sa famille et libérer
ses terres. Comment cela se fait-il? avec des bénéfices :
voilà les sources du crédit des prêtres.

Le parlement, à cette suppression, dira comme Jé-
sus-Christ : *Si j'ai bien fait, pourquoi me frappez-
vous ?* Or, est-il que, par l'événement, il a bien fait,
le Roi l'a rappelé et a suivi ses conseils, conseils les
mêmes que ceux qui avaient attiré son exil, mais plus
modérés à la vérité, et par là moins bons, étant plus
courtisans.

28 *mars.* — L'on dit que la suppression dont j'ai
parlé, de deux chambres du parlement, ne coûtera
rien au fisc, car, outre la création et rétablissement
des présidents au grand conseil, le Roi créera trois
nouveaux présidents à mortier au parlement, ce qui
fera la somme totale à rembourser.

L'on parle très-diversement des dispositions du Roi
sur les affaires présentes. Nos opposants à la persécution (qui composent toute la nation) prétendent que
Sa Majesté est entièrement pour le système de M. le
prince de Conti, d'agir de concert avec le parlement
et de ranger les prêtres à ce qu'ils doivent être, au lieu
de se courroucer contre le parlement. Il y a beaucoup
d'indices de part et d'autre. Enfin, nous voyons que
l'arrêt du 18 mars subsiste, et qu'il n'est encore nullement question de le casser, quoiqu'il anéantisse
absolument la bulle *Unigenitus.* Véritablement le parlement a eu raison par le fait, puisqu'il résulte des
dispositions des curés de Paris que l'archevêque voulait pousser cette exécution jusqu'à l'inquisition la plus
odieuse. L'on dit que, si le parlement est poussé par

la cour, après ces preuves acquises du méchant vouloir des constitutionnaires, il appellera soudainement an futur concile d'une bulle qui cause tant de désordres, et cela au nom de la nation.

Les évêques approchent aujourd'hui du trône comme *courtisans*, et le parlement avec M. le prince de Conti et le premier président à leur tête comme *ministres*. Le Roi écoute et décide avec ceux-ci.

Ce fut l'abbé Chauvelin qui dénonça comme procureur général les ordres donnés par l'archevêque et les curés, d'où l'on manda les curés de Paris à l'assemblée des Chambres; ainsi tout a été en règle, selon la maxime du palais : *Quisque ex senatoribus est procurator Cæsaris.*

29 *mars.* — On arrête continuellement les bâtiments qui viennent de France à Douvres. On en a pris un où il y avait treize personnes impliquées dans la dernière rébellion d'Écosse, avec des papiers prouvant leurs fautes. L'on prétend qu'il y a des mouvements en Écosse pour la Maison Stuart. L'on parle de plusieurs émissaires de France en Écosse, principalement d'un lord Elcho[1] : on en arrête continuellement.

Le lord Hertford, nommé à l'ambassade de France,

---

1. David, lord Elcho, fils aîné du comte de Wemyss, était aux côtés du prétendant à Holyrood et à Culloden, où il lui donna le conseil de charger à la tête de l'aîle gauche, lorsque la droite fut rompue. Il mourut dans l'exil; et ce ne fut qu'en 1826 qu'un acte du parlement réintégra sa famille dans la plénitude de ses droits et de ses honneurs. On assure que lord Elcho a laissé des mémoires manuscrits.

n'a pas encore d'ordre pour partir; on attend toujours
pour cela le retour du courrier de M. de Mirepoix.

30 *mars*. — L'on assure que le Roi a fait faire depuis peu cette déclaration à la république des Pro-
vinces-Unies, que l'armement des Anglais ne lui laissait pas lieu de douter qu'ils n'en voulussent à nos
possessions d'Amérique, que, dans cette guerre-ci, la
république ne devait pas tenir la même conduite que
dans la précédente guerre, qui avait été de secourir
nos ennemis sous prétexte de neutralité, que le Roi
voulait qu'ils prissent parti, ou pour, ou contre nous,
et que, dans cet état, dès que l'Angleterre nous aurait
attaqués, Sa Majesté enverrait 80 000 hommes jusqu'aux frontières de la Hollande (ce qui est plus facile
à la vérité depuis que nous avons démantelé quantité
de places autrichiennes). L'on dit encore que le Roi
demande à la Hollande quelques places de sûreté,
comme Maëstricht et autres.

Et tout ceci sent les conseils de *mignons* qui veulent faire fortune par la guerre, et que Dieu punira.
On arme le Roi de discours hautains et de premières
démarches hardies qui plaisent à son honneur, et alors
l'on dit à la cour : Voilà ce que c'est que de se servir
de gens qui *savent penser*. L'abbé de la Ville, créature
du département de la guerre, a été remis aux affaires
étrangères pour conseiller de tels partis. La connaissance de l'intérieur de la Hollande n'a pas empêché
que, quand il était le conseil de M. de Puisieux, on n'ait
érigé le stathoudérat avec plus de maladresse de notre
part qu'en 1672. Ceci (s'il est vrai) va donc fortifier grandement le stathoudérat et le parti anglais en Hollande.

L'on m'assure aussi qu'il y a des mouvements et
des amas de troupes considérables dans nos provinces
méridionales de France, et que le Roi de Sardaigne se
prépare à faire la guerre avec nous. Je ne doute pas
que ce prince ne soit toujours tenté de tout agrandis-
sement que nous lui proposerons sur le Milanais, mais
il se défiera de notre ministère avec raison. L'on parle
aussi de l'Espagne pour entreprendre sur l'Italie, et non
pour nous secourir par mer dans nos colonies.

J'admire avec chagrin comme le sophisme gouverne notre France. Il y a huit ans que le Roi mourait
d'envie d'accélérer la paix, et voilà qu'il court aujour-
d'hui à une guerre universelle. L'on croit sans doute
effrayer nos ennemis par cette perspective d'une guerre
prompte et générale, si l'on laisse les Anglais nous attaquer en Canada. Mais je me demande s'il ne peut
arriver que nos ennemis ne soient point effrayés de
cette bravade, connaissant, comme ils font, notre intérieur impuissant et maladroit, notre très-mauvais gouvernement, les troubles intérieurs entre le parlement
et le sacerdoce, voyant qu'on ne sait pas finir nettement cette querelle domestique. Cependant le besoin
que nous avons de l'argent du clergé fait que l'on va le
ménager en irritant le parlement qu'il faudra aussi ménager de son côté. On ne peut plus trouver de recrues
pour les troupes réglées, bientôt l'on sera contraint
de les prendre forcément dans les milices.

31 *mars*. — Mais voici un bruit très-agréable qui
court depuis hier, que nos discussions avec l'Angleterre
seraient absolument accommodées, et que le Roi l'aurait dit à quelques courtisans. C'est une chose à

désirer plus qu'à croire, car comment ces avares et
hautains insulaires auraient-ils fait tant de dépenses
pour rien? Nos menaces d'une guerre universelle les
auraient-elles intimidés, les partis auraient-ils fer-
menté secrètement? A quelles conditions aurait-on
transigé?

Mylord Hertford s'est accommodé de tous les meubles de mylord Albemarle à Paris, et se prépare, dit-
ôn, à arriver ici.

Cependant j'apprends par des commerçants de Bordeaux qu'il y a quantité d'armateurs et de frégates de
guerre anglaises qui croisent au nombre de quinze à
seize dans la mer de Guyenne et vis-à-vis la Garonne
pour empêcher l'arrivée de nos vaisseaux de Toulon à
Brest.

Le garde des sceaux Machault se meurt, et est attaqué par le fondement, ayant négligé des hémorrhoïdes
internes qui viennent d'un sang corrompu par les
excès de Comus et de Vénus.

Des molinistes m'ont dit avec joie et avec un mystère affecté que le Roi était très-fâché contre le parlement sur l'arrêt du 18 mars, et que dans peu Sa
Majesté le punirait, entendant par là cette suppression de quelques chambres des enquêtes et de leurs
présidents; de quoi je doute cependant, car, de l'autre
côté, l'on m'assure que ce fameux arrêt du parlement
aurait été concerté avec le Roi et M. le prince de
Conti.

1er *avril*. — Le comte de Frise est mort en trois
jours d'un sang échauffé par la débauche. Il avait hé-
rité ici des biens du maréchal de Saxe, son oncle, et

il jouissait de grands bienfaits du Roi qu'on pourra donner à d'autres, et qu'on ne sera pas assez sage pour retrancher.

5 avril. — Un homme savant et de réputation d'expédients a eu hier une longue conversation avec le premier président Maupeou. Il en résulte ce qui suit : le parlement se croit en droit d'entreprendre de grandes choses, et son chef cherche partout des idées, des matériaux pour cette entreprise.

A cette conversation je crois voir de la mutinerie qui sent ses forces. En effet, le parlement est bien fort depuis son rappel. On ne sait plus comment le punir, le Roi ayant épuisé tous les traits de sa colère pour exiler ce corps, pour le supprimer et pour le remplacer par un autre, mais très-éloigné du succès, comme on a vu, puisqu'il a fallu le rappeler avec radoucissement, et déférer à son chef une espèce de ministère dans le gouvernement.

Il faut toujours définir le monarque pour juger des événements dans une monarchie telle que la nôtre. On ne peut être moins propre qu'est Louis XV aux coups d'État; il ose légèrement et témérairement, puis il s'ennuie et il craint; jamais il n'y a eu d'homme moins courageux d'esprit que ce prince. De là arrive que chaque ministre qui l'approche sent peu à peu ses forces et n'a qu'à oser pour exécuter. C'est ainsi que le cardinal de Fleury l'a gouverné pendant dix-sept ans; ainsi la marquise, qui n'est plus la maîtresse depuis trois ans, continue à le dominer par le ton et par la hardiesse; ainsi chaque ministre tire à lui la couverture et la déchire.

Or, le parlement est un ministre de bien autre force
que les autres, surtout depuis son rappel : il est *in-
déplaçable*, il a pour appui le prince de Conti qui, avec
un esprit incorrect, un jugement médiocre, représente cependant à lui seul aujourd'hui près du Roi la
nation et le parlement. Ainsi, quand il boude à l'Isle-
Adam, Sa Majesté lui dépêche courrier sur courrier
pour l'entendre de nouveau.

Voilà où en sont les choses. Voyant que le Roi avait
donné dans des radoucissements pour le clergé, qu'il
avait permis une assemblée de prélats chez le cardinal
de la Rochefoucauld, et que l'archevêque de Paris avait
eu la permission de revenir à Conflans, le parlement
a voulu frapper un coup hardi sur la bulle et a rendu
l'arrêt du 18 mars qui en déclare l'exécution abusive.
Puis, voyant que l'archevêque avait donné à ses curés
une instruction pire que le mal auquel on prétendait
remédier, il a fait son interrogatoire des curés qui a
fait éclater la friponnerie des constitutionnaires, haute
friponnerie, comme l'avouent les évêques eux-mêmes.

Dans ces circonstances, le clergé va s'assembler aux
Augustins le 15 mai prochain. Les deux armées seront
en présence ; d'un côté le clergé, à cette espèce de concile national, lancera les foudres ecclésiastiques, et de
l'autre le parlement les arrêts au nom du Roi.

A tout cela, le Roi ouvre la bouche, dit peu de
choses et ne pense rien. Il vit au jour le jour. Certes
le danger et l'embarras où il est consistent à écouter
le clergé par l'organe de ses ministres. Il n'y en avait
aucun à continuer, comme il faisait depuis six mois, à
n'écouter que le parlement, il aurait rendu son zèle
sage, et c'est tout ce qu'on y pouvait faire ; mais, en

écoutant le clergé, quelque peu que ce soit, c'est prêter l'oreille aux fleurettes du diable.

J'ai oublié de dire que l'archevêque de Paris, dans
ses conversations avec les curés, leur a dit qu'il avait
un registre de quatre cents pages contenant les noms
des appelants.

On a observé que ceci sentait l'inquisition, qu'on
voulait l'introduire en France, et que l'archevêque
contrevenait manifestement à la déclaration du silence.

6 *avril*. — Voici qu'il a paru hier un arrêt du conseil d'avant-hier vendredi 4 avril, qui casse en partie
celui du parlement du 18 mars. On y laisse subsister le
jugement au fond contre le chapitre d'Orléans, et la
prescription du silence suivant la déclaration du Roi du
2 septembre dernier. On y casse la qualification de la
bulle à laquelle le parlement a donné le titre de *règle
de foi*, et le Roi la qualifie de nouveau *loi de l'Église
et de l'État*, disant que le parlement l'a registrée comme
telle, et que le Roi joint au corps des pasteurs l'a reçue comme telle. L'on blâme le parlement d'avoir osé
interpréter nos lois qui émanent seules du Roi[1] et d'a-
voir agi avec excès.

Voici donc un nouveau triomphe pour le clergé
qui était abaissé, et une flétrissure qui abaisse le parlement qui triomphait. Mais le public improuve ceci
et y voit de la tergiversation au trône. Ceci nous mène
dit-on, à une assemblée du clergé qui pourra être lu-
crative pour le fisc. Cependant je sais que le clergé

---

1. L'auteur paraît vouloir dire : qui émanent du Roi seul.

doit s'échauffer davantage sur un autre article, qui est le rétablissement des prêtres en suspense par l'évêque. Le parlement les a rétablis dans leurs pouvoirs, en recevant l'appel comme d'abus du ministère public ; le clergé est plus choqué de cela que de tout le reste.

L'on observe d'abord, après l'arrêt du parlement du 18 mars, que le mot *d'abus à l'exécution de la constitution Unigenitus* était trop général et trop indéfini, et, par là, le parlement contrevenait lui-même à la déclaration du silence, puisqu'il faisait une excursion destructive sur la bulle.

L'on croit que cet arrêt du conseil du 4 avril ne sera pas signifié au parlement. Ainsi cette compagnie en prétendra toujours cause d'ignorance et citera celui du 18 mars malgré les défenses qui en sont faites par l'arrêt du conseil.

M. le prince de Conti s'est réfugié à l'Isle-Adam où il boude contre le Roi, à son ordinaire en certaines occasions, comme celle-ci. L'on dit que ceci va rallumer la guerre tout de nouveau, le parlement étant dans la force de ses assemblées et séances depuis Quasimodo jusqu'à la Vierge de septembre ; d'un autre côté, l'assemblée du clergé va trancher du concile au 15 mai. Ainsi cette guerre sera plus animée que jamais.

M. le Dauphin est toujours très-incommodé de l'estomac, et ira aux eaux de Plombières dès que la saison le permettra. C'est principalement pour le séparer de Mme la Dauphine avec qui il s'excède, dit-on.

La Dauphine est grosse, de quoi elle a donné des marques vers le 9 février dernier. Ainsi elle accouchera dans le mois d'octobre prochain.

Le garde des sceaux est plus mal.

7 avril. — L'on fait tous les efforts possibles dans le public pour persuader (et l'on se persuade) que le parlement ne cherche qu'à entreprendre sur l'autorité royale, et que, si on le laissait tranquille sur les points contestés mal à propos par le sacerdoce, il ne laisserait pas d'innover encore et d'entreprendre.

Il y a dans le parlement un quart qui est la jeunesse qui brûle de zèle, et qui s'agite avec la plus grande vivacité pour abaisser l'épiscopat autant qu'il pourra, mais le plus grand nombre est sage et retient la totalité.

L'on commence à être fort inquiet de l'état de Mgr le Dauphin dont on ne peut arrêter le dévoiement depuis cinq mois. Les médecins le conduisent mal en lui donnant de fréquents purgatifs et lui laissant manger de la viande. Il a, dit-on, une grande maladie qui est de rendre davantage par les selles et par les urines qu'il ne mange et qu'il ne boit; cela va à consomption. L'on parle de le faire aller incessamment aux eaux de Forges. Mme la Dauphine est grosse.

L'on parle de notre accommodement avec l'Angleterre comme certain, et, le courrier renvoyé d'ici à M. de Mirepoix lui portant notre consentement à tout, l'on ne doute pas d'avoir ces jours-ci nouvelle de sa parfaite conclusion. Cet accommodement est, dit-on, la démolition de deux forts à nous à la source de l'Ohio et d'un fort aux Anglais, la cession de notre part du reste de la côte de l'Acadie, la neutralité de l'île Saint-Jean, et qu'il ne nous sera permis cette campagne que d'envoyer au Canada la même quantité de troupes et de munitions que les Anglais y ont ou y auront déjà envoyées, ainsi que des vaisseaux de guerre d'accompagnement.

9 *avril.* — Le premier président rendit compte hier
à l'assemblée des chambres du discours que le Roi lui
avait tenu la veille. Cette réponse blâme la conduite
du parlement en toutes choses. — Sur l'abbé Cerveau,
dont le parlement a relevé l'interdiction, Sa Majesté
trouve qu'il fallait juger ceci à la grand'chambre et
non à l'assemblée des chambres, que l'archevêque
aurait dû défendre sur l'appel, et que ce prélat aurait
pu justifier son interdiction. — Même critique royale
sur certains services demandés par les marguilliers de
Saint-Médard, disant que cela se devait juger suivant
les usages de cette paroisse. — Désapprobation en tous
points de l'interrogatoire des curés, puisque, dit Sa
Majesté, cela n'est bon qu'à faire perdre la subordi-
nation entre l'archevêque et ses curés, et à augmenter
le trouble. Sa Majesté exhorte le parlement à ne point
perdre de vue l'esprit de paix qu'il leur a supposé en
leur confiant la manutention de la déclaration du
2 septembre dernier.

On a remis à vendredi, 11 avril, à délibérer sur cette
réponse du Roi, et il n'y aura pas moins assemblée
des chambres aujourd'hui mercredi.

Le parlement a décrété de prise de corps le sieur
Midor, vicaire à Sainte-Marguerite, pour avoir refusé
les sacrements à cette quinzaine de Pâques à M. Coquelin, prêtre de cette paroisse, dont il a été beaucoup parlé ci-devant comme plus obéissant au parlement qu'à l'archevêque.

Le bruit est que l'archevêque de Paris doit avoir
fini son exil et être de retour à Paris depuis hier au soir.

10 *avril.* — Je me suis trouvé hier à un souper où

étaient la plupart de nos ministres, et j'ai causé avec
eux en particulier. Il m'a toujours paru surprenant
combien les bornes étaient étroites à leurs vues, quel
entêtement joint à la présomption, et le peu de philosophie qui préside à toute cette machine du gouvernement français. Ce sont la plupart des vieux libertins
sans étude, qui se sont épuisés dans les délices de Paris et qui en portent les marques morbifères pour le
corps et de défaillance pour l'esprit. Ils y joignent,
eux et leurs femmes, la vanité de leur pouvoir et
de leurs richesses; ils sont têtus et courts, et s'ils
sont occupés de quelque chose, c'est de leur per-
sonnalité.

On m'a dit là que nos affaires avec l'Angleterre
n'étaient rien moins qu'accommodées, et que notre
embarquement pour l'Amérique aurait lieu certainement : c'est de quoi se réjouit beaucoup le département de la guerre.

Nous avons déjà quatre gros vaisseaux en rade et
bientôt d'autres y vont être; l'on va embarquer les
troupes. Les Anglais ont envoyé une frégate pour nous
observer, mais on en a fait sortir des nôtres et elle
s'est retirée.

11 *avril.* — L'assemblée des chambres a duré aujourd'hui jusqu'à quatre heures du soir et a eu beaucoup de débats par contraste de vivacité et de sagesse. On y a arrêté quatorze articles pour composer
des représentations qui seront faites au Roi incessamment par députation, et l'on a envoyé les gens du Roi
pour prendre de Sa Majesté temps et lieu pour cette
cérémonie.

La fermentation est grande dans le parlement, m'a-
t-on dit ; cependant le Roi a rappelé M. le prince de
Conti près de lui, et a eu, ces jours-ci déjà, quelques
conversations avec lui sur ceci.

Mais voici que des affaires plus sérieuses se réalisent
dans leurs maux cuisants. Nos troupes s'embarquent
à force à Brest, et, si le vent est bas, la flotte française doit mettre à la voile mardi prochain, 15 de ce
mois. Toutes négociations avec les Anglais paraissent
rompues, et la guerre n'est que trop certaine. M. de
Séchelles, habile et industrieux pour tirer de l'argent,
paraît léger au travers de tout ceci. Il en trouvera de
reste ; mais j'ai déjà défini le fisc dans ces circon-
stances-ci : un M. de Fimarcon qui a toute autorité[1].
Dans quel abîme de dettes et de désordre se trouvera
le fisc, et dans quels malheurs seront les peuples !

Notre marine a très-mauvaise opinion de l'expédition, et l'on verra sans doute des difficultés lamen-
tables de la part des troupes qui s'embarquent. L'on
craint que les Anglais ne nous attaquent en chemin et
ne nous détruisent, ou nous fassent rendre avec honte.
Nos vaisseaux sont mal équipés, et, après cet appro-
visionnement, il ne reste pas, dit-on, à Brest, de quoi
armer deux chaloupes.

Du moins, si nous savions perdre le Canada de
bonne grâce, le royaume serait sauvé. L'Espagne ne
fait rien pour nous.

Le garde des sceaux, ministre de la marine, est dans

---

1. Allusion à la déconfiture de M. de Fimarcon, maître des
requêtes, qui venait d'être forcé de vendre sa charge par suite de
mauvaises affaires.

un état dangereux et douloureux, et ne peut vaquer à son service. Il semble que le ciel nous attaque de tous côtés pour nous rendre cette guerre très-malheureuse.

Cependant, voilà les voyages du Roi à ses maisons qui deviennent plus fréquents et plus dispendieux que jamais. L'on bâtit au Louvre et à la place publique du Pont-Tournant.

Mais la ville a renoncé à son projet de se bâtir un hôtel à l'hôtel de Conti ; elle est chargée de vendre ce palais à qui elle voudra, soit à des architectes, soit à des particuliers.

15 *avril.* — Il y a eu assemblée des chambres hier 14 de ce mois.

L'on y a remarqué que le premier président Maupeou excite tout le monde à la vivacité ; l'on prend cela pour politique, mais je crois que c'est passion, et qu'ainsi le désire M. le prince de Conti.

Le Roi a donné jour à samedi 19 avril, à onze heures du matin, à Versailles, pour écouter la députation.

On a décrété les confesseurs des Carmélites de Riom pour avoir rompu le silence en contravention de la déclaration du 2 septembre.

Le syndic d'Orléans, le sieur Caillard, a reconnu la compétence du parlement sur ces sortes d'affaires.

L'abbé Chauvelin a dénoncé un acte de l'évêque de Troyes pour donner à son député, à l'assemblée du clergé pour la province de Troyes, telles instructions que le clergé ne consentît à rien que préalablement le Roi n'eût rétabli le clergé dans tous ses droits. Mais cet acte n'était pas encore en forme probante.

17 avril. — J'ai eu hier une conversation avec M. de Séchelles, contrôleur général des finances. Je me suis réjoui du système où je l'ai vu et où je l'ai tant excité depuis qu'il est en place, c'est de laisser une grande liberté au commerce. Il se plaît à entendre discourir sur cela le sieur de Gournay, intendant du commerce, qui pousse au plus loin cette idée et s'applique merveilleusement. M. de Séchelles dit que Gournay va jusqu'à lui proposer de rompre toutes les jurandes, c'est-à-dire les communautés d'artistes et de marchands, de façon que les métiers soient ouverts, ce que j'approuve fort.

Il m'a donné gain de cause sur les plantations en vignobles. A mon retour de Touraine, cet automne, je lui remis sur cela un mémoire de ma façon, suite d'une dispute que j'avais eue avec M. de Magnanville, intendant de Touraine. J'ai trouvé aujourd'hui M. de Séchelles persuadé que le cultivateur était toujours meilleur juge que tout intendant ou subdélégué de ce à quoi son champ pouvait être propre : c'est là le point où je désirais la persuasion. Il ne veut pas encore rendre d'arrêt qui déclare cette liberté accordée au public, mais il refuse sur cela toute contrainte, ou amende proposée par les intendants.

Ce M. de Séchelles est un homme franc, et qui dit naturellement ce qu'il pense et ce qu'il sait des affaires. Il m'a dit que notre flotte était partie d'hier, et que le courrier envoyé au commandant pour lui en demander permission avait ordre de ne revenir ici que quand nos vaisseaux auraient mis à la voile, et qu'on en aurait vu disparaître les plus avancés en mer.

Je lui ai demandé comment l'Espagne prenait ceci ;

il m'a dit : « Aussi bien que nous pouvions l'espérer,
c'est-à-dire en ne se donnant point aux Anglais, comme
nous devions le craindre, le conseil de Madrid étant
tout anglais et tout autrichien; » preuve de la malha-
bileté de notre ministère des affaires étrangères, vu
que nous devions en agir avec Espagne avec plus de
hauteur que nous n'avons fait dans une guerre si juste
et défensive, comme est la nôtre.

18 *avril.* — A l'assemblée des Chambres d'hier 17,
l'on procéda contre l'évêque de Troyes; on l'intima sur
l'appel de son mandement schismatique, on le somma
de déclarer quels étaient les prêtres sans pouvoir qui
confessaient dans son diocèse, et, faute de cela, il paraît qu'on va le mener grand train par la procédure.

On en veut aussi à la paroisse de Sainte-Marguerite
qui n'est plus desservie, et on signale les effets du
schisme.

Par là nous voyons que le parlement va commencer
à attaquer les évêques.

19 *avril.* — L'on dit que la prochaine assemblée du
clergé sera à jamais célèbre, que le clergé doit demander
l'assemblée d'un concile national, et qu'il s'en tienne
de provinciaux tous les cinq ans, que les parlements
ne se mêlent plus des affaires ecclésiastiques, et la révocation de la déclaration du 2 septembre dernier;
mais le Roi a trop à cœur cette loi. Quant à ces derniers articles de demande, j'aimerais autant que le
clergé demandât au Roi son sceptre et sa couronne.

J'entendis dire hier que le parlement se flatte d'être
bien reçu aujourd'hui samedi, que le Roi se réchauffe

pour le zèle de ce corps, que M. le prince de Conti est très-bien reçu à la cour, et que le premier président a plus de faveur que jamais.

Le sieur Titon, conseiller au parlement, qui s'était montré grand dévot pendant vingt ans, ayant tourné le dos à Dieu et à la vertu pour la débauche et la perfidie, vient de trahir le parlement en portant à nos ministres les 14 articles de représentations projetées ; le parlement va, dit-on[1]....

20 avril. — Je viens d'avoir copie des 12 articles (et non 14) arrêtés au parlement pour représenter au Roi[2]. On y justifie la conduite de ce corps, on y inculpe le clergé, et même l'on reproche assez nettement au Roi qu'il a changé de principes, suivant la dernière réponse faite au premier président. Ces articles sont assez libres et montrent toute la force que le parlement se sent depuis son rappel à Paris pour tenir en bride le clergé.

C'était hier le grand jour, et je n'en sais pas encore de nouvelles. Le Roi devait à onze heures rendre la réponse au parlement sur ces représentations. Chacun des deux partis croit avoir le Roi pour lui ; mais l'on y voit une grande étude de dissimulation.

M. de Séchelles avait été mandé pour se trouver hier à six heures du matin à Versailles. Ceux qui savaient cette circonstance craignaient que ce ne fût pour déclarer et effectuer soudainement quelques suppressions d'officiers au parlement.

---

1. La phrase n'est pas finie.
2. Ils se trouvent dans les *Mémoires de Luynes*, t. XIV, p. 115.

22 *avril.* — La réponse du Roi à la députation a été à dire qu'il était content de la conduite du parlement, qu'il continuât de même, mais qu'il usât toujours de clémence et de sagesse, que Sa Majesté connaissait bien l'étendue de son autorité et qu'il n'avait pas besoin qu'on la lui montrât, qu'il ne voulait ni l'étendre ni la diminuer, qu'il voulait plus que jamais l'exécution de la déclaration du 2 septembre dernier.

L'on dit le Parlement fort content de cette réponse : tant mieux ! dit-on, par là tout tend à la paix.

J'ai la réponse du Roi, elle est *impératoire* et prononcе avec dignité. Il y a trois points, il maintiendra la déclaration du 2 septembre, le parlement doit en être assuré, dit-il ; personne ne peut étendre ni diminuer son autorité, qu'il tient de Dieu ; que le parlement se conduise suivant les assurances qu'on vient de lui donner et qu'il se conforme à ses intentions qui sont la modération et la clémence.

L'assemblée des Chambres a été très-contente, surtout du discours du premier président.

Ensuite l'assemblée a travaillé sur l'état d'une paroisse du diocèse de Troyes où il n'y a qu'un seul prêtre pour desservir. On n'a donné aucun décret cette fois-ci, quoi qu'il y eût matière, le parlement voulant se conformer aux dernières recommandations du Roi pour la clémence.

25 *avril.* — Pour le certain, l'abbé de Bernis, notre ambassadeur à Venise, est retourné de Parme à Venise, ce qui détruit la nouvelle qu'il était chargé de négociations de confiance en Italie, et l'on voit par là qu'il ne s'agissait, au plus, que de quelques enfantillages dans

la cour de Mesdames, dont la bonne amie, Mme d'Estrades, est dame d'atours à Versailles.

Les Anglais viennent d'embarquer 48 000 livres de
poudre pour l'Amérique.

L'on fait passer d'Irlande en Angleterre huit régiments dont l'on augmente le nombre de vingt-neuf à
soixante-dix hommes. On augmente les gardes à pied
de vingt-deux hommes par compagnie.

L'on vient d'arrêter à Londres un M. de la Touche
qui se mêlait de correspondance et d'espionnage pour
la France.

28 *avril*. — Il y a eu assemblée des Chambres
avant-hier, 26 avril. On y a donné des mains levées
provisoires ou définitives aux revenus du chapitre
d'Orléans. On a quelques chanoines et dignitaires suivant les cas.

J'ai vu un ancien ministre qui blâme beaucoup la
modération avec laquelle l'on fait parler le Roi à son
parlement, comme peu digne de la majesté royale.

30 *avril*. — J'ai dit que le parlement n'attendait
qu'une occasion pour appeler au futur concile de la
Constitution au nom de la nation, considérant tous les
désordres causés par la bulle en France : la voici peut-
être trouvée par les procédés inquisitoriaux que l'on
pratique aujourd'hui dans le diocèse de Troyes.

Un huissier du parlement ayant parlé aux capucins
de Troyes de l'arrêt du parlement touchant un refus
de sacrements, un de ces moines mendiants a fait
mine de s'en torcher le c.., et la communauté assemblée a bafoué cet huissier, menaçant de le maltraiter.

de sorte qu'il a été obligé de fuir. Bon procès-verbal de ceci.

Le jésuite Duplessis, fameux missionnaire, criant comme un possédé dans ses prédications furibondes, a prêché en public contre le parlement, tenant d'une main la constitution *Unigenitus*, et de l'autre l'arrêt du parlement qui en défend l'exécution. Ces sortes de sermons ressemblent fort à ceux de la Ligue.

M. Baculé, officier dans un régiment irlandais, et cousin de celui qui est lieutenant général et chevalier de l'ordre, ayant fait quelque gros péché, s'était retiré pour trois mois chez des ermites de ce diocèse; là il a tenu quelques discours contre la bulle; on en a averti l'évêque de Troyes, qui s'est mis dans la tête que c'était un prêtre déguisé en cavalier, et il a agi en conséquence de ce système, et, comme la maréchaussée est aux ordres de ces évêques favorisés de l'ancien évêque de Mirepoix, il l'a fait arrêter et mettre au cachot, les fers aux pieds. C'est ce que le parlement savait secrètement quand il a ordonné par arrêt à l'évêque de Troyes de déclarer quels étaient ces *prêtres déguisés* qu'il désignait par ses mandements. Baculé a trouvé moyen d'écrire au Roi et à mon frère, et, ses lettres étant parvenues, l'évêque de Troyes a voulu le faire sortir de prison, mais Baculé a refusé, à moins d'un ordre du Roi, qui est arrivé. Sur cela bon procès-verbal, et le parlement va, dit-on, poursuivre cette affaire.

1. Voyez la Table des *Nouvelles ecclésiastiques*, t. I, p. 406.

TABLE DES MATIÈRES.

———

FIN DE LA TABLE DES MATIÈRES.

ERRATA ET ADDITIONS DU VIII° VOLUME.

Page 55, ligne 31, *au lieu de* : disgrâces, *lisez* : des grâces.

P. 140, l. 23, *au lieu de* : Sartisane, *lisez* : Sartirane.

P. 334, l. 8 : « Ils ont fait graver (les conseillers exilés) un plan de la ville de Bourges » etc.

Sur cette particularité je suis redevable des détails suivants, vainement cherchés par moi, à une obligeante communication de M. Hipp. Boyer, archiviste adjoint de la ville de Bourges :

Le Plan dont il s'agit, devenu extrêmement rare, et probablement supprimé à dessein, paraît être le même qui avait été gravé en 1705 par le géographe Defer; mais, au-dessus on a ajouté cette légende :

PLAN DE LA VILLE DE BOURGES

avec l'indication des différentes demeures de MM. du Parlement exilés en ladite ville par ordres du Roy en date du 8 mai 1753 révoqués le 27 juillet 1754 pour ne quitter l'exil que le 20 août et se rendre à Paris le 1er septembre.

Au-dessous du plan se déroulent sur une même ligne cinq colonnes de noms suivis des logements des conseillers dans les divers quartiers de la ville. Le tout se termine par la mention suivante :

Offerebat Ant.-J.-C.-Lud. Durey de Bourneville exulis filius et comes, exulante curiâ, utriusque juris in Academia Bituricensi baccalaureatum adeptus. 1754.

Page 404, ligne 24, *au lieu de* : les mauvais, travailleurs, *lisez* : les mauvais travailleurs.

Page 451, note, *au lieu de* : Clément XV, *lisez* : Clément V.

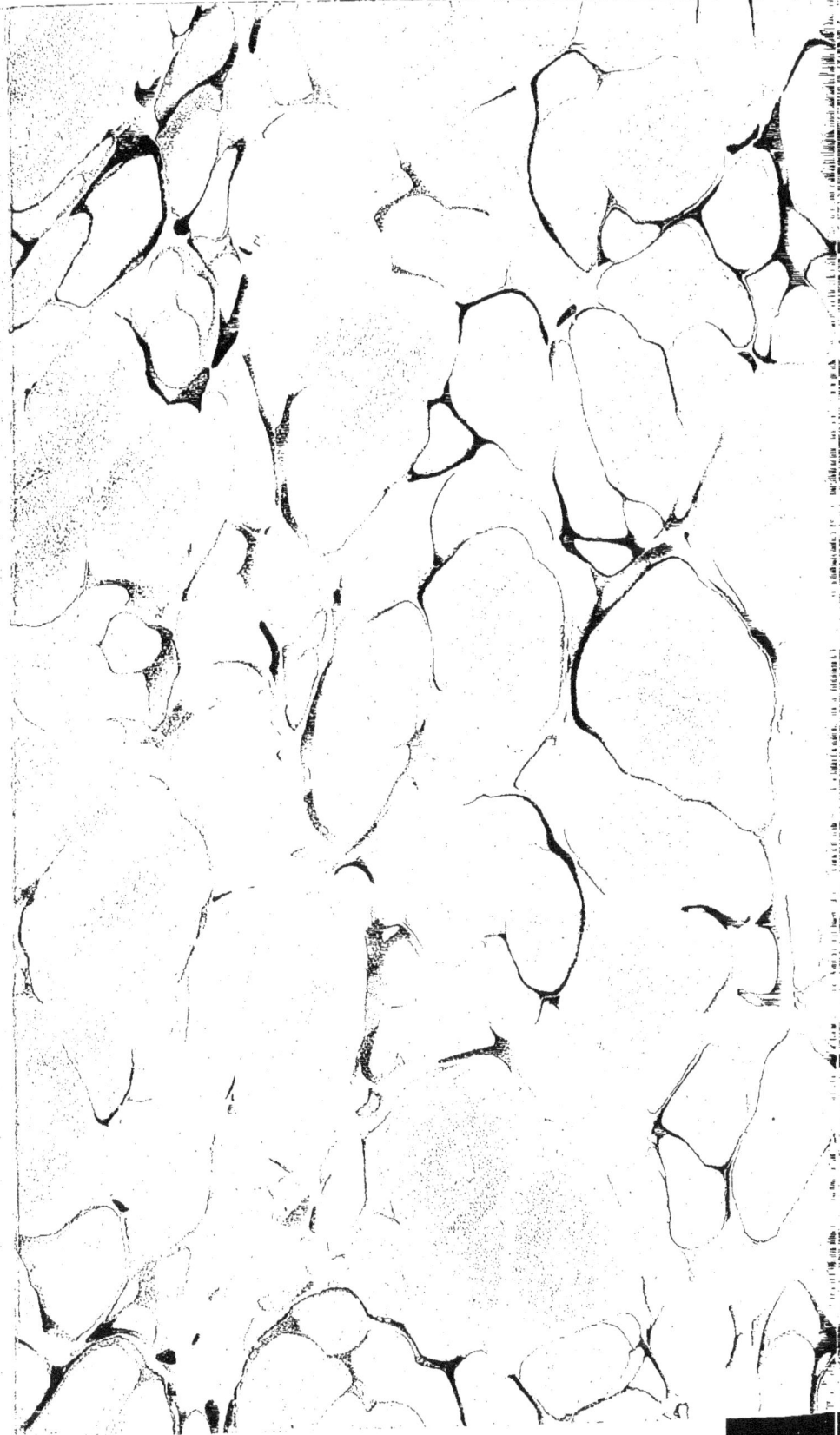

www.ingramcontent.com/pod-product-compliance
Lightning Source LLC
Chambersburg PA
CBHW061026030726
47504CB00002B/268